Das Buch

Der mächtige Vampirkrieger Blay muss den schwersten
Kampf seines Lebens ausfechten: Er ist in seinen besten
Freund Qhuinn verliebt, der ihn immer wieder zurückgewiesen hat, bis Blay schließlich eine Beziehung mit Qhuinns Cousin Saxton einging, obwohl er ihn nicht liebt. Trotz
aller Differenzen können sich Blay und Qhuinn nicht vollständig aus dem Weg gehen, denn sie kämpfen jede Nacht
Seite an Seite gegen die Feinde der BLACK DAGGER. Als
Qhuinn mit der Auserwählten Layla eine Familie gründen
will, scheint die Freundschaft zwischen den beiden Vampir-
kriegern jedoch endgültig zerbrochen. Bis zu der Nacht, in
der Qhuinn von einem schweren Schicksalsschlag heim-
gesucht wird und Blay der Einzige ist, der ihm jetzt noch
helfen kann. Blay muss sich entscheiden, ob er auf seinen
Verstand hören soll – oder auf sein Herz …

Die Autorin

J. R. Ward begann bereits während des Studiums mit dem
Schreiben. Nach dem Hochschulabschluss veröffentlich-
te sie die BLACK DAGGER-Serie, die in kürzester Zeit die
amerikanischen Bestsellerlisten eroberte. Die Autorin lebt
mit ihrem Mann und ihrem Golden Retriever in Kentucky
und gilt seit dem überragenden Erfolg der Serie als Star
der romantischen Mystery.

Ein ausführliches Werkverzeichnis aller von J. R. Ward im
Wilhelm Heyne Verlag erschienenen Bücher finden Sie
am Ende des Bandes.

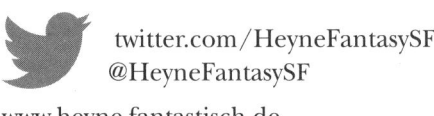

twitter.com/HeyneFantasySF
@HeyneFantasySF

www.heyne-fantastisch.de

J. R. Ward

SEELENPRINZ

Ein BLACK DAGGER-Roman

WILHELM HEYNE VERLAG
MÜNCHEN

Titel der Originalausgabe:
LOVER AT LAST (Part 1)

Aus dem Amerikanischen
von Corinna Vierkant

MIX
Papier aus verantwor-
tungsvollen Quellen
FSC® C014496
www.fsc.org

Verlagsgruppe Random House FSC® N001967

5. Auflage
Deutsche Erstausgabe 11/2013
Redaktion: Bettina Spangler
Copyright © 2013 by Love Conquers All, Inc.
Copyright © 2013 der deutschen Ausgabe
und der Übersetzung by
Wilhelm Heyne Verlag, München,
in der Verlagsgruppe Random House GmbH
Neumarkter St. 28, 81673 München
Printed in Germany
Umschlagbild: Dirk Schulz
Umschlaggestaltung: Animagic, Bielefeld
Autorenfoto © by John Rott
Satz: Buch-Werkstatt GmbH, Bad Aibling
Druck und Bindung: GGP Media GmbH, Pößneck

ISBN 978-3-453-31518-1

Gewidmet: euch beiden.

Es ist an der Zeit, und niemand verdient es mehr als ihr.

Danksagung

Ein großes Dankeschön allen Lesern der Bruderschaft der Black Dagger und ein Hoch auf die Cellies!

Vielen Dank für all die Unterstützung und die Ratschläge an: Steven Axelrod, Kara Welsh, Claire Zion und Leslie Gelbman. Danke auch an alle Mitarbeiter von NAL – diese Bücher sind echte Teamarbeit!

Danke an all unsere Cheforganisatoren und Ordnungshüter für alles, was ihr aus reiner Herzensgüte tut!

Alles Liebe an das Team Waud – ihr wisst, wer gemeint ist. Ohne euch käme die Sache gar nicht zustande.

Nichts von alledem wäre möglich ohne: meinen liebevollen Ehemann, der mir mit Rat und Tat zur Seite steht, sich um mich kümmert und mich an seinen Visionen teilhaben lässt; meine wunderbare Mutter, dir mir mehr Liebe geschenkt hat, als ich ihr je zurückgeben kann; meine Familie (die blutsverwandte wie auch die frei gewählte) und meine liebsten Freunde.

Ach ja, und an die bessere Hälfte von WriterDog.

GLOSSAR DER BEGRIFFE UND EIGENNAMEN

Ahstrux nohtrum – Persönlicher Leibwächter mit Lizenz zum Töten, der vom König ernannt wird.

Die Auserwählten – Vampirinnen, deren Aufgabe es ist, der Jungfrau der Schrift zu dienen. Sie werden als Angehörige der Aristokratie betrachtet, obwohl sie eher spirituell als weltlich orientiert sind. Normalerweise pflegen sie wenig bis gar keinen Kontakt zu männlichen Vampiren; auf Weisung der Jungfrau der Schrift können sie sich aber mit einem Krieger vereinigen, um den Fortbestand ihres Standes zu sichern. Einige von ihnen besitzen die Fähigkeit zur Prophezeiung. In der Vergangenheit dienten sie alleinstehenden Brüdern zum Stillen ihres Blutbedürfnisses. Diese Praxis wurde von den Brüdern wieder aufgenommen.

Bannung – Status, der einer Vampirin der Aristokratie auf Gesuch ihrer Familie durch den König auferlegt werden kann. Unterstellt die Vampirin der alleinigen Aufsicht ihres *Hüters*, üblicherweise der älteste Mann des Haushalts. Ihr *Hüter* besitzt damit das gesetzlich verbriefte Recht, sämtliche Aspekte ihres Lebens zu bestimmen und nach eigenem Gutdünken jeglichen Umgang zwischen ihr und der Außenwelt zu regulieren.

Die Bruderschaft der Black Dagger – Die Brüder des Schwarzen Dolches. Speziell ausgebildete Vampirkrieger, die ihre Spezies vor der Gesellschaft der *Lesser* beschützen. Infolge selektiver Züchtung innerhalb der Rasse besitzen die Brüder ungeheure physische und mentale Stärke sowie die Fähigkeit zur extrem raschen Heilung. Die meisten von ihnen sind keine leiblichen Geschwister; neue Anwärter werden von den anderen Brüdern vorgeschlagen und daraufhin in die Bruderschaft aufgenommen. Die Mitglieder der Bruderschaft sind Einzelgänger, aggressiv und verschlossen. Sie pflegen wenig Kontakt zu Menschen und anderen Vampiren, außer um Blut zu trinken. Viele Legenden ranken sich um diese Krieger, und sie werden von ihresgleichen mit höchster Ehrfurcht behandelt. Sie können getötet werden, aber nur durch sehr schwere Wunden, wie zum Beispiel eine Kugel oder einen Messerstich ins Herz.

Blutsklave – Männlicher oder weiblicher Vampir, der unterworfen wurde, um das Blutbedürfnis eines anderen zu stillen. Die Haltung von Blutsklaven wurde vor Kurzem gesetzlich verboten.

Chrih – Symbol des ehrenhaften Todes in der alten Sprache.

Doggen – Angehörige(r) der Dienerklasse innerhalb der Vampirwelt. *Doggen* pflegen im Dienst an ihrer Herrschaft altertümliche, konservative Sitten und folgen einem formellen Bekleidungs- und Verhaltenskodex. Sie können tagsüber aus dem Haus gehen, altern aber relativ rasch. Die Lebenserwartung liegt bei etwa fünfhundert Jahren.

Dhunhd – Hölle.

Ehros – Eine Auserwählte, die speziell in der Liebeskunst ausgebildet wurde.

Exhile Dhoble – Der böse oder verfluchte Zwilling, derjenige, der als Zweiter geboren wird.

Gesellschaft der *Lesser* – Orden von Vampirjägern, der von Omega zum Zwecke der Auslöschung der Vampirspezies gegründet wurde.

Glymera – Das soziale Herzstück der Aristokratie, sozusagen die »oberen Zehntausend« unter den Vampiren.

Gruft – Heiliges Gewölbe der Bruderschaft der Black Dagger. Sowohl Ort für zeremonielle Handlungen als auch Aufbewahrungsort für die erbeuteten Kanopen der *Lesser*. Hier werden unter anderem Aufnahmerituale, Begräbnisse und Disziplinarmaßnahmen gegen Brüder durchgeführt. Niemand außer Angehörigen der Bruderschaft, der Jungfrau der Schrift und Aspiranten hat Zutritt zur Gruft.

Hellren – Männlicher Vampir, der eine Partnerschaft mit einer Vampirin eingegangen ist. Männliche Vampire können mehr als eine Vampirin als Partnerin nehmen.

Hyslop – Aussetzer im Urteilsvermögen, der klassischer Weise zur Beeinträchtigung der Funktionsfähigkeit oder dem Abhandenkommen eines Fahrzeugs oder anderen motorisierten Transportmitteln führt. Wenn zum Beispiel jemand den Zündschlüssel stecken lässt, während das Auto über Nacht vor dem Haus parkt, und besagtes Versehen in unerlaubten Spritztouren Dritter resultiert, so ist dies ein Hyslop.

Familie – König und Königin der Vampire sowie all ihre Kinder.

Hüter – Vormund eines Vampirs oder einer Vampirin. Hüter können unterschiedlich viel Autorität besitzen, die größte Macht übt der Hüter einer gebannten Vampirin aus.

Jungfrau der Schrift – Mystische Macht, die dem König als Beraterin dient sowie die Vampirarchive hütet und Privilegien erteilt. Existiert in einer jenseitigen Sphäre und besitzt umfangreiche Kräfte. Hatte die Befähigung zu einem einzigen Schöpfungsakt, den sie zur Erschaffung der Vampire nutzte.

Leahdyre – Eine mächtige und einflussreiche Person.

Lesser – Ein seiner Seele beraubter Mensch, der als Mitglied der Gesellschaft der *Lesser* Jagd auf Vampire macht, um sie auszurotten. Die *Lesser* müssen durch einen Stich in die Brust getötet werden. Sie altern nicht, essen und trinken nicht und sind impotent. Im Laufe der Jahre verlieren ihre Haare, Haut und Iris ihre Pigmentierung, bis sie blond, bleich und weißäugig sind. Sie riechen nach Talkum. Aufgenommen in die Gesellschaft werden sie durch Omega. Daraufhin erhalten sie ihre Kanope, ein Keramikgefäß, in dem sie ihr aus der Brust entferntes Herz aufbewahren.

Lewlhen – Geschenk.

Lheage – Respektsbezeichnung einer sexuell devoten Person gegenüber einem dominanten Partner.

Lhenihan – Mystisches Biest bekannt für seine sexuelle Leistungsfähigkeit. In modernem Slang bezieht es sich auf einen Vampir von übermäßiger Größe und Ausdauer.

Lielan – Ein Kosewort, frei übersetzt in etwa »mein Liebstes«.

Lys – Folterwerkzeug zur Entnahme von Augen.

Mahmen – Mutter. Dient sowohl als Bezeichnung als auch als Anrede und Kosewort.

Mhis – Die Verhüllung eines Ortes oder einer Gegend; die Schaffung einer Illusion.

Nalla oder Nallum – Kosewort. In etwa »Geliebte(r)«.

Novizin – Eine Jungfrau.

Omega – Unheilvolle mystische Gestalt, die sich aus Groll gegen die Jungfrau der Schrift die Ausrottung der Vampire zum Ziel gesetzt hat. Existiert in einer jenseitigen Sphäre und hat weitreichende Kräfte, wenn auch nicht die Kraft zur Schöpfung.

Phearsom – Begriff, der sich auf die Funktionstüchtigkeit der männlichen Geschlechtsorgane bezieht. Die wörtliche Übersetzung lautet in etwa »würdig, in eine Frau einzudringen«.

Princeps – Höchste Stufe der Vampiraristokratie, untergeben nur den Mitgliedern der Hohen Familie und den Auserwählten der Jungfrau der Schrift. Dieser Titel wird vererbt; er kann nicht verliehen werden.

Pyrokant – Bezeichnet die entscheidende Schwachstelle eines Individuums, sozusagen seine Achillesferse. Diese Schwachstelle kann innerlich sein, wie zum Beispiel eine Sucht, oder äußerlich, wie ein geliebter Mensch.

Rahlman – Retter.

Rythos – Rituelle Prozedur, um verlorene Ehre wiederherzustellen. Der Rythos wird von dem Vampir gewährt, der einen anderen beleidigt hat. Wird er angenommen, wählt der Gekränkte eine Waffe und tritt damit dem unbewaffneten Beleidiger entgegen.

Schleier – Jenseitige Sphäre, in der die Toten wieder mit ihrer Familie und ihren Freunden zusammentreffen und die Ewigkeit verbringen.

Shellan – Vampirin, die eine Partnerschaft mit einem Vampir eingegangen ist. Vampirinnen nehmen sich in der Regel nicht mehr als einen Partner, da gebundene männliche Vampire ein ausgeprägtes Revierverhalten zeigen.

Symphath – Eigene Spezies innerhalb der Vampirrasse, deren Merkmale die Fähigkeit und das Verlangen sind, Gefühle in anderen zu manipulieren (zum Zwecke eines Energieaustauschs). Historisch wurden die Symphathen oft mit Misstrauen betrachtet und in bestimmten Epochen auch von den anderen Vampiren gejagt. Sind heute nahezu ausgestorben.

Trahyner – Respekts- und Zuneigungsbezeichnung unter männlichen Vampiren. Bedeutet ungefähr »geliebter Freund«.

Transition – Entscheidender Moment im Leben eines Vampirs, wenn er oder sie ins Erwachsenenleben eintritt. Ab diesem Punkt müssen sie das Blut des jeweils anderen Geschlechts trinken, um zu überleben, und vertragen kein Sonnenlicht mehr. Findet normalerweise mit etwa Mitte zwanzig statt. Manche Vampire überleben ihre Transition nicht, vor allem männliche Vampire. Vor ihrer Transition sind Vampire von schwächlicher Konstitution und sexuell unreif und desinteressiert. Außerdem können sie sich noch nicht dematerialisieren.

Triebigkeit – Fruchtbare Phase einer Vampirin. Üblicherweise dauert sie zwei Tage und wird von heftigem sexuellen Verlangen begleitet. Zum ersten Mal tritt sie etwa fünf Jahre nach der Transition eines weiblichen Vampirs auf, danach im Abstand von etwa zehn Jahren. Alle männlichen Vampire reagieren bis zu einem gewissen Grad auf eine triebige Vampirin, deshalb ist dies eine gefährliche Zeit. Zwischen konkurrierenden männlichen Vampiren können Konflikte und Kämpfe ausbrechen, besonders wenn die Vampirin keinen Partner hat.

Vampir – Angehöriger einer gesonderten Spezies neben dem Homo sapiens. Vampire sind darauf angewiesen, das Blut des jeweils anderen Geschlechts zu trinken. Menschliches Blut kann ihnen zwar auch das Überleben sichern, aber die daraus gewonnene Kraft hält nicht lange vor. Nach ihrer Transition, die üblicherweise etwa mit Mitte zwanzig stattfindet, dürfen sie sich nicht mehr dem Sonnenlicht aussetzen und müssen sich in regelmäßigen Abständen aus der Vene ernähren. Entgegen einer weit verbreiteten Annahme können Vampire Menschen nicht durch einen Biss oder eine Blutübertragung »verwandeln«; in seltenen Fällen aber können sich die beiden Spezies zusammen fortpflanzen. Vampire können sich nach Belieben dematerialisieren, dazu müssen sie aber ganz ruhig werden und sich konzentrieren; außerdem dürfen sie nichts Schweres bei sich tragen. Sie können Menschen ihre Erinnerung nehmen, allerdings nur, solange diese Erinnerungen im Kurzzeitgedächtnis abgespeichert sind. Manche Vampire können auch Gedanken lesen. Die Lebenserwartung liegt bei über eintausend Jahren, in manchen Fällen auch höher.

Vergeltung – Akt tödlicher Rache, typischerweise ausgeführt von einem Mann im Dienste seiner Liebe.

Wanderer – Ein Verstorbener, der aus dem Schleier zu den Lebenden zurückgekehrt ist. Wanderern wird großer Respekt entgegengebracht, und sie werden für das, was sie durchmachen mussten, verehrt.

Whard – Entspricht einem Patenonkel oder einer Patentante.

Zwiestreit – Konflikt zwischen zwei männlichen Vampiren, die Rivalen um die Gunst einer Vampirin sind.

PROLOG

Qhuinn, Sohn des Lohstrong, betrat den Wohnsitz seiner Familie durch die herrschaftliche Eingangstür. Sobald er über die Schwelle trat, stieg ihm der Geruch des Hauses in die Nase. Zitruspolitur. Bienenwachskerzen. Frische Schnittblumen aus dem Garten, täglich von den *Doggen* in Vasen arrangiert. Parfüm – das seiner Mutter. Eau de Cologne – das seines Vaters und das seines Bruders. Kaugummi mit Zimtgeschmack – der seiner Schwester.

Sollte je ein Raumerfrischer mit dieser Note auf den Markt kommen, würden ihn die Hersteller zweifelsohne »Im goldenen Tal des Geldadels« nennen. Oder »Morgenglanz auf prallem Konto«.

Oder vielleicht der Bestseller: »Wir sind besser als der Rest«.

Aus dem Esszimmer drangen leise Stimmen an sein Ohr, die Vokale rund wie geschliffene Diamanten, die Konsonanten weich und langgezogen wie Seidenbänder.

»Ach Lillie, es ist köstlich, danke«, sagte seine Mutter

zur *Doggen,* die das Essen auftrug. »Aber für mich nicht ganz so viel, bitte. Und auch für Solange nicht. Sie wird allmählich rundlich.«

Damit zwang sie ihre Dauerdiät der nächsten Generation auf: Von weiblichen Angehörigen der *Glymera* wurde erwartet, dass sie quasi unsichtbar wurden, wenn sie sich ins Profil drehten, und jeder hervortretende Wangenknochen oder knöchrige Oberarm wurde als Trophäe gehandelt.

Als wäre man etwas Besseres, wenn man dürr wie ein Schürhaken durch die Welt lief.

Und wehe dem, dessen Tochter einen gesunden Eindruck machte.

»Oh ja, danke, Lilith«, brummte sein Vater sonor. »Gerne mehr.«

Qhuinn schloss die Augen und bemühte sich, seine Beine zum Weitergehen zu animieren. Einen Fuß vor den anderen zu setzen. Es konnte doch nicht so schwer sein.

Seine brandneuen Ed-Hardy-Kicks konterten den Vorschlag mit hochgerecktem Mittelfinger. Denn dieses Speisezimmer zu betreten war für ihn in mehrfacher Hinsicht so, als würde er sich in die Höhle des Löwen begeben.

Er ließ seine Sporttasche zu Boden fallen. Die zwei Tage bei seinem besten Freund Blay hatten ihm gutgetan. Endlich mal ein Haus, in dem man frei atmen konnte. Doch leider war die Heimkehr derart deprimierend, dass sie den Erholungswert gleich wieder zunichtemachte.

Okay, das war lächerlich. Er konnte nicht reglos hier rumstehen wie ein Möbelstück.

Abrupt wandte er sich dem alten mannshohen Spiegel neben der Tür zu. So wohlüberlegt platziert, perfekt für den Adel, der stets auf sein Äußeres bedacht war. Auf diese Weise konnten die Gäste Frisur und Kleidung überprüfen, während ihnen der Butler Mäntel und Hüte abnahm. Der junge Prätrans, der ihm aus dem Spiegel entgegenblickte, hatte vorteilhafte Züge: ein entschlossenes Kinn und einen Mund, der, das musste er zugeben, schon jetzt so aussah, als könnte er später einmal Schlimmes anrichten, wenn er auf nackte Haut traf. Doch vielleicht war das reines Wunschdenken. Seine Igelfrisur stand in sämtliche Richtungen ab. Um seinen Hals schmiegte sich eine Fahrradkette, aber kein modisches Accessoire von Urban Outfitters, sondern das Ding, das zuvor sein Rennrad angetrieben hatte.

Alles in allem sah er aus wie ein Einbrecher, der hier gleich alles kurz und klein schlagen würde auf der Jagd nach Tafelsilber, Schmuck und tragbaren Elektrogeräten.

Der Witz war, dass sein Gothic-Look in den Augen seiner Familie noch nicht einmal das Anstößigste an ihm war. Im Grunde hätte er sich genauso gut nackt ausziehen, eine Taschenlampe zwischen die Pobacken klemmen und durch das Erdgeschoss rasen können, um Kunstgegenstände und Antiquitäten mit dem Baseballschläger zu bearbeiten – seine Familie hätte dies nicht annähernd so problematisch empfunden wie seinen wahren Defekt.

Seine Augen.

Eins blau. Eins grün.

Hoppla. Was für ein Pech.

Die *Glymera* schätzte keine Makel. Weder an ihrem Porzellan noch in ihren Rosengärten. Nicht an den Tapeten oder Teppichen oder Arbeitsoberflächen. Nicht an der Seide ihrer Unterwäsche, der Wolle ihrer Blazer oder dem Chiffon ihrer Kleider.

Und ganz bestimmt *niemals* an ihren Kindern.

Die Schwester war ganz annehmbar – mal abgesehen von ihrem »kleinen Gewichtsproblem«, das gar nicht existierte, und dem Lispeln, das die Transition nicht behoben hatte – ach ja, und abgesehen von der Tatsache, dass sie den Charakter ihrer Mutter geerbt hatte, wogegen man leider nichts tun konnte. Sein Bruder hingegen war der Star, ein körperlich einwandfreier Erstgeborener, der den Fortbestand der Blutlinie sichern würde, indem er sich in einem äußerst gediegenen Akt ohne Schweiß und Gestöhne mit einer Vampirin vereinen würde, die seine Familie für ihn ausgewählt hatte.

Scheiße, die Empfängerin seines Spermas hockte bereits in den Startlöchern. Er würde sich mit ihr verbinden, sobald er seine Transition durchlaufen hatte …

»Wie fühlst du dich, mein Sohn?«, erkundigte sein Vater sich zögerlich.

»Müde, Sir«, antwortete eine tiefe Stimme. »Aber das hier wird mir guttun.«

Qhuinn lief es eiskalt über den Rücken. Diese Stimme klang nicht nach seinem Bruder. Sie war viel zu tief. Viel zu männlich. Viel zu …

Heilige Scheiße, der Kerl hatte seine Transition durchlaufen.

Jetzt setzten sich Qhuinns Ed Hardys doch noch in Bewegung, bis er ins Esszimmer blicken konnte. Sein Vater saß am Kopf der Tafel. Wie üblich. Seine Schwester blickte in die Gegenrichtung und konnte sich vor Hunger kaum zurückhalten, den Goldrand von ihrem Teller zu lutschen. Alles wie immer.

Aber der Kerl, der mit dem Rücken zu Qhuinn saß, war alles andere als der gewohnte Anblick.

Luchas war doppelt so groß wie vor zwei Tagen, als Qhuinn von einem *Doggen* angewiesen wurde, seine Sachen zu packen und zu Blay zu verschwinden.

Deshalb also der Urlaub. Qhuinn hatte gedacht, sein

Vater hätte eingelenkt und ihm erlaubt, worum er schon seit Wochen gebeten hatte. Irrtum, er wollte Qhuinn nur aus dem Haus haben, weil die Verwandlung seines Goldstücks bevorstand.

Hatte sein Bruder die Mieze flachgelegt? Wessen Blut hatten sie wohl benutzt …

Sein Vater, verklemmt wie eh und je, streckte die Hand nach Luchas aus und tätschelte unbeholfen seinen Unterarm. »Wir sind so stolz auf dich. Du siehst … vortrefflich aus.«

»Das tust du«, fiel Qhuinns Mutter ein. »Wirklich vortrefflich. Sieht dein Bruder nicht vortrefflich aus, Solange?«

»Doch, das tut er. Vortrefflich.«

»Ich habe hier etwas für dich«, sagte Lohstrong.

Er griff in die Innentasche seiner Sportjacke und brachte ein schwarzes, samtbezogenes Kästchen in der Größe eines Baseballs zum Vorschein.

Qhuinns Mutter musste sich Tränen aus den Augenwinkeln tupfen.

»Das ist für dich, mein Teuerster.«

Er schob das Kästchen über die weiße Tischdecke aus Damast, und Qhuinns Bruder ergriff es mit seinen neuen Pranken, die zitterten, als er den Deckel öffnete.

Das Gold funkelte bis zu Qhuinn in die Diele.

Die Tischrunde verstummte. Sein Bruder blickte überwältigt auf den Siegelring, während sich die Mutter weiter die Augen wischte und selbst sein Vater einen feuchten Blick bekam. Qhuinns Schwester schnappte sich indessen unauffällig ein Brötchen aus dem Brotkorb.

»Danke, Sir«, sagte Luchas und steckte den schweren Goldring an den Zeigefinger.

»Er passt doch, oder?«, erkundigte sich Lohstrong.

»Ja, Sir. Wie angegossen.«

»Dann haben wir die gleiche Größe.«

Wie hätte es auch anders sein können.

In diesem Moment ließ Qhuinns Vater den Blick durch den Raum schweifen, als wollte er durch die Bewegung den Tränenschleier fortwischen, der seine Sicht behinderte.

Seine Augen kamen auf Qhuinn zu ruhen, der vor dem Esszimmer stand.

Kurz blitzte etwas wie Erkennen in ihnen auf. Aber es war kein Blick, der sagte »Hallo, komm doch rein« oder »Wie schön, mein anderer Sohn ist auch zurück«. Es war vielmehr der Blick eines Spaziergängers, der einen Hundehaufen in seiner Bahn so spät bemerkt hatte, dass er nicht mehr ausweichen konnte.

Sein Vater wandte sich seiner Familie zu und ignorierte Qhuinn absichtlich. Offensichtlich wollte Lohstrong diesen historischen Moment um keinen Preis trüben – aus diesem Grund sparte er sich das Handzeichen gegen den bösen Blick. Normalerweise vollzogen alle Personen des Haushalts die Geste, wenn sie Qhuinn begegneten. Doch nicht an diesem Abend. Daddy wollte nicht, dass ihn die anderen bemerkten.

Qhuinn lief zu seiner Sporttasche, warf sie sich über die Schulter und stapfte über die Vordertreppe hoch in sein Zimmer. Normalerweise zog es seine Mutter vor, wenn er den Dienstbotenaufgang benutzte, aber dazu hätte er durchs Esszimmer gehen und die selige Eintracht stören müssen.

Sein Zimmer lag ganz hinten rechts, so weit wie möglich von den anderen entfernt. Qhuinn hatte sich oft gefragt, warum sie keinen endgültigen Schlussstrich zogen und ihn zu den *Doggen* ausquartierten – aber dann hätte das Personal womöglich gekündigt.

Er schloss sich ein, warf seinen Krempel auf den blanken Boden und setzte sich aufs Bett. Dann starrte er die Tasche an und überlegte, ob er seine Sachen lieber gleich waschen sollte, weil eine nasse Badehose darunter war.

Die Zimmermädchen weigerten sich, seine Kleidung anzufassen – als würde das Böse in ihm den Fasern seiner Jeans und T-Shirts anhaften. Glücklicherweise wurde er nie zu feierlichen Anlässen geladen, also besaß er auch keine bescheuerte Bügelwäsche …

Dass er weinte, bemerkte er erst, als er auf seine Ed Hardys blickte. Zwischen den Schnürsenkeln saßen ein paar vereinzelte Tropfen.

Qhuinn würde nie einen Ring erhalten.

Ach, verdammt … das tat weh.

Er rieb sich das Gesicht, als sein Handy klingelte. Während er das Ding aus seiner Bikerjacke zog, musste er blinzeln, um klar zu sehen.

Er nahm den Anruf entgegen, ohne sich zu melden.

»Ich habe es soeben erfahren«, hörte er Blay sagen. »Wie geht es dir?«

Qhuinn öffnete den Mund, um etwas zu erwidern, so nach dem Motto: »Fucking fantastisch«, »Wenigstens bin ich nicht so moppelig wie meine Schwester«, oder »Nein, keine Ahnung, ob mein Bruder zum Stich gekommen ist«.

Stattdessen sagte er: »Sie haben mich aus dem Haus geschafft. Sie wollten nicht, dass mein Fluch die Transition überschattet. Es schein funktioniert zu haben, der Kerl sieht aus, als hätte er es gut überstanden.«

Blay fluchte verhalten.

»Ach ja, und er hat gerade seinen Ring bekommen. Mein Vater hat ihm … seinen Ring überreicht.«

Den Siegelring mit dem Familienwappen, dem Symbol,

das alle männlichen Angehörigen eines Stammbaums trugen und das von ihrer edlen Herkunft zeugte.

»Ich habe zugesehen, wie Luchas ihn an den Finger gesteckt hat«, sagte Qhuinn, und es fühlte sich an, als würde er sich mit einem spitzen Messer den Arm aufschlitzen. »Hat gepasst wie angegossen. Sah toll aus. Aber ... wie hätte es auch anders sein sollen ...«

An diesem Punkt begann er zu schluchzen.

Hemmungslos.

Die schreckliche Wahrheit nämlich war, dass er sich trotz seiner rebellischen Leckt-mich-Haltung wünschte, seine Familie möge ihn lieben. So zimperlich seine Schwester war, so streberhaft sein Bruder, so reserviert seine Eltern, er sah, dass sie einander liebten. Er *spürte* diese Liebe zwischen ihnen. Sie war das Band, das sie zusammenhielt, die unsichtbare Kette von einem Herzen zum anderen, die Selbstverständlichkeit, mit der man sich um den anderen sorgte, ob er nun mit banalem Mist oder einem wirklichen Problem konfrontiert war. Und stärker als dieses Gefühl der Bindung war allein ... das Gefühl, davon ausgeschlossen zu sein.

Jeden einzelnen verdammten Tag.

Blays Stimme drang durch das Schluchzen an sein Ohr. »Ich bin für dich da. Es tut mir so verdammt leid ... ich bin für dich da ... Aber mach bloß keinen Scheiß, okay? Ich komme zu dir ...«

Blay hatte offensichtlich erraten, in welche Richtung Qhuinns Gedanken gingen: Dinge, die mit Seilen und Deckenaufhängungen zu tun hatten.

Tatsächlich war seine Hand bereits an den behelfsmäßigen Gürtel gewandert, den er sich aus einem hübschen, kräftigen Stück Nylongewebe gebastelt hatte – denn seine Eltern gaben ihm nicht ausreichend Geld für Klei-

dung, und sein letzter war schon vor Jahren auseinander-
gefallen.

Er zog den Gürtel aus den Schlaufen und schielte zur
verschlossenen Badezimmertür. Er brauchte das Ding nur
an den Duschkopf zu knüpfen, der aus der Decke ragte –
die Wasserrohre stammten aus der guten alten Zeit, als so-
lides, tragfähiges Handwerk noch etwas gegolten hatte. Er
hatte sogar einen Stuhl, den er besteigen und dann unter
sich wegtreten konnte.

»Ich muss Schluss machen ...«

»Qhuinn? Leg jetzt nicht auf – wage es bloß nicht, einfach aufzulegen ...«

»Hör zu, Mann, ich muss Schluss machen.« Im Hintergrund hektisches Rascheln, als ob Blay sich die Jacke
überwerfen würde.

»Qhuinn! Leg nicht auf – *Qhuinn ...!*«

1

»Wow ey, was 'ne fette Niggerschaukel!«

Jonsey sah den Idioten an, der neben ihm im Buswartehäuschen hockte. Seit drei Stunden saßen sie jetzt schon in diesem Hamsterkäfig aus Plexiglas. Mindestens. Obwohl es sich dank Kommentaren wie diesem wie drei Tage anfühlte.

»Du bist weiß, schon aufgefallen?«, bemerkte Jonsey.

»Was sagst du, Mann?«

Okay, es fühlte sich eher wie drei Jahre an. »Heller Hauttyp, kapiert? Sonnencremekonsument. Das Gegenteil von mir …«

»Ja, reg dich ab, Mann, schau dir mal die Karre an …«

»Du bist nicht aus der Hood und solltest auch nicht so reden. Das ist voll panne, Mann!«

Zu diesem Zeitpunkt wollte er einfach nur noch, dass die Nacht vorüberging. Es war kalt, es schneite, und er

fragte sich, womit er es verdiente, hier mit Vanilla-Ice fest-
zusitzen.

Er spielte schon mit dem Gedanken, die ganze Sache hinzuschmeißen. Seine Dealergeschäfte in Caldwell
brachten ihm anständig Cash ein, und die Jugendstrafe
für die Morde hatte er vor zwei Monaten abgesessen. Er
hatte es wirklich nicht nötig, mit diesem weißen Penner
hier zu sitzen, der sich durch sein pseudocooles Gehabe
Street Credibility verschaffen wollte.

Außerdem nervte ihn das Bonzenviertel, in dem sie
hockten. Soweit er wusste, wurden hier um zweiundzwan-
zig Uhr die Bürgersteige hochgeklappt.

Warum hatte er sich bloß darauf eingelassen?

»Würdest du dir bitte einmal dieses entzückende Auto-
mobil ansehen.«

Nur damit dieser Typ endlich Ruhe gab, beugte Jonsey
sich nach vorne und blickte seitlich aus dem Unterstand.
Als ihm der Schnee in die Augen wehte, fluchte er. Auf
den Norden von New York State war im Winter echt ge-
schissen. Da froren einem die Eier ab ...

Aber hallo, was war denn das?

Auf dem schmalen Parkplatz vor einem geschleckten
Vierundzwanzig-Stunden-Drogeriemarkt ohne jedes Graf-
fito stand doch tatsächlich ein supercooles fettes Teil.
Der Hummer war komplett schwarz, nirgendwo Chrom –
nicht einmal am Kühlergrill. Außerdem war es einer von
den ganz großen – und der Ausstattung nach zu urteilen
hatte er sogar einen größ,eren Motor.

Solche Karren sah man normalerweise eher da, wo er
herkam, die großen Dealer nutzten sie dort als fahrbaren
Untersatz. Nur dass sie hier so weit von der Innenstadt entfernt waren, dass er nur einem Loser gehören konnte, der
auf dicke Hose machte.

Vanilla-Ice warf sich seinen Rucksack über die Schulter. »Ich seh mir das mal an.«

»Der Bus kommt gleich.« Jonsey blickte auf die Uhr und gab sich seinem Wunschdenken hin. »In fünf bis zehn Minuten.«

»Komm schon …«

»Tschüss, Arschloch.«

»Hast du Schiss, oder was?« Der Kerl fuchtelte mit den Händen vor seinem Gesicht herum wie im Film *Paranormal Activity.* »Huh, wie schaurig …«

Jonsey zog seine Waffe und hielt sie dem Kerl in die blöde Fresse. »Ich hab kein Problem damit, dich auf der Stelle abzuknallen. Ich hab's schon mal getan, und ich mach's wieder. Also lass mich in Frieden, und halt verdammt noch mal die Klappe.«

Jonsey sah dem Kerl in die Augen. Ihn kümmerte kaum, wie diese Sache ausging. Den Penner erschießen. Den Penner nicht erschießen. Egal.

»Okay, okay, okay.« Der Quasselfritze wich zurück und trat aus der Bushaltestelle.

Gott sei Dank.

Jonsey steckte seine Knarre weg, verschränkte die Arme und blickte in die Richtung, aus der der Bus kommen sollte … als ob das helfen würde.

Dämlicher Idiot.

Wieder ein Blick auf die Uhr. Mann, er hatte genug von dem Schwachsinn. Wenn der Bus zurück in die Stadt zuerst kam, würde er einfach einsteigen und auf die ganze Sache scheißen.

Er rückte den Rucksack zurecht, den er besorgen hatte sollen, und spürte die harten Umrisse des Keramikbehälters darin. Die Sache mit dem Rucksack verstand er. Wenn er Ware aus der Pampa in die Hood transportieren sollte, klarer Fall. Aber der Keramikpott? Wofür sollte der gut sein?

Oder ging es etwa um loses Pulver?

Dass ihn C-Rider persönlich auserkoren hatte, war ganz schön cool gewesen. Bis er Vanilla-Ice getroffen hatte – das hatte seinem Gefühl, etwas Besonderes zu sein, einen ziemlichen Dämpfer verpasst. Die Anweisungen vom Boss waren einfach gewesen: Triff dich mit dem Kerl an der Haltestelle Fourth Street. Nehmt den letzten Bus in die Vorstadt und wartet. Steigt in den ersten Regionalbus, der kurz vor der Morgendämmerung kommt, und fahrt bis zur Haltestelle Warren Country. Von dort aus schlappt ihr eine Meile bis zu einem Farmgelände.

Dort würde C-Rider sie und noch ein paar Kerle erwarten, um Geschäftliches zu besprechen. Und dann? Dann wäre Jonsey Teil einer neuen Crew, die sich die Szene in Caldwell unter den Nagel reißen wollte.

Das gefiel ihm. Und C-Rider musste man echt respektieren. Dieser Kerl war voll in Ordnung: ein großes Tier in der Hood. Cool.

Aber wenn die anderen so waren wie der Kollege hier …

Das laute Röhren eines Motors ließ ihn aufhorchen. Sollte sich der öffentliche Nahverkehr endlich erbarmen? Er stand auf …

»Is nicht wahr«, hauchte er.

Der schwarze Hummer hielt direkt vor dem Bushäuschen, und als das Fenster herunterfuhr, saß dieser durchgeknallte Weiße doch tatsächlich hinter dem Steuer. Aus dem Wagen dröhnte ihm Cypress Hill entgegen.

»Steig ein! Komm schon! Los, steig ein!«

»Bist du bescheuert?«, stammelte Jonsey, rannte um den Hummer herum und sprang auf den Beifahrersitz.

Heilige Scheiße – dieser Penner war ja doch kein kompletter Loser, nicht, wenn er so was brachte.

Der Kerl drückte auf die Tube, und der Motor heulte auf. Die Lamellen der Reifen gruben sich in den Schnee und schleuderten den Wagen dann mit achtzig Sachen vorwärts. Jonsey hielt sich an allem fest, dessen er habhaft werden konnte, während sie bei Rot über die Kreuzung preschten und dann über den Randstein und über einen Supermarktparkplatz rasten. Als sie am anderen Ende wieder auf die Straße schossen, übertönte die Musik das Piepen, das bemängelte, dass sie nicht angeschnallt waren.

Jonsey grinste. »Yeah! Cool! Du verrücktes Arschloch! Du verrücktes weißes Arschloch ...!«

»Ich glaube, das ist Justin Bieber.«

Qhuinn stand vor dem Chipsregal und schielte zum Lautsprecher, der in die Deckenverschalung eingelassen war. »Ganz genau, ich habe recht und könnte kotzen, dass ich das weiß.«

Woher weißt du das?, gebärdete John Matthew neben ihm.

»Dieser kleine Scheißer ist einfach überall.« Als Beweis deutete er auf einen Grußkartenständer, wo es einige besonders hübsche Exemplare mit diesem Schleimer gab. »Ich schwöre, dieser Kerl ist der Beweis für die nahende Ankunft des Antichristen.«

Vielleicht ist er schon da.

»Das wäre eine Erklärung für Miley Cyrus.«

Da könntest du recht haben.

Während John sich wieder der Auswahl seines Knabberspaßes widmete, sah Qhuinn sich im Drogeriemarkt um. Es war vier Uhr morgens, alle Regale waren aufgefüllt, aber der Laden war vollkommen leer – mal abgesehen von ihnen beiden und dem Kerl an der Kasse, der den *National Enquirer* las und einen Schokoriegel mampfte.

Keine *Lesser*. Niemand von Xcors Bande.

Nichts, worauf man schießen konnte.

Den Justin-Bieber-Aufsteller mal nicht mitgerechnet.

Was willst du?, gebärdete John.

Qhuinn zuckte die Schultern und sah sich weiter um. Als Johns *Ahstrux Nohtrum* war er dafür verantwortlich, dass sein Freund Nacht für Nacht in einem Stück zum Anwesen der Bruderschaft zurückkehrte, und das war jetzt immerhin schon über ein Jahr gutgegangen ...

Himmel, wie er Blay vermisste.

Er schüttelte den Kopf und griff wahllos ins Regal. Als er seinen Arm wieder zurückzog, hielt er Chips mit Geschmacksrichtung *Sour Cream and Onion* in der Hand.

Während er die Packung anstarrte, die die Großaufnahme eines Kartoffelchips zierte, war er in Gedanken bei der Zeit, als er und John mit Blay im Haus von Blays Eltern abgehangen waren. Sie hatten Xbox gespielt, Bier getrunken und von einem aufregenderen, besseren Leben nach der Transition geträumt.

Leider hatte sich bis auf ihre körperlichen Eigenschaften nur wenig zum Besseren verändert. Obwohl das vielleicht nur er so sah. Schließlich war John glücklich verbunden. Und Blay war zusammen mit ...

Scheiße, nicht einmal in Gedanken konnte er den Namen seines Cousins aussprechen.

»Alles klar, John?«, fragte er mit kratziger Stimme.

John Matthew schnappte sich eine klassische Packung Nachos und nickte. *Holen wir uns was zu trinken.*

Als sie weiter durch den Laden zogen, wünschte Qhuinn, sie wären in der Innenstadt, um in den Gassen zu kämpfen, jeder gegen zwei ihrer Feinde. Diese Kontrollbesuche in der Vorstadt waren nicht eben abendfüllend, und damit blieb viel zu viel Zeit, darüber nachzudenken, wie …

Er schob diesen Gedanken weit von sich.

Egal. Außerdem hasste er den Kontakt mit der *Glymera* – und das beruhte auf Gegenseitigkeit. Leider kehrte der Adel allmählich wieder zurück nach Caldwell, und deswegen liefen bei Wrath die Telefone heiß, weil ständig jemand glaubte, einen *Lesser* gesehen zu haben.

Als ob Omegas Untote nichts Besseres zu tun hätten, als um kahle Obstbäume und gefrorene Swimmingpools zu schleichen.

Trotzdem war der König nicht in der Position, diesen Dandys zu sagen, dass sie ihn mal konnten. Nicht, seit ihm Xcor und seine Bande eine um ein Haar tödliche Kugel in den Hals gejagt hatten.

Verräter. Wichser. Mit etwas Glück würde Vishous zweifelsfrei beweisen, wer diesen Gewehrschuss abgefeuert hatte, und dann konnten sie diese Horde niedermetzeln, ihre Köpfe auf Pfähle spießen und ihre Leichen in Brand stecken.

Und herausfinden, welche Mitglieder im Rat mit dem neuen Feind gemeinsame Sache machten.

Ganz genau, Serviceorientiertheit lautete neuerdings die Devise – also landete jedes Team einmal pro Woche in dem Viertel, in dem er aufgewachsen war, klopfte an Türen, schaute unter Betten.

In museumsartigen Häusern, die auf ihn unheimlicher wirkten als jede dunkle Unterführung in der Stadt.

Jemand tippte ihn auf die Schulter, und er drehte sich um. »Was denn?«

Das wollte ich dich auch gerade fragen.

»Wie?«

Du bist hier stehen geblieben. Und du starrst auf ... na ja, du weißt schon.

Qhuinn runzelte die Stirn und blickte auf das Regal vor sich. Nun verlor er komplett den Faden, und sämtliche Farbe wich ihm aus dem Gesicht. »Oh, äh ...« Scheiße, hatte hier jemand die Heizung aufgedreht? »Tja.«

Babyflaschen. Milchpulver. Lätzchen, Feuchttücher und Wattestäbchen. Schnuller. Noch mehr Fläschchen. Irgendein komisches Gerät ...

Ach du Scheiße, eine Milchpumpe.

Qhuinn wirbelte herum, stand urplötzlich vor einem zwei Meter hohen Turm aus Pamperskartons, taumelte zurück zu den Saugaufsätzen und prallte von einem Fach mit Wundcremes ab, das ihn wieder aus dem Bereich für Babybedarf herauskatapultierte.

Baby. Baby. Baby ...

Cool. Er hatte es zur Kasse geschafft.

Er griff in seine Bikerjacke, zog das Portemonnaie heraus und streckte die Hand nach Johns Einkäufen aus. »Gib mir dein Zeug.«

John widersprach, indem er die Worte mit den Lippen formte, weil er die Hände voll hatte. Da schnappte Qhuinn sich das Bier und die Nachos, die die Kommunikation erschwerten.

»Bitte. Während er die Sachen eintippt, kannst du mir das noch mal genau erklären.«

John gebärdete ausführlich und eindringlich, warum er den Einkauf übernehmen wollte.

»Ist er taub?«, flüsterte der Typ an der Kasse überlaut. Als hielte er jemanden, der die Gebärdensprache benutzte, für eine Art Freak.

»Nein. Blind.«

»Ach so.«

Der Kerl starrte John weiter ungeniert an, und Qhuinn hätte ihn am liebsten abgeknallt. »Wollen Sie jetzt endlich kassieren, oder wie sieht es aus?«

»Oh ... ach ja. Hey, Sie haben da eine Tätowierung im Gesicht.« Mr Schnellspanner führte die Einkäufe derart langsam über den Scanner, als würden sie Widerstand leisten. »Wussten Sie das?«

Ach, echt? »Woher sollte ich es wissen.«

»Sind Sie etwa auch blind?«

Bei dem Kerl würde er keinen Schalldämpfer benutzen, ganz bestimmt nicht. »Ja. Bin ich.«

»Ach so, deswegen sehen Ihre Augen wohl auch so komisch aus.«

»Ganz genau. Sie haben es erraten.«

Qhuinn zog einen Zwanziger raus und wartete nicht auf sein Wechselgeld – den Kerl umzulegen schien ihm nur zu verlockend. Er nickte John zu, der den Kassierer ebenfalls gerade abschätzend musterte, als würde er für einen Sarg Maß nehmen, und ging weiter.

»Was ist mit Ihrem Wechselgeld?«, rief ihnen der Typ hinterher.

»Ich bin außerdem taub. Ich kann Sie nicht hören.«

Der Kerl rief noch lauter: »Dann behalte ich es einfach, okay?«

»Klingt gut«, rief Qhuinn ihm über die Schulter zu.

Dieser Typ war echt komplett beschränkt.

Qhuinn trat durch die Sicherheitsschranke und fragte sich, wie solche Menschen auch nur einen Tag lang überleben konnten. Und dem Kerl gelang es sogar, sich die Hose richtig anzuziehen und eine Registrierkasse zu bedienen.

Die Welt war voller Wunder.

Als er die Tür aufstieß, schlug ihm die Kälte entgegen,

der Wind blies in sein Haar, Schneeflocken trieben ihm in die Nase …

Qhuinn blieb stehen. Blickte nach rechts. »Was zum … wo ist mein Hummer?«

Aus dem Augenwinkel sah er, wie Johns Hände Gesten beschrieben, als würde er sich dasselbe fragen. Und dann deutete der Kerl auf den frischen Schnee am Boden … und die tiefen Spuren von vier Monsterreifen, die einen fetten Kreis beschrieben und vom Parkplatz auf die Straße führten.

»Verdammte Scheiße!«, fluchte Qhuinn.

Und ausgerechnet er hatte den Schnellspanner aus dem Laden für dumm gehalten.

2

Im Anwesen der Bruderschaft saß Blaylock auf der Bettkante in seinem Schlafzimmer. Er war nackt und erhitzt,
und ein Schweißfilm überzog Brust und Schultern. Sein
Schwanz lag erschöpft zwischen den Schenkeln, und seine
Hüften fühlten sich schlackrig an, nach all dem Stoßen
und Schieben. Sein Atem hingegen ging gepresst, denn
sein Körper verlangte nach mehr Sauerstoff, als seine Lunge liefern konnte.

Also war es nur logisch, dass er nach der Schachtel Dunhill Reds griff, die auf dem Nachtkästchen lag.

Die Geräusche aus dem Bad, in dem sein Freund gerade duschte, begleitet vom herben Duft handgesiedeter
Seife, waren ihm schmerzlich vertraut.

Ging das jetzt wirklich schon fast ein Jahr?

Blay zog eine Zigarette aus der Schachtel und nahm das
goldene Feuerzeug von Van Cleef & Arpels aus den Vier-
zigerjahren, das Saxton ihm zum Geburtstag geschenkt
hatte. Es war ein Schmuckstück mit dem typischen Ru-

binbesatz, eine Freude bei jedem Gebrauch – und absolut zuverlässig.

Als die Flamme emporzüngelte, wurde die Dusche abgedreht.

Blay führte die Flamme an die Zigarette, inhalierte tief und ließ den Deckel des Feuerzeugs zuschnappen. Wie immer blieb ein süßlicher Hauch von Benzin zurück, der sich mit dem Rauch vermengte, den er ausstieß ...

Qhuinn hasste das Rauchen.

Hatte es immer abgelehnt.

Was wirklich ein Witz war, wenn man bedachte, was dieser Typ sonst für krasse Angewohnheiten hatte.

Wie zum Beispiel Sex mit Zufallsbekanntschaften in Clubtoiletten. Dreier mit Partnern beiderlei Geschlechts. Piercings. Tattoos an allen erdenklichen Stellen.

Ausgerechnet dieser Kerl hatte etwas gegen das Rauchen. Als handle es sich um eine schlechte Angewohnheit, der kein Vampir von Verstand verfallen würde.

Im Bad ertönte der Fön, den er und Saxton teilten, und Blay konnte sich gut ausmalen, wie dieser blonde Haarschopf, den er gerade noch gepackt und nach hinten gerissen hatte, im künstlichen Luftstrom wehte. Dabei fingen die helleren Strähnen, die er von Natur aus hatte, das Licht auf.

Saxton war ein Bild von einem Mann, die Haut glatt, der Körper kräftig und sein Geschmack erlesen.

Und erst seine Garderobe. Unglaublich. Als wäre der große Gatsby höchstpersönlich dem Roman entstiegen, in die Fifth Avenue marschiert und hätte ganze Straßenzüge voller Haute-Couture-Boutiquen leer gekauft.

Qhuinn war da ganz anders. Er trug T-Shirts von Hanes zu Militär- oder Lederhosen und besaß noch immer die Bikerjacke, die er sich kurz nach seiner Transition gekauft hatte. Bei ihm gab es keine Ferragamos oder Ballys. Er trug New Rocks mit Sohlen so dick wie Lkw-Reifen. Haare? An guten Tagen gekämmt. Eau de Cologne? Fehlanzeige. Er roch nach Schießpulver und Orgasmen.

Zur Hölle, in all den Jahren, die Blay ihn kannte – und das war praktisch seit seiner Geburt –, hatte er Qhuinn kein einziges Mal in einem Anzug gesehen.

Man fragte sich, ob der Kerl überhaupt wusste, dass man einen Smoking besitzen und nicht nur ausleihen konnte.

Wenn Saxton der Bilderbucharistokrat war, war Qhuinn eindeutig der Gangstertyp …

»Hier. Nimm den zum Abaschen.«

Blay riss den Kopf hoch. Saxton war nackt, perfekt frisiert und umweht von einem Hauch Cool Water – und er hielt ihm den schweren Baccarat-Aschenbecher hin, den er ihm zur Sonnenwende geschenkt hatte. Auch er stammte aus den Vierzigern und hatte das Gewicht einer Bowlingkugel.

Blay nahm den Ascher entgegen und balancierte ihn auf dem Handteller. »Gehst du zur Arbeit?«

Als ob das nicht offensichtlich wäre.

»Das tue ich.«

Saxton wandte sich ab und präsentierte auf dem Weg zum Kleiderschrank einen formvollendeten Hintern. Streng genommen wohnte Saxton nebenan in einem der freien Gästezimmer, aber im Laufe der Zeit war seine Kleidung nach und nach herübergewandert.

Er störte sich nicht am Rauch. Paffte sogar manchmal mit nach einem besonders kraftvollen … Austausch.

»Wie läuft es?«, fragte Blay und stieß eine Qualmwolke aus. »Dein geheimer Auftrag, meine ich.«

»Ziemlich gut. Ich bin fast fertig.«

»Heißt das, du kannst mir endlich sagen, worum es dabei geht?«

»Das wirst du noch früh genug erfahren.«

Vom begehbaren Schrank her hörte Blay, wie ein Hemd ausgeschüttelt wurde. Er drehte die Kippe in der Hand und starrte in die leuchtende Glut. Saxton arbeitete seit Herbst an irgendetwas streng Geheimem für den König, und es hatte auch kein Bettgeflüster darüber gegeben – was wohl einer der vielen Gründe war, weshalb Wrath den Vampir zu seinem privaten juristischen Berater gemacht hatte. Saxton besaß die Diskretion eines Banktresors.

Qhuinn dagegen hatte noch nie ein Geheimnis für sich behalten können. Ob nun Überraschungsparty, Gerücht oder peinliche Privatangelegenheit, beispielsweise dass man gemeinsam von einer billigen Nutte flachgelegt wurde im …

»Blay?«

»Entschuldige, was?«

Saxton trat aus dem Ankleidezimmer, in einem Tweed-Dreiteiler von Ralph Lauren. »Ich sagte, wir sehen uns beim Letzten Mahl.«

»Ach so. Ist es schon so spät?«

»Ja. Ist es.«

Wie es aussah, hatten sie den halben Tag mit wildem Rumgevögle verbracht – so wie sie es hielten, seit …

Himmel. Er durfte gar nicht daran denken, was vor nicht einmal einer Woche geschehen war. Nicht einmal in Gedanken konnte er sein Entsetzen darüber formulieren, dass diese eine Sache, über die er sich nie irgendwelche Gedanken gemacht hatte, tatsächlich eingetreten war – direkt vor seinen Augen.

Er hatte geglaubt, es wäre schmerzhaft, von Qhuinn zurückgewiesen zu werden.

Aber zuzusehen, wie dieser Kerl ein Kind mit einer Vampirin zeugte …

Verflixt, er musste seinem Freund antworten. »Ja, unbedingt. Wir sehen uns dann.«

Nach kurzem Zögern kam Saxton zu ihm und küsste ihn. »Du hast heute frei, nicht wahr?«

Blay nickte und hielt die Zigarette zur Seite, damit sie keine Brandlöcher in Saxtons schöner Kleidung hinterließ. »Ich wollte den *New Yorker* lesen und vielleicht mit *Träume auf der Terrasse* anfangen.«

Saxton lächelte, denn beides schien ihm offensichtlich reizvoll. »Beneidenswert. Wenn ich fertig bin, nehme ich mir ein paar Nächte frei und spanne aus.«

»Vielleicht können wir verreisen.«

»Ja, vielleicht.«

Ein kurzer Schatten huschte über das schöne Gesicht. Denn Saxton wusste, dass sie niemals irgendwohin reisen würden. Und das nicht nur, weil ein luxuriöser All-inclusive-Urlaub so gar nicht ihre Zukunft war.

»Mach's gut«, sagte Saxton und strich mit dem Handrücken über Blays Wange.

Blay schmiegte sich an seine Hand. »Du auch.«

Einen Moment später war Blay allein. Er saß auf dem zerwühlten Bett in der Stille, die von allen Seiten auf ihn einzustürzen schien, rauchte seine Zigarette runter bis zum Filter und steckte sich eine neue an.

Er schloss die Augen und versuchte, sich an Saxtons Stöhnen zu erinnern oder daran, wie sein Rücken sich durchgebogen oder seine Haut sich angefühlt hatte.

Es gelang ihm nicht.

Und das war die Wurzel allen Übels.

»Nur damit ich das richtig verstehe«, sprach V gedehnt ins Handy. »Du hast deinen Hummer verloren?«

Qhuinn hätte am liebsten den Kopf durch eine Scheibe gerammt. »Ja. Habe ich. Also könntest du bitte …«

»Wie verliert man denn bitte vier Tonnen Stahl?«

»Das tut nichts zur Sache …«

»Na ja, doch, wenn du willst, dass ich das GPS anzapfe und dir sage, wo du das verdammte Ding wiederfindest. Und deswegen rufst du mich doch wohl an, vermute ich? Oder denkst du, ein Geständnis ohne Einzelheiten wäre gut fürs Seelenheil?«

Qhuinns Hand schloss sich noch fester um das Handy. »Ich hab den Schlüssel stecken lassen.«

»Wie bitte? Ich habe dich nicht verstanden.«

Verdammt. »Ich hab den Schlüssel stecken lassen.«

»Das war wirklich dumm, mein Sohn.«

Ach was. »Also, kannst du mir jetzt helfen …«

»Ich habe dir gerade den Link gemailt. Eins noch – wenn du das Ding wiederhast?«

»Ja?«

»Sieh nach, ob die Diebe sich die Zeit genommen haben, den Sitz einzustellen – du weißt schon, ob sie es sich gemütlich gemacht haben und so. Denn vermutlich waren sie nicht in Eile, nachdem sie die Schlüssel hatten.«

Vishous' Häme war wie ein Tritt in die Eier. »Hör zu, ich muss Schluss machen. Ich brauche beide Hände, um mir den Bauch zu halten, während ich mich hier vor Lachen kugle. Bis später.«

Die Verbindung wurde getrennt, und Qhuinn musste sich kurz zusammenreißen, um nicht vor Wut das Handy auf den Boden zu schmettern.

Tja, denn es würde nicht gerade helfen, das nun auch noch zu verlieren.

Er öffnete seinen Hotmail-Account, ortete die verdammte Karre und fragte sich, wie lange es wohl dauern würde, bis diese Sache vergessen wäre.

»Der Hummer fährt nach Westen.« Er drehte John das Handy hin. »Los geht's.«

Als er sich dematerialisierte, war Qhuinn sich vage bewusst, dass seine Wut in keinem Verhältnis zum Problem stand: Während seine Moleküle auseinanderstoben, fühlte er sich wie eine brennende Zündschnur, die darauf wartete, endlich Dynamit zu erreichen – und das lag nicht allein daran, dass er sich so dämlich angestellt hatte, dass ihm das Auto gestohlen worden war oder dass er wie ein Vollidiot dastand vor einem der Vampire der Bruderschaft, die er am meisten schätzte.

Da war noch so viel anderer Mist.

Er nahm auf einer Landstraße Gestalt an, überprüfte noch einmal sein Handy und wartete auf John. Als er neben ihm erschien, kreisten sie ihr Ziel noch enger ein und bewegten sich weiter nach Westen, immer weiter … bis Qhuinn genau auf dem vereisten Straßenabschnitt landete, auf dem sein Hummer sich befand.

Ungefähr hundert Meter vor dem Gefährt.

Welche Arschgeige da auch am Steuer saß, er fuhr mit hundert Sachen auf schneeglatter Straße, geradewegs auf eine Kurve zu. Was für ein …

Obwohl, andere als Idioten zu bezeichnen konnte er sich in dieser Nacht wirklich sparen.

Lass mich in die Reifen schießen, gebärdete John, als wüsste er, dass eine Pistole in Qhuinns Hand keine besonders gute Idee war.

Bevor der Kerl seine Vierziger ziehen konnte, hatte sich Qhuinn jedoch schon wieder dematerialisiert – genau auf die Motorhaube des Hummer.

Er landete mit dem Gesicht zur Windschutzscheibe, und der Fahrtwind presste ihn wie einen Käfer dagegen. Jetzt konnte er den Insassen zuwinken: Dank der leuchtenden Armaturen sah er die erschrockenen Gesichter der beiden Kerle auf den Sitzen – woraufhin seine grandiose Idee sich als das zweite Fiasko des Abends entpuppte.

Statt auf die Bremse zu steigen, riss der Fahrer das Lenkrad herum, als könnte er dem Objekt ausweichen, das längst auf der Kühlerhaube lag. Durch die Drehung hing Qhuinn vorübergehend in der Luft und wurde quasi schwerelos, während er sich umwandte, um im Blick zu behalten, wohin die Fahrt ging.

Wie sich rausstellte, hatte er mehr Glück als die anderen.

Da der Hummer nicht nach den Gesetzen der Aerodynamik designt und gebaut war, wirkten die physikalischen Kräfte verheerend auf das kopflastige Metall und brachten den Wagen zum Überschlag. Trotz Schneedecke traf Metall auf Asphalt, und ein durchdringendes Kreischen tönte in die Nacht hinaus ...

Dann gab es einen donnernden Schlag, als der SUV in ein Objekt von der Größe eines Hauses krachte. Schlagartig verstummte das Kreischen. Qhuinn jedoch schenkte diesen Vorgängen wenig Beachtung, denn auch er legte eine Bruchlandung hin. Er kam mit Schulter und Hüfte auf der Straße auf und schlitterte über den Schnee, bis ...

Rumms!

Auch er wurde abrupt gebremst, als er mit dem Kopf gegen etwas Hartes stieß ...

Die Antwort war eine spektakuläre Lightshow, als hätte jemand einen Böller direkt vor seinem Gesicht gezündet. Dann ging es ihm wie dem Vögelchen Tweety im Cartoon:

Kleine Sternchen tanzten um seinen Kopf, während an mehreren Körperstellen Schmerz aufflammte.

Er stieß sich vom nächstgelegenen Gegenstand ab – ohne zu wissen, ob es der Untergrund, ein Baum oder dieser Fettwanst im roten Mantel war, der Weihnachten die Geschenke brachte –, und drehte sich auf den Rücken. Als er flach auf die Straße plumpste, umfing die Kälte seinen Kopf und betäubte zumindest ansatzweise seine Schmerzen.

Eigentlich wollte er aufstehen. Nach dem Hummer sehen. Den Kerl vermöbeln, der seine Blödheit ausgenutzt hatte. Aber das waren reine Gedankenspiele. Sein Körper hatte Steuer und Gaspedal übernommen und hatte nicht vor, auch nur einen Schritt zu tun.

Während er also möglichst ruhig dalag und unförmige Frostwölkchen ausstieß, verlangsamte sich die Zeit und verzerrte sich. Einen Moment lang wusste er nicht mehr, was ihn in diese missliche Lage versetzt hatte. Der Unfall, den er verursacht hatte, lag er deshalb am Straßenrand?

Oder … war es diese Ehrengarde, damals vor den Plünderungen?

Lag er nun wirklich gerade flach auf dem Asphalt, oder war es eine Erinnerung an seine Vergangenheit?

Das Gute war, dass ihn diese Überlegungen davon ablenkten, ans Aufstehen zu denken. Das Blöde war, dass die Erinnerungen an jene Nacht, in der ihn seine Familie verstoßen hatte, qualvoller waren als alle körperlichen Schmerzen, die er momentan litt.

Verflucht, es war alles so klar. Der *Doggen*, der ihm das Dokument überreichte und etwas Blut für ein Reinigungszeremoniell verlangt hatte. Wie er die Reisetasche über die Schulter geworfen und zum letzten Mal das Haus verlassen hatte. Die Straße hatte vor ihm gelegen, leer und dunkel …

Diese Straße, erst jetzt dämmerte es ihm. Das hier war die Straße, die er entlanggelaufen war. Oder vielmehr … geflogen, je nachdem. Als er sein Elternhaus verlassen hatte, wollte er nach Westen gehen, denn er hatte gehört, dass es da einen Clan von wilden Verrückten wie ihn gab. Stattdessen waren vier schwarz vermummte Vampire aufgetaucht und hatten ihn totgeprügelt – im wahrsten Sinne des Wortes. Er hatte vor der Tür zum Schleier gestanden, und auf dieser Tür hatte er eine Zukunft gesehen, die er für unmöglich gehalten hatte … bis sie Wirklichkeit geworden war. Nämlich jetzt. Mit Layla.

Ach, sieh einer an, John redete mit ihm.

Direkt vor seinen Augen fuchtelte der Kerl mit den Händen und gebärdete etwas. Qhuinn wollte ihm antworten …

»Träum ich, oder ist das hier real?«, murmelte er stattdessen.

John sah ihn verdattert an.

Es muss real sein, dachte Qhuinn. Denn die Ehrengarde war im Sommer zu ihm gekommen, und die Luft, die er einatmete, war kalt.

Alles in Ordnung? John formte die Worte mit den Lippen, während er gebärdete.

Qhuinn stützte sich mit der Hand auf dem schneebedeckten Untergrund ab und stemmte sich mit aller Kraft nach oben. Doch als es ihm nicht gelang, sich weiter als einen Zentimeter hochzudrücken, kapitulierte er – und fiel in Ohnmacht.

2

Als er hörte, wie sich jemand Koks in eine wunde Nase zog, umklammerte der Mann vor der Tür sein Messer noch fester.

Idiot. Was für ein Idiot.

Oberstes Gebot für jeden erfolgreichen Drogendealer war, dass man selbst sauber blieb. Süchtige, die das Geschäft am Laufen hielten, nahmen Drogen. Partner, die einem zum Durchbruch verhalfen, nahmen Drogen. Die Nutten, die auf der Straße für einen arbeiteten, nahmen Drogen.

Das Management hingegen blieb clean. Immer.

Logisch, denn die Begründung war so bestechend einfach. Man ging doch auch nicht in ein fünftausend Quadratmeter großes Casino mit einem Angebot an kostenlosen Häppchen für einen ganzen Kleinstaat und mit verdammten Goldverzierungen an jeder Ecke – und wunderte sich dann, wenn man sein ganzes Geld verlor. Wenn es eine solch grandiose Idee gewesen wäre, dass man Drogen nahm, warum starben die Leute dann reihenweise an dem Mist, ruinierten sich ihr Leben, wanderten in den Knast?

Schwachkopf.

Er drehte am Knauf und schob die Tür auf. Natürlich war nicht abgeschlossen, und als er den heruntergekommenen Raum betrat, hätte ihn der Gestank von Talkum sicherlich umgehauen, wäre er nicht an den Geruch gewöhnt gewesen, der ihm selbst anhaftete.

Der krasse Mief war das Einzige, was ihm an der Wandlung missfallen hatte. Alles andere – die Kraft, die Lebensdauer, die Freiheit – war genau sein Ding. Aber verdammt, dieser Gestank!

Ganz gleich, wie viel Rasierwasser er auftrug, er wurde ihn nicht los.

Und natürlich war es schade, dass er keinen Sex mehr haben konnte.

Abgesehen davon aber war die Gesellschaft der *Lesser* seine Eintrittskarte zur Macht.

Das Geschniefe hörte auf, und der Haupt-*Lesser* blickte von seinem *People*-Magazin hoch, auf dem er die Lines aufgereiht hatte. Unter den Koksresten strahlte ein Kerl namens Channing Tatum in die Kamera, ein heißer Kerl. »Hallo. Was machen Sie denn hier?«

Der Boss bemühte sich, die glasigen Augen scharf zu stellen, und er sah aus, als hätte er gerade einem Donut mit Puderzucker einen geblasen.

»Ich habe hier etwas für Sie.«

»Nachschub? Ach herrje, woher wussten Sie das nur? Ich habe nur noch fünfzig Gramm übrig, und ich …«

Connors alias C-Rider war schnell. Mit drei Schritten war er bei dem Haupt-*Lesser*, holte weit aus und stieß ihm das Messer in einer großen, kreisförmigen Bewegung seitlich in den Kopf. Die Stahlklinge drang tief ein, schnitt durch die weiche Knochenregion der Schläfe und bohrte sich in die umnebelten grauen Zellen.

Der Haupt-*Lesser* bekam einen Krampfanfall – möglicherweise aufgrund der Verletzung … wahrscheinlicher aber, weil seine Adrenalindrüsen sich soeben restlos in die Blutbahnen entleert hatten und der Stoff sich nicht gut mit dem Kokain vertrug. Als der kleine Haufen Scheiße vom Stuhl kippte und zu Boden ging, blieb das Messer in Connors' Hand und löste sich aus dem Schädel, die Klinge verschmiert mit schwarzem Blut.

Connors begegnete dem fassungslosen Blick seines von nun an ehemaligen Chefs und genoss seine eigene Beförderung in vollen Zügen. Omega war höchstpersönlich bei ihm erschienen und hatte ihm den Job angeboten, da er zweifellos wie alle anderen erkannt hatte, dass einen Skater-Punk alles überforderte, was die Organisation eines Pokerabends überstieg. Zugegeben, der Kerl war recht effektiv gewesen, was den Truppenzuwachs betraf. Aber Quantität war eben nicht Qualität, und es bedurfte keiner Army, Navy, Air Force oder der Marines, um zu erkennen, dass es in der Gesellschaft der *Lesser* von gesetzlosen Youngstern mit ADHS-Syndrom nur so wimmelte.

Mit einem Fußvolk wie diesem war es schwierig, irgendwelche Pläne umzusetzen – es sei denn, man hatte einen echten Profi an der Spitze.

Und deshalb hatte Omega diese Sache hier ins Laufen gebracht.

»Wa-wa-warum …«

»Sie sind gefeuert, Arschloch.«

Der letzte Schritt der gewaltsamen Pensionierung bestand in einem zweiten Messerstich, diesmal mitten in die

Brust. Mit einem lauten Knall und etwas Rauch war das neue Regime etabliert.

Und Connors war der neue Chef.

Kurz trat ein überlegenes Lächeln auf Connors' Züge, ehe er den Blick durch den Raum schweifen ließ. Aus irgendeinem Grund musste er an die Febreze-Werbung denken, in der ein stinkendes Loch von einem Raum wie bekloppt mit dem Zeug besprüht wurde, ehe dann »Leute von der Straße, keine Schauspieler« reingeholt wurden, die herumschnuppern sollten.

Mann, abgesehen von den Essensresten – Jäger benötigten keine Nahrung – war alles da: die Stockflecken an der Decke, die schäbigen Möbel, der tropfende Wasserhahn … und insbesondere der ganze Mist, den eine mehrfache Drogenabhängigkeit so mit sich brachte. Spritzen, Löffel, sogar die Zweiliterflasche Sprite, die als Crystal-Meth-Labor diente, lagen in der Ecke.

Das hier sah nicht aus wie ein Machtzentrum. Es war ein ordinäres Crackhouse.

Connors schnappte sich das Handy von dem Loser. Das Display war gesprungen, und auf der Rückseite befand sich ein klebriger Fleck. Das Ding war nicht passwortgeschützt, und als er das Postfach öffnete, stieß er auf jede Menge kriecherischer Nachrichten, viel Blabla und Glückwünsche zur Initiationszeremonie, die heute steigen sollte.

Aber der Haupt-*Lesser* hatte nichts von alledem gewusst. Es war nicht seine Party.

Doch Connors würde keine Vergeltung üben. Diese arschkriechenden Schleimer versuchten nur zu überleben und würden jedem die Stiefel lecken, um weiter zu atmen. Er ging davon aus, dass dieselben Leute bald bei ihm anklopfen würden, und das war ganz in seinem Sinne. Spione hatten immer ihren Platz im großen Gefüge.

Und es gab wirklich viel zu tun.

Nach allem, was er in seiner dankenswert kurzen Zeit des Buckelns herausgefunden hatte, verfügte die Gesellschaft der *Lesser* kaum noch über Mittel wie Waffen, Munition oder Immobilien. Es gab kein Bares, weil sich dieser Loser alles, was bei kleinen Raubzügen abgefallen war, durch die Nase gezogen oder in den Arm gespritzt hatte. Es gab keine Liste der Rekruten, keine Truppenorganisation, kein Training.

Hier musste einiges neu aufgebaut werden, und zwar schnell …

Ein kalter Luftzug streifte ihn, und Connors drehte sich um. Omega war aus dem Nichts erschienen, die weiße Robe des Bösen leuchtete hell, der schwarze Schatten darunter sah aus wie eine optische Täuschung.

An den Ekel, der ihn erfasste, musste sich Connors wohl erst noch gewöhnen. Omega unterhielt eine sehr spezielle Beziehung zu seinen Haupt-*Lessern* – und vielleicht war das der Grund, weshalb sie sich selten lange hielten.

Andererseits, wenn man bedachte, wen er auserwählt hatte …

»Ich habe ihn erledigt«, sagte Connors und nickte in Richtung des Brandflecks auf dem Boden.

»Ich weiß«, antwortete Omega, und seine Stimme waberte durch die kalte, abgestandene Luft.

Draußen stieß eine Windbö an die Fenster, und durch einen Spalt wehten ein paar Schneeflocken herein. Sie sanken glitzernd zu Boden, denn dank der Gegenwart des Meisters war es so kalt, dass sie nicht schmolzen.

»Er ist heimgekehrt.« Omega kam auf ihn zu wie ein Lufthauch, ohne erkennbare Bewegungen. »Und ich bin höchst zufrieden.«

Connors befahl seinen Füßen, stehen zu bleiben. Es gab

keinen Ausweg, keine Fluchtmöglichkeit – er musste einfach durchstehen, was jetzt auf ihn zukam.

Zumindest hatte er eine Vorkehrung getroffen.

»Ich habe ein paar neue Rekruten für Sie.«

Omega blieb stehen. »Ach ja?«

»Einen Tribut, sozusagen.«

Oder besser gesagt, eine Begrenzung für das, was ihm bevorstand. Er musste bald aufbrechen, und er hatte diese beiden Ereignisse absichtlich in solch zeitliche Nähe zueinander gelegt. Omega hatte ein Faible für seine Gespielen, aber seine Gesellschaft und ihr Zweck, Vampire zu eliminieren, gingen ihm über alles.

»Du erfreust mich über die Maßen«, flüsterte Omega und kam ganz dicht heran. »Ich denke, wir beide werden uns gut verstehen … Mr C.«

4

Die Auserwählte Layla hatte ihr Leben lang in harmonischem Einklang mit ihrem Körper gelebt. Geboren im Heiligtum der Jungfrau der Schrift und aufgewachsen in der abgeschiedenen, friedvollen Atmosphäre, hatte sie keinen Hunger gekannt, kein Fieber und keine Schmerzen. Weder Hitze noch Kälte, noch Knochenbrüche oder Kopfschmerzen oder Krämpfe. Wie alles, das dem Allerheiligsten entstammte, war auch ihr Körper ein Meisterwerk, das stets in Vollendung funktionierte …

»Oh Heilige Jungfrau«, würgte sie hervor, sprang aus dem Bett und stürzte ins Bad.

Ihre nackten Füße schlitterten über den Marmor, als sie sich auf die Knie warf, den Toilettendeckel hochklappte und sich über die Schüssel beugte.

»Jetzt … komm schon …«, keuchte sie, als die schreckliche Übelkeit ihren ganzen Körper erfasste, bis sich selbst ihre Zehen krümmten und am Boden festkrallten. »Bitte … um der Jungfrau der Schrift willen …«

Wenn sie doch nur ihren Magen entleeren hätte können, hätte diese Qual sicher nachgelassen …

Sie steckte Zeige- und Mittelfinger in den Mund und stieß sie so tief in den Rachen, bis sie würgte. Aber das war auch schon alles. Ihr Magen wollte sich nicht umstülpen und das fettige, verdorbene Fleisch auswerfen … nicht, dass sie welches gegessen hätte, geschweige denn irgendetwas anderes, und das schon seit Tagen nicht.

Vielleicht lag es ja genau daran.

Sie schlang einen Arm um ihren Unterleib, legte die schweißnasse Stirn auf den harten, kühlen Toilettenrand und bemühte sich, flach zu atmen – denn die Reibung der Luft in ihrer Luftröhre verstärkte noch den unwiderstehlichen Drang, sich zu übergeben.

Vor nur wenigen Tagen hatte die Triebigkeit sie erfasst, und ihr Körper hatte die Kontrolle an sich gerissen. Das Bedürfnis, sich zu vereinen, war übermächtig gewesen und hatte alle anderen Gedanken und Gefühle verdrängt. Doch der Zustand war nicht von langer Dauer gewesen, genauso wenig wie der Schmerz nach dem unermüdlichen Akt des Vereinigens, und die Belange ihres Körpers waren wieder in den Hintergrund ihres Bewusstseins getreten.

Jetzt kippte die Balance einmal mehr.

Layla gab auf und verlagerte vorsichtig ihre Position, bis sie mit den Schultern an der herrlich kühlen Marmorwand lehnte.

Sie konnte sich ihren elenden Zustand nicht anders erklären, als dass ihre Schwangerschaft abging. Im Heiligtum hatte sie nie erlebt, dass jemand Derartiges durchgemacht hatte – war das etwa normal hier auf der Erde?

Sie schloss die Augen und wünschte sich, sie könnte mit jemandem über all das reden. Aber nur wenige wussten von ihrem Zustand – und fürs Erste musste das auch so bleiben. Die meisten hatten gar nicht mitbekommen, dass sie von ihrer Triebigkeit erfasst und ihr gedient worden war. Autumns fruchtbare Periode hatte zuerst eingesetzt, und infolgedessen war die Bruderschaft so weit wie möglich in alle Richtungen auseinandergesprengt, da niemand das Risiko auf sich nehmen wollte, sich diesem Hormoncocktail auszusetzen – aus gutem Grund, wie sie am eigenen Leib erfahren hatte. Bis alle in ihre Zimmer im Haus zurückgekehrt waren, war ihre eigene Triebigkeit überstanden und restliche hormonelle Schwankungen in der Luft wurden Autumn zugeschrieben.

Doch die Abgeschiedenheit in diesen zwei Zimmern würde nicht anhalten, wenn ihre Schwangerschaft bestehen blieb. Zum einen würden die anderen ihren Zustand spüren, speziell die männlichen Vampire, die besonders empfänglich für derlei Dinge waren.

Und zweitens würde man es ihr nach einiger Zeit ansehen.

Doch wie sollte ihr Kind überleben, wenn es ihr so schlecht ging?

Als sich ihr Unterleib zusammenzog, als würde ihr Becken von einem unsichtbaren Schraubstock zusammengepresst, versuchte sie, an etwas anderes zu denken, etwas, das nichts mit ihrem körperlichen Befinden zu tun hatte.

Augen in der Farbe des Nachthimmels kamen ihr in den Sinn.

Durchdringende Augen, die aus einem blutigen, verzerrten Gesicht zu ihr aufblickten … und das in seiner Hässlichkeit doch schön war.

Okay, das war *nicht* unbedingt besser.

Xcor, Anführer einer Bande. Ein Verräter gegen den König, ein gejagter Vampir, der mit der Bruderschaft und allen gesetzestreuen Vampiren verfeindet war. Der erbitterte Krieger, Sohn einer adeligen Mutter, die ihn wegen seines hässlichen Antlitzes verstoßen hatte, und eines unbekannten Vaters, der sich nie zu seiner Vaterschaft bekannt hatte. Eine ungewollte Bürde, die von einem Waisenhaus ins nächste abgeschoben wurde, bis er zum Kriegerlager des Bloodletter im Alten Land stieß. Dort wurde er zum unbarmherzigen Kämpfer ausgebildet und zum Meister des Todes, als er erwachsen war. Er durchzog das Land mit einer Bande von Elitekämpfern, die erst dem Bloodletter selbst unterstand und danach Xcor – niemandem sonst.

Damit endete die Geschichtsschreibung in der Bibliothek des Heiligtums, denn keine der Auserwählten zeichnete heute noch etwas auf. Den Rest allerdings konnte sich Layla selbst zusammenreimen: Die Bruderschaft ging davon aus, dass Xcor hinter dem Attentat auf Wrath von vergangenem Herbst steckte, und außerdem hatte sie gehört, dass es Aufrührer in der *Glymera* gab, die mit dem Gesetzlosen gemeinsame Sache machten.

Xcor, ein verräterischer, brutaler Kerl, ohne Gewissen, ohne Loyalität, ohne Prinzipien, außer seiner Selbsterhaltung.

Und doch, als sie in seine Augen geblickt hatte, als sie in seiner Gegenwart gewesen war, als sie unwissentlich diesen neuen Feind genährt hatte … hatte sie sich zum ersten Mal in ihrem Leben wirklich als Frau gefühlt.

Denn er hatte sie nicht angriffslustig angesehen, sondern mit …

»Schluss damit«, sagte sie laut. »Auf der *Stelle*.«

Als würde sie mit einem Kind reden, das in einen Schrank kletterte oder dergleichen.

Sie zwang sich aufzustehen, zog die Robe enger um sich und beschloss, ihr Zimmer zu verlassen und hinunter in die Küche zu gehen. Sie benötigte dringend einen Tapetenwechsel und außerdem etwas zu essen – und sei es auch nur, damit ihr aufgewühlter Magen etwas hatte, das er ausstoßen konnte.

Sie prüfte nicht einmal Frisur oder Gesicht im Spiegel, ehe sie losging. Machte sich keinerlei Gedanken darüber, wie ihre Robe fiel. Verschwendete keinen Moment daran, welche ihrer Sandalen sie tragen sollte. Sie waren sowieso alle identisch.

So viel Zeit hatte sie in der Vergangenheit auf derart winzige Details ihrer Erscheinung vergeudet.

Viel besser wäre es gewesen, sie hätte studiert oder einen Beruf erlernt. Aber das gehörte nicht zu den für Auserwählte vorgesehenen Tätigkeiten.

Sie trat in den Flur mit den Statuen, holte tief Luft, sammelte sich und ging los in Richtung des königlichen Arbeitszimmers …

Vor ihr stürzte Blaylock, Sohn des Rocke, aus seinem Zimmer, die Brauen tief ins Gesicht gezogen und von den Schultern bis zu den Sohlen seiner riesenhaften Schuhe in Leder gekleidet. Im Gehen überprüfte er nacheinander seine Waffen, nahm sie aus den Halftern, steckte sie zurück, schnallte sie fest.

Layla blieb stehen.

Als er sie schließlich ansah, tat er es ihr gleich, und sein Blick verlor sich in der Ferne.

Er war ein vollblütiger Aristokrat mit feuerrotem Haar und wundervollen saphirblauen Augen, ein Kämpfer für die Bruderschaft, aber alles andere als ein Rohling. Ganz gleich, wie er seine Nächte da draußen im Einsatz verbrachte, hier auf dem Anwesen der Bruderschaft war er stets der vollendete Gentleman, intelligent und von bestem Betragen.

Daher war es nicht überraschend, dass er sich selbst in der Eile leicht verneigte, bevor er weiter auf die große Freitreppe zueilte.

Während sie ihm hinterherblickte, hörte sie wieder Qhuinns Worte in ihrem Kopf.

Mein Herz gehört einem anderen ...

Layla befasste sich wieder einmal mit ihrem neuesten Hobby, dem verhaltenen Fluchen. Es war wirklich traurig, wie es um diese beiden Kämpfer bestellt war, und diese Schwangerschaft war auch nicht gerade hilfreich.

Aber die Würfel waren gefallen.

Und sie alle würden mit den Konsequenzen leben müssen.

Blay fühlte sich verfolgt, als er die Treppe erreichte, aber es war verrückt. Niemand Bedrohliches war hinter ihm zu sehen. Kein Serienkiller mit Jason-Maske, kein kranker Spinner im gestreiften Pulli mit Messerfingern und auch kein tödlicher Clown ...

Nur eine vermutlich schwangere Auserwählte, die zufällig gute zwölf Stunden damit zugebracht hatte, mit seinem ehemaligen besten Freund zu vögeln.

Kein Problem.

Zumindest hätte es keines sein sollen. Doch blöderweise fühlte es sich jedes Mal an wie ein Schlag in die Magengrube, wenn er diese Frau sah. Was ebenfalls total irrsinnig war. Sie hatte nichts Falsches getan. Genauso wenig wie Qhuinn.

Obwohl, gütiger Himmel, wenn sie schwanger war ...

Blay schob all diese unheimlich heiteren Gedanken von sich, während er durch die Eingangshalle joggte. Jetzt war nicht der Moment für Psychogebrabbel, selbst wenn er das Gespräch lediglich mit sich selbst führte. Wenn man an einem freien Abend von Vishous aufgefordert wurde, in fünf Minuten in Kampfmontur vor der Tür zu stehen, dann sicher nicht, weil alles gut lief.

Am Telefon hatte Blay noch nichts Genaueres erfahren, und er hatte auch nicht nachgefragt. Eine kurze SMS an Saxton, dann hatte er sich in Leder gehüllt und mit Stahl behängt und war nun für alles bereit.

In gewisser Hinsicht war es gut so. Die Nacht mit Lesen in seinem Zimmer zu verbringen hatte sich als quälend erwiesen, und obwohl er nicht gern sah, wenn irgendwer in Schwierigkeiten steckte, hatte er jetzt zumindest etwas zu tun. Er stürzte aus der Vorhalle und …

… stand direkt vor dem Abschleppwagen der Bruderschaft.

Das Ding war aufgemotzt wie ein Modell, wie es die Menschen benutzten, mit Logo und Schriftzug eines erfundenen Abschleppunternehmens namens Murphy's. Falsche Telefonnummer. Falscher Werbeslogan: »Wir sind immer für Sie da.«

So ein Quatsch. Es sei denn natürlich, dieses »Sie« bezog sich auf einen Angehörigen der Bruderschaft.

Blay hüpfte auf den Beifahrersitz und sah, dass Tohr und nicht V hinter dem Steuer saß. »Kommt Vishous auch mit?«

»Nur wir beide, Junge – er ist noch immer mit den ballistischen Tests an dieser Patrone beschäftigt.«

Der Bruder drückte aufs Gas, der Dieselmotor heulte auf wie ein Ungeheuer, und das Licht der Scheinwerfer streifte beim Wenden den Brunnen im Hof und die in einer Reihe geparkten Fahrzeuge.

Gerade als Blay sie betrachtete und erkannte, welches von ihnen fehlte, sagte Tohr: »Es geht um Qhuinn und John.«

Blay schloss kurz die Augen. »Was ist passiert?«

»Ich weiß nicht viel. John hat angerufen und gesagt, es wäre ein Notfall.« Der Bruder sah ihn an. »Und außer uns ist niemand frei.«

Blay langte nach dem Türgriff, bereit, das Ding aufzustoßen und sich verdammt noch mal nach draußen zu dematerialisieren. »Wo sind sie …«

»Beruhige dich, mein Sohn. Du kennst die Regeln. Keiner von uns darf allein da raus, deshalb brauche ich dich hier auf dem Beifahrersitz, sonst würde ich gegen meine eigenen verdammten Vorschriften verstoßen.«

Blay rammte die Faust gewaltsam in die Tür, und das Stechen in seiner Hand verschaffte ihm wieder einen klaren Kopf. Dieser verdammte Xcor mit seiner Bande engte sie alle ein – und die Tatsache, dass diese Regel durchaus berechtigt war, ärgerte ihn nur noch mehr. Xcor und seine Jungs hatten bewiesen, dass sie gerissen, aggressiv und absolut skrupellos waren – nicht die Sorte Feind, der man ganz allein gegenüberstehen wollte.

Verdammt.

Blay griff nach seinem Handy, um eine SMS an John zu schicken, ließ es dann aber lieber bleiben, weil er ihn nicht unnötig ablenken wollte, indem er nach Einzelheiten fragte. »Gibt es irgendwen, der schnell zu ihnen kommen kann?«

»V hat die anderen angerufen. In der Stadt wird hart gekämpft, niemand kann sich freimachen.«

»Verdammter Mist.«

»Ich fahre, so schnell ich kann, mein Sohn.«

Blay nickte, nur um nicht unhöflich zu wirken. »Wo sind sie und wie weit entfernt?«

»Fünfzehn bis zwanzig Minuten. Außerhalb der Vorstadt.«

Scheiße.

Blay starrte aus dem Fenster, sah dem Schneetreiben zu und versuchte sich einzureden, dass sie zumindest noch am Leben waren, wenn John eine SMS schicken konnte. Und verflucht noch mal, sie hatten einen Abschleppwagen bestellt, keinen Krankenwagen. Wer weiß, vielleicht hatten sie nur einen Platten oder einen Sprung in der Windschutzscheibe. Außerdem, wenn er jetzt hysterisch reagierte, würde das die Strecke nicht verkürzen, das Drama nicht mildern, wenn es eines gab, und auch nichts am Ausgang ändern.

»Entschuldige, dass ich so nerve«, murmelte Blay, als der Bruder auf den Highway bog.

»Du musst dich nicht dafür entschuldigen, dass du dir Sorgen um deine Freunde machst.«

Mann, Tohr war echt cool in dieser Hinsicht.

Weil es spät war, tiefe Nacht, gab es kaum andere Fahrzeuge auf dem Northway, nur ein, zwei Sattelzüge, deren überdrehte Fahrer wie die Henker vorwärtsbretterten. Der Abschleppwagen blieb nicht lang auf der vierspurigen Straße. Nach etwa acht Meilen bogen sie an einer Ausfahrt ein gutes Stück nördlich von der Innenstadt von Caldwell ab. Doch hier standen Villen und keine Bauernhöfe, und man fuhr Mercedes und nicht Mazda.

»Was machen sie denn hier draußen?«, wunderte sich Blay.

»Gehen einigen Meldungen nach.«

»Über *Lesser?*«

»Ja.«

Blay schüttelte den Kopf, während sie Mauern so hoch und massiv wie Footballspieler passierten, abwechselnd mit Toren aus filigranem Gusseisen, die für Unbefugte gesperrt waren.

Er atmete aus und entspannte sich. Die Aristokraten, die in die Stadt zurückzogen, waren schreckhaft und witterten in allem Hinweise auf *Lesser* – was nicht hieß, dass sie wirklich hinter den Statuen in den Gärten lauerten oder sich in den Kellern versteckten.

Also handelte es sich um keinen tödlichen Vorfall, sondern um ein mechanisches Problem.

Blay rieb sich das Gesicht und verfluchte sich für seinen Panikanfall.

Sie ließen auf der anderen Seite den Vorort wieder hinter sich und trafen schließlich auf die Unfallstelle.

Als sie um eine Kurve bogen, entdeckten sie zwei Rücklichter am Straßenrand – weit vom Seitenstreifen entfernt und auf dem Kopf stehend.

Verdammt! Doch kein rein mechanisches Problem.

Blay sprang aus dem Abschlepper, noch ehe Tohr seitlich ranfahren konnte, und dematerialisierte sich direkt zum Hummer.

»Heilige Scheiße, nein«, stöhnte er, als er die beiden sonnenförmigen Muster in der Windschutzscheibe sah – die Sorte Muster, die nur von zwei Köpfen stammen konnte, die gegen das Glas geprallt waren.

Er stolperte durch den Schnee zur Fahrertür. Der süßlich beißende Geruch von Benzin stach in seiner Nase, der Rauch des Motors ließ ihn blinzeln …

Ein hoher Pfiff drang von links durch die Nacht. Blay wirbelte herum und suchte die schneebedeckte Landschaft ab … und entdeckte zwei Gestalten fünf Meter entfernt. Sie kauerten am Fuß eines Baums von ungefähr der gleichen Größe wie dem, gegen den der Hummer geprallt war.

Blay hastete durch die Schneeverwehungen und landete auf den Knien. Qhuinn lag auf dem Boden, die langen, schweren Beine ausgestreckt, der Oberkörper in Johns Schoß gebettet.

Der Kerl sah ihn mit seinen verschiedenfarbigen Augen an, ohne sich zu rühren oder zu sprechen.

»Ist er gelähmt?«, wandte sich Blay an John.

»Nicht, dass ich wüsste«, erwiderte Qhuinn trocken.

Ich glaube, er hat eine Gehirnerschütterung, gebärdete John.

»Das glaube ich nicht ...«

Er wurde von der Motorhaube geschleudert und ist gegen diesen Baum geprallt ...

»Ich habe den Baum nur leicht touchiert ...«

Und seitdem muss ich ihn am Boden festhalten.

»Was mir gehörig auf die Nerven geht ...«

»Wie geht's, Jungs?«, erkundigte sich Tohr, der über den knirschenden Schnee zu ihnen stapfte. »Irgendwer verletzt?«

Qhuinn riss sich von John los und sprang auf. »Nein – wir sind nur alle ...«

In dem Moment verlor er das Gleichgewicht und geriet so stark ins Wanken, dass Tohr ihn auffangen musste.

»Du wartest im Schlepper«, sagte Tohr finster.

»Einen Scheiß werde ich ...«

Tohr riss Qhuinn an sich, sodass sie sich von Angesicht zu Angesicht befanden. »Entschuldige, mein Sohn, was hast du da gesagt? Du kommst mir doch sicher nicht mit schmutzigen Ausdrücken, oder?«

Okay. In Ordnung. Blay wusste aus eigener Erfahrung, dass es nur wenige Dinge im Leben gab, vor denen sich Qhuinn duckte. Doch ein Bruder, den der Kerl respektierte und der mehr als bereit war, zu Ende zu bringen, was ein einzelner Baum begonnen hatte, gehörte ganz eindeutig dazu.

Qhuinn warf einen Blick auf seinen geschrotteten SUV.

»Entschuldige. War 'ne blöde Nacht. Hab kurz den Kopf verloren. Es geht mir gut.«

In typischer Qhuinn-Manier riss er sich von Tohr los und ging auf den qualmenden Haufen ehemals fahrbaren Metalls zu, als hätte er seine Verletzungen durch reine Willenskraft abgestreift.

Alle anderen ließ er einfach stehen.

Blay stand auf und zwang sich dazu, John anzusehen. »Was ist passiert?«

Insgeheim dankte er der Heiligen Jungfrau für die Gebärdensprache. Auf diese Weise hatte er etwas, worauf er sich konzentrieren konnte, und glücklicherweise nahm sich John Zeit, die Geschehnisse ausführlich zu berichten. Als er geendet hatte, starrte Blay seinen Freund ungläubig an. Doch so einen Bockmist konnte sich wirklich niemand ausdenken.

Zumindest nicht, wenn es um jemanden ging, den man mochte.

Tohrment fing lauthals an zu lachen. »Da hat er ja einen echten Hyslop geliefert!«

»Ich bin mir nicht sicher, ob ich weiß, was du meinst«, mischte sich Blay ein.

Tohr zuckte die Schultern, folgte Qhuinns Spur durch den Schnee und deutete auf das Wrack. »Na, das hier. Das ist die Definition eines Hyslop – begünstigt durch die Tatsache, dass dein spezieller Freund den Schlüssel stecken gelassen hat.«

Er ist nicht mein spezieller Freund, dachte Blay bei sich. *War es nie. Wird es nie sein.*

Doch dass diese Erkenntnis mehr schmerzte als jede Gehirnerschütterung, behielt er wie so vieles für sich.

Etwas außerhalb der Scheinwerferkegel ließ Blay sich seitlich zurückfallen und sah zu, wie Qhuinn neben der

Fahrertür in die Hocke ging und leise fluchte. »Unschön. Äußerst unschön.«

Tohr inspizierte den Beifahrersitz. »Oh, seht mal, was haben wir denn hier für ein Pärchen.«

»Ich glaube, sie sind tot.«

»Ach, wirklich? Wie kommst du darauf? Weil sie sich nicht bewegen, oder weil der Typ hier drüben kein Gesicht mehr hat?«

Qhuinn richtete sich auf und blickte über das Fahrgestell. »Wir müssen ihn umdrehen und abschleppen.«

»Und ich hatte gehofft, wir würden Marshmallows rösten«, erwiderte Tohr. »John? Blay? Kommt her.«

Sie stellten sich zu viert Schulter an Schulter zwischen die Reifen und verschafften sich mit den Stiefeln festen Halt im Schnee. Vier Paar Hände umfassten Metall, vier Körper beugten sich nach vorne, vier Paar Schultern strafften sich.

Und eine Stimme, nämlich die von Tohr, begann zu zählen. »Bei drei. Eins, zwei, *drei* ...«

Der Hummer hatte bereits eine schlimme Nacht hinter sich, und als man ihn wieder in die richtige Position bringen wollte, stöhnte er so laut, dass eine aufgescheuchte Eule über ihre Köpfe hinwegfegte und zwei Hirsche auf hämmernden Hufen durch die Bäume flohen.

Doch nicht nur der Hummer lamentierte. Die Kämpfer fluchten wie die Hafenarbeiter unter dem Gewicht, während sie versuchten, den Stahlklumpen dem Griff der Schwerkraft zu entreißen. Doch die physikalischen Kräfte ließen nicht locker, und während Blay sich mit aller Wucht gegen die Masse stemmte und all seine Muskeln anspannte, wandte er den Kopf und verlagerte seinen Griff ...

Er stand neben Qhuinn. Direkt neben ihm.

Qhuinns Augen waren starr geradeaus gerichtet, seine Lippen entblößten die Fänge, sein grimmiges Gesicht Ausdruck höchster körperlicher Anstrengung ...

Es sah beinahe genauso aus, wie wenn er kam. Das gehörte zwar wirklich nicht hierher, doch es änderte nichts an der Richtung, die Blays Gedanken einschlugen.

Das Blöde war nur, dass Blay aus eigener Erfahrung wusste, was so ein Orgasmus mit dem Kerl anstellte – obwohl er selbst nicht zu den Tausenden gehörte, die einen solchen Höhepunkt von Qhuinn empfangen hatten dürfen. Oh nein. Das nie. Nicht auszudenken, dass der Kerl, der seinen Schwanz in alles steckte, was atmete – und vielleicht auch ein paar unbelebte Objekte –, sich je an Blay vergriff.

Tja, denn sein anspruchsvoller Geschmack in Sachen Sex, der Qhuinn dazu gebracht hatte, in Caldwell alles zwischen zwanzig und achtundzwanzig zu vögeln, hatte Blay ausgeschlossen.

»Er ... bewegt ... sich«, presste Tohr zwischen zusammengebissenen Zähnen hervor. »Packt von unten an!«

Blay und Qhuinn reagierten sofort. Sie lockerten den Griff, gingen in die Knie und schoben die Schultern unter den Rand des Dachs. Jetzt waren ihre Gesichter einander zugewandt, und ihre Blicke trafen sich, während ihr Atem stoßweise ging und sie aus den Oberschenkeln heraus schoben, ihre Körper im Kampf gegen all das kalte, harte Metall – das dank des Schnees auch noch rutschig war.

Die zusätzliche Kraftanstrengung brachte die Sache ins Kippen – im wahrsten Sinne des Wortes. Der Schwerpunkt verlagerte sich in Richtung der gegenüberliegenden Reifen, und die Viertonnenlast des Hummers geriet in Bewegung, wurde leichter und leichter ...

Warum zum Teufel sah Qhuinn ihn so an?

Diese Augen, dieses Paar aus Blau und Grün, blickten direkt in Blays – und sahen ihn unverwandt an.

Vielleicht war es nur die Konzentration – vielleicht fixierte er in Wirklichkeit nur die fünf Zentimeter vor seinem Gesicht, und Blay befand sich eben zufällig in diesem Bereich.

So musste es sein …

»Sachte, Jungs!«, rief Tohr. »Sonst kippt uns das Ding auf die andere Seite!«

Blay verringerte den Druck ein wenig, es folgte ein Moment der Schwerelosigkeit, in dem für den Bruchteil einer Sekunde das Unmögliche geschah und ein vier Tonnen schwerer Hummer auf zwei Reifen balancierte. Gleichzeitig verwandelte sich das, was ihm zunächst unerträglich erschienen war … in einen Rausch.

Und immer noch starrte Qhuinn ihn an.

Als der Hummer mit einem Satz auf allen vieren landete, verzog Blay das Gesicht und wandte sich ab. Als er wieder hinsah … waren Qhuinns Augen noch immer auf den gleichen Punkt gerichtet.

Blay beugte sich zu ihm hin und zischte: »Was ist?«

Bevor Qhuinn antworten konnte, öffnete Tohr die Seitentür des Hummer, und der Wind trug den Geruch von frischem Blut zu ihnen. »Mann, selbst wenn das hier kein Totalschaden ist, weiß ich nicht, ob du die Karre noch willst. Es wird nicht leicht sein, dieses Ding hier sauber zu bekommen.«

Qhuinn antwortete nicht. Er schien den desolaten Zustand seines Wagens völlig vergessen zu haben. Er stand nur da und starrte Blay an.

Vielleicht hatte der Penner im Stehen einen Schlaganfall erlitten?

»Was ist dein Problem?«, wiederholte Blay.

»Ich fahr den Abschleppwagen ran«, erklärte Tohr und ging auf das andere Fahrzeug zu. »Lassen wir die Leichen, wo sie sind – ihr könnt sie auf dem Heimweg verschwinden lassen.«

Mittlerweise bemerkte Blay, dass John sie verwundert ansah – was Qhuinn natürlich nicht zu kümmern schien.

Mit einem Fluch löste Blay das Problem, indem er zum Abschleppwagen joggte und daneben herging, während Tohr rückwärts an die verbeulte Motorhaube des Hummers heranfuhr. Blay ging zur Seilwinde, löste den Haken und fing an, das Seil auszuziehen.

Er hatte so eine Ahnung, was Qhuinn durch den Kopf ging, und wenn er richtig lag, sollte dieser Kerl besser den Mund halten und es verdammt noch mal für sich behalten.

Er wollte es nicht hören.

5

Qhuinn stand dem steifen Wind ausgesetzt da und sah zu, wie Blay den Hummer an den Haken nahm. Schneeflocken wehten auf seine Springerstiefel und verdeckten nach und nach, ganz still und leise die Stahlkappen. Geistesabwesend blickte er nach unten und dachte, dass er irgendwann von Kopf bis Fuß eingeschneit sein würde, wenn er weiter so hier stehen blieb.

Was für ein merkwürdiger Gedanke.

Das Motorheulen des Abschleppwagens riss ihn aus den Grübeleien, und sein Blick wanderte zum Schlepper, der das ramponierte Gefährt soeben aus dem Schnee zog.

Es war Blay, der die Winde bediente. Er stand seitlich vom Schlepper und achtete genau auf die richtige Geschwindigkeit, damit bei dem Manöver kein ungünstiger Zug auf die diversen Komponenten der Mechanik entstand.

So gewissenhaft. So kontrolliert.

Um möglichst cool und ungezwungen zu erscheinen, stellte sich Qhuinn neben Tohr und tat so, als würde er wie der Bruder nur dem Abschleppprozess zusehen. Aber das stimmte nicht. Er hatte einzig und allein Augen für Blay.

Es war immer um Blay gegangen. Um noch lässiger zu wirken, verschränkte er die Arme vor der Brust – musste sie jedoch wieder sinken lassen, weil seine geprellte Schulter vor Schmerz aufjaulte. »Lektion gelernt«, sagte er, nur um irgendwas zu sagen.

Tohr brummte eine Antwort, aber Qhuinn hörte sie nicht. Er sollte verdammt sein, wenn er etwas anderes wahrnahm als Blay. Nicht für einen Wimpernschlag. Nicht für einen Atemzug. Nicht für einen Herzschlag.

Er starrte durch das Schneegestöber und staunte, dass ein Freund, von dem man alles wusste, der nur ein paar Türen weiter im selben Haus wohnte, mit dem man Tisch und Arbeit teilte, der zu den gleichen Zeiten schlief wie man selbst ... zu einem Fremden werden konnte.

Doch ausschlaggebend war nun mal – wie so oft – die emotionale Distanz und nicht der ganze Quatsch, von wegen, zusammen arbeiten und wohnen und so.

Das Problem war nur, dass Qhuinn mit einem Mal das Bedürfnis hatte, sich zu erklären. Leider aber war er, anders als dieser Hurenbock von Cousin, kein großer Redner, und der Knoten in seiner Brust verschlimmerte diese Tendenz zum Schweigen nur noch.

Mit einem letzten Knirschen hatte sich der Hummer von der Straße auf den Abschleppwagen gehoben, und Blay begann damit, eine Kette unter dem Unterboden hindurchzuführen.

»Okay, ihr drei bringt diesen Schrotthaufen zurück«, sagte Tohr. Erneut setzte ein heftiges Schneegestöber ein.

Blay versteifte sich und sah den Bruder an. »Wir gehen immer paarweise. Also begleite ich dich.«

Als wollte er schleunigst die Fliege machen.

»Ist dir eigentlich klar, was wir hier haben? Einen fahruntüchtigen Haufen Schrott mit zwei toten Menschen drin. Du glaubst doch nicht ernsthaft, das könnte man so locker handhaben?«

»Die beiden packen das schon«, flüsterte Blay. »Sie sind fit.«

»Und mit dir sind sie noch stärker. Ich dematerialisiere mich einfach nach Hause.«

Blay schwieg, doch man sah regelrecht, wie er innerlich den Mittelfinger hochreckte. Aber er galt nicht dem Bruder.

Qhuinn wusste genau, wem er galt.

Danach ging alles ganz schnell. Der Hummer wurde festgezurrt, Tohr verschwand, und John klemmte sich hinter das Steuer des Abschleppwagens. Qhuinn ging um den Wagen herum zur Beifahrertür, riss sie auf und stellte sich abwartend daneben.

Nahezu gentlemanlike.

Blay stapfte durch den Schnee auf ihn zu. Sein Gesicht passte zur Landschaft: kalt, abweisend, verschlossen.

»Nach dir«, meinte er und zog eine Schachtel Zigaretten und ein elegantes goldenes Feuerzeug aus der Tasche.

Qhuinn nickte knapp und kletterte in die Fahrerkabine, wo er über die Bank rutschte, bis er Schulter an Schulter mit John saß.

Blay stieg als Letzter ein und knallte die Tür zu. Dann öffnete er das Fenster einen Spaltbreit und hielt das glimmende Ende seiner Zigarette hoch, damit der Rauch nach draußen zog.

Gute fünf Meilen lang führte der Abschleppwagen mit seinem Brummen Selbstgespräche.

Qhuinn saß zwischen seinen beiden ehemals besten Freunden, starrte durch die Windschutzscheibe und zählte die Sekunden zwischen den Intervallen des Scheibenwischers … drei, zwei … eins … rauf, runter. Und … drei, zwei … eins … rauf, runter.

Eigentlich schneite es doch gar nicht mehr so stark, dass man die Scheibenwischer brauchte …

»Es tut mir leid«, brach es da aus ihm heraus.

Schweigen. Abgesehen von dem Motorengeräusch von vorne und gelegentlichem Kettenklirren von hinten, wenn sie über ein Schlagloch fuhren.

Qhuinn wandte den Kopf, und siehe da, Blay wirkte, als würde er auf einem Stück Metall herumkauen.

»Redest du mit mir?«, fragte er barsch.

»Ja. Das tue ich.«

»Es gibt nichts, wofür du dich entschuldigen müsstest.« Blay drückte seine Zigarette im Aschenbecher aus. Sofort zündete er sich die nächste an. »Würdest du *bitte* aufhören, mich so anzustarren.«

»Ich wollte doch nur …« Qhuinn fuhr sich durchs Haar, zerrte daran. »Ich … ich weiß nicht, was ich wegen Layla sagen soll …«

Blay sah ihn scharf an. »Wie du dein Leben regelst, hat nichts mit mir zu tun …«

»Das stimmt doch nicht«, murmelte Qhuinn. »Ich …«

»Stimmt nicht?«

»Blay, hör zu, Layla und ich, wir …«

»Wie kommst du auf die Idee, dass ich von dir und ihr hören möchte?«

»Ich dachte nur, ich sollte dir … ein paar Zusammenhänge erklären.«

Blay starrte ihn einfach nur an. »Und warum sollten mich diese ›Zusammenhänge‹ interessieren?«

»Weil … ich dachte, dass du es vielleicht … schlimm fandest oder so.«

»Und warum sollte ich das?«

Qhuinn konnte nicht glauben, dass Blay ihn dazu drängen wollte, es laut auszusprechen. Und dann auch noch vor Publikum, selbst wenn es nur John war. »Na ja, wegen ... du weißt schon.«

Blay schob sein Gesicht auf ihn zu, die Fänge gebleckt. »Nur damit eins zwischen uns beiden klar ist: Dein Cousin gibt mir, was ich brauche. Jeden Tag. Rund um die Uhr. Du und ich?« Er fuchtelte mit der Zigarette zwischen ihnen hin und her. »Wir arbeiten zusammen. Das ist alles. Tu uns also bitte einen Gefallen, bevor du meinst, mir etwas erklären zu müssen. Stell dir vor, du bist bei McDonalds für die Burger zuständig. Würdest du dem Kerl an der Fritteuse davon erzählen? Und wenn deine Antwort Nein lautet, dann halt verdammt noch mal den Mund.«

Qhuinn sah wieder auf die Windschutzscheibe. Er überlegte ernsthaft, ob er sie mit dem Gesicht durchschlagen sollte. »John, fahr bitte seitlich ran.«

John warf ihm einen kurzen Seitenblick zu. Dann schüttelte er den Kopf.

»John, fahr verdammt noch mal seitlich ran. Oder ich erledige das für dich.«

Qhuinn war sich vage bewusst, dass sich seine Brust hektisch hob und senkte und er die Hände zu Fäusten geballt hatte.

»Fahr jetzt endlich seitlich ran und bleib stehen!«, brüllte er und schlug so heftig auf das Armaturenbrett, dass eine Lüftungsklappe durch die Luft flog.

Der Abschleppwagen schoss auf den Seitenrand zu, und die Bremsen quietschten, als sie langsamer wurden. Aber Qhuinn war bereits draußen. Er hatte sich dematerialisiert und war durch den Spalt im Fenster entkommen, zusammen mit Blays frustriert ausgestoßener Rauchwolke.

Unmittelbar danach nahm er am Straßenrand Gestalt an, viel zu aufgewühlt, um den molekularen Zustand zu erhalten. Dann stapfte er los durch den Schnee. Sein Bewegungsdrang erstickte alles andere, auch den brennenden Schmerz in den Knöcheln seiner Hände.

Irgendwo im Hinterkopf ging eine Meldung zu diesem Straßenabschnitt ein, doch in seinem Schädel lärmte es derart laut, dass sie nicht in sein Bewusstsein vordrang.

Er hatte keine Ahnung, wo er hinging.

Mann, war das kalt.

Im Abschleppwagen stierte Blay auf das glimmende Ende seiner Zigarette. Der kleine orange Punkt hüpfte hin und her wie ein Glühwürmchen auf Speed.

Vermutlich zitterte seine Hand.

Neben ihm ertönte ein lauter Pfiff. John versuchte offensichtlich, seine Aufmerksamkeit zu erlangen, aber er achtete nicht darauf. Deshalb wurde er nun in den Arm geknufft.

Ungute Lage, in der Qhuinn da steckt, gebärdete John.

»Soll das ein Scherz sein?«, knurrte Blay. »Er wollte sich doch immer konventionell verbinden, und jetzt hat er eine Auserwählte aufgerissen – besser konnte es für ihn doch gar nicht …«

Nein, hier. John deutete nach draußen. *Die Straße.*

Blay folgte dem Fingerzeig, einfach nur, weil er zu müde war, sich zu streiten. Die Scheinwerfer des Abschleppwagens beleuchteten die schneebedeckte Landschaft, blendend weiß, und die Gestalt, die am Straßenrand entlanglief wie ein Schattenwurf.

Rote Blutstropfen leuchteten auf den Fußspuren.

Qhuinns Hände bluteten von dem Schlag aufs Armaturenbrett …

Mit einem Mal erstarrte Blay. Er richtete sich auf.

Wie bei einem Puzzle fügten sich die einzelnen Teile ihrer Umgebung plötzlich ineinander, die Kurve, die die Straße beschrieb, die Bäume am Straßenrand, die Steinmauer neben ihnen.

»Scheiße.« Blay rammte den Kopf rückwärts gegen die Nackenlehne. Dann schloss er kurz die Augen und suchte nach einer Alternative, um nicht da rausgehen zu müssen.

Doch ihm fiel keine ein.

Als er die Tür aufstieß, strömte die Kälte ins warme Innere der Fahrerkabine. Er sagte kein Wort zu John. Überflüssig. Aktionen wie jemandem im Schneetreiben nachzulaufen erklärten sich von selbst.

Draußen holte er tief Luft und stapfte los. Die Straße war geräumt worden, aber das war schon eine Weile her.

Also musste er schnell handeln.

In einer reichen Gegend wie hier, wo die Steuerbemessungsgrundlage so beeindruckend wie die Rasenflächen waren, schickte die Gemeinde sicher noch vor der Dämmerung einen ihrer hausgroßen Schneepflüge vorbei.

Sie konnten keine menschlichen Zeugen gebrauchen. Insbesondere nicht mit den zwei bluttriefenden Leichen im Hummer.

»Qhuinn«, sagte er rau. »Qhuinn, bleib stehen.«

Er hob die Stimme nicht, dazu fehlte ihm einfach die Kraft. Diese … Sache, was immer es war zwischen ihnen, war schon seit Langem nur noch anstrengend – und eine Konfrontation am Straßenrand hatte ihm jetzt gerade noch gefehlt.

»Qhuinn. Im Ernst.«

Zumindest wurde der Bruder ein bisschen langsamer. Und mit etwas Glück war er so wütend, dass er gar nicht registrierte, wo sie sich eigentlich befanden.

Mann, es war einfach nicht zu fassen, dachte Blay und sah sich um. Sie waren nur ein paar hundert Meter vor der Stelle entfernt, an der die Ehrengarde ihr Werk vollbracht hatte – und an der Qhuinn fast an den Folgen der Schläge gestorben wäre.

Blay erinnerte sich nur zu gut, wie er sich in jener Nacht bewaffnet hatte. Auch damals hatten Scheinwerfer eine dunkle Gestalt beleuchtet, doch sie war blutend am Boden gelegen.

Er verscheuchte die Bilder aus seinem Kopf und versuchte es erneut. »Qhuinn!«

Der andere blieb stehen, pflanzte die Springerstiefel in den Schnee und bewegte sich nicht weiter. Doch er drehte sich nicht um.

Blay bedeutete John, die Scheinwerfer auszuschalten, und gleich darauf brannte nur noch das orangefarbene Standlicht.

Vor ihm stieß Qhuinn die Hände in die Hüften, legte den Kopf in den Nacken und blickte gen Himmel. Sein Atem schickte eine Wolke aus Kondenswasser in die Nacht.

»Komm zurück und steig in den Wagen.« Blay zog an seiner Zigarette und stieß den Rauch aus. »Wir müssen weiter …«

»Ich weiß, wie viel dir Saxton bedeutet«, sagte Qhuinn schroff. »Versteh ich. Ehrlich.«

»Gut«, zwang Blay sich zu sagen.

»Ich schätze … wenn es laut ausgesprochen wird, ist es eben doch noch mal ein Schock.«

Blay runzelte im Schummerlicht die Stirn. »Verstehe ich nicht.«

»Ich weiß. Es ist meine Schuld. All das … ist meine Schuld.« Qhuinn blickte über die Schulter, und sein markantes Gesicht war finster entschlossen. »Ich will nur nicht, dass du glaubst, ich würde sie lieben. Das ist alles.«

Blay hob eine Dunhill an die Lippen, doch ihm fehlte die Kraft, daran zu ziehen. »Tut ... mir leid – ich verstehe nicht ... warum ...«

Mann, was für eine geniale Antwort.

»Ich liebe sie nicht. Sie liebt mich nicht. Wir schlafen nicht miteinander.«

Blay lachte hart auf. »Blödsinn.«

»Nein, im Ernst. Ich habe ihr in ihrer Triebigkeit gedient, weil ich ein Kind will, genau wie sie. Davor und danach ist nichts gelaufen.«

Blay schloss die Augen, als die Wunde in seiner Brust aufs Neue aufgerissen wurde. »Qhuinn, hör auf. Du warst das ganze letzte Jahr über mit ihr zusammen. Ich habe euch gesehen – alle haben euch gesehen ...«

»Ich habe sie vor vier Nächten entjungfert. Davor hatte sie mit keinem geschlafen, auch mit mir nicht.«

Toll, was für ein schönes neues Bild, das er ihm da in den Kopf setzte.

»Ich liebe sie nicht. Sie liebt mich nicht. Wir schlafen nicht miteinander.«

Blay konnte nicht länger stillstehen, er lief umher, und der Schnee knirschte unter seinen Stiefeln.

»Ich bin mit niemandem zusammen«, sagte Qhuinn.

Wieder stieß Blay ein krampfhaftes Lachen aus. »Du meinst im Sinne einer Beziehung? Natürlich nicht. Aber erwarte nicht von mir, dass ich dir abnehme, ihr würdet in eurer Freizeit Zierdeckchen häkeln oder das Gewürzregal alphabetisch ordnen.«

»Ich hatte seit fast einem Jahr keinen Sex.«

Blay erstarrte.

Verflucht, wo war nur plötzlich all die Luft aus seiner Lunge hingekommen?

»Unsinn«, erwiderte er heiser. »Du warst mit Layla zusammen – vor vier Nächten, wie du selbst sagst.«

Als sich Schweigen breitmachte, stürmte die grausame Wahrheit erneut auf Blay ein und schmerzte so sehr, dass er nicht länger verhehlen konnte, was er in den letzten Tagen so sorgfältig verborgen hatte.

»Du warst mit ihr zusammen«, wiederholte er. »Ich habe gesehen, wie der Kronleuchter in der Bibliothek unter eurem Zimmer ins Schaukeln geriet.«

Diesmal schloss Qhuinn die Augen, wie um zu vergessen. »Das war nur zu einem bestimmten Zweck.«

»Hör zu ...« Blay schüttelte den Kopf. »Mir ist wirklich nicht ganz klar, warum du mir das erzählst. Ich meine es ernst, du musst mir nicht erklären, was du mit deinem Leben anstellst. Du und ich ... wir sind zusammen groß geworden, und damit hat es sich. Sicher, wir haben damals vieles geteilt und waren füreinander da, wenn es drauf ankam. Aber keinem von uns würden die alten Klamotten von damals passen, und genauso ist es mit unserer Beziehung. Sie passt nicht mehr in unser Leben. Wir ... passen nicht mehr zueinander. Hör zu, ich wollte vorher im Wagen nicht arschig sein, ich finde nur, das muss in deinen Kopf. Wir haben eine gemeinsame Vergangenheit. Das ist auch schon alles. Mehr wird ... da nie sein.«

Qhuinn wandte sich ab, und sein Gesicht verschwand im Schatten.

Blay zwang sich, weiterzureden. »Ich weiß, dass diese Sache mit Layla ein großes Ding für dich ist. Zumindest vermute ich es – wie könnte es anders sein, wenn sie schwanger ist. Was mich betrifft, so wünsche ich euch wirklich alles Gute. Aber du schuldest mir keine Erklärungen – ich brauche das nicht. Ich habe meine kindischen Schwärmereien hinter mir gelassen – denn mehr war es nicht. Ich war verknallt in dich, Qhuinn, das ist alles. Also bitte, kümmere dich um deine Frau, und mach dir keine Sorgen, ich könnte mir die Pulsadern aufschlitzen, weil du deine große Liebe gefunden hast. Genau wie ich.«

»Ich habe es dir doch erklärt. Ich liebe sie nicht.«

Abwarten, dachte Blay. *Das kommt schon noch.*

Die Sache war mal wieder typisch Qhuinn.

Der Kerl war großartig im Einsatz. Loyal bis an die Grenzen der Psychose. Klug. Geradezu irritierend sexy. Und noch hunderttausend Dinge mehr, an die, das musste Blay sich eingestehen, niemand herankam. Aber Qhuinn hatte ein großes Manko, und es waren nicht seine Augen.

Er konnte nicht mit Gefühlen umgehen.

Überhaupt nicht.

Qhuinn war immer weggelaufen, wenn mal etwas tiefer ging – oftmals, ohne sich dabei zu bewegen. Er konnte vor einem sitzen, nicken und reden, aber wenn es ihm zu gefühlvoll wurde, machte er sich still und heimlich aus dem Staub. Ließ seinen Dummy zurück. Und wer ihn zwingen wollte, sich mit seinen Gefühlen auseinanderzusetzen, biss auf Granit. Qhuinn ließ sich nicht zwingen. Egal, von wem, egal, wozu.

Klar gab es eine Menge guter Gründe für diese Eigenart. Wie ihn seine Familie behandelt hatte. Die Missgunst der *Glymera*. Dass er niemals Wurzeln geschlagen hatte. Aber was auch dahinterstand, die Folge war, dass Qhuinn davonlief, sobald es kompliziert wurde oder er gefordert war.

Davon konnte ihn wahrscheinlich wirklich nur ein Kind heilen.

Also bestand gar kein Zweifel daran, dass er Layla liebte. Auch wenn er es jetzt abstritt. Vermutlich brachte ihn das bange Warten nach der Triebigkeit um den Verstand und trieb ihn dazu, auf Abstand zu ihr zu gehen.

Deshalb stand er hier am Straßenrand und faselte sinnloses Zeug.

»Ich wünsche euch beiden das Allerbeste«, wiederholte Blay, und das Herz hämmerte ihm in der Brust. »Ganz ehrlich. Ich hoffe wirklich, dass alles gut läuft für euch.«

In der angespannten Stille kämpfte Blay sich aus dem schwarzen Loch, in das er einmal mehr gefallen war, krabbelte mühsam an die Oberfläche, weg von dem brennenden Schmerz in den Tiefen seiner Seele.

»Also, können wir jetzt wieder einsteigen und diese Sache hier zu Ende bringen?«, fragte er beherrscht.

Qhuinn fuhr sich mit der Hand übers Gesicht. Dann zog er den Kopf ein, schob die blutenden Hände in die Hosentaschen und ging zurück auf den Abschleppwagen zu.

»Ja. Tun wir das.«

6

»Großer Gott, ich komme, ich komme …«

Einige Meilen südlich, im Zentrum von Caldwell, auf dem Parkplatz hinter dem Iron Mask, erfuhr Trez Latimer erfreut – wenngleich nicht überrascht – von dieser Entwicklung. Aber es musste ja nicht gleich die ganze Stadt mitkriegen.

Während er seine nur zu willige Mitspielerin mit peitschenden Beckenschwüngen bearbeitete, verschloss er ihr mit einem wilden Kuss die Lippen, stieß die Zunge in ihren heißen Mund und erstickte all die unnötigen Kommentare.

Der Wagen, in dem sie sich befanden, war eng und roch nach dem Parfüm der Frau: süß, aufdringlich und billig – Scheiße, das nächste Mal würde er sich eine Kandidatin mit einem SUV aussuchen, oder besser noch, einem Mercedes S 500 mit geräumiger Rückbank.

Dieser Nissan war eindeutig nicht für einen Brocken von hundertvierzig Kilo konzipiert, der eine halbnackte

Zahnarzthelferin um den Verstand vögelte. Oder war sie Anwaltsgehilfin?

Er hatte es vergessen.

Doch im Moment hatte er dringlichere Sorgen. Ruckartig löste er seine Lippen von ihrem Mund, denn je mehr er sich seinem eigenen Orgasmus näherte, desto länger wurden seine Fänge im Oberkiefer – und er wollte sie nicht versehentlich verletzen: Der Geschmack von frischem Blut hätte nur eine andere, gefährlichere Gier in ihm geweckt, und sich von ihr zu nähren wäre vielleicht keine gute Idee.

Nein, nicht nur vielleicht.

Es wäre ein Fehler, ohne Zweifel. Und nicht nur, weil sie eine Menschenfrau war.

Sie wurden beobachtet.

Trez hob den Kopf und blickte durch die Heckscheibe. Als Schatten sah er drei- bis viermal so scharf wie ein normaler Vampir, und für seine Augen war es ein Leichtes, die Dunkelheit zu durchdringen.

Ja, jemand stand links vom Mitarbeitereingang und beobachtete das Spektakel.

Zeit, die Sache hier zu Ende zu bringen.

Er langte zwischen sich und seine Gespielin, ertastete ihr Geschlecht und streichelte sie, während er weiter in sie stieß, bis sie so heftig kam, dass ihr Kopf zurückflog und gegen die Tür knallte.

Kein Orgasmus für ihn.

Aber egal. Der heimliche Beobachter machte aus diesem fröhlichen Quickie etwas anderes, und damit musste er sich befassen. Selbst wenn er dabei leer ausging.

Dank seiner vielfältigen Bekanntschaften hatte er eine Reihe von Feinden.

Und dann gab es da noch … Komplikationen … die nur mit ihm allein zu tun hatten.

»Oh *Gott!*«

So wie sie plötzlich die Luft ausstieß, sich wand und Trez' dicken Schwanz mit pulsierenden Zuckungen umklammerte, schien die Zahnarzthelferin-Anwaltsgehilfin-Veterinärtechnikerin gerade voll auf ihre Kosten zu kommen. Er dagegen war gedanklich gar nicht mehr bei der Sache und wäre am liebsten schon aus dem Wagen gestiegen und zugelaufen auf …

Es war ein weibliches Wesen. Ja, wer es auch war, sie war ganz eindeutig weiblichen Geschlechts.

Trez verzog das Gesicht, als ihm klar wurde, wer sie war. Scheiße.

Andererseits war es wenigstens kein *Lesser*. Kein *Symphath*. Kein Drogenhändler, um den er sich kümmern musste. Kein rivalisierender Zuhälter, der ein Problem mit ihm hatte. Kein Vampir, der sich schlecht benahm. Nicht iAm, sein Bruder …

Weit gefehlt. Nur eine harmlose Frau. Schade, dass er nicht zu seinem vergnüglichen Zwischenspiel zurück konnte, aber die Stimmung war dahin.

Die Zahnarztassistentin-Anwaltsgehilfin-Veterinärtechnikerin-Friseurin keuchte, als müsste sie ein Klavier hochstemmen. »Das war … unglaublich … das … war …«

Trez zog sich aus ihr zurück und verstaute seinen Schwanz hinter dem Hosenschlitz. Wahrscheinlich würden seine Eier in einer halben Stunde neonfarben anlaufen, aber damit würde er sich dann beschäftigen.

»Du bist der Wahnsinn. Du bist der heißeste …«

Trez ließ den Worterguss über sich ergehen. »Du auch, Babygirl.«

Er küsste sie, um ihr das Gefühl zu geben, dass sie ihm etwas bedeutete – und in gewisser Hinsicht traf es ja auch zu. Die Menschenfrauen, derer er sich bediente, bedeuteten ihm etwas, weil sie Lebewesen waren, die allein aufgrund ihres pulsierenden Herzschlags verdienten, mit Respekt und Zuwendung behandelt zu werden. Für eine kurze Zeit stellten sie ihm ihre Körper zur Verfügung, manchmal auch ihr Blut, und er wusste diese Gaben zu schätzen, die stets bereitwillig gespendet wurden, manchmal mehr als einmal.

Und eben Letzteres war das Problem bei dieser Zuschauerin.

Trez zog seinen Reißverschluss zu und schob sich vorsichtig um seine Zehnminutenpartnerin herum, um sie nicht zu zerquetschen und sich den Kopf nicht an der Wagendecke blutig zu schlagen.

Doch Babygirl wollte sich offensichtlich nicht bewegen. Sie lag wie festgenagelt auf der Rückbank, die Beine gespreizt, ihr Geschlecht auch jetzt noch einladend geöffnet, die Brüste noch immer entblößt, ein Triumph über die Schwerkraft, wie zwei perfekte Melonen präsentierten sie sich ihm.

Die Implantate mussten unter dem Muskelgewebe sitzen, folgerte Trez.

»Komm, wir ziehen dich an«, schlug er vor und zupfte an ihrem Spitzenbustier.

»Du warst so toll …«

Sie war wie Wachs in seinen Händen – na ja, mal abgesehen von den festen Brüsten –, wirklich ansprechend und geschmeidig, nur leider alles andere als hilfreich, als er sie wieder anzog, sie aufsetzte und ihre Extensions glatt strich.

»Das war schön, Babygirl«, murmelte er, und er meinte es ehrlich.

»Können wir uns wiedersehen?«

»Vielleicht.« Er lächelte sie verhalten an, um seine Fänge zu verbergen. »Ich bin immer hier.«

Bei diesen Worten schnurrte sie wie ein Kätzchen und sagte ihm dann ihre Nummer, die er sich nicht merkte.

Denn Frauen wie sie gab es – so lautete die traurige Wahrheit – wie Sand am Meer: In einer Stadt mit mehreren Millionen Einwohnern lebten nun mal ein paar hunderttausend Frauen zwischen zwanzig und dreißig, und viele von ihnen verfügten über Knackärsche, eine lockere Einstellung und Lust auf ein bisschen Spaß. In Wirklichkeit waren sie alle gleich, weswegen er sich nicht bei einer aufhalten konnte.

Bei so vielen Gemeinsamkeiten brauchte er ständig frischen Nachschub, um sein Interesse am Leben zu erhalten.

Eineinhalb Minuten später war Trez aus dem Auto geklettert. Er sparte es sich, ihre Erinnerung zu tilgen. Als Schatten standen ihm viele Tricks zur Verfügung, um in die Hirne einzudringen, aber er hatte schon vor Jahren damit aufgehört. Es war die Mühe nicht wert – und manchmal ließ er sich tatsächlich auf ein zweites Mal ein.

Ein kurzer Blick auf die Uhr.

Verdammt, er war schon jetzt fast zu spät dran, um rechtzeitig zu iAm zu kommen – aber er musste sich erst noch mit dem Problem an der Hintertür befassen, bevor er den Laden dichtmachte.

Also ging er auf die Beobachterin zu und blieb vor ihr stehen. Sie schob das Kinn vor und stemmte eine Hand in die Hüfte. Diese spezielle Kandidatin trug blonde Extensions und stand auf Hotpants statt auf Röcke – deshalb sah sie ziemlich albern aus in der Kälte, mit ihrem pinken Daunenparka und den nackten Beinen im Wind.

Ein dickes Knäuel auf zwei Zahnstochern.

»Beschäftigt?«, fragte sie, um Coolness bemüht. Doch das nervöse Tippen mit dem Highheel verriet, dass sie gerade heiß lief – und zwar nicht im positiven Sinne.

»Hallo, Babygirl.« Er nannte sie alle gleich. »Amüsierst du dich?«

»Nein.«

»Tja, wie schade. Hör zu, wir sehen uns …«

Da beging die Tussi einen kolossalen Fehler: Sie packte ihn am Arm, als er an ihr vorbeiging, grub ihre Nägel in sein Seidenhemd und zerkratzte ihm die Haut.

Trez riss den Kopf herum, seine Augen versprühten Blitze. Zumindest konnte er sich gerade noch beherrschen, bevor er die Fänge fletschte.

»Was bildest du dir eigentlich ein?«, zischte sie und beugte sich auf ihn zu.

»Trez!«, rief jemand.

Die Stimme seiner Security-Chefin drang in sein Bewusstsein. Ein Glück. Schatten waren friedliebende Naturen – solange man sie in Ruhe ließ.

Während Xhex auf ihn zugelaufen kam, so als wüsste sie, dass nicht hundertprozentig auszuschließen war, dass hier gleich ein Mord geschah, entriss er sich dem Griff der Frau. Er spürte die fünf brennenden Striemen, die ihre Fingernägel hinterlassen hatten. Doch schluckte er seine Wut hinunter und sah ihr ins Gesicht. »Geh jetzt heim.«

»Du schuldest mir eine Erklärung …«

Er schüttelte den Kopf. »Wir sind nicht zusammen, Babygirl.«

»Ganz genau. Mein Freund weiß nämlich, wie man eine Frau behandelt!«

»Dann geh doch heim zu ihm«, meinte Trez finster.

»Was soll das, vögelst du jede Nacht eine andere?«

»Ja. Und sonntags sogar manchmal zwei.« Scheiße, er hätte ihre Erinnerung löschen sollen. Wie lang war das her mit ihr? Zwei Nächte? Drei? Jetzt war es zu spät. »Geh heim zu deinem Freund.«

»Du widerst mich an! Du ekelhafter, widerlicher Schwanzlutscher …«

Xhex ging dazwischen und redete beruhigend auf die völlig hysterische Frau ein. Trez war ihr mehr als dankbar dafür, denn die Schnalle mit dem Nissan wendete soeben und kam auf sie zu.

Sie ließ das Fenster runter und schenkte ihnen ein Gewinnerlächeln. »Bis bald, Schatz.«

Da ging auch schon das Geheule los. Seine Bekanntschaft, die Klette mit dem pinkfarbenen Parka und dem Macker zu Hause schluchzte los wie ein Schlosshund.

Ausgerechnet in diesem Moment musste natürlich iAm aufkreuzen.

Als er seinen Bruder sah, schloss Trez die Augen.

Na toll. Einfach fantastisch.

7

Ungefähr zehn Blocks entfernt von der Stelle, an der Trez'
Abend soeben eine desaströse Wendung nahm, wischte
Xcor die Schneide seiner Sense ab, mit einem Ledertuch,
weich wie das Ohr eines Lämmchens.

Auf der anderen Seite der Gasse presste sich Throe sein
Handy ans Ohr und redete leise hinein. Das tat er nun
schon, seit sie den letzten der drei *Lesser* aus dieser Gasse
zurück zu Omega geschickt hatten.

Xcor hatte hatte keine Lust auf weitere Verzögerungen,
ob nun wegen eines Handygesprächs oder sonst etwas.
Der Rest der Bande war in der Innenstadt unterwegs, auf
der Jagd nach den zwei Feindesgruppen – was ihm viel
eher zugesagt hätte.

Nur leider konnte man sich den biologischen Zwängen
nicht entziehen. Verdammt.

Throe beendete das Gespräch. Als er Xcor ansah, stand
ein ernster Ausdruck in seinem gefälligen Gesicht. »Sie
ist gewillt.«

»Wie überaus freundlich von ihr.« Xcor steckte die Sense in die Scheide und packte den Lappen weg. »Mich interessiert jedoch weniger, ob sie gefügig ist, als vielmehr, ob sie dazu in der Lage ist.«

»Das ist sie.«

»Und woher wissen wir das?«

Throe räusperte sich und wandte den Blick ab. »Ich war gestern Nacht bei ihr und habe mich selbst davon überzeugt.«

Xcor lächelte unterkühlt. Das erklärte also die Abwesenheit seines Soldaten – doch er war erleichtert, dass das der Grund war. Er hatte befürchtet, Throe könnte …

»Und, wie hat sie sich gemacht?«

»Ganz annehmbar.«

»Hast du all ihre Vorzüge ergründet?«

Der Gentleman, einst ein intellektueller Angehöriger der *Glymera*, doch mittlerweile ein äußerst brauchbarer Kämpfer, räusperte sich. »Ich, äh … ja.«

»Beschreib sie mir.« Als keine Antwort kam, stapfte Xcor durch den schwarz besudelten Schnee auf seinen Stellvertreter zu. »Wie war sie, Throe? Willig und feucht?«

Der gut aussehende Vampir errötete noch mehr. »Sie war ganz passabel.«

»Wie oft hast du sie genommen?«

»Mehrfach.«

»Und in verschiedenen Stellungen, möchte ich hoffen?« Als Throe mit einem steifen Nicken antwortete, ließ Xcor von ihm ab. »Nun, dann hast du getreulich deine Pflicht gegenüber deinen Kameraden erfüllt. Ich bin mir sicher, dass auch sie sich an Ader und Geschlecht gütlich tun wollen.«

Es folgte ein kurzes, verlegenes Schweigen. Xcor hätte es niemals zugegeben, aber er bedrängte seinen Untergebenen nicht auf diese Art, um ihn zu provozieren, sondern weil er froh war, dass Throe bei dieser Vampirin gelegen hatte. Er wollte, dass das, was im letzten Herbst geschehen war, in Vergessenheit geriet, wünschte sich, dass endlose Jahre, unzählige Vampirinnen und Ströme vom Blut anderer Frauen dazwischen lagen ...

»Es gibt nur eine Bedingung«, meinte Throe.

Xcors Mund formte eine dünne Linie. Nachdem ihn diese Vampirin noch nicht gesehen hatte, konnte es wohl kaum um einen höheren Preis gehen – außerdem musste er sich noch nicht wieder nähren. Dank ... »Und die wäre?«

»Sie macht es nur bei sich zu Hause. Gleich zu Beginn morgen Nacht.«

»Aha.« Xcor lächelte kalt. »Dann handelt es sich also um eine Falle.«

»Die Bruderschaft weiß nicht, von wem die Anfrage kommt.«

»Du hast von sechs Männern gesprochen, oder etwa nicht?«

»Ich habe unsere Namen nicht genannt.«

»Das spielt keine Rolle.« Xcor sah sich in der Gasse um, suchte mit allen Sinnen nach *Lessern* oder Brüdern. »Man sollte den königlichen Einflussbereich nicht unterschätzen. Das gilt auch für dich.«

Xcor hatte sich und seiner Bande durch seine Ambitionen einen mächtigen Feind eingehandelt. Der Anschlag auf Wrath war eine offene Kriegserklärung gewesen, und wie erwartet war dies nicht ohne Konsequenzen geblieben: Die Bruderschaft hatte ihren Unterschlupf ausgespäht, war dort eingedrungen und hatte einen Gewehrkoffer entwendet. In ihm lag die Waffe, mit der man dem Blinden König in den Hals geschossen hatte.

Ganz offensichtlich waren sie auf Beweisstücke aus.

Die Frage war nur, *was* sie beweisen wollten? Xcor wusste noch immer nicht, ob der König noch lebte oder nicht, genauso wenig wie der Rat, soweit er unterrichtet war. Tatsächlich wusste die *Glymera* noch nicht einmal von dem Anschlag.

Hatte Wrath überlebt? Oder war er gestorben, und die Bruderschaft versuchte nun fieberhaft, die Vakanz zu füllen? Das Alte Recht legte die Thronfolge ganz eindeutig fest – vorausgesetzt, der König hatte einen leiblichen Erben hinterlassen, was nicht der Fall war. Deshalb würde der Thron an seinen nächsten Verwandten gehen – wenn es einen gab.

Xcor hätte es gern gewusst, aber er holte keine Erkundigungen ein. Er musste warten, bis Nachricht zu ihm drang – und in der Zwischenzeit würden er und seine Männer weiter *Lesser* töten, und er würde seine Machtbasis in der *Glymera* weiter ausbauen. Zumindest verliefen diese beiden Vorhaben nach Plan. Nacht für Nacht beförderten sie Jäger zurück zu Omega. Und sein weibischer Kontaktmann im Rat, der wenig ehrwürdige Elan, Sohn des Larex, erwies sich als naiv und leicht formbar – zwei Eigenschaften, die durchaus von Nutzen waren, wenn jemand nur als Werkzeug diente.

Doch Xcor war diese Ungewissheit langsam leid. Und die Sache mit der Vampirin, die Throe aufgetan hatte, ließ sich nicht aufschieben, obgleich sie Gefahren barg. Eine Vampirin, die Blut und sexuelle Gefügigkeit an mehrere Vampire verkaufte, war ganz bestimmt auch in der Lage, Informationen gegen Bares weiterzugeben – und obwohl Throe ihre Identitäten im Dunkeln gelassen hatte, hatte er doch ihre Anzahl genannt. Die Bruderschaft hatte sicher erraten, dass keiner aus der Bande verbunden war und dass sie früher oder später auch hier im neuen Land brauchen würden, was ihnen im Alten Land in Hülle und Fülle zur Verfügung gestanden hatte.

Vielleicht hatten der König und seine Leibgarde diese Vampirin auf sie angesetzt.

Nun, sie würden es in der nächsten Nacht herausfinden. Eine Falle war leicht gestellt, und nie war ein Vampir so wehrlos, wie wenn er hungrig am Hals und zwischen den Beinen einer Vampirin lag. Doch es musste sein. Seine Soldaten waren willens, zu kämpfen, aber ihre Gesichter waren ausgezehrt, die Augen eingefallen, die Wangenknochen traten hervor. Menschliches Blut war ein schwacher Ersatz und lieferte nicht genug Kraft, und sein Lumpenpack hatte sich schon zu lange damit begnügen müssen. Im Alten Land hatte es reichlich Vampirinnen gegeben, die ihnen bei Bedarf dienten. Doch seit sie in die Neue Welt gekommen waren, hatten sie sich anderweitig behelfen müssen.

Sollte es ein Hinterhalt sein, war er bereit, gegen die Brüder zu kämpfen. Doch ihm war schließlich auch anständig gedient worden …

Gütigste Jungfrau der Schrift, er durfte nicht daran denken.

Xcor räusperte sich, als sich der Schmerz auf seine Brust legte und ihm das Schlucken erschwerte. »Richte ihr aus, bei Anbruch der Dunkelheit ist zu früh. Wir kommen um Mitternacht zu ihr. Organisiere Menschenfrauen, von denen wir uns zu Anbruch der Nacht nähren können. Sollten uns die Brüder erwarten, können wir ihnen so einigermaßen gestärkt gegenübertreten.«

Throes Brauen schossen empor, als wäre er beeindruckt von Xcors Denken. »Aye. Wird gemacht.«

Xcor nickte und wandte sich ab.

In der Stille drängten sich die Ereignisse von vergangenem Herbst zwischen sie und ließen die kalte Dezemberluft noch kälter erscheinen. Die geweihte Auserwählte begleitete sie auf Schritt und Tritt.

»Die Dämmerung naht«, sagte Throe in seinem geschliffenen Akzent. »Es ist Zeit zu gehen.«

Xcor blickte gen Osten. Das erste Glühen, das der Dämmerung vorauseilte, hatte noch nicht eingesetzt, doch Throe hatte recht. Bald … sehr bald … würde sich das tödliche Tageslicht ausbreiten, und es spielte keine Rolle, dass es gerade am schwächsten war, so kurz nach der Wintersonnwende.

»Ruf die Soldaten aus dem Einsatz zurück«, sagte Xcor. »Triff dich mit ihnen an der Basis.«

Throe tippte ein paar Buchstabenkombinationen ins Handy, die Xcor nicht hätte lesen können. Dann steckte er es mit fragendem Blick weg.

»Kommst du nicht?«, wollte er wissen.

»Geh.«

Es entstand eine lange Pause. Dann fragte sein Stellvertreter leise: »Wohin gehst du?«

In diesem Moment dachte Xcor an all seine Männer. An Zypher, den Weiberhelden. Balthazar, den Dieb. Syphon, den Attentäter. Und den anderen, der keinen Namen hatte und zu viele Sünden begangen hatte, um sie zu zählen. Deshalb nannten sie ihn Syn.

Dann dachte er an den schönen, loyalen Throe, seine rechte Hand.

Aus gutem Haus, von reinem Blut.

Den wohlgestalten, anmutigen Throe.

»Geh.«

Throe zögerte, und wieder dachten beide an die Nacht, in der Xcor beinahe gestorben wäre. Wie hätte es auch anders sein sollen.

»Wie du wünschst.«

Throe dematerialisierte sich und ließ ihn allein im Wind stehen. Als Xcor sicher war, dass er fort war, ließ er seine eigenen Moleküle in einem kalten Windstoß forttragen und reiste nach Norden, zu einer Wiese, die jetzt von Schnee bedeckt war. Er nahm Gestalt an am Fuße einer leichten Anhöhe und blickte auf zu einem wunderschönen Baum, der stolz alleine auf dem Gipfel stand.

Er dachte an die sanfte Erhebung einer weiblichen Brust, an ihr elegantes Schlüsselbein, an die reizende Säule des blassen Halses …

Als ihm der Wind in den Rücken blies, schloss er die Augen und lief los, angezogen von der Stelle, an der er seinen *Pyrokant* getroffen hatte.

Wo war seine Auserwählte?

Lebte sie noch? Hatte ihr die Bruderschaft das Leben genommen, weil sie unwissentlich dem Feind ihres Königs so großzügig und freundlich Kraft gespendet hatte?

Xcor wusste, dass er ohne ihr Blut gestorben wäre. Nach dem Attentat auf Wrath war er schwer verletzt gewesen und hatte auf der Schwelle zum Tod gestanden. Throe hatte ihn auf diese Wiese gebracht und die Auserwählte gerufen. Hier wurde die Tat vollbracht.

All das hatte Throe für ihn in die Wege geleitet. Und ihm auf diese Weise einen Fluch ins finstere Herz gepflanzt.

Sein Ziel blieb unverändert: Er wollte den Blinden König stürzen und über die Vampire herrschen. Doch jetzt gab es da eine empfindliche Schwachstelle, die ihn behinderte.

Die Auserwählte.

Sie war fälschlicherweise in diesen Konflikt zwischen raufsüchtigen Haudegen gezogen worden, sie war eine Unschuldige, die man manipuliert und dann benutzt hatte.

Ihrem Wohlergehen galt seine einzige Sorge.

Tatsächlich gab es nur eines, was er in seinem Leben voller Gräueltaten bereute. Hätte er Throe nicht in die Arme der Bruderschaft gesandt, dann wäre er dort nicht der Auserwählten begegnet und hätte sich nicht von ihr genährt. Und wären sie sich dort nicht begegnet, hätte Throe sie später nicht rufen und um ihre Dienste bitten können, und sie wäre nicht zu dieser Wiese gekommen … und Xcor hätte niemals in ihre mitfühlenden Augen geblickt.

Und damit einen Teil von sich selbst verloren.

Er war nur ein räudiger, missgestalter, vaterloser Hund, eine Bedrohung der Ordnung, unter der sie lebte, und des Schutzes, der ihr zustand. Er hatte ihre Gabe nicht verdient.

Genauso wenig wie Throe – und das nicht, weil er seinen Rang in der *Glymera* eingebüßt hatte.

Kein sterblicher Vampir verdiente sie.

Unter dem Baum blieb er stehen und blickte auf die Stelle, an der er vor ihr gelegen hatte … wo sie neben ihm gekniet und sich ins Handgelenk gebissen hatte. Und er hatte den Mund geöffnet, um die Kraft zu empfangen, die nur sie ihm spenden konnte.

Einen Moment lang waren sich ihre Blicke begegnet, und die Zeit war stehen geblieben … dann hatte sie langsam den Arm auf seine Lippen gesenkt.

Ach, diese allzu kurze Berührung.

Er hatte sie für eine Erscheinung gehalten, für ein Gespinst seines verwirrten Geistes, doch als Throe ihn zurück zu ihrem Unterschlupf fuhr, war ihm nach und nach bewusst geworden, dass sie real gewesen war. Sehr real.

Wochen waren verstrichen. Und dann, eines Abends draußen in der Stadt, hatte er sie erspürt und war dem

Nachhall ihres Blutes in seinen Adern gefolgt, um sie zu sehen.

In der Zwischenzeit hatte sie die Wahrheit über ihn erfahren: Sie hatte den Blick ins Dunkle gerichtet, direkt in seine Richtung, und ihre Bedrängnis war nur allzu offensichtlich gewesen.

Kurz darauf war jemand in ihren Unterschlupf eingedrungen. Vermutlich mit ihrer Hilfe.

Mit dem nächsten Windstoß begann es wieder zu schneien, dicke Schneeflocken wirbelten durch die Luft, trieben ihm in die Augen.

Wo war sie jetzt?

Im Osten begann die Dämmerung zu leuchten, trotz der Wolkendecke, und seine Augen brannten – also blickte er weiter auf die pfirsichrote Verfärbung am Himmel, um den Schmerz zu fühlen.

Noch nie war er innerlich so zerrissen gewesen. Sein ganzes Leben lang wurde er einzig auf das Überleben trainiert – erst in den Jahren im Kriegerlager, später in der langen Zeit unter dem Bloodletter und dann als Kopf seiner Bande.

Aber die Auserwählte hatte ihn gespalten und einen klaffenden Abgrund hinterlassen.

So, wie sie ihm das Leben geschenkt hatte, hatte sie ihm einen Teil davon genommen, und nun war Xcor ratlos.

Vielleicht sollte er einfach hier stehen bleiben und warten, bis er in Flammen aufging. Es erschien ihm leichter als das Los, das er jetzt zu tragen hatte …

Welches Schicksal hatte sie ergriffen?

Er musste es herausfinden.

Das war genauso wichtig wie sein Streben nach dem Thron.

Q

»Also, wo seid ihr die Leichen losgeworden?«, erkundigte sich V, als er aus dem Hinterausgang des Trainingszentrums kam.

Qhuinn wartete, bis John und Blay aus dem Abschleppwagen stiegen, und ließ sie Vs Frage beantworten – dann
blickte er durch die Scheibe in die Tiefgarage und spielte mit dem Gedanken, sich einfach auf der Vorderbank
auszustrecken und zu schlafen.

Er war so müde, ihm war alles egal.

Doch letztlich tat er es John und Blay gleich und wuchte-
te seinen müden Hintern aus der Fahrerkabine. Er musste
wissen, wie es Layla ging, und das konnte er schlecht von
hier aus rausfinden.

Trotz der Reibereien am Straßenrand hatten er, John
und Blay zumindest auf dem Heimweg gute Teamarbeit
geleistet. Ungefähr zehn Meilen vor der Abzweigung zum
Anwesen der Bruderschaft waren sie auf einen Forstweg
abgebogen, hatten die beiden Toten ausgezogen und ihre

Leichen in einen Bodenkrater geworfen, der so tief war, dass man den Grund nicht sehen konnte. Dann waren sie zurückgestoßen, hatten auf der Straße gewendet und sich aus dem Staub gemacht. Das Verwischen der Spuren überließen sie dem Schnee, der wieder kräftiger fiel, er würde die Fußstapfen bedecken, genauso wie die leuchtend roten Blutflecken. Wenn es weiter so schneite, würde es bis Mittag so aussehen, als wäre nie etwas geschehen.

Schneeflöckchen, Weißröckchen …

Vermutlich sollten ihm die Familien der Toten leidtun – niemand würde je ihre sterblichen Überreste finden. Aber gewisse Anhaltspunkte ließen darauf schließen, dass sich die beiden am Rande der Gesellschaft bewegt hatten, und zwar nicht als friedliebende Hippies: Schusswaffen, Messer, eins davon ein Springmesser, Gras, etwas Ecstasy, all das hatten sie in den Taschen der Kerle gefunden. Und wer wusste, was noch in diesen Rucksäcken steckte.

Ein von Gewalt geprägtes Leben fand eben oft ein gewaltsames Ende.

»Wow«, sagte V anerkennend, als er um den Hummer auf der Ladefläche herumlief. »Wo sind die denn reingepresecht? Eine Betonmauer?«

John gebärdete etwas, und Vs Blick bohrte sich in Qhuinn. »Was hast du dir dabei gedacht? Du hättest dich umbringen können.«

Qhuinn klopfte sich auf die Brust. »Schlägt noch.«

»Idiot.« Aber der Bruder lächelte und ließ dabei seine scharfen Fänge blitzen. »Egal. Ich hätte das Gleiche getan.«

Aus dem Augenwinkel sah Qhuinn, wie sich Blay leise und unauffällig in Richtung der Tür zum Trainingszentrum verdrückte. In ein paar Sekunden würde er verschwinden und das Drama hinter sich lassen, das man ihm mal wieder vor die Füße geworfen hatte.

Qhuinn verspürte plötzlich den unwiderstehlichen Drang, ihm zu folgen, fort von den Blicken der anderen. Aber er brauchte wirklich keinen Nachschlag ...

Dein Cousin gibt mir, was ich brauche. Jeden Tag. Rund um die Uhr.

Scheiße, ihm wurde schlecht.

»Sonst noch irgendwelche persönlichen Gegenstände?«

Qhuinn ließ von den sinnlosen Grübeleien ab und widmete sich nützlicheren Dingen. »Ich hole sie.«

Er sprang auf die Ladefläche, riss die eingedellte Hintertür des Hummers auf und quetschte sich durch einen fünfundzwanzig Zentimeter breiten Spalt auf die Rückbank. Es war ein gutes Gefühl, sich hier reinzuzwängen – damit war sein Kopf beschäftigt, und die kleinen Wehwehchen von den Verletzungen boten eine weitere fantastische Ablenkung.

Die beiden Rucksäcke hatte es ziemlich herumgeschleudert. Er fand den einen ein gutes Stück hinter dem Beifahrersitz und den anderen ganz vorne auf Bremse und Gas. Merkwürdige Gepäckstücke für zwei so toughe Kerle, soweit er das beurteilen konnte. Der nüchterne Stil passte nicht zum Rest ihrer Ausstattung und erinnerte eher an Mittelschüler als an Mittelsmänner im Drogengeschäft.

Es sei denn, sie brauchten etwas, woran sie ihre Verdienstabzeichen fürs schönste Drogenlabor befestigen konnten.

Qhuinn kletterte mühsam zurück auf die Rückbank und entschied spontan, nicht auf dem gleichen Weg auszusteigen, wie er hereingekommen war. Er legte sich auf das ramponierte Lederpolster und zog die Knie an die Brust. Dann holte er tief Luft und trat mit voller Wucht gegen die andere Seitentür, sodass sich die Metallschar-

niere mit einem Kreischen lösten und die Tür laut schep-
pernd zu Boden stürzte. Bestens.

Während das Gepolter noch durch die Tiefgarage
hallte, steckte sich V eine seiner selbst gedrehten Zigaretten an und beugte sich durch das Loch, das Qhuinn gerade geschaffen hatte. »Du weißt, dass es für so etwas Tür-
griffe gibt, oder?«

Qhuinn setzte sich auf – und sah, dass er gerade die
einzige Seite demoliert hatte, die noch heil gewesen war.

Tja, welch schöne Metapher für sein ganzes beschisse-
nes Leben.

Er warf die Rucksäcke raus, sprang hinterher und landete unsanft auf dem Boden, während John sie schon auffing und die Reißverschlüsse aufzog.

Mist. Blay war verschwunden. Gerade schloss sich die
Tür zum Trainingszentrum.

Er fluchte verhalten und brummte: »Die Handys müssten noch da drin sein – die Scheiben sind zwar gesprungen, aber intakt, es dürfte also nichts aus dem Wagen geschleudert worden sein.«

»Sieh einer an …«, stieß der Bruder zusammen mit einer Rauchwolke aus.

Stirnrunzelnd betrachtete Qhuinn das, was John aus
dem Rucksack gezogen hatte. Was zum … »Soll das ein
Witz sein?«

Sein Freund hatte soeben ein Keramikgefäß ans Licht
befördert – ein billiges Teil, wie man es in der Haushalts-
warenabteilung jedes Ramschladens bekam. Und der andere Kerl hatte doch tatsächlich auch eins dabei.

War das die Möglichkeit?

»Wir müssen ihre Handys finden«, murmelte Qhuinn
und sprang erneut auf die Ladefläche. »Hat mal wer 'ne
Taschenlampe?«

Vishous zog den bleigefütterten Lederhandschuh aus und hielt seine leuchtende Hand in die Höhe. »Voilà.«

Als der Bruder auf den schmalen Rand der Pritsche sprang, duckte sich Qhuinn und quetschte sich erneut auf die Rückbank des Hummers. »Aber rühr mich nicht an mit diesem Ding, okay, V?«

»Das wäre ein Klaps, den du nie vergessen würdest, das verspreche ich dir.«

Mann, diese Hand war vielleicht praktisch. Als V sie ins Wageninnere hielt, wurde das ganze Inferno taghell erleuchtet und warf harte, dunkle Schatten. Qhuinn kroch umher, langte unter Sitze, tastete herum, hangelte sich in die hintersten Ecken. Der Gestank war entsetzlich, eine fiese Mischung aus Benzin, verkohltem Plastik und frischem Blut – und jedes Mal, wenn er irgendwo hinfasste, wirbelte er das Pulver der Airbags auf.

Aber seine yogamäßigen Verrenkungen zahlten sich aus.

Er kam mit zwei iPhones wieder zum Vorschein.

»Ich hasse diese Teile«, murmelte V, als er den Handschuh wieder überstreifte und sie entgegennahm.

Draußen an der vergleichsweise frischen Luft atmete Qhuinn kurz durch und ließ die Halswirbel knacken, dann sprang er runter vom Abschleppwagen. Irgendeine Unterhaltung war im Gange, und er nickte ein paar Mal, als würde er ihr folgen.

»Was dagegen, wenn ich mich kurz abseile und telefoniere?«, unterbrach er das Gespräch.

Die diamantenen Augen von V verengten sich. »Mit wem denn?«

Wie auf ein Stichwort warf John sich dazwischen und erkundigte sich nach dem Hummer und wie er ihn wieder zum Laufen bringen wollte – als würde man mit einer

Fackel vor einem T-Rex rumfuchteln, um ihn abzulenken. Als V begann, dem Wagen eine Zukunft als Rasenskulptur zu prophezeien, hätte Qhuinn seinem Kumpel am liebsten eine Kusshand zugeworfen.

Abgesehen von John und Blay wusste niemand von Layla – und dabei musste es zu diesem frühen Zeitpunkt auch bleiben.

Als *Ahstrux Nohtrum* konnte sich Qhuinn nicht weit von John entfernen. Und das tat er auch nicht. Er schlich zu der Tür, durch die Blay verschwunden war, und holte sein Handy raus. Während er die Nummer einer der Nebenstellen im Haus wählte und auf das Freizeichen wartete, betrachtete er seinen geschundenen Hummer.

Er erinnerte sich noch an die Nacht, als er das Ding bekommen hatte. Trotz ihres Vermögens hatten seine Eltern kein sonderliches Bedürfnis gehabt, für ihn zu sorgen, so wie sie es für seine Geschwister taten. Vor seiner Transition hatte er sich mit dem Verticken von rotem Rauch über Wasser gehalten, obwohl er nicht übermäßig viel gedealt hatte – gerade genug, um sein dürftiges Taschengeld aufzubessern und nicht ständig bei Blay schnorren zu müssen.

Der finanzielle Engpass hatte mit seiner Beförderung zu Johns persönlichem Leibwächter geendet. Sein neuer Job wurde großzügig mit fünfundsiebzig Riesen im Jahr vergütet. Und da er keine Steuern an die dusselige Regierung der Menschen zahlen und weder für Kost noch Logis löhnen musste, blieb ihm jede Menge Cash.

Der Hummer war seine erste große Anschaffung gewesen. Er hatte im Internet recherchiert, obwohl er eigentlich längst wusste, was er wollte. Fritz war losgezogen und hatte die Verhandlungen und den offiziellen Kauf erledigt ... Das erste Mal, dass Qhuinn sich hinters Steuer gesetzt hatte, den Schlüssel drehte und das Vibrieren unter der Motorhaube spürte, hätte er fast geheult.

Jetzt war das Ding ein Wrack. Qhuinn war zwar kein Automechaniker, aber wenn man sich diesen verzogenen Rahmen ansah, dann war die Karre sicher nicht mehr zu retten …

»Hallo?«

Laylas Stimme riss ihn aus den Gedanken. »Hallo. Ich bin gerade heimgekommen. Wie geht es dir?«

Ihre Ausdrucksweise erinnerte ihn an seine Eltern, jede Silbe wurde deutlich artikuliert, jedes Wort mit Bedacht gewählt. »Mir geht es gut, danke der Nachfrage. Ich habe mich ausgeruht und ferngesehen, wie du es vorgeschlagen hast. Es kamen mehrere Folgen von *Million Dollar Listing.*«

»Was ist das denn?«

»Eine Sendung, in der Häuser in Los Angeles verkauft werden – ich dachte kurz, die Geschichte wäre erfunden, aber offensichtlich handelt es sich um eine Realityshow. Ich dachte, die Macher hätten sich alles nur ausgedacht. Madison hat eine tolle Frisur – und Josh Flagg gefällt mir auch. Er ist ganz schön clever und sehr nett zu seiner Großmutter.«

Qhuinn stellte ihr noch ein paar Fragen, beispielsweise, was sie gegessen und ob sie geschlafen hatte, einfach nur, um sie am Reden zu halten – denn zwischen den Worten suchte er nach Hinweisen auf ein Unwohlsein oder Besorgnis.

»Dann geht es dir gut?«, erkundigte er sich.

»Ja, und bevor du fragst, ich habe Fritz bereits gebeten, mir das Letzte Mahl aufs Zimmer zu bringen. Und ja, ich werde brav mein Roastbeef aufessen.«

Qhuinn runzelte die Stirn. Er wollte nicht, dass Layla sich eingeengt oder bevormundet fühlte. »Hör zu, es geht nicht nur um das Kind. Es ist wegen dir. Ich will, dass es dir gut geht, weißt du?«

Sie senkte die Stimme ein wenig. »So warst du schon immer. Selbst bevor wir … ja, du wolltest immer das Beste für mich.«

Qhuinn richtete den Blick auf die Autotür, die er herausgebrochen hatte, und erinnerte sich, wie gut es sich angefühlt hatte, kräftig gegen etwas zu treten. »Ich würde gern noch in den Kraftraum gehen. Ich schau bei dir vorbei, bevor ich mich aufs Ohr haue, okay?«

»In Ordnung. Mach's gut.«

»Du auch.«

Als er auflegte, bemerkte er, dass V nicht mehr redete und zu ihm rübersah, als wäre irgendetwas an ihm komisch – als stünden seine Haare in Flammen, oder die Hose hinge ihm unten an den Knöcheln oder seine Augenbrauen wären abrasiert.

»Du hast nicht etwa eine Freundin, Qhuinn?«, fragte der Bruder gedehnt.

Qhuinn sah sich nach einem rettenden Strohhalm um, konnte aber keinen entdecken. »Äh …«

V blies Rauch über die Schulter aus und kam zu ihm. »Wie dem auch sei. Ich sehe mir jetzt mal diese Handys an. Und du musst dir ein neues Fahrzeug zulegen – egal, was, solange es kein Prius ist. Bis später.«

Qhuinn blieb mit John zurück und hatte das deutliche Gefühl, dass sein Freund gleich etwas über die Sache am Straßenrand sagen würde.

»Ich will es nicht hören, John. Ich habe im Moment einfach nicht die Kraft.«

Scheiße, gebärdete John.

»Das trifft es genau, Mann. Gehst du hoch ins Haus?«

Streng genommen musste Qhuinn als *Ahstrux Nohtrum*

rund um die Uhr bei John sein. Aber der König hatte sie von dieser Pflicht befreit, solange sie sich auf dem Anwesen aufhielten. Andernfalls hätte Qhuinn viel zu viel über seinen Kumpel und Xhex erfahren.

Und John hätte ihm und Layla zusehen müssen beim … ähm, nun ja.

Als John nickte, öffnete Qhuinn die Tür und hielt sie auf. »Nach dir.«

Er vermied Johns Blick, als er an ihm vorbeiging. Er packte es einfach nicht. Denn er wusste genau, was der Kerl dachte – doch er hatte kein Interesse, über die Geschehnisse auf dieser Straße zu reden. Nicht über den Mist von heute Nacht. Nicht über den Mist von … jener Nacht vor langer Zeit, nachdem ihn die Ehrengarde beehrt hatte.

Er hatte genug von Aussprachen.

Sie brachten ohnehin nichts.

Saxton, Sohn des Thym, schloss das letzte Buch mündlicher Überlieferungen und starrte auf den weichen Ledereinband mit der Goldprägung.

Der letzte Band.

Unfassbar. Wie lange hatten sich diese Recherchen hingezogen? Drei Monate? Vier? Und jetzt sollten sie vorbei sein?

Er ließ den Blick durch die Bibliothek schweifen – Hunderte und Aberhunderte Gesetzesbücher, Abhandlungen, königliche Dekrete … monatelang hatte er sie durchforstet. Und jetzt, da er alles gesichtet und die Zusätze erstellt hatte, da ein legaler Weg gefunden war, um das Vorhaben des Königs zu verwirklichen, hätte er eigentlich stolz auf seine Leistung sein müssen.

Stattdessen beschlich ihn die Angst.

Während seiner Ausbildung und Tätigkeit als Anwalt hatte er oft mit kniffligen Sachverhalten zu tun gehabt – insbesondere, seit er als persönlicher Rechtsberater des Blinden Königs in dieses Anwesen gezogen war. Das Alte Recht war kompliziert, nicht nur die Formulierungen muteten archaisch an, sondern insbesondere der Inhalt – und das widersprach den Ansichten des Throninhabers. Wraths Denken war so geradlinig wie revolutionär, und was seine Herrschaft betraf, so war die Vergangenheit oft unvereinbar mit der Zukunft, wenn keine massive Umdeutung stattfand – Umdeutung des Alten Rechts, versteht sich.

Aber das hier war eine völlig neue Dimension.

Als Monarch konnte Wrath so ziemlich tun und lassen, was er wollte, vorausgesetzt, es wurden passende Präzedenzfälle gefunden, entsprechend angepasst und aufgezeichnet. Schließlich und endlich war der König das lebendige Gesetz. Er verkörperte die Ordnung, ohne die eine zivilisierte Gesellschaft nicht auskam. Das Problem war nur, dass Tradition nicht durch Zufall entstand. Sie etablierte sich im Laufe vieler Generationen, die ihr Leben und ihre Entscheidungen gemäß einigen festen, allgemein anerkannten Regeln ausrichteten. Und deshalb gerieten fortschrittliche Denker, die eine etablierte, konservative Gesellschaft in neue Richtungen lenken wollten, tendenziell in Schwierigkeiten.

Die gegenwärtig angestrebte Änderung einer althergebrachten Vorgehensweise war mehr als gewagt, zumal zu einem Zeitpunkt, da die Führungsrolle von Wrath bereits infrage gestellt wurde ...

»Du scheinst in Gedanken verloren.«

Blays Stimme erschreckte Saxton derart, dass er zusammenzuckte und um ein Haar seinen Montblanc über die Schulter davonschleuderte.

Sofort streckte ihm Blay beschwichtigend die Hand entgegen. »Tut mir leid …«

»Nein, schon in Ordnung, ich …« Saxton geriet ins Stocken, als er die durchnässte, blutverklebte Kleidung des Kämpfers bemerkte. »Gütige Jungfrau der Schrift, was ist denn passiert?«

Anstatt zu antworten, ging Blay zur Bar auf der antiken Kommode und ließ sich Zeit, zwischen dem Sherry und einem Dubonnet zu wählen. Offensichtlich legte er sich gerade im Geiste einen passenden Satz zurecht.

Es hatte also mal wieder mit Qhuinn zu tun.

Eigentlich machte sich Blay weder etwas aus Sherry noch aus Dubonnet. Und deshalb schenkte er sich einen Portwein ein.

Saxton lehnte sich zurück und blickte zu dem Kronleuchter auf, der hoch oben an der Decke hing. Ein prachtvoller Baccarat-Lüster aus der Mitte des neunzehnten Jahrhunderts, meisterhaft gefertigt mit vielen Bleiglaskristallen, wie man es erwarten durfte.

Er dachte daran zurück, wie er geschaukelt hatte, wie die regenbogenfarbenen Lichtbrechungen durch die ganze Bibliothek getanzt waren.

Wie viele Nächte war das nun her? Wie lange war es her, dass Qhuinn der Auserwählten gedient hatte, direkt über diesem Raum?

Seitdem war nichts mehr wie zuvor.

»Autopanne.« Blay nahm einen tiefen Schluck. »Rein mechanisches Problem.«

Ach, und deshalb ist deine Hose durchnässt und dein T-Shirt voller Blut?, dachte sich Saxton.

Doch diese Frage behielt er für sich.

Er hatte sich daran gewöhnt, Dinge für sich zu behalten.

Schweigen.

Blay leerte seinen Port und schenkte sich einen zweiten ein, mit dem Eifer eines Säufers. Was er gar nicht war.

»Und ... bei dir?«, erkundigte sich Blay. »Wie läuft es mit deiner Arbeit?«

»Ich bin fertig. Na ja, fast.«

Blay sah ihn an. »Wirklich? Ich dachte, du würdest nie damit fertig werden.«

Saxton erforschte das Gesicht, das ihm so vertraut war. Die blauen Augen, in die er, so schien es ihm, schon sein ganzes Leben lang blickte. Die Lippen, die er stundenlang mit seinen verschlossen hatte.

Die erdrückende Traurigkeit war genauso präsent wie die Anziehungskraft, die ihn in dieses Haus geführt hatte, zu seinem Job, seinem neuen Leben.

»Das dachte ich auch«, sagte er nach einem Moment. »Auch ich dachte ... dass es länger dauern würde.«

Blay starrte in sein Glas. »Wann hast du damit angefangen?«

»Ich ... kann mich nicht erinnern.« Saxton hob die Hand und rieb sich die Nasenwurzel. »Es spielt keine Rolle.«

Erneutes Schweigen. Und Saxton hätte die Luft in seiner Lunge verwettet, dass Blaylock gedanklich wieder bei dem anderen war, bei dem, den er liebte wie keinen anderen, seiner zweiten Hälfte.

»Dann erzähl, worum ging es?«

»Entschuldige?«

»Dein Projekt. All diese Recherchen.« Blay beschrieb einen eleganten Kreis mit seinem Glas. »Die Bücher, über denen du gebrütet hast. Wenn du fertig bist, kannst du mir doch jetzt verraten, worum es dabei ging, oder nicht?«

Saxton erwog kurz, ob er die Wahrheit sagen sollte ...

dass es noch andere, ebenso drängende und bedeutende Dinge gab, über die er nicht geredet hatte. Dinge, die zu tragen er bereit gewesen war, doch die im Laufe der Zeit zu belastend für ihn geworden waren.

»Das findest du bald genug heraus.«

Blay nickte, aber er tat es auf diese abwesende Art, die ihm von jeher eigen gewesen war. Doch dann sagte er: »Ich bin froh, dass du hier bist.«

Saxton hob die Brauen. »Tatsächlich …?«

»Wrath sollte einen guten Rechtsberater an seiner Seite haben.«

Ach so, deshalb.

Saxton schob seinen Stuhl zurück und stand auf. »Ja. Das stimmt.«

Er fühlte sich merkwürdig schwach, als er seine Unterlagen zu Stapeln zusammenschob. In diesem angespannten, traurigen Moment kam es ihm vor, als würden allein sie ihn noch zusammenhalten, diese dünnen und doch mächtigen Seiten mit all den Worten, handgeschrieben, säuberlich, in geordneten Zeilen.

In einer Nacht wie dieser wusste er nicht, was er ohne sie angefangen hätte.

Er räusperte sich. »Was für Pläne hast du für den kurzen Rest dieser Nacht?«

Während er auf eine Antwort wartete, klopfte ihm das Herz bis zum Hals. Offensichtlich war alleine ihm bewusst, dass in dieser Nacht noch etwas anderes zu Ende ging als nur der königliche Auftrag. Der unbegründete Optimismus, der ihn zu Beginn der Liebesaffäre aufrechterhalten hatte, war mehr und mehr zur Verzweiflung geworden, bis er, völlig untypisch für ihn, nach jedem Strohhalm gegriffen hatte … doch selbst das war nun vorbei.

Welch Ironie. Sex war nur eine flüchtige körperliche

Begegnung – und in Saxtons Leben hatte es viele Gelegenheiten gegeben, bei denen er auf nichts anderes aus gewesen war. Selbst mit Blaylock war das zu Beginn der Fall gewesen. Doch im Laufe der Zeit hatte sich sein Herz in die Angelegenheit verwickelt, und das hatte ihn dorthin gebracht, wo er heute stand.

Ans Ende der Fahnenstange.

»… trainieren.«

Saxton riss sich aus seinen Gedanken. »Wie bitte?«

»Ich werde ein bisschen trainieren.«

Nach dem Genuss von einer Karaffe Portwein?, dachte Saxton.

Einen Moment lang war er versucht, nachzubohren, auf einen genauen Bericht der Begebenheiten dieser Nacht zu drängen – als ob ihm das Erleichterung bringen könnte. Aber er war schlau genug, es zu lassen. Blay war eine gute, mitfühlende Seele, Folter wandte er nur als Teil seiner Arbeit an, wenn es nötig war.

Nichts würde Erleichterung bringen, kein Sex, kein Gespräch und auch nicht Schweigen.

Mit dem Gefühl, sich zu wappnen, knöpfte Saxton sein zweireihiges Jackett zu und überprüfte den Sitz der Krawatte. Ein kurzer Griff an die Brust verriet ihm, dass sein Einstecktuch nicht verrutscht war, nur die Umschlagmanschetten seines Hemds mussten gestrafft werden, was er augenblicklich erledigte.

»Ich sollte mich ausruhen, bevor ich mit dem König spreche. Meine Schultern bringen mich um nach dem vielen Sitzen heute Nacht.«

»Nimm ein Bad. Das löst vielleicht die Verspannung.«

»Ja. Ein Bad ist gut.«

»Dann sehen wir uns nachher«, sagte Blay, schenkte sich noch einmal nach und trat auf ihn zu.

Ihre Münder vereinten sich zu einem kurzen Kuss, dann wandte sich Blay ab und verschwand durch die Eingangshalle und die Treppe hoch, um sich umzuziehen.

Saxton sah ihm nach. Machte sogar ein paar Schritte vorwärts, um zu beobachten, wie die Treter, wie die Brüder sie nannten, Stufe um Stufe die Treppe erklommen.

Ein Teil von ihm schrie danach, Blay ins Schlafzimmer zu folgen und ihm aus der Kleidung zu helfen. Abgesehen von den emotionalen Verwicklungen war die körperliche Anziehung zwischen ihnen immer stark gewesen, und vielleicht sollte er das jetzt noch einmal ausnutzen.

Doch selbst dieses Trostpflaster half nicht mehr.

Er ging an die Bar und schenkte sich einen Sherry ein, nippte daran und setzte sich an den Kamin. Fritz hatte vor Kurzem Holz nachgelegt, die Flammen flackerten hell und lebhaft über dem Stapel von Scheiten.

Es würde wehtun, dachte Saxton. Aber es würde ihn nicht brechen.

Irgendwann würde er darüber hinwegkommen. Genesen. Sich neu orientieren.

Herzen wurden am laufenden Band gebrochen.

Gab es da nicht sogar ein Lied darüber?

Die Frage war natürlich: Wann würde er mit Blaylock darüber reden?

9

Die Langlaufskier glitten zügig über den Schnee und erzeugten ein rhythmisches Schleifen.

Der Sturm, der von Norden herangezogen war, hatte sich in den Morgenstunden gelegt, und jetzt schien die aufgehende Sonne unter dem Rand der allmählich weichenden Wolkendecke hindurch auf den glitzernden Waldboden.

Für Sola Morte sahen die goldenen Strahlen aus wie Klingen.

Ein Stück vor ihr präsentierte sich ihr Zielobjekt wie ein Fabergé-Ei auf einem Sockel: Das Haus am Hudson River war ein architektonisches Schaustück, ein Käfig aus zerbrechlich wirkenden Trägern, die gläserne Stockwerke stützten. In den Scheiben spiegelten sich zu allen Seiten das Wasser und die aufgehende Sonne wie die Aufnahmen eines Fotokünstlers, eingerahmt durch die Stahlkonstruktion des Gebäudes.

Nicht für alles Geld der Welt würde ich in so etwas wohnen wollen, dachte Sola.

Es sei denn, all diese Scheiben bestanden aus Panzerglas. Aber wer sollte das wohl bezahlen?

Wie man im Stadtarchiv von Caldwell erfahren konnte, hatte ein gewisser Vincent DiPietro das Grundstück vor zwei Jahren erstanden und von seiner Immobilienfirma bebauen lassen. Dabei wurden keine Kosten gescheut – zumindest laut Wertgutachten im Steuerregister, das jenseits der Marke von acht Millionen Dollar lag. Kurz nach Abschluss der Bauarbeiten wurde das Haus verkauft, und der neue Eigentümer war keine Person mehr, sondern ein Immobilienfonds – der lediglich einen Anwalt in London als Treuhänder listete.

Aber Sola wusste, wer hier wohnte.

Er war der Grund, warum sie hier war.

Er war auch der Grund, warum sie so schwer bewaffnet war, an leicht zugänglichen Stellen: ein Messer im Halfter am Rücken, eine Pistole an der rechten Hüfte, ein Klappmesser versteckt im Kragen ihres weißen Camouflageparkas.

Männer wie ihre Zielperson schätzten es nicht, ausspioniert zu werden – auch wenn sie ihn nicht töten sollte, sondern nur hier war, um Informationen zu sammeln, würde es schnell gefährlich werden, sollte man sie auf dem Grundstück erwischen, dessen war sie sich sicher.

Sola zog ein Fernglas aus der Innentasche, verharrte reglos und lauschte. Stille. Niemand näherte sich von hinten oder von den Seiten, und nach vorne hatte sie klare Sicht auf die Rückseite des Hauses.

Normalerweise arbeitete sie nachts, wenn man sie für derartige Aufträge engagierte. Aber nicht bei dieser Zielperson.

Drogenbarone erledigten ihre Geschäfte zwischen neun und fünf, allerdings zwischen neun Uhr abends und fünf

Uhr morgens, nicht andersherum. Tagsüber schliefen und vögelten sie, also war das die Zeit, in der man ihre Häuser inspizieren und ihre Gewohnheiten kennenlernen konnte, in der man sich ein Bild von ihren Angestellten und ihren Schutzvorkehrungen im Privatbereich machen konnte.

Sie richtete ihr Fernglas auf das Haus und begann mit ihren Beobachtungen. Garagentore. Hintertür. Halbhohe Fenster, hinter denen wahrscheinlich die Küche lag. Und dann kamen die deckenhohen Glasschiebetüren, die über die Hinterseite und die dem Flussufer zugewandte Seite verliefen.

Erdgeschoss, erster und zweiter Stock.

Drinnen rührte sich nichts, soweit sie sehen konnte.

Mann, das war eine Menge Glas. Und je nach Lichteinfall konnte sie teilweise ins Innere blicken, insbesondere in den großen offenen Bereich, der mehr als die Hälfte des Erdgeschosses einzunehmen schien. Das Mobiliar war karg und modern, als wollte der Besitzer nicht zum Herumlümmeln einladen.

Die Aussicht musste spektakulär sein. Besonders jetzt, da die Wolkendecke sich aufgelöst hatte und die Sonne schien.

Sola richtete ihr Fernglas auf den Dachvorsprung und hielt Ausschau nach Überwachungskameras, die sie im Abstand von fünf Metern erwartete.

Volltreffer.

Okay, das war klar. Soweit sie unterrichtet war, hatte sie es hier mit einem extrem argwöhnischen Hausbesitzer zu tun – und Misstrauen schlug sich zumeist in verstärkten Sicherheitsvorkehrungen nieder, inklusive – aber nicht beschränkt auf – Leibwächter, gepanzerte Fahrzeuge und vor allem permanente Kameraüberwachung sämtlicher Bereiche, in denen sich das Individuum aufhielt.

Auch ihr Auftraggeber verfügte über all das und mehr.

»Was zum Henker …«, flüsterte sie und drehte an der Einstellung ihres Fernglases.

Irgendetwas stimmte da nicht. Das Hausinnere war von einem Wellenmuster durchzogen: Die Möbel wogten sanft.

Sola ließ das Fernglas sinken, sah sich um und fragte sich, ob ihr vielleicht die Augen einen Streich spielten.

Nein. Die Kiefern im Wald verhielten sich normal, sie standen still, ihre Zweige hingen unbewegt in der kalten Luft. Sie hob das Fernglas an die Augen und fuhr das Dach des Hauses nach und den Umriss des gemauerten Kamins.

Nichts rührte sich.

Zurück zu den Fenstern.

Sola holte tief Luft, hielt den Atem an und lehnte sich an einen Birkenstamm, um auch sicher nicht zu wackeln.

Irgendwas war da noch immer komisch. Die Rahmen der Glasschiebetüren, die Terrassen und alles andere am Haus wirkten fest und stabil. Doch das Innere schien … pixelig, als hätte man Bilder von Möbelstücken erstellt und zusammengesetzt und diese dann auf eine Art Vorhang projiziert, der wohl einem leichten Luftzug ausgesetzt war.

Dieser Auftrag entpuppte sich als vielversprechender als erwartet. Die Aussicht, einem »Freund« über die Aktivitäten eines Geschäftspartners zu berichten, hatte sie nicht gerade vom Hocker gerissen. Sie bevorzugte echte Herausforderungen.

Aber vielleicht gab es hier mehr zu entdecken, als es auf den ersten Blick den Anschein hatte.

Schließlich bedeutete eine Tarnung, dass etwas verborgen wurde – und sie verdiente ihren Lebensunterhalt damit, Leuten zu entwenden, was sie ungern hergaben: Geheimnisse. Wertgegenstände. Informationen. Dokumente.

Was, war ihr einerlei. In ein verschlossenes Haus einzudringen, in ein Auto, einen Tresor, eine Brieftasche, und sich zu holen, worauf sie es abgesehen hatte, das allein zählte.

Sie war eine Jägerin.

Und der Mann in diesem Haus, wer er auch sein mochte, war ihre Beute.

10

Blay hatte nichts mit Hanteln am Hut, schon gar nicht mit Hanteln von dem Kaliber, wie es sie im Kraftraum des Trainingszentrums gab. Der viele Port auf nüchternen Magen bereitete ihm Schwindel und Koordinationsstörungen. Aber er brauchte eine Richtung, einen Plan, ein Ziel, zu dem er sich schleppen konnte. Alles war besser, als auf sein Zimmer zu gehen, sich wieder aufs Bett zu setzen und den Tag auf die gleiche Weise zu beginnen wie die Nacht – rauchend, den Blick ins Leere gerichtet.

Nur mit einer guten Portion mehr Port im System.

Er kam aus dem unterirdischen Tunnel, ging durch das Büro und drückte die Glastür auf.

Im Gehen nippte er an seinem halb vollen Glas, während sich seine Gedanken im Kreis drehten. Er fragte sich, wann diese ganze Scheiße zwischen Qhuinn und ihm wohl aufhören würde. Auf seinem Sterbebett? Himmel, er glaubte nicht, dass er es so lange durchstehen würde, vorausgesetzt, er hatte eine normale Lebensspanne vor sich.

Vielleicht sollte er ausziehen. Auch Tohr und Wellsie hatten vor Wellsies Tod in einem eigenen Haus gewohnt. Mann, in diesem Fall musste er Qhuinn nur noch bei den Besprechungen sehen – und bei so vielen Brüdern und Hausbewohnern konnte man sich leicht aus dem Weg gehen.

So hielt er es ohnehin schon seit geraumer Zeit.

Genau genommen würden sich ihre Pfade dann gar nicht mehr kreuzen – John bildete immer ein Team mit Qhuinn, weil Qhuinn sein *Ahstrux Nohtrum* war, und aufgrund des Dienstplans und der Aufteilung der Einsatzgebiete kämpfte Blay nie mit Qhuinn zusammen, außer im Notfall.

Saxton könnte zur Arbeit pendeln …

An der Tür zum Kraftraum blieb Blay wie angewurzelt stehen. Durch das Glasfenster sah er einen Satz Gewichte über einer Hantelbank auf und ab wandern, und die Nikes verrieten ihm, wer da auf dem Rücken lag.

Verdammt, konnte er nicht einmal seine Ruhe haben?

Er ließ sich gegen die Tür sinken und schlug mit dem Kopf dagegen. Zweimal, dreimal …

»Die Übungen macht man eigentlich an den Geräten – nicht an der Tür.«

Manny Manellos Stimme war ihm so willkommen wie ein Tritt in den Hintern mit einem Stahlkappenschuh.

Blay richtete sich auf, und als sich die Welt ein klitzekleines bisschen drehte, hielt er sich unauffällig am Türrahmen fest, damit sein Gleichgewichtsproblem nicht auffiel. Außerdem versteckte er das fast leere Glas hinter dem Rücken.

Ein Arzt würde es vermutlich unvernünftig finden, unter Alkoholeinfluss zu trainieren.

»Wie geht es dir?«, fragte Blay, obwohl es ihn eigentlich nicht interessierte – und das lag nicht an Paynes *Hellren*. Im Moment war ihm so ziemlich alles egal.

Manellos Mund bewegte sich, und Blay verbrachte seine Zeit damit, zuzusehen, wie diese Lippen Silben formten. Kurz darauf verabschiedeten sie sich voneinander, dann war Blay wieder allein mit der Tür.

Er kam sich doof vor, hier so herumzustehen, und er hatte dem Onkel Doktor gesagt, dass er reingehen würde. Außerdem gab es da drinnen an die fünfundzwanzig Geräte. Plus Hanteln und Gewichte. Laufbänder, Stairmaster, Elliptical Stepper … reichlich Ablenkung.

Ich liebe Layla nicht.

Mit einem Fluch schob Blay die Tür auf und machte sich auf ein verlegenes »Ach, hallo, du bist's« gefasst. Aber Qhuinn bemerkte seine Ankunft gar nicht. Er hörte die Musik nicht über Zimmerlautsprecher, sondern trug Kopfhörer, die seine Ohren vollständig bedeckten. Er hing mittlerweile an der Reckstange und blickte auf die gegenüberliegende Wand.

Blay hielt sich so weit wie möglich von ihm entfernt und setzte sich auf das nächstbeste Gerät – Brustpresse. Egal.

Nachdem er sein Glas abgestellt und die Gewichte eingestellt hatte, setzte er sich auf den Polstersitz, ergriff die zwei Doppelhanteln und fing an, aus der Brust heraus zu pressen.

Außer Qhuinn gab es hier nichts zu sehen.

Oder vielleicht lag es daran, dass seine Augen sich weigerten, in eine andere Richtung zu blicken.

Der Kerl trug ein schwarzes ärmelloses Shirt, das seine mächtigen Schultern hervorragend zur Geltung brachte … Die Muskeln zogen sich zusammen, als er den höchsten Punkt des Klimmzuges erreichte, die hervortretenden Konturen die eines Kriegers, nicht die eines Anwalts ...

Blay unterbrach sich.

Dieser Vergleich war so mies, dass einem ganz schlecht wurde. Nach nunmehr einem Jahr war ihm Saxtons Körper fast so vertraut wie der eigene, und der Kerl war fantastisch gebaut, so schlank und elegant ...

Qhuinn war schon beim nächsten Klimmzug, die Arm- und Oberkörpermuskeln stemmten das Gewicht des schweren Unterkörpers hoch. Dank der Anstrengung brach ihm nun auch noch der Schweiß aus, sodass sein ganzer Körper im Licht schimmerte.

Die Tätowierung auf seinem Rücken bewegte sich, als er die Spannung löste, sich langsam runterließ und an den Armen hing, doch dann ging es wieder hoch. Und runter. Und hoch.

Blay dachte daran, wie Qhuinn ausgesehen hatte, als sie den Hummer umgedreht hatten: kraftvoll, maskulin ... erotisch.

Halt, das durfte einfach nicht wahr sein!

Er saß doch nicht allen Ernstes hier und begaffte Qhuinn auf diese Weise.

Bilder aus der Vergangenheit tauchten vor seinem geistigen Auge auf und verwandelten sein Hirn in ein Kino. Er sah Qhuinn, wie er sich über eine Menschenfrau beugte, die mit dem Po nach oben auf einer Tischkante vor ihm lag. Seine Hüften vollführten peitschende Stöße, während er sie fickte und sie an den Hüften festhielt, damit sie ihm nicht entglitt. Bei dieser Gelegenheit hatte er kein Hemd getragen, und seine Schultern hatten sich angespannt, genau wie jetzt.

Ein durchtrainierter Körper, der vollen Einsatz leistete.

Es gab so viele Bilder wie dieses: Qhuinn in den unterschiedlichsten Positionen mit verschiedenen Partnern, männlich und weiblich. Am Anfang, direkt nach ihrer Transition, war es so aufregend gewesen, mit ihm zusammen auf die Jagd zu gehen – obwohl sich eigentlich nur Qhuinn auf die Pirsch machte, und Blay nahm, was man ihm brachte. So viel Sex mit so vielen Leuten – obwohl Blay sich damals ausschließlich an Frauen gehalten hatte.

Vielleicht, weil er gewusst hatte, dass er mit ihnen auf der sicheren Seite war, dass sie in so vielerlei Hinsicht »nicht zählten«.

So unkompliziert zu Beginn. Aber im Laufe der Zeit war eine Schieflage entstanden – wenn er Qhuinn mit irgendeinem Aufriss beobachtete, stellte er sich immer öfter vor, selbst unter diesem kräftigen Körper zu liegen und in den Genuss seiner Liebeskunst zu kommen. Nach einer Weile hatte sich nicht mehr der Mund eines Fremden um Qhuinns Schwanz geschlossen. Sondern seiner. Und wenn diese Orgasmen kamen, und das taten sie immer, dann nahm er sie entgegen. Seine Hände lagen auf Qhuinns Körper, und seine Lippen pressten sich auf seine Haut, seine Beine waren gespreizt.

Das hatte alles zerstört.

Scheiße, er erinnerte sich noch, wie er tagsüber wach gelegen und an die Zimmerdecke gestarrt hatte, während er sich einredete, dass er es beim nächsten Mal im Club, in den Toiletten oder wo es auch stattfand, nicht mehr tun würde. Aber bei jedem ihrer nächtlichen Streifzüge war er wie ein Süchtiger, dem man genau die richtige Pille anbot.

Zweimal hatten sie sich geküsst – einmal nicht weit von hier im Untersuchungsraum im Klinikbereich. Er hatte darum betteln müssen. Und dann ein zweites Mal oben in seinem Zimmer, kurz bevor er sich das erste Mal mit Saxton getroffen hatte.

Auch um diesen Kuss hatte er betteln müssen.

Abrupt gab Blay auf, ein ernsthaftes Training vorzutäuschen, und legte die Hände auf die Oberschenkel.

Er sagte sich, dass er wohl besser gehen sollte. Einfach von diesem bescheuerten Gerät aufstehen und rausmarschieren, bevor Qhuinn sich der nächsten Übung zuwandte und ihn bemerkte.

Stattdessen wanderten seine Augen wieder zu diesen Schultern und den Wirbeln, zu der schmalen Hüfte und dem noch schmaleren Hintern, zu den muskulösen Beinen …

Vielleicht war es der Alkohol. Der Nachhall von ihrem Streit im Abschleppwagen. Diese ganze Sache mit Laylas Triebigkeit …

Doch jetzt war er erregt. Hart wie Stahl. Bereit.

Blay blickte an seiner Brust abwärts zur Vorderseite seiner lockeren Shorts – und hätte sich am liebsten eine Kugel in den Kopf gesetzt.

Himmel, er musste auf der Stelle hier raus.

Qhuinn vollführte einen Klimmzug nach dem anderen. Seine Hände waren taub, und sein Bizeps fühlte sich an, als würde er mit stumpfen Messern von den Knochen geschält – und das war gar nichts im Vergleich zu seinen Schultern. Sie waren das eigentliche Problem. Jemand hatte sich offensichtlich von hinten angeschlichen und sie mit Abbeize beschmiert, um sie nun mit dem Bandschleifgerät zu bearbeiten.

Er hatte keinen Schimmer, wie viele Klimmzüge er gemacht hatte. Keine Ahnung, wie viele Meilen er gerannt war. Hatte die Sit-ups, Kniebeugen und Liegestütze nicht gezählt.

Er wusste nur, dass er weitermachen würde.

Zweck der Übung: vollkommene Erschöpfung. Er wollte einschlafen, sobald er in sein Zimmer kam und sein Kopf das Kissen berührte.

Er ließ sich von der Reckstange fallen, stemmte die Hände in die Hüften, senkte den Kopf und atmete schwer. Augenblicklich verkrampfte sich seine rechte Schulter. Da das seine dominante Seite war, war allerdings nichts anderes zu erwarten gewesen. Um die Verspannung in den Muskeln zu lösen, führte er den Arm in einem großen Bogen nach hinten und drehte sich …

Qhuinn erstarrte.

Hinter den blauen Matten saß Blay auf einem Gerät in der Nähe der Tür, so reglos wie die Gewichte, die er nicht bewegte.

Sein Blick war wild. Aber nicht vor Wut.

Nein, das nicht.

Er hatte einen Ständer, groß genug, dass man ihn vom anderen Ende des Raumes aus sah. Vielleicht sogar vom anderen Ende des Staates.

Qhuinn öffnete den Mund. Schloss ihn wieder. Öffnete ihn erneut.

Letztlich entschied er, dass dies ein exzellentes Beispiel dafür war, wie einen das Leben doch immer wieder überraschte. Unter all den Situationen, die er sich ausmalen konnte, war diese nicht dabei gewesen. Nicht nach … na ja, allem.

Er streifte den Kopfhörer ab und ließ ihn um den Hals baumeln. Sofort wurde aus dem wummernden Beat in Konzertlautstärke ein impotentes Gesäusel.

Ist der für mich?, wollte er am liebsten fragen.

Eine Sekunde lang hielt er es doch tatsächlich für möglich, aber so anmaßend war er dann doch nicht. Der Kerl hatte ihm gerade lang und breit erklärt, dass sie beide nicht viel mehr als Hilfskräfte waren, die Seite an Seite Junkfood brutzelten. Dann kreuzte Blay mit einer brecheisengroßen Erektion hier auf, und er dachte sofort, dass sie vielleicht, unter Umständen, ein Stück weit ... ihm gelten konnte.

Was war er nur für ein Arschloch.

Und PS: Was zur Hölle würde er tun, wenn er sich plötzlich in einem Paralleluniversum wiederfände und Blay ihn fragen würde, ob etwas in dieser Hinsicht laufen könnte?

Natürlich wollte er den Kerl.

Verdammt noch mal, er hatte ihn immer gewollt – in einem Maße, dass er sich fragen musste, ob er mit seiner ablehnenden Haltung wirklich nur Blay schützen wollte und nicht in Wirklichkeit sich selbst.

Während er ins Sinnieren geriet, bemerkte er das Glas zu Blays Füßen. Aha, hier war Alkohol im Spiel – er bezweifelte, dass es sich bei dem dunklen Zeug in dem niedrigen Behältnis um Cola handelte.

Scheiße, wahrscheinlich hatte ihm Saxton gerade ein heißes Bild von seinen Lenden aufs Handy geschickt, und das war die Ursache für diese Erektion.

Na, wenn das kein Dämpfer war.

Dein Cousin gibt mir, was ich brauche. Jeden Tag. Rund um die Uhr.

»Wolltest du mir noch etwas sagen?«, fragte Qhuinn barsch, woraufhin Blay den Kopf schüttelte.

Qhuinn runzelte die Stirn. Blay war normalerweise kein Hitzkopf – noch nie gewesen. Das gehörte zu den Gründen, weshalb sie über lange Zeit so gut befreundet gewesen waren. Gegensätze und all der Mist. Doch in diesem Moment schien der Kerl knapp davor, durchzudrehen.

Zogen da etwa dunkle Wolken über dem Pärchenparadies auf?

Nein, dafür passten die beiden zu gut zusammen.

»Okay.« Mann, wenn er sich vorstellte, hier zu sitzen, während Blay sich für die nächste Runde mit seinem unwiderstehlichen Cousin bereitmachte, das war einfach unerträglich. »Wir sehen uns später.«

Als er an Blay vorbeiging, spürte er seinen Blick auf sich ruhen – aber nicht auf Gesichtshöhe. Zumindest kam es ihm so vor.

Was war nur los?

Er trat in den Flur und blieb kurz stehen, um sich zu vergewissern, dass die Betonwände nicht schmolzen und ihm nicht Fische statt der Hände aus den Armen wuchsen oder dergleichen. Nichts davon war eingetreten, aber irgendwie erschien ihm die Situation immer noch unwirklich, als er zur Umkleide ging. Er musste duschen. Er war völlig durchgeschwitzt, und so gern die *Doggen* auch putzten, wollte er ihnen keine zusätzliche Arbeit bereiten mit einem Versuch, sich im Kraftraum umzubringen …

Hart. Erregt. Bereit für Sex.

Als das Bild von Blay durch seinen Kopf jagte, schloss Qhuinn die Augen und trat dann durch die Tür in den gekachelten Waschraum. Eigentlich wollte er direkt zur Dusche, blieb aber doch erst dort stehen, wo in ordentlichen Reihen die Schließfächer standen und in der Mitte der Gänge Bänke entlangliefen.

Er setzte sich, schnürte seine Nikes auf, streifte sie ab und zog die Socken aus.

So was von erregt.

Blay hatte völlig entfesselt gewirkt.

Aus irgendeinem Grund musste Qhuinn an seine beiden letzten Male Sex denken. Einmal mit diesem Rotschopf im Iron Mask – dem, den er im Waschraum verführt und gevögelt hatte. Er hatte ihn nur aufgrund dieses

einen körperlichen Merkmals aus der Menge herausge-
pickt, und natürlich hatte ihm der Sex nicht viel gegeben.
Aber das war ja auch so, als ob man Herradura wollte und
sich stattdessen Ginger Ale hinter die Binde kippte.

Und dann war da noch die Sache mit Layla gewesen –
die einfach nur eine körperliche Anstrengung dargestellt
hatte – wie eine Grube auszuheben oder eine Mauer zu
bauen …

Verflucht, es war echt gemein, so zu denken – aber es
lag nicht am fehlenden Respekt vor der Auserwählten. Wenigstens war so gut wie sicher, dass sie genauso empfand.

Mehr hatte es im letzten Jahr nicht gegeben. Nur diese zwei Mal.

Fast zwölf Monate Durststrecke, und er hatte noch nicht
mal onaniert. Er war einfach nicht in der Stimmung, so
als würden seine Eier Winterschlaf halten.

Schon komisch, kurz nach seiner Transition hatte er
alles gevögelt, was atmete und zwei Beine hatte, und
während er jetzt versuchte, sich an ein paar dieser vielen Gesichter zu erinnern – nach Namen hatte er damals selten gefragt –, kroch ein unangenehmes Gefühl
in ihm hoch.

All das anonyme, namenlose, gesichtslose Gerammel …
und immer vor Blay. Ja, sein Freund war stets dabei gewesen, wenn er recht darüber nachdachte. Damals hatte Qhuinn es für eine Sache zwischen Kumpels gehalten,
aber jetzt war er sich da nicht mehr so sicher.

Ja, verdammt. Er *wusste*, worum es dabei gegangen war.

Was war er doch für ein Feigling.

Er stand auf, zog sich aus und ließ sein Muscleshirt und
die Basketballshorts auf die Bank fallen. Dann ging er in
den Waschraum, wählte eine Dusche aus, drehte das Wasser auf und stellte sich unter den Strahl. Das Wasser war

so kalt, dass seine Eier schrumpften, aber das war ihm egal. Er ließ das erfrischende Nass auf sich niederprasseln, schloss die Augen und öffnete den Mund.

Dieser Rotschopf in dem Club vor fast einem Jahr – während er ihn in der Toilette verführte, hatte er die ganze Zeit an Blay gedacht.

Und es war Blay, den er gegen das Waschbecken gestoßen und geküsst hatte. Blays Schwanz, den er gelutscht, und Blays Körper, den er von hinten genommen hatte und …

»Bitte nicht …«, stöhnte er laut auf.

Wie aus dem Nichts hatte er plötzlich seinen alten Freund vor Augen, wie er da gerade auf dem Trainingsgerät gesessen hatte, die Knie gespreizt, sodass sich sein Schwanz unter dem dünnen Stoff der Shorts deutlich abzeichnete. Das Bild füllte seinen Kopf und schoss über die Wirbelsäule direkt zwischen seine Beine. Fluchend sackte er zusammen und musste sich mit einer Hand an den rutschigen Kacheln abstützen.

»Oh … Scheiße …«

Er beugte sich vor, legte die Stirn auf den Arm und versuchte sich ganz auf den Wasserstrahl in seinem Nacken zu konzentrieren.

Keine Chance.

Alles, was er spürte, war das Pochen in seinem Schwanz.

Begleitet von lebhaften Fantasiebildern, wie er auf die Knie sank und sich zwischen Blays gespreizte Beine schob, sich mit der Zunge in seinen Mund vorarbeitete, während er die Hand in Blays Shorts vergrub und ihm einen runterholte, dass ihm Hören und Sehen verging.

Und so vieles andere.

Er drehte sich um, ließ sich das Wasser aufs Haar prasseln, strich es nach hinten, bog den Rücken durch.

Er spürte, wie sein Schwanz von den Hüften abstand und um Aufmerksamkeit bettelte.

Aber er würde nichts unternehmen. Irgendwie verdiente Blay etwas Besseres – ja, es ergab zwar keinen Sinn, aber es fühlte sich irgendwie mies an, sich in der Dusche einen runterzuholen wegen einer Erektion, die einem anderen gegolten hatte.

Mann, und zwar dem *Lebenspartner* des Kerls.

Qhuinns eigenem *Cousin*, Himmel noch mal.

Als seine Erektion weiter in Habtachtstellung blieb, unbeeindruckt von diesen Argumenten, wusste er, dass ihm ein langer, harter Tag bevorstand.

11

Fluchend ließ Blay den Kopf hängen, als sich die Tür des Kraftraums schloss. Klar, dass er aus der Perspektive nichts als seinen Schwanz sehen konnte.

Und das half ihm nicht eben weiter.

Er hob den Blick und starrte auf die Reckstange. Er musste etwas unternehmen. Hier angetrunken rumzusitzen, während in der Hose eine wilde Party stieg, war wirklich nichts, wobei er sich gern erwischen ließ. Wenn jetzt ein Bruder wie Rhage reinkam, musste er sich das bis ans Ende seiner Tage anhören. Außerdem trug er Sportkleidung und war von Trainingsgeräten umgeben, da konnte er genauso gut ein paar Gewichte stemmen und hoffen, dass sein fröhlicher kleiner Freund mangels Aufmerksamkeit irgendwann deprimiert den Kopf hängen ließ.

Guter Plan.

Im Ernst.

Auf jeden Fall.

Als er etwas später auf die Uhr sah, war eine Viertelstunde verstrichen, und er hatte sich kein bisschen bewegt – es sei denn, man zählte das Heben und Senken der Brust.

Seine Erektion aber hatte da einen Vorschlag.

Auf den ging seine Hand nun ein, glitt zwischen seine Beine und ertastete diesen harten ...

Blay sprang vom Krafttrainer auf und ging zur Tür. Genug von dem Quatsch – er würde jetzt die Toilette in der Umkleide benutzen und so hoffentlich etwas Alkohol loswerden. Dann würde er ein Laufband besteigen und den Rest rausschwitzen.

Das erste Anzeichen, dass ihn sein aktueller Plan nur noch tiefer in die Bredouille bringen sollte, wurde sichtbar, als er die Tür zur Umkleide öffnete: Das Rauschen von Wasser verriet ihm, dass sich gerade jemand wusch. Blay war jedoch so damit beschäftigt, sich anzutreiben, dass er nicht weiter darüber nachdachte.

Andernfalls hätte er auf der Stelle kehrtgemacht und sich nach einer anderen Toilette umgesehen.

Stattdessen ging er an den Schließfächern vorbei und erledigte sein Geschäft. Erst, als er sich die Hände wusch, zählte er allmählich eins und eins zusammen.

Ohne sein Zutun wandte sich sein Kopf in Richtung der Duschen.

Du solltest gehen, sagte er sich.

Als er den Wasserhahn zudrehte, erschien ihm das leise Quietschen laut wie ein Schrei, und er vermied es, in den Spiegel zu blicken. Er wollte nicht sehen, was in seinen Augen stand.

Geh zurück zur Tür. Geh einfach zurück zur Tür. Geh ...

Dass seine Beine diesen einfachen Befehl verweigerten, war nicht nur ein Fall von körperlicher Rebellion. Bedauerlicherweise war es bei ihm das übliche Verhaltensmuster.

Er würde es noch bereuen.

Doch in dem Moment, als er entschied, an den Durchgang zu treten und in den Duschraum zu spähen, als er sich soweit es ging versteckt hielt und den Kerl beobachtete, den er nicht beobachten hätte sollen, überkam ihn der irre Rausch der Gefühle, so schmerzlich vertraut wie ein gut sitzender Anzug, maßgeschneidert für seinen persönlichen Wahnsinn.

Qhuinn stand mit Blick zur Wand unter der Dusche, hatte eine Hand an die nassen Kacheln gestützt, das dunkle Haupt unter dem Strahl gebeugt. Wasser rann über seine Schultern und strömte über den kräftigen Rücken mit der samtenen Haut … dann floss es über seinen prächtigen Hintern … und weiter noch, entlang der langen, starken Beine.

Im letzten Jahr hatte der Kämpfer ordentlich zugelegt. Qhuinn war schon nach der Transition ein Klotz gewesen und war noch kräftiger geworden in diesen ersten Monaten des exzessiven Essens. Aber es war eine Weile her, dass Blay ihn nackt gesehen hatte … und, wow, sein selbst auferlegtes Folterprogramm im Kraftraum schlug sich in deutlich hervortretenden Muskeln nieder …

Unvermittelt drehte Qhuinn sich um und legte den Kopf in den Nacken, ließ das Wasser durch sein dunkles Haar strömen, und dieser unglaubliche Körper bog sich nach hinten durch.

Sein Piercing am Schwanz war noch da.

Heilige Scheiße, und er hatte einen Ständer …

Sofort drängte ein Orgasmus an die Spitze von Blays Erektion, und seine Eier zogen sich zusammen wie Fäuste.

Blay wirbelte herum, schoss durch die Umkleide wie eine Kanonenkugel, stieß die Tür auf und sprang in den Flur.

»Scheiße ... verdammte Scheiße ... Mist ...«

Er lief, so schnell er konnte, und versuchte, das Bild aus seinem Kopf zu verbannen, rief sich ins Gedächtnis, dass er einen Freund hatte, dass er diese Sache hinter sich gelassen hatte, dass man sich wegen eines Typen nur so und so oft zerfleischen konnte, und dann war es vorbei.

Als gar nichts half, dachte er noch einmal an die Predigt, die er Qhuinn im Abschleppwagen gehalten hatte.

Wo war eigentlich das Büro?

Blay blieb stehen und sah sich um. Na toll. Er war in die verkehrte Richtung gelaufen, vorbei am Klinikbereich, und befand sich jetzt auf Höhe der Unterrichtsräume.

Meilen entfernt vom Tunneleingang.

» ... tiefe Schnittwunde, aber er wollte nichts davon hören.«

Manny Manellos Bassstimme eilte ihm voraus, als er aus dem Hauptuntersuchungszimmer kam. Eine Sekunde später erschien Doc Jane hinter ihm, eine offene Mappe in der Hand, und ihr Finger fuhr von oben nach unten über eine Seite.

Blay drückte sich durch die erstbeste Tür, die ihm begegnete ...

... und stand im Dunklen. Er tastete nach einem Lichtschalter, weil er viel zu aufgewühlt war, um die Lichter Kraft seines Willens aufleuchten zu lassen. Er fand ihn, drückte drauf und war sofort geblendet.

»Scheiße!«

Der stechende Schmerz, der in sein Schienbein schoss, verriet ihm, dass er gegen etwas Großes gestoßen war.

Aha. Ein Schreibtisch.

Er war in einem der Minibüros gelandet, die um die Unterrichtsräume herum angeordnet waren, was gut war. Der Unterricht hatte nach den Plünderungen immer noch nicht wieder begonnen, also war hier unten niemand, und vermutlich würde auch niemand auf die Idee kommen, diesen kleinen leeren Raum zu betreten.

Er hatte einen Moment lang seine Ruhe, ein echter Segen. Er würde jetzt ganz bestimmt nicht versuchen, ins Haus zu gelangen. Bei seinem Glück begegnete er vermutlich Qhuinn, und das war im Moment wirklich das Letzte, was er brauchen konnte.

Er ging um den Schreibtisch herum und setzte sich in den bequemen Bürostuhl. Dann legte er die Beine auf den Tisch, auf dem eigentlich ein Computer, eine Topfpflanze und ein Stiftehalter hätten stehen sollen. Stattdessen war er leer, wenn auch kein Staub darauf lag, denn so etwas hätte Fritz niemals zugelassen, nicht einmal in einem ungenutzten Raum.

Blay rieb sich das schmerzende Schienbein und wusste schon jetzt, dass er einen riesigen blauen Fleck bekommen würde. Aber zumindest lenkte ihn der Schmerz von dem ab, was ihn hierhergetrieben hatte.

Leider hielt es nicht an.

Als er den Stuhl nach hinten kippte und die Augen schloss, kehrten seine Gedanken zur Umkleide zurück.

Wird diese Folter denn niemals enden?, dachte er.

Verflucht, und sein Schwanz pulsierte immer noch.

Er wog seine Möglichkeiten ab, löschte die Lampe kraft seines Willens, schloss die Augen und befahl seinem Hirn, still zu sein und zu schlafen. Wenn er nur für ein, zwei Stündchen hier döste, würde er nüchtern und erschlafft erwachen und wieder unter Leute gehen können.

Tja, *das* war mal ein guter Plan, und dieser Raum war der perfekte Ort dafür. Dunkel, einigermaßen kühl, extrem still auf eine Weise, wie es in der Regel nur unterirdische Räume sind.

Blay lümmelte sich noch etwas tiefer in den Schreibtischstuhl, verschränkte die Arme über der Brust und machte sich bereit für die REM-Phase.

Als das nicht klappte, stellte er sich alle möglichen Situationen vor, in denen etwas ausging, wie ausgesteckte Staubsauger, einen Brand, der mit Wasser gelöscht wurde, Fernsehbildschirme, die dunkel wurden …

Qhuinn hatte so verdammt einladend ausgesehen unter dieser Dusche, der nasse, geschmeidige Körper mit Muskeln wie aus Stein gemeißelt, sein Schwanz so dick und stolz. Dank des Wassers war er sicher glitschig und heiß … und, gütige Jungfrau der Schrift, Blay hätte alles gegeben, um zu ihm zu gehen, auf die Knie zu sinken und diesen Schwanz in den Mund zu nehmen, die runde Eichel mit dem Piercing an seiner Zunge zu spüren, während er sich auf und ab …

Das angewiderte Grunzen, das er ausstieß, hallte um ein Vielfaches lauter durch den Raum, als es tatsächlich gewesen war.

Er schlug die Augen auf und versuchte sämtliche Fantasievorstellungen, die mit dem Lecken von irgendwas zu tun hatten, aus seinem Kopf zu vertreiben. Aber die Dunkelheit war dabei alles andere als hilfreich, sie formte nur die perfekte Leinwand, auf die er sie projizieren konnte.

Fluchend versuchte er es mit dieser Yogaübung, bei der man nach und nach die Anspannung in den einzelnen Körperteilen löste, angefangen mit der Dauerfalte zwischen seinen Augenbrauen, dann den Sehnen, die an seiner Schulter hervortraten und bis zur Schädelbasis führten. Seine Brustmuskeln waren aus unerfindlichem Grund ebenfalls angespannt, die Bizepse gruben sich in seine Oberarme.

Als Nächstes wären die Bauchmuskeln dran gewesen,

dann sein Po und die Oberschenkel, die Knie, die Waden und jeder einzelne Zeh.

Doch so weit kam er nicht.

Denn eine Erektion zur Erschlaffung zu überreden erforderte Kräfte, die sein vom Alkohol benebeltes Hirn nicht aufbringen konnte.

Leider gab es nur einen sicheren Weg, um Mr Happy loszuwerden. Aber er saß ja hier im Dunklen und konnte sich darauf verlassen, dass niemand davon erfuhr. Warum sollte er das verdammte Ding also nicht bearbeiten, das Feuer löschen und dann schlafen? Das war auch nicht anders, als bei Anbruch der Nacht mit einer Latte zu erwachen – denn hier war fürwahr kein Gefühl im Spiel. Außerdem stand er unter Alkoholeinfluss, oder nicht? Das war doch auch immer eine gute Ausrede.

Es war kein Betrug an Saxton, redete er sich ein. Er war nicht *bei* Qhuinn – und es war *wirklich* Saxton, den er wollte.

Eine Weile fuhr er fort, das Für und Wider abzuwägen, doch schließlich nahm ihm seine Hand die Entscheidung ab. Ehe er es sich versah, schob sie sich unter dem lockeren Hosenbund hindurch und …

Das Stöhnen, das er ausstieß, als er sich umfasste, war wie ein Pistolenschuss in der Stille, genauso wie das Seufzen des Stuhls, als ihn das Stoßen seiner Hüfte mit den Schultern ins Lederpolster drückte. Heiß und hart, dick und lang, sein Schwanz bettelte um Zuwendung – aber der Winkel war völlig falsch, und in den verdammten Shorts war kein Platz für seine Hand, er konnte sie kaum bewegen.

Aus irgendeinem Grund fühlte er sich schmutzig bei dem Gedanken, sich die Hose auszuziehen, aber sein Anstandsgefühl ging ziemlich schnell über Bord, da er seinen Schwanz nur quetschen konnte. Er hob den Hintern, streifte die Shorts ab ... und stellte fest, dass er etwas zum Aufwischen brauchen würde.

Also zog er auch das Hemd aus.

Nackt im Dunkeln, die Beine ausgestreckt auf dem Tisch, ergab er sich, spreizte die Schenkel, pumpte auf und ab. Mit der Reibung flatterten seine Lider, biss er sich auf die Unterlippe – Himmel, die Empfindungen waren so überwältigend, sie durchströmten seinen Körper ...

Verdammt.

Qhuinn war in seinem Kopf, Qhuinn war in seinem Mund, Qhuinn war Teil von ihm, und sie bewegten sich gemeinsam ...

Das war falsch.

Er erstarrte. Wurde absolut reglos. »Scheiße.«

Blay ließ seinen Schwanz los, obwohl die Enttäuschung derart groß war, dass er die Zähne zusammenbeißen musste.

Er öffnete die Augen und starrte in die Dunkelheit. Dass sein Atem immer noch stockend ging, entlockte ihm einen weiteren Fluch. Genauso wie sein drängendes Bedürfnis, endlich zu kommen – doch er würde sich nicht beugen.

Er würde *auf keinen Fall* weitermachen.

Völlig unverhofft stand ihm plötzlich das Bild vor Augen, wie Qhuinn mit durchgebogenem Rücken unter dem Duschstrahl gestanden hatte, und schon war alles andere fortgewischt. Gegen alle Vernunft und jegliches Fairnessempfinden entlud sein Körper sich in einem heftigen Orgasmus, der Samen ergoss sich aus seinem Schwanz, ehe er ihm Einhalt gebieten konnte, ehe er ihm mitteilen konnte, Nein, das alles ist falsch ... ehe er sagen konnte, Nein, nicht noch einmal. Nie mehr wieder.

Verdammte Scheiße. Das süße Stechen kam wieder und wieder, bis er sich fragte, ob es wohl jemals enden würde – obwohl er selbst nichts dazu beitrug.

Er mochte zwar die Reaktionen seines Körpers nicht kontrollieren können. Wohl aber, wie er darauf reagierte.

Als er schließlich zur Ruhe kam, ging sein Atem stoßweise, und die kühle Luft auf seiner nackten Brust ließ ihn schließen, dass ihm der Schweiß ausgebrochen war. Und während sich sein Körper von der Anstrengung erholte, kehrte sein Bewusstsein zurück – und sein in sich zusammensinkender Schwanz war wie ein Stimmungsbarometer.

Blay streckte die Hand aus und tastete auf dem Schreibtisch nach seinem T-Shirt, dann knüllte er es zusammen und presste sich das Ding in den Schritt.

Den Rest von diesem Schlamassel, in dem er da steckte, würde er allerdings nicht so einfach beseitigen können.

Auf der anderen Seite der Stadt, im siebzehnten Stock des Commodore, saß Trez in einem schnieken Sessel aus Stahl und Leder, der auf eine Fensterfront mit Blick auf den Hudson River gerichtet war. Die Mittagssonne schien von einem kristallklaren Himmel, und alles leuchtete zehnmal so hell wegen des frischen Schnees, der über Nacht gefallen war.

»Ich weiß, dass du da bist«, bemerkte er trocken und nippte an seinem Kaffeebecher.

Als er keine Antwort bekam, schwenkte er den Sessel auf seinem Drehsockel herum. Und tatsächlich war iAm aus seinem Schlafzimmer gekommen und saß auf der Couch, das iPad auf dem Schoß, Zeigefinger über dem Display. Bestimmt las er die Onlineausgabe der *New York Times*, so wie jeden Morgen, wenn sie aufstanden.

»Okay«, presste Trez hervor. »Spuck's aus.«

iAms einzige Reaktion war ein Lüpfen der Braue. Etwa für eine Zehntelsekunde.

Dieser selbstgefällige Typ sah ihn nicht einmal an. »Das muss ja wirklich ein faszinierender Artikel sein. Worum geht es? Renitente Brüder?«

Um sich die Zeit zu vertreiben, schwenkte Trez seinen noch heißen Kaffee. »iAm. Ernsthaft. Das ist doch lächerlich.«

Endlich hoben sich die dunklen Augen seines Bruders. Sein Blick war wie immer frei von jeglichem Gefühl oder Zweifeln und all dem unangenehmen Krempel, mit dem sich der Normalsterbliche herumschlug. iAm war auf unheimliche Weise von der Vernunft regiert ... ein wenig so wie eine Kobra: wachsam, klug, bereit zum Angriff, aber nicht gewillt, Kraft zu verschwenden, bis sie gebraucht wurde.

»Was?«, stieß Trez hervor.

»Es ist überflüssig, dir etwas zu erklären, was du bereits weißt.«

»Tu mir den Gefallen.« Trez nippte noch einmal vom Rand seines Bechers und fragte sich, warum er sich das freiwillig antat. »Los.«

iAm schürzte die Lippen, wie es seine Art war, wenn er über eine Antwort nachsann. Dann klappte er den roten Deckel seines iPads zu, schob es beiseite, stellte ein Bein neben das andere, beugte sich vor und stützte sich mit den Ellbogen auf die Knie. Seine Oberarme waren so dick, dass sie sein Hemd zu sprengen drohten.

»Dein zügelloses Sexleben gerät außer Kontrolle.« Trez verdrehte die Augen, doch sein Bruder redete weiter. »Du vögelst drei bis vier Frauen pro Nacht, manchmal mehr. Es geht nicht ums Nähren, also komm mir jetzt nicht damit. Du vernachlässigst deine beruflichen Verpflichtungen …«

»Ich handle mit Schnaps und Prostituierten. Meinst du nicht, das ist ein bisschen hochgestochen …«

iAm griff nach seinem iPad und schwenkte es durch die Luft. »Soll ich lieber wieder lesen?«

»Ich sage ja nur …«

»Du hast mich gebeten, zu reden. Wenn dir nicht gefällt, was ich sage, dann beschwer dich nicht, sondern löcher mich einfach nicht mehr.«

Trez biss die Zähne zusammen. Genau das war das Problem bei seinem Bruder. Er war einfach so beschissen vernünftig.

Er sprang auf und durchquerte den offenen Wohnbereich. Die Küche war wie der Rest der Eigentumswohnung: modern, nüchtern, ohne jeglichen Schnickschnack. Deshalb sah er seinen Bruder noch immer aus dem Augenwinkel, als er sich einen zweiten Kaffee einschenkte.

Mann, manchmal hasste er diese Wohnung: Wenn er nicht gerade in seinem Schlafzimmer war und die Tür geschlossen hielt, gab es kein Entrinnen vor diesem Blick.

»Soll ich jetzt reden oder lesen?«, fragte iAm ruhig, als wäre es ihm vollkommen gleichgültig.

Mann, Trez hätte ihm nur zu gern gesagt, er solle seine Nase wieder in die *Times* versenken, aber das wäre dem Eingeständnis einer Niederlage gleichgekommen.

»Sprich weiter.« Trez pflanzte sich in seinen Sessel und freute sich schon auf Teil zwei der Gardinenpredigt.

»Dein Verhalten ist unprofessionell.«

»Du isst doch auch dein eigenes Essen im Sal's.«

»Ich brauche aber kein richterliches Kontaktverbot für meine Linguine in Venusmuschelsoße, wenn ich mich am nächsten Abend für das Fra Diavolo entscheide.«

Gutes Argument. Doch irgendwie brachte ihn das fast zur Weißglut.

»Ich weiß, was du da abziehst«, sagte iAm ruhig. »Und aus welchem Grund du es tust.«

»Du bist keine Jungfrau, natürlich weißt du …«

»Ich weiß, was sie dir geschickt haben.«

Trez erstarrte. »Woher?«

»Als du nicht reagiert hast, habe ich einen Anruf erhalten.«

Trez stieß sich vom Teppich ab und wandte sich dem Fluss zu. Scheiße. Er hatte angenommen, er könnte die dicke Luft bereinigen, indem er seinem Bruder eine Möglichkeit zum Dampfablassen gab, um dann zur Normalität zurückzukehren – für gewöhnlich standen sie einander extrem nah, und ihre Beziehung war von grundlegender Bedeutung für ihn.

Er konnte so ziemlich alles verkraften, außer Reibereien mit seinem Bruder.

Leider waren die Probleme, auf die iAm angespielt hatte, eine traurige Ausnahme von diesem »so ziemlich alles«.

»Du wirst die Sache nicht aus der Welt schaffen, indem du sie ignorierst, Trez.«

iAm sagte das ganz sanft – als ob er Mitleid mit ihm hätte.

Trez blickte auf den Fluss und stellte sich vor, er wäre in seinem Club, umgeben von Menschen, während Bargeld Hände wechselte und die Frauen, die bei ihm arbeiteten, im hinteren Teil ihr Ding abzogen. Nett. Normal. Kontrollierbar und bequem.

»Du hast Verpflichtungen.«

Trez umklammerte seine Tasse. »Ich bin sie nicht aus freien Stücken eingegangen.«

»Das spielt keine Rolle.«

Trez wirbelte so ruckartig herum, dass ihm heißer Kaffee auf den Schenkel schwappte. Er ignorierte das Brennen. »Das sollte es aber. Verdammt noch mal, das sollte es! Ich bin doch kein Objekt, das man verschenken kann. Diese ganze Sache ist völliger Mist.«

»Manche würden es als Ehre empfinden.«

»Mag sein, ich aber nicht. Ich werde mich nicht mit dieser Frau vereinigen. Mir ist egal, wer sie ist oder wer die Sache arrangiert hat oder wie ›wichtig‹ das alles für die S'Hisbe ist.«

Trez machte sich auf Widerspruch gefasst, doch stattdessen sah sein Bruder traurig aus, als hätte auch er diesen Fluch nicht gewollt.

»Ich sage es noch einmal, Trez. Die Sache wird sich nicht einfach in Luft auflösen. Und der Versuch, sich über die Verantwortung hinwegzuvögeln, ist nicht nur sinnlos, sondern potenziell gefährlich.«

Trez rieb sich das Gesicht. »Das sind doch nur Menschenfrauen. Sie spielen keine Rolle.« Er wandte sich wieder dem Fluss zu. »Und ganz ehrlich, wenn ich nicht irgendetwas tue, werde ich verrückt. Dann lieber ein paar Orgasmen, oder?«

Statt einer Antwort herrschte Schweigen, also war sein Bruder anderer Meinung. Und als die Unterhaltung an diesem Punkt ganz einschlief, war endgültig bewiesen, dass sein Leben im Eimer war.

iAm hielt offensichtlich nichts davon, einen Kerl zu treten, der bereits am Boden lag.

Aber egal. Trez kümmerte nicht, was man von ihm erwartete – er würde *nicht* zurückgehen, um für den Rest seines Lebens zu dienen.

Auch nicht der Tochter der Königin.

12

Es war später Nachmittag, als Wrath das Handtuch warf. Er saß am Schreibtisch auf dem Thron seines Vaters, und seine Finger fuhren über einen Bericht in Braille, als er es mit einem Mal nicht länger ertrug.

Er schob die Seiten von sich, fluchte und riss sich die Panoramasonnenbrille von der Nase. Er war gerade drauf und dran, sie gegen die Wand zu schleudern, als ihn eine feuchte Schnauze am Ellbogen stupste.

Wrath legte den Arm um seinen Golden Retriever und vergrub die Hand im weichen Fell der Flanke. »Du merkst es immer, stimmt's?«

George presste die Brust an Wraths Bein – sein Zeichen dafür, dass er hochgenommen werden wollte.

Also beugte sich Wrath runter und hob das neunzig Pfund schwere Tier auf seinen Schoß. Er schob die vier Pfoten, die Löwenmähne und den buschigen Schwanz zurecht, bis alles untergebracht war, und sann darüber nach, dass seine riesenhafte Gestalt vermutlich von

Vorteil war. Große Oberschenkel boten eine größere Fläche.

Es beruhigte ihn, das üppige Fell zu streicheln, obwohl die Sorgen dadurch nicht weniger wurden.

Sein Vater war ein großer König gewesen, er hatte endlose Zeremonien über sich ergehen lassen, zahllose Nächte lang Proklamationen und Vorladungen ausgearbeitet, ganze Monate und Jahre dem Protokoll und der Tradition gewidmet. Und dann war da noch das nicht enden wollende Genörgel, das von allen Seiten auf einen Herrscher einstürmte, in Briefen, Telefonaten und E-Mails – obwohl Letztere zu Zeiten seines Vaters natürlich kein Thema gewesen waren.

Wrath war vormals Krieger gewesen. Ein verdammt guter.

Er hob die Hand und tastete seitlich an seinem Hals nach der Stelle, an der die Kugel eingedrungen war …

Das Klopfen an der Tür war knapp und fordernd und zeugte weniger von einer respektvollen Bitte um Einlass als von Ungeduld.

»Komm rein, V«, rief Wrath.

Der beißende Geruch nach Zaubernuss, der dem Bruder vorauseilte, war ein deutliches Zeichen dafür, dass hier jemand angepisst war. Und tatsächlich klang die tiefe Stimme gereizt.

»Ich bin endlich mit den ballistischen Tests durch. Das dauert immer Ewigkeiten.«

»Und?«, drängte Wrath.

»Wir haben eine hundertprozentige Übereinstimmung.« Als sich Vishous auf den Stuhl vor dem Tisch setzte, quietschte das Ding unter seinem Gewicht. »Wir haben sie in der Hand.«

Wrath stieß die Luft aus, und das Summen in seinem Kopf ließ etwas nach.

»Gut.« Er streichelte George vom kantigen Kopf aus über die Rippen. »Damit machen wir sie fertig.«

»Genau. Was ohnehin geschehen wäre, ist jetzt ganz legal.«

Die Bruderschaft hatte von Anfang an gewusst, wer hinter dem Anschlag steckte, der den König beinahe das Leben gekostet hatte – und deshalb betrachteten sie es als eine heilige Pflicht ihrer Spezies gegenüber, Xcors Bande bis auf den letzten Mann auszurotten.

»Hör zu, lass mich ganz offen mit dir sein, okay?«

»Wann tust du das nicht?«, erwiderte Wrath gedehnt.

»Warum lässt du uns nicht handeln?«

»Ich weiß nicht, was du meinst.«

»Wegen Tohr.«

Wrath verlagerte George, sodass der schwere Hund die Blutzufuhr zu seinem linken Bein wieder freigab. »Er hat um diese Proklamation gebeten.«

»Wir alle haben das Recht, Xcor zu töten. Jeder von uns will dieses Arschloch, er ist der große Preis. Er sollte nicht Tohr vorbehalten sein.«

»Er hat mich darum gebeten.«

»Das erschwert es uns, den Mistkerl zu töten. Was, wenn einer von uns ihm da draußen über den Weg läuft, und Tohr ist nicht dabei?«

»Dann bringt ihr ihn her.« Es entstand eine lange, angespannte Pause. »Hast du gehört, V? Dann bringst du dieses Stück Scheiße hierher und lässt Tohr seine Pflicht erfüllen.«

»Ziel ist die Auslöschung der Bande.«

»Und warum sollte dich das von deiner Aufgabe abhalten?« Als V nicht antwortete, schüttelte Wrath den Kopf. »Tohr war mit mir in dem Van, Bruder. Er hat mir das Leben gerettet. Ohne ihn ...«

Der Satz hing unvollendet in der Luft, und V fluchte verhalten – als könnte er sich ausrechnen, was das bedeutete. Der Bruder, der ein Stück Plastikschlauch aus seinem Trinkrucksack geschnitten hatte, um an seinem König einen Luftröhrenschnitt vorzunehmen, Meilen entfernt von jeder medizinischen Einrichtung, in einem fahrenden Van, hatte vielleicht wirklich ein Vorrecht darauf, den Attentäter zu töten.

Wrath deutete ein Lächeln an. »Weißt du was – weil ich so ein netter Kerl bin, dürft ihr ihm alle eine reinhauen, bevor Tohr das Arschloch mit bloßen Händen um die Ecke bringt. Versprochen. Ist das ein Angebot?«

V lachte. »Das klingt schon besser.«

Sie wurden unterbrochen von einem leisen, respektvollen Klopfen – ein zaghaftes Pochen, als wäre derjenige, wer immer es war, zufrieden damit, verjagt zu werden, bereit, geduldig zu warten, und voller Hoffnung, sofort Gehör zu finden – all dies zugleich.

»Herein«, rief Wrath.

Ein kostspieliges Eau de Cologne kündete die Ankunft seines Rechtsberaters an: Saxton roch immer gut, und das passte zum Rest. Soweit sich Wrath erinnerte, war dieser Kerl nicht nur bestens ausgebildet und ein kluger Kopf, er kleidete sich auch wie ein kultivierter Spross aus der *Glymera*, will heißen: makellos.

Nicht, dass Wrath in letzter Zeit übermäßig viel davon gesehen hätte.

Hastig setzte er seine Sonnenbrille auf. Nackt vor V zu sitzen war das eine, doch vor dem jungen, dynamischen Kerl, der jetzt die Tür öffnete, kam das nicht infrage – ganz gleich, wie sehr er Saxton vertraute.

»Was gibt's?«, fragte Wrath, während George zur Begrüßung mit dem Schwanz wedelte.

Es folgte längeres Schweigen. »Soll ich vielleicht später wiederkommen?«

»Vor meinem Bruder kannst du alles sagen.«

Wieder folgte eine längere Pause, und Wrath vermutete, dass V den Advokaten ansah, als wollte er ihm gleich in seinen kleinen Hintern beißen, weil er es wagte anzudeuten, dass V nicht alles mithören durfte.

»Selbst wenn es die Bruderschaft betrifft?«, fragte Saxton ruhig.

Wrath spürte förmlich, wie Vs eisiger Blick zu ihm herumschwenkte. Und tatsächlich presste V zwischen den Zähnen hervor: »Was ist mit *uns*?«

Als Saxton noch immer schwieg, dämmerte Wrath, worum es ging. »Kannst du uns eine Minute allein lassen, V?«

»Willst du mich verarschen?«

Wrath setzte George auf den Boden. »Nur fünf Minuten.«

»Na schön. Viel Spaß dabei, mein König«, zischte V und stand auf. »Echt super.«

Einen Moment später wurde die Tür zugeknallt.

Saxton räusperte sich. »Ich hätte wiederkommen können.«

»Hätte ich das gewollt, hätte ich es gesagt. Schieß los.«

Der Zivilist atmete hörbar durch, als würde er auf die Flügeltür starren und sich fragen, ob Vs genervter Abgang dazu führen würde, dass er im Laufe des Tages tot aufwachte. »Äh ... nun ja, die Prüfung des Alten Rechts ist abgeschlossen. Ich kann Euch eine vollständige Liste aller Abschnitte überreichen, die der Nachbesserung bedürfen, zusammen mit Formulierungsvorschlägen und einem Zeitplan, wann die Änderungen eingeführt werden könnten, wenn ...«

»Ja oder nein. Alles andere ist mir einerlei.«

Den leisen Tritten von Halbschuhen auf dem Aubusson-Teppich entnahm Wrath, dass sein Rechtsberater einen kleinen Spaziergang einlegte. Er stellte sich sein Arbeitszimmer vor, wie er es in Erinnerung hatte, mit den hellblauen Wänden, dem Stuck und dem zierlichen französischen Mobiliar.

Saxton passte besser in diesen Raum als Wrath mit seiner ledernen Hose und dem ärmellosen Shirt.

Doch das Gesetz schrieb nun mal vor, wer König wurde.

»Rede, Saxton. Ich werde dich garantiert nicht feuern, wenn du mir unumwunden sagst, wie die Dinge stehen. Solltest du aber versuchen, die Wahrheit zu verdrehen oder zu beschönigen, dann fliegst du raus, mir egal, mit wem du schläfst.«

Wieder ein Räuspern. Dann ertönte die kultivierte Stimme direkt vor ihm, von der anderen Seite des Tisches aus.

»Ja, Euer Wunsch lässt sich erfüllen. Aber ich befürchte, dass jetzt vielleicht nicht der beste Zeitpunkt dafür ist.«

»Warum? Weil du zwei Jahre brauchst, um alle Änderungen vorzunehmen?«

»Ihr bestrebt eine grundlegende Änderung für eine Institution, die unsere Spezies beschützt – das könnte Eure Herrschaft noch weiter destabilisieren. Mir ist nicht verborgen geblieben, welcher Druck auf Euch lastet, und ich möchte nicht versäumen, das Offensichtliche darzulegen. Wenn Ihr die Regeln ändert, wer der Bruderschaft der Black Dagger beitreten darf, könnte das Anlass zu weiteren Verstimmungen liefern – eine derart einschneidende Maßnahme habt Ihr im Laufe Eurer Regentschaft noch nie angestrebt, und sie kommt zu einem Zeitpunkt extremer gesellschaftlicher Unzufriedenheit.«

Wrath atmete tief und langsam durch die Nase ein – witterte jedoch keine Arglist: Es gab keinen Hinweis darauf, dass sein Rechtsberater ihn in einen Hinterhalt lockte oder die Arbeit scheute.

Außerdem hatte er recht.

»Vielen Dank für diese Einschätzung«, sagte Wrath. »Aber ich werde mich nicht der Vergangenheit beugen. Ich weigere mich. Und würde ich Zweifel hegen bezüglich des Betroffenen, hätte ich die Sache nicht angeleiert.«

»Wie denken die anderen Brüder darüber?«

»Das muss dich nicht kümmern.« Tatsächlich hatte Wrath sein Vorhaben noch nicht mit ihnen besprochen. Warum auch, solange er nicht wusste, ob es überhaupt durchführbar war. Tohr und Beth wussten als Einzige, wie weit er zu gehen bereit war. »Wie lange brauchst du, um die nötigen Änderungen vorzunehmen?«

»Ich könnte sie bis zur Morgendämmerung aufgesetzt haben – spätestens bis abends.«

»Dann los.« Wrath formte eine Faust und schlug auf die Armlehne seines Throns. »Fang gleich an.«

»Wie Ihr wünscht, mein König.«

Man hörte das Rascheln von feinem Tuch, als würde sich der Kerl verbeugen, dann folgten leise Schritte, bevor sich ein Flügel der Tür öffnete und wieder schloss.

Wrath starrte in das Nichts, das ihm seine blinden Augen darboten.

Es stimmte, es waren gefährliche Zeiten. Da war es klug, mehr Brüder aufzunehmen und nicht nach Gründen zu suchen, es zu verhindern – obwohl man dagegen argumentieren konnte, dass es ein unnötiger Aufwand war, solange die drei Jungs bereit waren, auch so zusammen mit der Bruderschaft zu kämpfen.

Aber scheiß drauf. Es gehörte zur Alten Schule, jemandem Anerkennung zu zollen, der sein Leben für das eigene eingesetzt hatte.

Ein echtes Problem hingegen war, mal abgesehen von den Gesetzen … was würden die anderen denken?

Das konnte sein Vorhaben viel eher kippen als irgendein rechtliches Gedöns.

Als Stunden später die Nacht anbrach, lag Qhuinn nackt zwischen zerwühlten Laken. Weder sein Körper noch sein Geist kamen zur Ruhe, nicht einmal im Schlaf.

Im Traum lief er wieder am Straßenrand entlang und entfernte sich von seinem Elternhaus. Er hatte eine Reisetasche über der Schulter, einen offiziellen Wisch im Hosenbund, der ihm bestätigte, dass er enterbt war, und elf Dollar im Portemonnaie.

Alles stand ihm kristallklar vor Augen, nichts war verblasst durch den Filter der Erinnerung: Von der schwülen Luft in jener Sommernacht bis hin zum Knirschen seiner New Rocks auf dem Kies am Straßenrand … und dem Wissen, keine Zukunft mehr zu haben.

Er hatte kein Ziel, auf das er zugehen, kein Zuhause, zu dem er zurückkehren konnte.

Keine Zukunftsperspektive. Nicht einmal mehr eine Vergangenheit.

Als ein Auto hinter ihm hielt, war er überzeugt, dass es John und Blay waren …

Doch er hatte sich geirrt. Es waren nicht seine Freunde. Es war der Tod in Form von vier schwarz vermummten Vampiren, die aus dem Wagen stiegen und ihn umzingelten.

Eine Ehrengarde. Gesandt von seinem Vater als Vergeltung, weil er Schande über den guten Namen der Familie gebracht hatte.

Was für ein Hohn. Eigentlich war es doch lobenswert, wenn man einen Soziopathen niederstach, der versucht hatte, einen Kumpel zu vergewaltigen. Nicht jedoch, wenn der Angreifer der werte Cousin ersten Grades war.

Wie in Zeitlupe begab Qhuinn sich in Kampfhaltung, bereit, sich seinen Angreifern zu stellen. Da waren jedoch keine Augen, in die er blicken hätte können, keine Gesichter – und dafür gab es einen Grund: Die unidentifizierbaren Angreifer sollten dem Sünder das Gefühl vermitteln, von der gesamten Gesellschaft geächtet zu werden.

Sie umkreisten ihn und kamen immer näher ... letztlich würden sie ihn niederschlagen, aber vorher würde er ihnen wehtun.

Und das tat er.

Aber auch in dem anderen Punkt sollte er recht behalten: Nachdem er sich eine gefühlte Stunde lang zur Wehr gesetzt hatte, lag er schließlich auf dem Rücken, und da ging der Spaß erst richtig los. Er krümmte sich auf dem Asphalt und schützte, so gut es ging, Kopf und Weichteile, während die Schläge auf ihn niederprasselten. Die schwarzen Roben bewegten sich wie Krähenflügel, als sie wieder und wieder auf ihn eindroschen.

Nach einer Weile spürte er keinen Schmerz mehr.

Er würde sterben, hier am Straßenrand.

»Halt! Wir sollen ihn nicht umbringen!«

Die Stimme seines Bruders drang zu ihm durch und traf ihn auf eine Art, wie es die Schläge nicht mehr vermochten ...

Mit einem Aufschrei fuhr Qhuinn aus dem Schlaf, riss die Arme vors Gesicht und zog die Oberschenkel an, um seine Lenden zu schützen.

Keine Fäuste, keine Prügel gingen auf ihn nieder.

Und er lag nicht am Straßenrand.

Er ließ ein paar Lampen aufleuchten und sah sich in

dem Zimmer um, in dem er wohnte, seit ihn seine Familie verstoßen hatte. Es passte überhaupt nicht zu ihm, die Seidentapeten und die Antiquitäten hätten von seiner Mutter stammen können – und doch, in diesem Moment wirkte der Anblick dieses ganzen alten Krempels, den er nicht ausgesucht und aufgestellt hatte, beruhigend auf ihn.

Selbst als die Erinnerung anhielt.

Himmel, die Stimme seines Bruders.

Sein eigener Bruder hatte zu der Ehrengarde gehört, die man nach ihm geschickt hatte. Damit hatte seine Familie eine deutliche Botschaft an die *Glymera* gesandt, wie ernst sie diese Angelegenheit nahm – und sein Bruder war durchaus trainiert. Er war in den Kampfkünsten unterrichtet, obwohl er selbstverständlich nie kämpfen durfte. Himmel, selbst das Sparring wurde ihm nur selten gestattet.

Dafür war er zu kostbar. Eine Verletzung konnte sich der Stammhalter der Familie nicht leisten, schließlich sollte er irgendwann in Daddys Fußstapfen treten und *Leahdyre* des Rates werden.

Deshalb war die Gefahr einer Verletzung für die Familie inakzeptabel.

Qhuinn hingegen? Bevor man ihn verstieß, hatte man ihn ins Ausbildungsprogramm gesteckt, vielleicht in der Hoffnung, dass er im Einsatz tödlich verwundet wurde und den Anstand besaß, sein Leben im Dienst für die Allgemeinheit auszuhauchen.

Halt! Wir sollen ihn nicht umbringen!

Es war das letzte Mal gewesen, dass er die Stimme seines Bruders gehört hatte. Kurz nachdem Qhuinn zu Hause rausgeflogen war, hatte die Gesellschaft der *Lesser* mit ihren Plünderungen begonnen und alle abgeschlachtet, Vater, Mutter, Schwester – und Luchas.

Alle waren sie weg. Und obwohl er sie immer gehasst hatte für alles, was sie ihm angetan hatten, wünschte er niemandem einen solchen Tod.

Qhuinn rieb sich das Gesicht.

Zeit zu duschen. Das war alles, was er wusste.

Er stand auf und streckte sich, bis sein Rücken krachte, dann sah er auf sein Handy. Eine Sammel-SMS kündete ein Meeting in Wraths Arbeitszimmer an – und ein kurzer Blick auf die Uhr verriet ihm, dass ihm kaum noch Zeit blieb.

Doch das war gar nicht schlecht. Als er auf Betriebsmodus schaltete und ins Bad eilte, war er erleichtert, sich auf die Wirklichkeit konzentrieren zu können statt auf die bescheuerte Vergangenheit.

Letztere konnte er nur verfluchen. Und das hatte er im Laufe seines Lebens wirklich schon oft genug getan.

Zeit zum Aufwachen, dachte er.

Es gab viel zu tun.

13

Ungefähr zur selben Zeit, als Qhuinn im Haupthaus duschte, erwachte Blay in seinem Sessel in dem kleinen unterirdischen Büro. Der Brummschädel, der ihm als Wecker diente, rührte nicht vom Portwein – sondern daher, dass er das Letzte Mahl verpasst hatte. Dabei wünschte er, der Alkohol wäre für das Pochen unter seiner Schädeldecke verantwortlich. Es wäre eine gute Ausrede gewesen, wäre er im Vollrausch hier unten eingelaufen.

Fluchend hob er die Beine vom Tisch und setzte sich auf. Er war steif wie ein Brett, und mehrere Stellen begannen zu schmerzen, als er die Lichter kraft seines Willens aufleuchten ließ.

Mist, er war noch immer nackt.

Aber was hatte er erwartet? Dass die Anstandsfee hereinschlich und ihn im Schlaf bekleidete? Nur damit er nicht an seine Heldentat erinnert wurde?

Er schlüpfte in die Shorts, zog die Turnschuhe an und

langte nach dem T-Shirt – bis ihm einfiel, wofür er es verwendet hatte.

Als er auf die zerknüllte Baumwolle starrte und die eingetrockneten Stellen im weichen Stoff spürte, wurde ihm klar, dass er Saxton betrogen hatte, ganz gleich, wie man es wendete. Körperkontakt mit einem anderen war nur eine Form der Untreue und sicherlich die drastischste. Aber mit seinem Verhalten von letzter Nacht hatte er Saxton hintergangen, obwohl der Orgasmus von seinen Gedanken ausgelöst worden war und nicht durch seine Hand.

Er stand auf, schleppte sich zur Tür und öffnete sie einen Spaltbreit. Wenn jemand in der Nähe war, würde er sich zurückziehen und warten, bis die Luft rein war: Er hatte absolut keine Lust, sich dabei erwischen zu lassen, wie er aus diesem leeren Büro kam, halb bekleidet und völlig am Ende. Das Schöne am Leben auf diesem Anwesen war, dass man von lauter netten Leuten umgeben war. Das Blöde war, dass jeder von ihnen Augen und Ohren hatte und nichts unentdeckt blieb.

Als er weder Stimmen noch Schritte ausmachen konnte, hüpfte er in den Flur und lief eiligen Schrittes los, als wäre er aus irgendeinem triftigen Grund irgendwo gewesen und würde nun aus einem ebenso wichtigen Grund in sein Zimmer zurückgehen. Als er den Tunnel erreichte, hatte er das Gefühl, vielleicht sogar damit durchzukommen. Klar, normalerweise lief er nicht ohne Shirt rum, aber viele der Brüder und Bewohner kamen so aus dem Kraftraum – es war also nichts Ungewöhnliches.

Als er unter der Freitreppe rauskam und sich auch die Eingangshalle als leere Bowlingbahn präsentierte, hatte er wirklich das Gefühl, den Jackpot geknackt zu haben. Das einzig Blöde war das Klappern von Geschirr aus dem Esszimmer, dem er entnehmen konnte, dass bereits abgedeckt wurde und es später war als angenommen. Offensichtlich hatte er das Erste Mahl versäumt – Pech für seinen Kopf, aber wenigstens hatte er ein paar Proteinriegel in seinem Zimmer.

Mit seinem Glück war es vorbei, als er die Treppe in den ersten Stock hochkam. Vor der Tür zu Wraths Arbeitszimmer standen Qhuinn und John in voller Montur, mit schwarzer Lederkluft und Waffen in Halftern.

Er konnte Qhuinn unmöglich ansehen. Es war schon schlimm genug, ihn aus dem Augenwinkel sehen zu können.

»Was ist los?«, erkundigte sich Blay.

Wir haben ein Meeting, gebärdete John. *Hieß es zumindest. Hast du die SMS nicht bekommen?*

Scheiße, er hatte keine Ahnung, wo sein Handy war. In seinem Zimmer? Es stand zu hoffen.

»Ich spring kurz unter die Dusche und bin gleich zurück.«

Vielleicht musst du dich gar nicht beeilen. Die Brüder sind seit einer halben Stunde da drin. Keine Ahnung, was hier los ist.

Neben John wippte Qhuinn in seinen Springerstiefeln vor und zurück und verlagerte sein Gewicht wie beim Laufen, obwohl er sich nicht vom Fleck bewegte.

»Fünf Minuten«, murmelte Blay. »Mehr brauch ich nicht.«

Er hoffte, dass die Bruderschaft bis dahin diese Tür geöffnet hatte – er hatte absolut keine Lust, in Qhuinns Nähe Zeit totschlagen zu müssen.

Fluchend joggte Blay den Flur hinunter zu seinem Zimmer. Normalerweise ließ er sich Zeit, um sich fertig zu machen, besonders, wenn Sax in der richtigen Stimmung war, aber das hier würde ein sehr kurzer Besuch werden.

Er riss die Tür auf und erstarrte.

Was ... zum Henker?

Reisetaschen. Auf dem Bett. So viele, dass von der Bett-decke darunter kaum mehr etwas zu sehen war – und er wusste, wem das Gepäck gehörte. Ein Set von Gucci-Ta-schen, weiß mit dunkelblauem Logo und rot-blauen Bor-ten – weil Saxton die traditionelle Farbgebung Braun-in-Braun mit rot-grüner Bordüre »zu augenfällig« fand.

Leise schloss Blay die Tür. Heilige Scheiße, Saxton wuss-te Bescheid. Das war sein erster Gedanke. Irgendwie muss-te sein Freund herausgefunden haben, was sich im Trai-ningszentrum abgespielt hatte.

Saxton trat aus dem Bad mit einer Armbeuge voller Shampoos, Conditioner und anderen Pflegeprodukten. Er blieb stehen.

»Hallo«, sagte Blay. »Du verreist?«

Nach einem angespannten Moment ging Saxton ruhig zum Bett, versenkte seine Ladung in eine Reisetasche und wandte sich Blay zu. Wie immer war sein kräftiges blondes Haar in Wellen aus der Stirn gestrichen. Seine Kleidung war perfekt, ein weiterer Tweed-Anzug mit passender Wes-te, die nötigen Farbakzente lieferten eine rote Krawatte und ein rotes Einstecktuch.

»Ich glaube, du weißt, was ich sagen werde.« Saxton lä-chelte traurig. »Denn du bist alles andere als dumm – ge-nau wie ich.«

Blay wollte sich aufs Bett setzen, musste aber umdispo-nieren, weil dort kein Platz war. Letztlich landete er auf der Chaiselongue, wo er sich diskret zur Seite beugte und das zerknüllte T-Shirt unter den Stoffbehang schob. Au-ßer Sichtweite. Es war das Mindeste, was er tun konnte.

Verflucht, passierte das hier wirklich?

»Ich will nicht, dass du gehst«, hörte Blay sich heiser krächzen.

»Das glaube ich.«

Blay blickte auf die Reisetaschen. »Warum jetzt?«

Er dachte daran, dass sie noch gestern unter den Laken übereinander hergefallen waren. Sie waren sich so nah gewesen – obwohl, wenn er ganz ehrlich war, hatte sich das Ganze vielleicht auf das Körperliche begrenzt.

Nein, nicht nur vielleicht.

»Ich habe mir etwas vorgemacht.« Saxton schüttelte den Kopf. »Ich dachte, ich könnte so weitermachen – aber ich schaffe es nicht. Es bringt mich um.«

Blay schloss die Augen. »Ich weiß, ich war viel im Einsatz ...«

»Davon spreche ich nicht.«

Als Qhuinn den Raum zwischen ihnen ausfüllte, hätte Blay am liebsten geschrien. Aber es nützte ja nichts. Offensichtlich waren er und Saxton im gleichen traurigen Moment zur gleichen schwierigen Wegbiegung gekommen.

Sein Lebenspartner ließ den Blick über das Gepäck schweifen. »Ich bin gerade mit dem Auftrag für Wrath fertig geworden. Der Zeitpunkt ist optimal für einen Schlussstrich, optimal, um auszuziehen und einen neuen Job zu finden ...«

»Moment, du willst auch gleich den König verlassen?« Blay verzog das Gesicht. »Was auch zwischen uns ist, du musst weiter für ihn arbeiten. Das ist wichtiger als unsere Beziehung.«

Saxton senkte den Blick. »Ich nehme an, das fällt dir leichter zu sagen als mir.«

»Das stimmt nicht«, knurrte Blay. »Scheiße, es ... tut mir so leid.«

»Du hast nichts verbrochen – du musst wissen, dass ich nicht wütend auf dich bin oder verbittert. Du warst immer ehrlich zu mir, und mir war immer klar, dass es einmal so enden würde. Ich wusste nur nicht, wann es so weit sein würde. Jetzt ist der Zeitpunkt also gekommen.«

Ach, verdammt.

Obwohl ihm klar war, dass Saxton recht hatte, verspürte Blay den unwiderstehlichen Drang, für ihre Beziehung zu kämpfen. »Hör zu, ich war in der letzten Woche mit den Gedanken woanders, das tut mir leid. Aber das pendelt sich wieder ein, wir können zur Normalität zurückkehren …«

»Ich liebe dich.«

Blay klappte der Mund hörbar zu.

»Du siehst also«, fuhr Saxton heiser fort, »nicht du hast dich verändert, sondern *ich* – und ich fürchte, meine törichten Gefühle sind zwischen uns geraten.«

Blay sprang auf und lief über den feingenoppten Teppich auf Saxton zu.

Und als Saxton seine Umarmung erwiderte, kamen ihm vor Erleichterung fast die Tränen. Während er seinen ersten richtigen Freund an sich drückte, den vertrauten Größenunterschied zwischen ihnen wahrnahm und das wunderbare Eau de Cologne roch, wollte sich ein Teil von ihm gegen diese Trennung auflehnen, damit sie beide sich ergaben und es weiter versuchten.

Aber das war nicht fair.

Genau wie Saxton hatte auch er immer geahnt, dass es irgendwann zu Ende gehen würde. Und genau wie sein Freund war auch er überrascht, dass es jetzt so weit sein sollte.

Doch das Resultat blieb das Gleiche.

Saxton löste sich aus der Umarmung. »Ich wollte nie irgendwelche Gefühle zulassen.«

»Es tut mir leid, es … es tut mir so leid …« Scheiße, mehr kam nicht über seine Lippen. »Ich würde alles geben, um anders zu sein. Ich wünschte, ich könnte ... anders sein.«

»Ich weiß.« Saxton berührte Blays Gesicht und streichelte seine Wange. »Ich vergebe dir – und du musst dir selbst vergeben.«

Blay war sich nicht sicher, ob er dazu in der Lage war – besonders jetzt, da ihm Gefühle, die er nicht gewollt hatte, gegen die er jedoch machtlos war, wieder einmal etwas kaputt gemacht hatten, was ihm lieb war.

Qhuinn war ein Fluch, verdammt noch mal, genau das war er.

Ungefähr fünfzehn Meilen vom Anwesen der Bruderschaft entfernt erwachte Assail in seinem kreisrunden Bett in der Villa am Hudson. Die verspiegelte Decke reflektierte seinen nackten Körper im sanften Schein der Lampen, die rundum in den Sockel der Matratze eingelassen waren. Der Rest des achteckigen Raums lag im Dunkeln, die innen angebrachten Jalousien waren noch verschlossen und sperrten die bereits angebrochene Nacht aus.

Er dachte an all das Glas im Haus und wusste, dass die meisten Vampire diese Behausung indiskutabel gefunden hätten. Viele würden keinen Fuß über diese Schwelle setzen.

Das Risiko in den Tagesstunden wäre ihnen zu groß.

Doch Assail hatte sich noch nie den Konventionen gebeugt, und von den Gefahren, die das Leben in einem derart lichtdurchlässigen Haus mit sich brachte, durfte man sich nicht einschränken lassen, man musste sie anpacken.

Er stand auf, ging zum Computer auf dem Schreibtisch, meldete sich an und rief das Überwachungssystem auf, das nicht nur das Haus, sondern das gesamte Grundstück überblickte. In den frühen Stunden des Tages hatte der Alarm wiederholt angeschlagen, jedoch keinen drohenden Angriff gemeldet, sondern Aktivitäten, die das Überwachungssystem herausgefiltert hatte.

Um ehrlich zu sein, fehlte ihm die Energie, übermäßig besorgt zu sein, ein unerfreuliches Zeichen dafür, dass er sich nähren musste …

Assail sah sich den Bericht an und stutzte.

Na, das war ja wirklich interessant.

Genau aus diesem Grund hatte er all diese Kontrollmechanismen installiert.

Auf den Bildern, die von den hinteren Kameras eingespeist worden waren, sah man eine Gestalt in weißer Tarnkleidung. Sie fuhr auf Langlaufskiern durch den Wald und näherte sich seinem Haus aus nördlicher Richtung. Der Eindringling hielt sich die meiste Zeit versteckt zwischen den Kiefern und beobachtete das Haus ungefähr neunzehn Minuten lang von verschiedenen Punkten aus, bevor er den Wald in westlicher Richtung verließ, über das Nachbargrundstück fuhr und aufs Eis ging. Zweihundert Meter weiter blieb er stehen, holte erneut sein Fernglas heraus und blickte auf Assails Haus. Dann umkreiste er die Halbinsel, die in den Fluss ragte, tauchte erneut in den Wald ein und verschwand.

Assail beugte sich auf den Monitor zu und spielte die Sequenz noch einmal ab. Er zoomte sich an die Gestalt heran, um das Gesicht zu erkennen – doch leider war das nicht möglich. Der Mann trug eine Sturmhaube mit Aussparungen für Augen, Nase und Mund. Da er einen dicken Parka und eine Skihose trug, war er also vollkommen eingemummt.

Es gab nur zwei Parteien, die sich für ihn interessieren konnten, und da der Besuch tagsüber stattgefunden hatte, schied die Bruderschaft aus: Wrath würde niemals einen Menschen einsetzen, es sei denn als letzte Notlösung bei einem Nahrungsengpass, und kein Vampir ertrug so viel Sonnenlicht, ohne sich in eine brennende Fackel zu verwandeln.

Blieb nur jemand aus der Menschenwelt. Im Grunde gab es nur einen Mann, der ein Interesse und die Mittel hatte, ihn und seine Umgebung auszuspionieren.

»Herein«, sagte er, kurz bevor es klopfte.

Er machte sich nicht die Mühe, vom Computer aufzublicken, als die zwei Vampire das Zimmer betraten. »Wie habt ihr geschlafen?«

Eine vertraute, tiefe Stimme antwortete: »Wie die Toten.«

»Schön für euch. Ein Jetlag kann ganz schön lästig sein, habe ich gehört. Wir hatten heute Morgen übrigens Besuch.«

Assail lehnte sich zur Seite, damit seine beiden Partner die Aufzeichnungen sehen konnten.

Es war sonderbar, Mitbewohner zu haben, aber an ihre Gegenwart würde er sich gewöhnen müssen. Er war allein nach New York gekommen und wollte es eigentlich auch bleiben, aus einer Reihe von Gründen. Doch der Erfolg in seinem Geschäft erforderte das Engagement von Helfern – und Familienangehörige waren nun einmal die Einzigen, denen auch nur annähernd zu trauen war.

Außerdem brachten diese beiden einen einzigartigen Vorteil mit sich.

Seine Cousins waren eine echte Rarität unter den Vampiren: Sie waren eineiige Zwillinge. Wenn sie identisch gekleidet waren, ließen sie sich einzig an einem kleinen Muttermal hinter dem Ohrläppchen unterscheiden. Davon abgesehen glichen sie einander wie ein Ei dem anderen, von den Stimmen über die dunklen, argwöhnischen Augen bis hin zum muskulösen Körperbau.

»Ich muss los«, erklärte Assail. »Wenn unser Besucher wiederkommt, erweist ihm unsere Gastfreundschaft, okay?«

Ehric, der ein paar Minuten älter war als sein Bruder, sah ihn an, und sein Gesicht wurde von den Lampen um den Bettsockel beleuchtet. Solch Niedertracht in diesen ebenmäßigen Zügen – der Eindringling konnte einem fast schon leidtun. »Es wird uns ein Vergnügen sein, das versichere ich dir.«

»Haltet ihn am Leben.«

»Aber selbstverständlich.«

»Das ist ein schmaler Grat, schmaler, als euch beiden bisweilen bewusst zu sein scheint.«

»Vertrau mir.«

»Meine Sorge gilt nicht dir.« Assail musterte den anderen Zwillingsbruder. »Ihr versteht mich?«

Ehrics Bruder schwieg und nickte nur einmal.

Diese widerstrebende Reaktion war exakt der Grund, weshalb Assail sein neues Leben lieber einfach gehalten hätte. Aber leider konnte er nicht an mehreren Orten gleichzeitig sein – und dieser Eindringling bewies, dass er nicht alles allein bewältigen konnte.

»Ihr wisst, wie ihr mich findet«, sagte er und entließ sie aus seinem Zimmer.

Zwanzig Minuten später saß er geduscht und angekleidet hinter dem Steuer seines gepanzerten Range Rover.

Die Innenstadt von Caldwell war wunderschön aus der Ferne, besonders, als er über die Brücke darauf zufuhr. Erst als er in das Gitternetz aus Straßen eindrang, wurde der ganze Schmutz sichtbar: Die Gassen mit ihren verdreckten Schneeverwehungen, den triefenden Müllcontainern und den ausgemusterten, halb erfrorenen obdachlosen Menschen zeugten von den weniger schönen Seiten des Stadtlebens.

Seiten, die im Übrigen sein Betätigungsfeld waren.

Er kam zur Benloise-Art-Gallery und parkte auf einem der beiden Plätze an der Rückseite des Gebäudes. Als er um seinen Wagen herumkam, fuhr der kalte Wind in seinen Kamelhaarmantel, derart heftig, dass er ihn vorne zusammenhalten musste, während er auf das Fabriktor zuging.

Er brauchte nicht erst anzuklopfen. Ricardo Benloise beschäftigte viele Leute, und nicht alle hatten sie mit Kunst zu tun: Ein Mensch so groß wie ein Vergnügungspark öffnete das Tor und trat zur Seite.

»Erwartet er Sie?«

»Nein.«

Disneyland nickte. »Wollen Sie in der Galerie warten?«

»Gerne.«

»Möchten Sie einen Drink?«

»Nein, danke.«

Assail ließ sich durch den Büroteil in den Ausstellungsbereich führen. Die Höflichkeit, mit der man ihm mittlerweile begegnete, war neu – was er zum einen der Tatsache zu verdanken hatte, dass er Großabnehmer war, zum anderen dem Blut zahlloser Menschen, das vergossen worden war: Seit sich Assail in Caldwell betätigte, war die Selbstmordrate unter Männern zwischen achtzehn und neunundzwanzig mit Drogendelikten im Strafregister derart in die Höhe geschnellt, dass landesweit darüber be richtet wurde.

Man stelle sich vor.

Während Nachrichtensprecher und Reporter versuchten, sich die tragischen Todesfälle zu erklären, vergrößerte Assail lediglich seinen Einflussbereich mit allen erforderlichen Mitteln. Der menschliche Geist war ach so formbar, und die Mittelsmänner im Drogengeschäft ließen sich mühelos dazu bewegen, sich die eigenen Waffen an die Schläfen zu setzen und den Abzug zu betätigen. Auf die gleiche Weise, wie in der Natur kein Vakuum Bestand haben konnte, war es auch mit der Nachfrage nach bewusstseinserweiternden Substanzen.

Assail hatte den Stoff. Die Abhängigen hatten den Zaster.

Der Handel überdauerte die gewaltvolle Umstrukturierung ohne Einbußen.

»Ich gehe vor«, erklärte der Mann an der verborgenen Tür, »und sage ihm, dass Sie hier sind.«

»Lassen Sie sich Zeit.«

Als er allein war, verschränkte Assail die Hände hinter dem Rücken und schlenderte durch den hohen, offenen Raum. Von Zeit zu Zeit blieb er vor einem der »Kunstwerke« an der Wand und an den Raumteilern stehen – und wurde wieder einmal daran erinnert, warum die Menschen ausgerottet werden sollten, vorzugsweise auf die langsame, qualvolle Art.

Benutzte Pappteller auf billige Spanplatten getackert mit handgeschriebenen Zitaten aus Fernsehwerbespots? Ein Selbstporträt in Zahncreme? Und genauso empörend waren die selbstgefälligen Plaketten neben den Werken, die diesen Schund zur neuen Welle des amerikanischen Expressionismus erklärten.

Das alles sagte viel über die gegenwärtige Kultur aus.

»Er erwartet Sie jetzt.«

Assail lächelte in sich hinein und wandte sich um. »Sehr zuvorkommend.«

Damit traf er durch die verborgene Tür und ging hoch

in den zweiten Stock. Er verurteilte seinen Lieferanten nicht. Es war nur natürlich, dass er misstrauisch war und mehr über seinen einzigen und größten Kunden in Erfahrung bringen wollte. Schließlich hatte ein Unbekannter den Drogenhandel von Caldwell binnen kürzester Zeit an sich gerissen und vollkommen umgekrempelt.

Ja, er konnte die Motive des Mannes verstehen.

Aber das Schnüffeln würde jetzt und hier ein Ende haben.

Im zweiten Stock befand sich eine weitere Tür, auch diese bewacht von zwei Kerlen, die massiv und undurchdringlich wirkten wie eine tragende Wand. Doch genau wie der Wachmann im Erdgeschoss öffneten sie ihm unverzüglich die Tür und nickten respektvoll.

Dahinter saß Benloise am anderen Ende eines langen, schmalen Raums mit Fenstern auf einer Seite und nur drei Möbelstücken: einem erhöhten Schreibtisch, nicht mehr als eine mächtige Teakholzplatte mit einer modernen Lampe und einem Aschenbecher darauf, ein Sessel von moderner Machart und eine weitere Sitzgelegenheit ihm gegenüber für einen einzelnen Besucher.

Genauso wie seine Umgebung war auch Benloise: aufgeräumt, dienstbeflissen und klar strukturiert im Denken. Er bewies, dass die Prinzipien des Managements und die personelle Führungskompetenz eines Geschäftsführers auch im Drogenhandel entscheidend waren, wollte man Millionen erwirtschaften – und diese auch behalten.

»Assail. Wie geht es Ihnen?« Der kleine Mann stand auf und streckte ihm die Hand entgegen. »Welch unerwartete Freude.«

Assail ging auf ihn zu, schüttelte ihm die Hand und wartete nicht auf die Aufforderung, sich zu setzen.

»Was kann ich für Sie tun?«, fragte Benloise und nahm selbst wieder Platz.

Gemächlich zog Assail eine kubanische Zigarre aus der Innentasche, kappte das hintere Ende, beugte sich vor und legte den Schnipsel vor sich auf den Tisch.

Benloise zog ein Gesicht, als hätte man ihm aufs Bett gemacht, und Assail lächelte, dass man fast die Fänge sah.

»Es geht darum, was ich für Sie tun könnte.«

»Ach ja?«

»Ich habe immer Wert auf meine Privatsphäre gelegt und ein zurückgezogenes Leben geführt.« Assail steckte den Zigarrencutter weg, holte sein goldenes Feuerzeug heraus und ließ eine Flamme emporzüngeln. Dann beugte er sich vor und paffte an der Zigarre, bis eine beständige Glut erzeugt war. »Aber vor allen Dingen bin ich Geschäftsmann und betätige mich in einer gefährlichen Branche. Dementsprechend betrachte ich jedes Eindringen auf mein Grundstück und jegliche Verletzung meiner Anonymität als einen Akt der Aggression.«

Benloise lächelte aalglatt und lehnte sich in seinem thronartigen Sessel zurück. »Das verstehe ich selbstverständlich, aber warum meinen Sie, mich darauf hinweisen zu müssen?«

»Wir unterhalten eine Beziehung, von der wir beide profitieren, und es ist mein ausdrücklicher Wunsch, sie aufrechtzuerhalten.« Assail paffte an seiner Zigarre und stieß eine Wolke dunkelblauen Rauchs aus. »Deshalb möchte ich Ihnen den gebührenden Respekt zollen. Bevor ich also tätig werde, sage ich Ihnen in aller Klarheit: Ungeladene Gäste auf meinem Grund und Boden werde ich nicht nur eliminieren, ich werde sie bis zu ihren Auftraggebern zurückverfolgen ...« – wieder ein Zug an der Zigarre – »und alles Notwendige tun, um meine Privatsphäre zu verteidigen. Drücke ich mich deutlich genug aus?«

Benloise senkte die Brauen, und seine dunklen Augen funkelten arglistig.

»Ist das klar?«, flüsterte Assail.

Es gab natürlich nur eine Antwort. Vorausgesetzt, dieser Mensch wollte noch ein wenig länger leben als bis zum nächsten Wochenende.

»Wissen Sie, Sie erinnern mich an Ihren Vorgänger«, sagte Benloise mit südamerikanischem Akzent. »Sind Sie dem Reverend je begegnet?«

»Wir verkehrten in ähnlichen Kreisen, ja.«

»Er fand ein gewaltsames Ende. Vor ungefähr einem Jahr. Sein Club wurde in die Luft gesprengt.«

»Unfälle passieren.«

»Die meisten zu Hause, habe ich gehört.«

»Das sollten Sie im Kopf behalten.«

Assail sah seinem Gegenüber in die Augen, und Benloise senkte als Erster den Blick. Der wichtigste Drogenimporteur und Großhändler der Ostküste räusperte sich und fuhr mit der Hand über den glänzenden Tisch, als spürte er die einzelnen Fasern, die sich durch das Teakholz zogen.

»Unsere Branche«, sagte Benloise, »ist ein empfindliches Ökosystem, das trotz robuster Einkommensströme behutsamer Pflege bedarf. Stabilität ist kostbar und äußerst erstrebenswert für Männer wie Sie und mich.«

»Ich stimme Ihnen zu. Aus diesem Grund werde ich zum Ende der Nacht die Anzahlung tätigen, wie wir es vereinbart haben. Und wie immer komme ich in Treu und Glauben zu Ihnen und werde Ihnen keinen Anlass liefern, an mir oder meinen Absichten zu zweifeln.«

Benloise lächelte erneut sein aalglattes Lächeln. »Das

klingt ja fast, als hielten Sie mich verantwortlich für das«, und damit wedelte er abfällig mit der Hand, »was Sie da verärgert hat.«

Assail beugte sich nach vorne, senkte das Kinn und funkelte ihn an. »Ich bin nicht verärgert. Noch nicht.«

Benloise ließ unauffällig eine Hand unter dem Tisch verschwinden. Einen Sekundenbruchteil später hörte Assail, wie sich die Tür am anderen Ende des Raumes öffnete.

Flüsternd sagte Assail: »Ich habe Ihnen eine Gefälligkeit erwiesen. Wenn ich das nächste Mal jemanden auf meinem Grundstück erwische, ob nun in Ihrem Auftrag oder nicht, werde ich nicht halb so höflich sein.«

Und damit stand er auf und drückte seine Zigarre auf dem Schreibtisch aus.

»Einen wunderschönen guten Abend«, sagte er und ging.

14

Wie spät sie doch dran waren.

Als Qhuinn sich vom Haus weg dematerialisierte, konnte er es kaum glauben: Zehn Uhr, und sie brachen gerade erst auf. Doch die Bruderschaft hatte sich eine halbe Ewigkeit im Arbeitszimmer eingeschlossen, und als er und John endlich reindurften, wurde erst mal eine halbe Stunde lang ausgelassen geflucht, als V vermeldete, dass ein wasserdichter Beweis gefunden war, der Xcors Bande überführte. Dabei erfuhr das Wort *fuck* so manch kreative Verwendung, und es gab die unterschiedlichsten Vorschläge, welche unbelebten Objekte man ihnen sonst wohin schieben könnte.

Auf die Idee mit dem Rechen wäre Qhuinn zum Beispiel niemals selbst gekommen. Ja, es war ein Spaß gewesen.

Und all das hatte Blay verpasst.

Qhuinn materialisierte sich in einem Waldgebiet südwestlich des Anwesens und nahm sich fest vor, keine Spekulationen anzustellen, was Blay aufgehalten haben könnte. Doch Tatsache war, dass er auf sein Zimmer gegangen und nicht zurückgekehrt war. Und obwohl die meisten Unfälle bekanntlich zu Hause passierten, erschien es ihm unwahrscheinlich, dass er über den Teppich gestolpert war.

Es sei denn, Saxton hatte diesen Teppich gespielt.

Aufhören, dachte Qhuinn. Er inspizierte seine Umgebung, während John, Rhage und Z neben ihm erschienen. Die Koordinaten für ihren Einsatz hatten sie in den Handys der beiden Autodiebe gefunden. Es handelte sich um ein scheinbar verlassenes Grundstück etwa zehn, fünfzehn Meilen von dem Punkt entfernt, an dem er die beiden in der vergangenen Nacht mit seinem geklauten Hummer erwischt hatte.

»Was ist denn das?«, fragte jemand verwundert.

Qhuinn blickte über die Schulter. Die Verwunderung war nachvollziehbar: Hinter ihnen ragte ein eckiges Gebäude auf, ungefähr so hoch wie ein Kirchturm und schmucklos wie eine Recyclingtonne.

»Flugzeughangar«, sagte Zsadist und stapfte darauf zu. »Was anderes kann es nicht sein.«

Qhuinn folgte ihm und bildete die Nachhut, für den Fall, dass jemand auftauchte.

Aus dem Nichts erschien Blay, ganz in Leder und schwer bewaffnet wie der Rest von ihnen. Sofort verlangsamte Qhuinn seine Schritte und blieb dann stehen, zumal er nicht ins Stolpern geraten und wie ein Idiot dastehen wollte.

Mann, was für ein finsteres Gesicht, dachte er, als Blay sich in Bewegung setzte. Herrschte da etwa dicke Luft zwischen dem glücklichen Paar?

Obwohl ihre Blicke sich nicht trafen, fühlte Qhuinn sich veranlasst, etwas zu sagen. »Hallo, alles …«

Er sparte sich den Teil mit dem »klar«. Zwecklos. Blay stapfte an ihm vorbei, als wäre er Luft.

»Bei mir auch«, murmelte Qhuinn und trottete weiter durch den Schnee. *Echt gut, danke der Nachfrage – ach, du hast Stress mit Sax? Sollen wir auf ein Bierchen gehen und drüber reden? Ja? Perfekt. Und zum Dessert kannst du mich vernasch…*

Er unterbrach seinen Fantasiemonolog, als der Wind drehte und einen widerwärtig süßlichen Geruch zu ihm trug.

Sofort zogen alle ihre Waffen und sahen zum Hangar.

»Eigentlich kommt der Wind doch von hinten«, sagte Rhage leise. »Da drin muss es wirklich bestialisch stinken.«

Zu fünft pirschten sie sich an das Gebäude heran, fächerten sich auf, suchten im blauen Mondlicht nach etwas, das sich bewegte.

Der Hangar hatte zwei Eingänge, ein riesiges Tor aus zwei Hälften, breit genug für ein Flugzeug, und einen Eingang für Personen, der daneben wie für Barbie gemacht aussah. Rhage hatte absolut recht: Obwohl ihnen die eisige Winterluft in den Rücken blies, kitzelte sie der Geruch in der Nase, und das nicht auf angenehme Weise.

Mann, dabei milderte Kälte den Gestank eigentlich ab.

Sie verständigten sich per Handzeichen und teilten sich in zwei Gruppen auf. Qhuinn und John übernahmen einen der großen Torflügel, Rhage, Blay und Z versammelten sich vor der Tür.

Rhage griff nach der Klinke, und alle anderen gingen in Einsatzbereitschaft. Sollte da drin ein Footballteam aus *Lessern* auf sie warten, war es klug, diesen Bruder zuerst zu schicken, denn er hatte einen unschlagbaren Vorteil: Seine Bestie hatte Jäger zum Fressen gern.

Womit sie wieder beim Dessert wären.

Hollywood hob die Hand über den Kopf. Drei ... zwei ... eins ...

Völlig lautlos drang er ein: Er schob die Tür auf und schlüpfte hindurch. Z kam als Nächstes – und dann Blay.

Eine Sekunde lang packte Qhuinn das blanke Entsetzen, als sein alter Freund ins Ungewisse sprang, mit nur zwei Vierzigern zum Schutz. Scheiße, wenn er daran dachte, dass Blay heute sterben konnte, vor seinen Augen, bei einem ganz gewöhnlichen Einsatz, wollte er den ganzen Krempel mit der Verteidigung der Spezies einfach nur noch hinschmeißen und Blay zum Bibliothekar umschulen. Oder zum Handmodel. Friseur vielleicht ...

Der schrille Pfiff, der keine sechzig Sekunden später ertönte, kam ihm wie ein Geschenk des Himmels vor.

Zs Entwarnung war das Signal für ihn und John, sich in Bewegung zu setzen, seitlich auf die jetzt offene Tür zuzuschleichen und in den ...

Okay. Wow.

Ölschlick. Und dann dieser Gestank.

Der erste Stoßtrupp hatte die Taschenlampen gezückt, die Strahlen wedelten wie Lichtschwerter durch die dunkle Halle und über den Boden, der wie von schwarzem Eis überzogen wirkte. Doch es war kein schwarzes Eis, und die Scheiße war auch nicht gefroren. Es war geronnenes menschliches Blut – ungefähr tausend Liter davon. Vermischt mit der Schlonze von Omega.

Der Hangar war Schauplatz einer riesigen Initiation gewesen, daneben wirkte selbst das Gemetzel in dem Bauernhaus vor einer Weile wie ein Spieltreff.

»Die Jungs, die deine Karre gemopst haben, waren anscheinend zu einer echt krassen Party unterwegs«, kommentierte Rhage.

»Du sagst es.«

Die Strahlen der Taschenlampen fielen auf ein altes, klappriges Flugzeug im hinteren Teil, sonst war alles leer. Z schüttelte den Kopf.

»Sehen wir uns mal draußen um. Hier drinnen ist nichts.«

Nachdem das Häuschen von außen nicht viel hermachte, eine typische Jagd- und Angelhütte im Wald eben, war Mr C versucht, das blöde Ding links liegen zu lassen. Doch Gründlichkeit war eine Tugend, und vom Standort her – nur ein, zwei Meilen zurückversetzt von der Straße – konnte es durchaus einmal als Hauptquartier gedient haben.

Streng genommen wäre es wahrscheinlich klug gewesen, die Gegend zu inspizieren, bevor er den Flugzeughangar für die größte Initiation in der Geschichte der Gesellschaft der *Lesser* genutzt hatte. Aber die Prioritäten waren nun einmal folgende: Als Erstes musste er die Führung an sich reißen, zweitens die Beförderung rechtfertigen und drittens all die neuen *Lesser* betreuen.

Und dazu brauchte er Mittel. Und zwar schnell.

Nach der gewaltigen, abscheulichen Zeremonie von Omega und der anschließenden Phase der Übelkeit, die ein paar Stunden anhielt, hatte Mr C die neuen Rekruten in einen Schulbus gesetzt, den er vor einer Woche bei einem Gebrauchtwagenhändler gestohlen hatte. Trotz Erschöpfung und körperlichen Unwohlseins waren die Jungs ganz tapfer nacheinander eingestiegen und hatten sich paarweise gesetzt, wie in einer völlig abgefuckten Arche Noah.

Mr C hatte sie selbst gefahren, denn eine solche Fracht musste man persönlich betreuen. Die Brownswick School for Girls, eine verwaiste Privatschule, lag in der Vorstadt auf einem fünfzehn Hektar großen, heruntergekommenen und unkrautüberwucherten Gelände. Gerüchte, in dem baufälligen Gebäude spuke es, hielten gewöhnliche Leute fern.

Fürs Erste konnte die Gesellschaft der *Lesser* als illegaler Hausbesetzer gelten, doch an der Straße stand ein Schild mit der Aufschrift »zu verkaufen«, und das hieß, dass Mr C das ändern konnte, sobald er etwas Kohle beisammen-hatte.

Während sich seine Jungs in der Schule vollends erhol-ten und die gegenwärtigen Jäger in der Stadt nach Brü-dern Ausschau hielten, machte Mr C eine Bestandsauf-nahme der wenigen Güter, die der Gesellschaft der *Lesser* noch gehörten – darunter auch dieses unbewohnte Wald-gebiet nördlich der Stadt.

Auch wenn ihn immer mehr das Gefühl beschlich, dass es Zeitverschwendung war.

Er trat auf die niedrige Veranda der Hütte und leuch-tete mit einer Taschenlampe durch das nächstgelegene Fenster. Kanonenofen. Rustikaler Holztisch mit zwei Stüh-len. Drei Betten ohne Matratzen oder Laken. Kochnische.

Hinter der Hütte entdeckte er einen Stromgenerator, der kein Benzin mehr hatte, und einen verrosteten alten Öltank, der darauf schließen ließ, dass die Hütte irgend-wann einmal eine Heizung besessen hatte.

Er kehrte zur Vorderseite zurück, rüttelte an der Tür-klinke und stellte fest, dass abgeschlossen war.

Egal. Da drinnen war nicht viel zu erwarten.

Mr C zog die Karte aus der Innentasche seiner Bomber-jacke, klappte sie auf und suchte nach seinem Standort. Dann setzte er ein Häkchen in das kleine Quadrat, holte seinen Kompass raus, orientierte sich und lief in nordwest-liche Richtung weiter.

Wenn man dieser Karte glaubte – er hatte sie in der Drogenhöhle des ehemaligen Haupt-*Lessers* gefunden –, dann war dieses Stück Land etwa zweihundert Hektar groß und mit kleinen Hütten wie dieser gespickt. Er vermutete, dass es früher einmal ein Campingareal gewesen war, das sich mehrere Besitzer teilten, eine Art modernes Jagdgebiet, das aufgrund der Steuerlast an den Staat New York zurückgefallen und in den Achtzigerjahren von der Gesellschaft der *Lesser* gekauft worden war.

Zumindest entnahm er das den handschriftlichen Notizen in der Ecke, obwohl natürlich nicht gesagt war, dass die Gesellschaft der *Lesser* noch immer eingetragener Eigentümer war. Wenn man die finanzielle Misere der Gesellschaft bedachte, dann lastete am Ende eine monstermäßige Steuernachforderung auf diesem Landstrich, oder der Staat New York hatte sich die Scheißgegend längst zurückgeholt.

Er blieb stehen und sah noch einmal auf den Kompass. Mann, als Städter hasste er es, nachts in den Wäldern umherzustreifen, durch den Schnee zu stapfen, Kästchen abzuhaken wie ein Forstaufseher. Aber er wollte mit eigenen Augen sehen, womit er arbeiten musste, und das ging eben nur so.

Zumindest hatte er eine Einkommensquelle in Aussicht.

Wenn diese Jungs in vierundzwanzig Stunden wieder auf den Beinen waren, würde er damit beginnen, die Kasse aufzufüllen. Das war der erste Schritt zur Urbarmachung.

Und der zweite?

Die Weltherrschaft.

15

Sie blutete.

Der rote Fleck auf dem weißen Toilettenpapier in Laylas Hand war grell wie ein Schrei.

Nachdem sie die Spülung betätigt hatte, musste sie sich an der Wand abstützen, um beim Aufstehen nicht das Gleichgewicht zu verlieren. Sie legte eine Hand auf den Unterleib und hangelte sich mit der anderen vom Waschtisch zum Türrahmen, dann stolperte sie ins Schlafzimmer und griff direkt zum Telefon.

Ihr erster Gedanke war, Doc Jane anzurufen, doch sie entschied sich dagegen. Sollte das hier ein Schwangerschaftsabgang sein, dann bestand die Möglichkeit, Qhuinn die Wut des Primals zu ersparen, indem sie es für sich behielt. Und die bruderschaftseigene Ärztin zu konsultieren war vermutlich nicht der beste Weg, die Sache geheim zu halten.

Schließlich gab es nur einen Grund, warum eine Vampirin blutete – es würde zwangsläufig Erkundigungen nach ihrer Triebigkeit nach sich ziehen und wie sie damit umgegangen war.

Sie öffnete die Schublade an ihrem Nachtkästchen und zog ein kleines Büchlein heraus. Dann suchte sie die Nummer der Klinik ihrer Spezies heraus und wählte mit zitternder Hand.

Als sie kurz darauf auflegte, hatte sie einen Termin, in dreißig Minuten.

Doch wie sollte sie dorthin gelangen? Sie konnte sich nicht dematerialisieren – dazu war sie zu aufgelöst, und außerdem riet man schwangeren Vampirinnen davon ab. Sie hatte auch nicht das Gefühl, selber fahren zu können. Qhuinn hatte ihr zwar alles beigebracht, doch sie konnte sich nicht vorstellen, sich in ihrem Zustand in den Verkehr auf dem Highway einzufädeln.

Ihre einzige Chance war Fritz Perlmutter.

Layla ging zum Schrank, zog ein weiches Unterkleid heraus, drehte es zu einem dicken Strang und befestigte ihn mit Hilfe mehrerer Slips zwischen ihren Beinen. Dieser Notbehelf gegen die Blutung war unglaublich voluminös und erschwerte das Gehen, aber das war noch das geringste Problem.

Mit einem Anruf in der Küche sicherte sie sich den Butler als Fahrer.

Jetzt musste sie nur noch heil die Treppe hinunterkommen, hinaus in die Vorhalle gelangen und in die lange Limousine steigen – ohne dabei einem der männlichen Vampire in die Arme zu laufen.

Sie wollte gerade ihr Zimmer verlassen, da fiel ihr Blick in den Spiegel an der Wand. Ihre weiße Robe und ihre Steckfrisur zeichneten sie eindeutig als Auserwählte aus. Niemand sonst lief so herum.

Selbst wenn sie unter dem Namen auftrat, den sie der

Sprechstundenhilfe genannt hatte, würde niemandem entgehen, dass sie von der Anderen Seite kam.

Also riss sie sich die Robe vom Leib und versuchte, sich in ihre Yoga-Pants zu zwängen, wegen des dicken Wulsts in ihrer Unterwäsche aber war das unmöglich. Und die Jeans, die sie mit Qhuinn zusammen gekauft hatte, wollte auch nicht passen.

Sie rupfte das Unterkleid wieder heraus, stopfte sich Papierhandtücher aus dem Bad in den Slip und passte so tatsächlich in die Jeans. Ein dicker Pulli ließ sie fülliger wirken und hielt sie darüber hinaus warm, und als sie sich rasch das Haar bürstete und es zurückband, da sah sie fast normal aus.

Sie trat aus ihrem Zimmer, das Handy von Qhuinn fest in der Hand. Einen Moment lang erwog sie, ihn anzurufen, doch was hätte sie ihm sagen sollen? Er hatte nicht mehr Einfluss auf dieses Geschehen als sie ...

Gütige Jungfrau der Schrift, sie war dabei, ihr Kind zu verlieren. Ihrer beider Kind.

Der Gedanke schoss ihr durch den Kopf, als sie an die große Freitreppe kam: Sie war dabei, ihr Kind zu *verlieren*. In diesem Moment. Hier, vor dem königlichen Arbeitszimmer.

Mit einem Schlag stürzte die Decke auf sie ein, und die Wände der großen Eingangshalle bedrängten sie so stark, dass sie keine Luft mehr bekam.

»Euer Gnaden?«

Layla riss sich zusammen und blickte über den roten Treppenläufer zum Fuß der Treppe hinunter, wo Fritz in seiner üblichen Livree stand. Sein liebenswertes, altes Gesicht war von Sorge gezeichnet.

»Euer Gnaden, sollen wir gehen?«

Sie nickte und stieg vorsichtig die Stufen hinab. Es war

einfach nicht zu fassen, dass alles umsonst gewesen sein sollte, die stundenlangen Anstrengungen zusammen mit Qhuinn. Die Stunden der Starre danach, als sie nicht gewagt hatte, sich zu bewegen. Die Spekulationen und Sorgen und die leise, trügerische Hoffnung.

Nicht auszudenken, dass sie das Geschenk ihrer Jungfräulichkeit womöglich umsonst vergeben hatte.

Für Qhuinn würde es ein fürchterlicher Schlag sein, und dass sie ihn so enttäuschen musste, machte ihr eigenes Leiden noch viel schlimmer. Er hatte sich ihr hingegeben in ihrer Triebigkeit, sein Wunsch nach einem leiblichen Kind hatte ihn zu etwas verleitet, das er ansonsten nicht getan hätte.

Dass sich die Biologie jedem Einfluss entzog, war kein Trost für Layla.

Der Verlust ... er fühlte sich trotz allem an wie ihr persönliches Verschulden.

Ein Kater ließ sich am besten mit einem Drink kurieren.

Das war die primitive, im Kern jedoch einzig wahre Rezeptur, soweit sich Saxton entsann.

Er stand nackt vor dem Spiegel in seinem Bad, legte den Föhn beiseite und zog die Finger durch sein Haar. Die blonden Wellen fielen wie gewohnt und bildeten ein perfektes Arrangement, das sein eckiges, ebenmäßiges Gesicht umschmeichelte.

Sein Spiegelbild sah nicht anders aus als in der vergangenen Nacht oder der Nacht davor, und doch schien es Saxton, als ob dieses vertraute Antlitz einem anderen gehörte, der nichts mit ihm zu tun hatte.

Innerlich hatte sich so vieles verändert, da schien es nur logisch, dass sich dies auch in seiner Erscheinung widerspiegelte. Aber dem war nicht so.

Er wandte sich ab und ging zum Kleiderschrank. Vermutlich brauchte ihn das alles nicht zu überraschen, weder der Tumult in seinem Inneren noch die vorgetäuschte äußerliche Gefasstheit.

Nach dem Gespräch mit Blay hatte er eine Stunde gebraucht, um seine Sachen aus dem Zimmer zu räumen, das er mit seinem Exfreund geteilt hatte, zurück in die Suite ein Stück den Gang hinunter. Man hatte sie ihm zugeteilt, als er in dieses Haus gekommen war, aber je länger seine Beziehung zu Blay angedauert hatte, desto mehr von seinen Sachen waren in dieses andere Zimmer gewandert.

Dieser Umzug war schrittweise vonstattengegangen, genauso wie sich seine Liebe entwickelt hatte: hier ein Hemd und da ein Paar Schuhe, mal eine Bürste, in der nächsten Nacht Socken … eine Unterhaltung über gemeinsame Wertvorstellungen, gefolgt von einem siebenstündigen Sexmarathon, abgerundet mit einem Becher Breyers Coffee Ice Cream und nur einem Löffel, den sie sich teilten.

Er hatte nicht bemerkt, wie weit er seinem Herzen gefolgt war, ähnlich einem Wanderer in der Wildnis. Nach einer halben Meile sah man noch gut, wo man hergekommen war, und fand problemlos heim. Aber zehn Meilen und ein paar Abzweigungen später gab es kein Zurück mehr. Denn blieb einem nichts anderes übrig, als Baumaterial zusammenzutragen und einen Unterstand zu errichten, um frische Wurzeln zu schlagen.

Saxton war davon ausgegangen, dass er dieses neue Heim mit Blay zusammen aufbauen würde.

Ja, das hatte er. Denn wie lange konnte unerwiderte Liebe schon überleben? So wie Feuer Sauerstoff brauchte, um zu brennen, so verhielt es sich auch mit Gefühlen.

Aber nicht, so schien es, wenn es um Qhuinn ging. Nicht bei Blay.

Dennoch wollte Saxton im Haus des Königs bleiben. Blay hatte recht – Wrath brauchte ihn, und außerdem machte ihm die Arbeit Spaß. Sie war temporeich und anspruchsvoll ... und er war selbstgefällig genug, um als Rechtsberater derjenige sein zu wollen, der das Recht auf anständige Weise reformierte.

Vorausgesetzt, der König wurde nicht gestürzt und er selbst verlor den Kopf unter einem neuen Regime.

Aber solche Bedenken hielten einen nur vom Leben ab.

Saxton zog einen wollenen Anzug mit Hahnentrittmuster aus dem Schrank, wählte ein Button-Down-Hemd und eine Weste aus und legte alles auf das Bett.

Es war ein trauriges und ziemlich abgeschmacktes Klischeeverhalten, nach einer appetitlichen und sportlichen Art der Ablenkung zu suchen, um Liebeskummer zu lindern. Doch ein Orgasmus erschien Saxton nun einmal erstrebenswerter als ein Vollrausch. Außerdem funktionierte es manchmal tatsächlich, etwas vorzuspiegeln, bis man wieder einen Sinn darin sah.

Er betrachtete sich bekleidet im mannshohen Spiegel im Bad. Äußerlich wirkte er jedenfalls so, als hätte er alles im Griff, und das half.

Bevor er ging, warf er noch einen letzten Blick auf sein Handy. Das Alte Recht war auf Wraths Befehl hin umgeschrieben worden, und nun hielt er sich zur Verfügung und hoffte auf einen nächsten Auftrag.

Er würde nicht lange auf sich warten lassen, vermutete er.

Wrath stand in dem Ruf, recht fordernd zu sein, aber er blieb dabei stets vernünftig.

In der Zwischenzeit würde Saxton sich mit dem einzigen Sixpack trösten, das ihn reizte – irgendetwas um die zwanzig, eins achtzig groß, athletisch gebaut ...

Und vorzugsweise dunkelhaarig. Oder blond.

16

»Jemand ist uns zuvorgekommen.«

Als Rhage sprach, holte Qhuinn seine Stiftleuchte heraus und richtete den unauffälligen Strahl auf den Boden. Die Spuren im Schnee waren tatsächlich ganz frisch und noch nicht von Schneeverwehungen überdeckt ... sie führten direkt auf die Lichtung. Er klickte das Licht aus und fasste die Jagdhütte vor ihnen ins Auge. Sie schien leer zu stehen: Kein Rauch kräuselte sich aus dem steinernen Kamin, kein Licht brannte – und vor allem: Da waren keine Gerüche.

Sie formten einen Kreis und näherten sich aus allen Richtungen. Als keine Reaktion erfolgte, traten sie zu fünft auf die schmale Veranda und lugten durch die Fenster ins Innere.

»Nichts«, murmelte Rhage und ging zur Tür.

Ein kurzes Rütteln an der Klinke – verschlossen.

Mit Schwung rammte der Bruder seine massige Schulter in das Holz, und das Ding flog auf, während Teile des Schlosses und Holzsplitter zu Boden fielen.

»Ich bin da, Schatz!«, rief Hollywood und marschierte hinein.

Qhuinn und John hielten sich an die Vorschrift und blieben auf der Veranda, während Blay und Z ihm ins Innere folgten und sich umsahen.

Der Wald um sie herum war still, aber mit seinen scharfen Augen folgte Qhuinn den Fußspuren, die sich nach einem Abstecher zur Hütte in nordwestliche Richtung entfernten.

Das wies zweifelsohne darauf hin, dass jemand zeitgleich mit ihnen hier draußen das Gelände absuchte.

Ein Mensch? Ein *Lesser?*

Qhuinn tippte auf Letzteres, nach der Sauerei im Hangar – und weil dieses Gelände weit ab vom Schuss lag und deshalb relativ sicher war.

Eigentlich hätten sie erst einmal ihre Putzkolonne durch das Gebäude schicken sollen.

Blays Stimme drang aus der offenen Tür. »Ich hab hier was.«

Qhuinn musste sich sehr zusammenreißen, um weiter die Umgebung im Auge zu behalten und nicht in die Hütte reinzuschauen – dabei interessierte ihn gar nicht sonderlich, was Blay gefunden hatte. Schon auf dem Weg hierher hatte er permanent zu ihm hinübergeschielt, um zu ergründen, ob sich seine Laune gebessert hatte.

Doch sie schien sich eher verschlimmert zu haben.

In der Hütte wurde leise debattiert, dann kamen die drei wieder raus.

»Wir haben eine Blechkiste gefunden«, erklärte Rhage, zog den Reißverschluss seiner Jacke auf und verbarg den langen, dünnen Metallbehälter an seiner Brust. »Wir öffnen das Ding später. Sehen wir uns mal nach dem Besitzer dieser Stiefel um, Jungs.«

Sie dematerialisierten sich in Abständen von fünfzehn bis zwanzig Metern und schwärmten durch die Bäume aus, immer den Spuren nach, vollkommen geräuschlos.

Eine halbe Meile weiter stießen sie auf den *Lesser*.

Er lief allein durch den Winterwald in einer Geschwindigkeit, die höchstens ein menschlicher Olympionike über mehr als zweihundert Meter aufrechterhalten konnte. Seine dunkle Kleidung, der Rucksack und der Umstand, dass er genug zu sehen schien, waren weitere Hinweise darauf, dass sie es mit dem Feind zu tun hatten: Die meisten Exemplare des Homo sapiens waren nicht in der Lage, sich bei diesen Lichtverhältnissen und bei diesem Tempo ohne batteriebetriebene Lampe fortzubewegen.

Per Handzeichen dirigierte Rhage die Gruppe in eine V-Formation, die sich um die Spur des *Lessers* schloss.

Für die Länge eines Footballfeldes beobachteten sie ihn, ohne die Verfolgung aufzugeben, dann schlossen sie ihn ein und umringten ihn von allen Seiten mit gezogenen Waffen.

Der *Lesser* blieb stehen.

Er war ein neuerer Rekrut, sein dunkles Haar und die dunkle Haut deuteten auf eine mexikanische oder vielleicht italienische Herkunft hin, und er verdiente sich einen Extrapunkt, weil er keine Angst zeigte. Obwohl ihm Schmerzen bevorstanden, blickte er lediglich über die Schulter, wie um sich zu vergewissern, dass er tatsächlich angegriffen wurde.

»Na, wie geht es uns?«, erkundigte sich Rhage gedehnt.

Der *Lesser* gab sich nicht die Mühe zu antworten, ganz anders als die Kollegen, die den Vampiren in letzter Zeit begegnet waren. Das hier war kein halbstarker Aufschneider mit großer Klappe, der mit der Knarre wedelte. Er war ruhig, berechnend … kontrolliert, die Sorte Feind, die ihre Arbeit interessant machte.

Was nicht unbedingt schlecht war …

Und tatsächlich verschwand seine Hand in der Jacke.

»Keine Dummheiten, mein Freund«, bellte Qhuinn und bereitete sich darauf vor, dem Mistkerl eine Kugel zu verpassen.

Der *Lesser* hörte nicht auf ihn.

Auch gut.

Qhuinn drückte den verdammten Abzug und streckte den Idioten nieder.

Sobald der *Lesser* im Schnee landete, erstarrte Blay mit ausgestreckten Waffen. Die anderen taten es ihm gleich.

Während die Sekunden verstrichen, löste keiner den Blick von dem reglos am Boden liegenden Jäger. Keine Bewegung. Auch um sie herum geschah nichts, keine Reaktion. Qhuinn hatte das Ding außer Gefecht gesetzt, und offensichtlich hatte es allein gearbeitet.

Schon komisch, selbst wenn Blay den Schuss zu seiner Linken nicht gehört hätte, er hätte gewusst, dass Qhuinn ihn abgefeuert hatte – alle anderen hätten dem Feind Gelegenheit gegeben, die Sache noch einmal zu überdenken.

Mit einem kurzen Pfiff gab Rhage das Signal, sich dem *Lesser* zu nähern. Wie ein Wolfsrudel kamen sie aus fünf Richtungen auf ihre Beute zu, flink und sicher, mit vorausgestreckten Waffen. Der Jäger lag vollkommen reglos im Schnee – doch er war nicht tot. Dafür musste man ihm eine Stahlklinge in die Brust rammen.

Dennoch war dies der erwünschte Zustand. Man wollte schließlich, dass sie reden konnten.

Oder sich zumindest dazu zwingen ließen.

Als Blay später darüber nachdachte, was als Nächstes geschah, als er die Geschehnisse wieder und wieder in Gedanken durchging ... als er tagelang wach blieb, um zu ergründen, wie es dazu kam und wie man dergleichen in Zukunft verhindern konnte, was man tun konnte, damit so etwas nie, nie, nie mehr passierte ... würde Blay an dieses Zucken denken.

Dieses kaum merkliche Zucken im Arm. Ein unwillkürliches Zucken, das durch keinen bewussten Gedanken oder den Willen gesteuert wurde. Nichts Gefährliches. Kein Vorbote für das, was kommen sollte.

Nur ein Zucken.

Doch dann, so schnell, dass es das Auge kaum erfassen konnte, zog der Jäger von irgendwoher eine Waffe. Es war unglaublich – eben lag er noch tot auf dem Boden, und im nächsten Moment verteilte er kontrollierte Schüsse im großen Stil.

Noch ehe die Schüsse verhallten, musste Blay voller Entsetzen mit ansehen, wie Zsadist direkt ins Herz getroffen wurde, mit einer Wucht, die ihn in seiner Vorwärtsbewegung stoppte und seinen Torso nach hinten warf, während seine Arme seitlich in die Höhe schossen und er von den Füßen gerissen wurde.

Von einer Sekunde zur nächsten hatte sich das Blatt gewendet. Niemand verspürte mehr Lust, den Scheißkerl zu verhören.

Vier hoch erhobene Dolche blitzten auf. Vier Vampire sprangen auf den Jäger zu. Vier Arme sausten mit kalten, scharfen Klingen nieder. Vier Stöße, einer nach dem anderen.

Aber sie waren nicht schnell genug gewesen.

Der Jäger löste sich vor ihren Augen in Luft auf, sodass sich ihre Dolche lediglich in den schwarz getränkten

Schnee bohrten statt in die ausgehöhlte Brust des Feindes.

Doch wie dem auch sei, diese überraschende Wendung würden sie später hinterfragen. Im Moment mussten sie sich um ihren Kameraden kümmern.

Rhage warf sich regelrecht auf den Bruder und blockierte mit seinem massigen Körper alles und jeden. »Z? Z? Oh, Mutter der Spezies …«

Blay griff sich sein Handy und wählte. Als Manny Manello ranging, verschwendete er keine Zeit: »Wir haben einen verletzten Bruder. Pistolenschuss in die Brust …«

»Wartet!«

Zs Stimme kam überraschend. Genauso wie der Arm, der urplötzlich hochschoss und Rhage zur Seite stieß. »Geh runter von mir!«

»Aber ich wollte dich gerade Mund zu Mund beatmen …«

»Lieber sterbe ich, ehe ich dich küsse, Hollywood.« Z versuchte sich aufzusetzen, sein Atem ging schwer. »Also denk nicht einmal daran.«

»Hallo?«, tönte die Stimme von Manello durch das Handy. »Blay?«

»Moment …«

Qhuinn ließ sich neben Zsadist auf die Knie fallen, griff ihm unter die Achsel und half ihm in eine sitzende Position, obwohl der Bruder es hasste, berührt zu werden.

»Ich hab hier die Klinik«, sagte Blay. »Wie ist der Stand?«

Zur Antwort hob Z die Hand und nahm seinen Dolchgurt ab, zog er den Reißverschluss seiner Lederjacke runter und riss sein weißes T-Shirt auf.

Was er dann entblößte, war die schönste kugelsichere Weste, die Blay je gesehen hatte.

Rhage sackte erleichtert in sich zusammen, sodass Qhuinn ihn mit dem anderen Arm auffangen und auch noch halten musste.

»Kevlar«, murmelte Blay ins Handy. »Gott sei Dank, er trägt eine Kevlar-Weste.«

»Das ist bestens, aber hör zu, du musst die Weste trotzdem öffnen und nachsehen, ob sie die Kugel aufgehalten hat, okay?«

»In Ordnung.« Blay schielte zu John und stellte erleichtert fest, dass er auf den Füßen war und mit zwei ausgestreckten Waffen ihre Umgebung im Blick behielt, während sich der Rest von ihnen um Z kümmerte. »Mach ich.«

Blay ging vor Z in die Hocke. Qhuinn mochte den Mut besitzen, Zsadist einfach anzufassen, aber er würde das nicht ohne Erlaubnis tun.

»Dr. Manello möchte wissen, ob du die Weste ausziehen kannst, damit wir sehen, ob du verletzt bist.«

Z wollte die Arme heben, hielt jedoch jäh inne. Versuchte es erneut. Beim dritten Versuch gelang es ihm, die Hände bis an die Klettverschlüsse zu führen, aber sie schienen kraftlos zu sein.

Blay schluckte. »Darf ich mal? Ich verspreche, dich so wenig zu berühren, wie es nötig ist.«

Super Grammatik, was für ein Satz. Aber es war ihm ernst.

Z sah ihn an. Seine Augen waren schwarz vor Schmerz, nicht mehr gelb. »Tu, was du für nötig hältst, mein Sohn. Ich reiß mich zusammen.«

Und damit wandte Zsadist den Blick ab. Sein Gesicht wirkte wie eine Grimasse, und die s-förmige Narbe von der Nasenwurzel bis zum Mundwinkel trat deutlich hervor.

Blay ermahnte seine Hände, ruhig zu bleiben, und irgendwie schaffte er es: Er riss die Klettverschlüsse an den Schultern auf, das Ratschen lauter als das Schreien in seinem Kopf, dann schälte er Z aus der Weste, voller Angst, was er entdecken könnte.

Da war ein großer runder Fleck in der Mitte von Zs breiter, muskulöser Brust. Direkt über dem Herzen.

Aber es war nur ein blauer Fleck. Keine Eintrittswunde einer Kugel.

Lediglich ein blauer Fleck.

»Nur eine Prellung.« Blay vergrub die Finger im dichten Gewebe der Weste und ertastete die Patrone. »Ich kann die Kugel in der Weste fühlen …«

»Aber warum kann ich dann meinen Arm nicht bewegen …«

Der Geruch vom frischen Blut des Bruders schien allen gleichzeitig in die Nase zu steigen. Jemand fluchte, und Blay beugte sich nach vorne.

»Du wurdest auch noch unterm Arm getroffen.«

»Schlimm?«, fragte Z.

»Kannst du was sehen?«, erkundigte Manello sich über das Handy.

Blay hob den schweren Arm an und leuchtet mit seiner Stiftleuchte darunter. Wie es aussah, war eine Kugel durch den kleinen, ungeschützten Bereich unter der Achsel eingedrungen – ein einmaliger Treffer, wie man ihn niemals wiederholen könnte, wenn man es versuchte.

Scheiße. »Ich sehe keine Austrittswunde. Die Stelle liegt seitlich am Brustkorb, ziemlich weit oben.«

»Atmet er gleichmäßig?«, fragte Manello.

»Angestrengt, aber gleichmäßig, ja.«

»Hat ihn jemand von Mund zu Mund beatmet?«

»Er hat gedroht, Hollywood zu kastrieren, sollte er sich seinen Lippen nähern.«

»Hört zu, ich dematerialisiere mich einfach.« Z hüstelte. »Gebt mir etwas Platz …«

Jetzt gab jeder seinen Senf dazu, aber Zsadist wollte nichts davon hören. Er stieß alle von sich, schloss die Augen und …

Als nichts geschah, wusste Blay, dass sie wirklich in der Tinte saßen. Zsadist war zwar nicht tot, und es ging ihm auch erheblich besser, als es ihm ohne die Weste gegangen wäre. Aber er konnte nicht laufen – und sie steckten hier mitten in der Pampa, tief im Wald. Selbst wenn sie Hilfe riefen, konnte nicht mal ein Geländewagen zu ihnen durchdringen.

Außerdem hatte Blay das ungute Gefühl, dass dieser Jäger von eben erheblich mehr gewesen war als ein gewöhnlicher *Lesser.*

Niemand konnte sagen, wann hier Verstärkung anrückte.

Ein Handy meldete den Eingang einer SMS. Rhage blickte auf seines runter. »Scheiße. Die anderen stecken in der Stadt fest. Wir müssen allein zurechtkommen.«

»Verdammt«, murmelte Zsadist leise.

Ja, treffender hätte er es gar nicht formulieren können.

17

Damit hatte Xcor nicht gerechnet.

Als er und seine Soldaten sich am vereinbarten Treffpunkt ihres Gruppengelages materialisierten, hatte er ein
heruntergekommenes oder dem Verfall geweihtes Haus
erwartet, irgendetwas in desolatem Zustand, das die Be-
sitzerin zwang, ihr Blut und ihr Geschlecht zu verkaufen,
um über die Runden zu kommen.

Doch weit gefehlt.

Die Gegend war nobel und wurde dem Niveau der *Glymera* gerecht, aus dem großen Herrenhaus auf dem Hügel
schien warmes Licht, der Rasen war gepflegt und akkurat
geschnitten, das kleinere Bedienstetenhäuschen gleich
hinter dem Tor in bestem Zustand, trotz des unüberseh-
baren Alters.

Vielleicht war diese Frau eine entfernte Cousine einer
der wichtigen Familien?

»Wer ist diese Vampirin?«, erkundigte er sich bei Throe.

Sein Stellvertreter zuckte die Schultern. »Ich kenne

ihre Familie nicht persönlich. Aber ich habe mich ihrer Zugehörigkeit zu einer Blutlinie von Wert versichert.«

Xcors Krieger waren unruhig und trampelten den Schnee mit ihren Springerstiefeln fest, während sie ungeduldig von einem Bein aufs andere traten und den Atem ausstießen wie Rennpferde vor dem Start.

»Man fragt sich, ob sie sich bewusst ist, worauf sie sich hier eingelassen hat«, murmelte Xcor, dem es persönlich ziemlich egal war.

»Soll ich?«, hakte Throe nach.

»Ja, bevor sich die anderen nicht mehr zurückhalten können und ihr hübsches Cottage einrennen.«

Throe dematerialisierte sich zu einer schmucken Haustür mit Spitzbogen und einer kleinen Laterne darüber, wie man sie vielleicht an einem Puppenhaus erwarten würde. Doch sein Stellvertreter ließ sich nicht betören. Die Laterne ging unvermittelt aus, sicher, weil Throe sie kraft seines Willens gelöscht hatte, und mit einem lauten, knappen Klopfen forderte er Einlass, statt ihn höflich zu erbitten.

Einen Moment später öffnete sich die Tür. Der Schein eines Kaminfeuers fiel in goldgelben Strahlen hinaus in die dunkle Nacht und schien in der Lage, den Schnee zu schmelzen – und inmitten dieses lieblichen Glanzes zeichnete sich eine dunkle, kurvenreiche Silhouette ab.

Sie war nackt. Und der Duft, der durch die eisige Luft zu ihnen getragen wurde, deutete darauf hin, dass sie nur allzu bereit war.

Zypher knurrte leise.

»Reiß dich zusammen«, befahl Xcor. »Nicht, dass dein Hunger als Waffe gegen uns verwendet wird.«

Throe sprach mit ihr und holte Geld aus seiner Innentasche. Die Vampirin nahm es entgegen, dann streckte sie einen Arm nach oben über den Türstock und drehte sich, sodass eine ihrer üppigen Brüste im warmen Licht gebadet wurde.

Throe sah über die Schulter und nickte.

Seine Leute warteten nicht auf eine weitere Einladung. Sie drängten über die Schwelle, und im nächsten Moment war die Vampirin von ihren kräftigen, maskulinen Körpern verborgen.

Mit einem Fluch trat nun auch Xcor näher.

Zypher nahm sie natürlich als Erster. Er verschloss ihre Lippen mit seinem Mund und umfasste ihre Brüste, doch er war nicht allein. Die drei Cousins rangelten um Platz, einer schob sich hinter sie und drückte das Becken durch, als würde er seinen Schwanz an ihrem Po reiben wollen, die anderen beiden streckten die Hände nach ihren Brustwarzen und ihrem Geschlecht aus, ihre Finger ein einziges Gewirr.

Throes Stimme erhob sich über das einsetzende Stöhnen: »Ich halte draußen Wache.«

Xcor wollte schon etwas anderes befehlen, doch das hätte ausgesehen, als wollte er die Szene meiden, und das wiederum hätte alles andere als männlich gewirkt.

»Aye, mach das«, brummte er. »Ich passe drinnen auf.«

Seine Männer hoben die Vampirin hoch, ihre Finger gruben sich wie Dolche in ihre Arme, Schenkel und Hüften, und gemeinsam trugen sie sie in das heimelige Nest. Xcor war es, der die Tür schloss und darauf achtete, dass keine Schließvorrichtung einrastete und sie einsperrte. Er war es auch, der sich gründlich in dem Cottage umsah. Während seine Jungs ihr Mahl zu einem großen Fellteppich vor dem Kamin trugen, beugte er sich auf ein Fenster zu, hob den Vorhang und begutachtete die Scheiben. Altes Bleiglas, Fensterkreuze aus Holz, kein Stahl.

Ungesichert. Gut.

»Nehmt mich, bitte«, stöhnte die Vampirin mit kehliger Stimme.

Xcor machte sich nicht die Mühe zu überprüfen, ob man ihrer Bitte nachkam – obwohl ihr genussvolles Seufzen dies nahelegte. Stattdessen sah er sich nach Türen und Nischen um, von denen aus man angreifen konnte. Doch fand er nichts dergleichen. Das Cottage bestand aus nur einem Stockwerk, das Gerippe des Dachstuhls erhob sich über seinem Kopf, und die einzige Tür stand offen und führte in ein kleines, hell erleuchtetes Bad mit einer Badewanne auf Füßen und einem altmodischen Waschbecken. Außerdem gab es eine einfache Küchenzeile mit einer kleinen Arbeitsfläche.

Xcor warf einen Seitenblick auf das Geschehen vor dem Kamin. Die Vampirin lag auf dem Rücken, die Arme weit von sich gestreckt, ihr Hals entblößt, die Beine gespreizt. Zypher hatte sie bestiegen und ritt sie mit rhythmischen Stößen, sodass ihr Kopf auf dem weißen Fell vor und zurück gerissen wurde. Zwei der Cousins hatten sich auf ihre Handgelenke gestürzt, und der andere hatte seinen Schwanz herausgeholt und fickte sie in den Mund. Es gab tatsächlich kaum einen Flecken an ihr, der nicht von einem männlichen Vampir in Beschlag genommen war, und ihre ekstatische Verzückung war nicht nur sichtbar, sondern auch hörbar: Die vollen Lippen, die sich um die Erektion schlossen, sandten sinnliche Seufzer in die laue, sexgeschwängerte Luft.

Xcor betrachtete den Spülstein in der Küche. Er war leer, keine Überreste eines Mahles, keine halb vollen, stehen gelassenen Gläser. Doch die Regale waren voller Geschirr, und als er einen kleinen Kühlschrank öffnete, lagen in den Fächern Weißweinflaschen aufgereiht.

Als ein Fluch ertönte, richtete er seine Aufmerksamkeit wieder auf das Treiben vor dem Kamin. Zypher wurde soeben von einem Orgasmus erfasst, sein Körper bog sich nach vorne, während er den Kopf in den Nacken gelegt hatte. Inmitten seines Ergusses schob ihn einer der Cousins aus dem Weg und nahm seinen Platz ein, hob die Hüften der Vampirin an und versenkte seinen Schwanz in ihrem feuchten, rosigen Geschlecht. Zumindest schien Zypher kein Problem mit diesem Platztausch zu haben. Er bleckte die Fänge, duckte sich unter seinem Kameraden hindurch und biss die Vampirin in den Busen, um sich nahe ihrer Brustwarze zu nähren.

Der Krieger an ihrem Mund kam nun ebenfalls, und sie schluckte seinen Erguss und saugte ihn in gierigen Zügen aus, ehe sie losließ und sich den nassen Mund leckte, als wäre sie noch immer hungrig. Schon bald drängte der nächste Schwanz zwischen ihre Lippen, und der gegenläufige Rhythmus der Krieger an ihrem Kopf und zwischen ihren Beinen wiegte sie auf eine Weise, die sie zum Höhepunkt zu treiben schien.

Xcor warf noch einen Blick ins Bad, aber seine erste Einschätzung erwies sich als korrekt: Es war zu eng, um sich darin zu verstecken.

Nachdem er alles abgesichert hatte, gab es nichts mehr für ihn zu tun, als sich in die Ecke mit dem besten Überblick zu lümmeln und dem Nähren zuzusehen. Das Gerangel wurde immer hitziger, bis seine Krieger das letzte bisschen Anstand über Bord warfen. Sie stießen einander fort wie Löwen über einer frisch gerissenen Beute, ihre Fänge blitzten auf, ihre Augen waren wild und angriffslustig, während sie um die besten Plätze kämpften. Doch sie verloren nicht komplett die Köpfe. Und sie ließen auch die Vampirin auf ihre Kosten kommen.

Bald schon biss sich einer ins Handgelenk und legte es auf ihre Lippen.

Xcor betrachtete seine Stiefel und nahm seine Umgebung nur noch aus dem Augenwinkel wahr.

Früher hätte er bei diesem Anblick eine Erektion bekommen – nicht weil er sich sonderlich für den Sex interessierte, sondern eher auf die Art, wie sein Magen knurrte, wenn er Essen sah. Und so hatte er in der Vergangenheit eben eine Frau genommen, wenn ihn das Bedürfnis überkam. Für gewöhnlich natürlich im Dunklen, damit er das arme Ding nicht abschreckte oder völlig verängstigte.

Er konnte sich gut vorstellen, dass die verzerrten Gesichter, die Vampire im Sinnesrausch trugen, seine Züge kaum verschönert hätten.

Doch jetzt? Im Moment fühlte er sich auf merkwürdige Weise von alldem abgekoppelt, als würde er einer Gruppe von Männern beim Verrücken schwerer Möbel zusehen oder vielleicht beim Rechen eines Rasens.

Schuld daran war natürlich seine Auserwählte.

Nachdem seine Lippen einmal ihre reine Haut berührt hatten, nachdem er in ihre leuchtend grünen Augen geblickt und ihren köstlichen Duft eingeatmet hatte, war er gegen die abgenutzten Reize der Vampirin vor dem Kamin immun.

Ach, seine Auserwählte ... Er hatte nicht gewusst, dass solche Anmut überhaupt existierte, und vor allem hätte er sich nie träumen lassen, dass ihn sein absolutes Gegenstück so vollkommen in den Bann schlagen würde. Sie war in allem sein Gegenteil, sie war edelmütig und gut, er brutal und unversöhnlich, sie war schön, er hässlich, sie war ätherisch, er ein Lump.

Und sie hatte ihn gekennzeichnet. Als hätte sie die

Zähne in sein Fleisch geschlagen und eine tiefe Narbe hinterlassen, war er verwundet und geschwächt von ihr.

Er war machtlos.

Allein die Erinnerung an diese wenigen Augenblicke mit ihr, sie voll bekleidet, er schwer verletzt, reichte aus, um Bewegung in seine Lenden zu bringen. Sein jämmerlicher Schwanz versteifte sich ohne den geringsten Anlass. Sie standen auf gegnerischen Seiten im Krieg um den Thron, und selbst wenn es nicht so gewesen wäre, nie hätte sie ihn auf die Art zu sich kommen lassen, wie der in Liebe entbrannte Vampir zu einer Frau von Wert kam. In dieser lauen Herbstnacht unter jenem Baum hatte sie geglaubt, einen wichtigen Dienst zu verrichten. Es war ihr nicht um ihn gegangen.

Und dennoch begehrte er sie …

Mit einem Mal bog sich die Vampirin vor dem Kamin unter den Kerlen durch, die sich an ihr rieben und sich in sie ergossen, und Xcor blickte in ihre Richtung. Als hätte sie seine sexuelle Erregung gespürt, richtete sich ihr verklärter Blick auf ihn, und ein überraschter Ausdruck huschte über ihr Gesicht – soweit es unter dem kräftigen Unterarm, der ihr Nahrung bot, zu sehen war.

Ihre Augen weiteten sich. Offensichtlich hatte sie ihn bisher nicht bemerkt. Was er in ihrem Blick sah, war allerdings eindeutig Angst und nicht Verlangen.

Um sie nicht drauszubringen, schüttelte Xcor den Kopf und bedeutete ihr mit einer abwehrenden Geste, dass sie seinen Biss nicht würde ertragen müssen – oder schlimmer noch, sein Geschlecht.

Die Botschaft schien anzukommen, denn die Angst wich unmittelbar aus ihrem Blick, und als ihr einer seiner Soldaten erwartungsvoll den Schwanz hinhielt, griff sie danach und fing an, ihn zu bearbeiten.

Xcor lächelte boshaft in sich hinein. Diese Hure würde ihn abweisen, und doch bestand sein Körper in all seiner biologischen Dummheit darauf, auf die Auserwählte zu reagieren, als ob sie ihn jemals eines zweiten Blickes würdigen würde.

So bescheuert.

Er sah auf die Uhr und stellte überrascht fest, dass dieses Nähren nun schon fast eine Stunde andauerte. Sei's drum. Solange seine Männer die beiden grundlegenden Regeln befolgten, ließ er sie gerne gewähren: Sie mussten im Wesentlichen angezogen bleiben und ihre Waffen entsichert im Halfter tragen.

Auf diese Weise konnten sie sich verteidigen, wenn die Stimmung umschlug.

Er war mehr als geneigt, ihnen Zeit zu lassen.

Denn nach diesem Zwischenspiel würden sie wieder ganz bei Kräften sein – und so, wie sich die Dinge mit der Bruderschaft entwickelten, hatten sie das auch bitter nötig.

18

»Nein. Kommt nicht infrage.«

Qhuinn musste Zs Reaktion auf den grandiosen Vorschlag von Rhage zustimmen.

Sie hatten sich gemeinsam durch den Wald geschlagen, wobei Rhage den größten Teil von Zs Gewicht getragen hatte, während die anderen einen Kreis um sie bildeten, bereit, auf alles und jeden zu reagieren, der sich ihnen näherte. Jetzt waren sie wieder beim Flugzeughangar, und Hollywoods Vorschlag, wie sie ihr Mobilitätsproblem lösen konnten, erschien ihnen eher verrückt und lebensgefährlich als wie ein rettender Ausweg.

»Wir schwer kann es schon sein, ein Flugzeug zu fliegen?« Als ihn alle, inklusive Z, einfach nur entgeistert ansahen, zuckte Rhage die Schultern. »Was denn? Die Menschen machen es ständig.«

Z rieb sich die Brust und ließ sich langsam zu Boden sinken. Er holte mühsam Luft und schüttelte den Kopf. »Erstens weißt du nicht, ob … das verdammte Ding …

überhaupt noch fliegt. Wahrscheinlich hat es keinen Treibstoff ... und du bist noch nie geflogen.«

»Und was schlägst du sonst vor? Wir sind noch immer Meilen von jedem möglichen Punkt entfernt, wo man uns abholen könnte, dein Zustand verbessert sich nicht, und wir könnten angegriffen werden. Lass mich doch wenigstens mal da reinsteigen und sehen, ob ich den Motor zum Laufen kriege.«

»Das ist keine gute Idee.«

Als sich Schweigen breitmachte, ging Qhuinn im Kopf die wenigen Optionen durch, die ihnen blieben, und schielte zum Hangar rüber. Nach einem kurzen Augenblick sagte er: »Ich gebe dir Deckung. Tun wir's.«

Denn letztlich hatte Rhage recht. Zu Fuß brauchten sie einfach zu lang, und dieser *Lesser* war verschwunden, bevor sie ihn erstochen hatten, nicht andersherum, wie es sonst der Fall war.

Hatte Omega ihn mit Sonderkräften ausgestattet?

Aber wie dem auch sei – ein kluger Kämpfer unterschätzte niemals seinen Feind, insbesondere dann nicht, wenn einer seiner Kameraden kampfunfähig war. Sie mussten Z in Sicherheit bringen, und wenn das nur mit einem Flugzeug ging, dann mussten sie eben verdammt noch mal fliegen.

Er und Rhage huschten in den Hangar und knipsten ihre Taschenlampen an. Das Flugzeug stand auf seinem Platz im hinteren Bereich der Halle. Das Ding wirkte wie das hässliche Stiefkind eines weit schöneren Transportmittels, das schon vor Langem von hier geflohen war. Doch bei genauerer Inspektion stellte sich heraus, dass der Propeller in Ordnung war, und auch die staubigen Tragflächen hielten es problemlos aus, als Qhuinn sich mit seinem ganzen Gewicht dranhängte.

Das durchdringende Quietschen der Scharniere, als Rhage die Einstiegsluke öffnete, war dagegen weniger schön.

»Puh!«, stöhnte der Bruder und wich zurück. »Riecht, als ob hier drinnen etwas Totes läge.«

Mann, es musste wirklich tierisch stinken, wenn es sich vom übrigen Gestank im Hangar abhob.

Vielleicht war es doch keine so gute Idee gewesen.

Bevor Qhuinn sich selbst eine Meinung über den Gestank bilden konnte, quetschte Rhage sich bereits durch die ovale Öffnung. »Ich werd verrückt – der Schlüssel! Der Schlüssel steckt, ist das zu glauben?«

»Wie sieht's mit Treibstoff aus?«, murmelte Qhuinn und beschrieb mit seiner Taschenlampe einen großen Kreis durch den Hangar. Nichts als dieser widerwärtige, versiffte Boden.

»Tritt besser einen Schritt zurück, mein Sohn«, rief Rhage aus dem Cockpit. »Ich versuch mal, diese Mühle zu starten.«

Qhuinn trat ein paar Schritte zurück, obwohl es sinnlos war. Wenn das Ding hier gleich in Flammen aufging, würden ihn fünf Meter Abstand auch nicht retten …

Der Knall war laut, der Rauch dick, und der Motor klang, als würde er an einer mechanischen Art von Keuchhusten leiden. Dann aber beruhigte sich der Schrotthaufen. Allmählich lief der Motor immer gleichmäßiger.

»Wir müssen raus hier, bevor wir ersticken«, rief Qhuinn in das Flugzeug hinein.

Wie auf ein Stichwort musste Rhage den Gang eingelegt haben oder was immer man zu tun hatte, denn das Flugzeug schob sich nun vorwärts und seufzte dabei, als würde jede Schraube und Mutter an seinem alten Blechkörper schmerzen.

Und dieses Ding sollte sich in die Luft erheben?

Qhuinn joggte voraus und warf sich gegen das Tor. Dann packte er einen der beiden Türflügel und riss mit aller Gewalt daran, bis ihm diverse Riegel und Schlösser um die Ohren flogen.

Er hoffte nur, das Flugzeug ließ sich von dieser Splatterszene nicht inspirieren.

Die Gesichter von John und Blay im Mondlicht waren der Abschuss, als sie das Fluchtgefährt aus der Nähe sahen – und Qhuinn konnte sie verstehen.

Rhage stoppte den Vogel und quetschte sich durch die Luke ins Freie. »Laden wir ihn ein.«

Schweigen. Nun ja, mal abgesehen von dem sprotzenden Blechhaufen hinter ihnen.

»Du wirst dieses Ding nicht fliegen«, sagte Qhuinn wie zu sich selbst.

Rhage sah ihn verwundert an.

»Du bist zu kostbar. Wenn ihr abstürzt, haben wir zwei Brüder verloren. Das geht nicht. Ich bin entbehrlich, du nicht.«

Rhage öffnete den Mund, als wollte er etwas einwenden. Doch dann klappte er ihn wieder zu, und ein merkwürdiger Ausdruck machte sich auf seinem Gesicht breit.

»Er hat recht«, brummte Z finster. »Ich kann dein Leben nicht aufs Spiel setzen, Hollywood.«

»Ach, vergiss es, ich kann mich doch aus dem Cockpit heraus dematerialisieren, wenn …«

»Und du glaubst, das schaffst du, wenn wir in einer Abwärtsspirale auf den Boden zurasen? Blödsinn …«

Vereinzelte Schüsse fielen vom Waldrand aus, landeten zischend im Schnee, sausten ihnen um die Ohren.

Sofort waren alle in Aktion. Qhuinn stürzte sich durch die Einstiegsluke, zog sich in den Pilotensitz und versuchte zu verstehen, wofür diese ganzen Anzeigen … Scheiße, es waren wirklich viele. Zum Glück hatte er …

Rat-tat-tat-tat!

… genügend Filme gesehen und wusste, dass der Hebel mit dem Griff das Gas war und man das schleifenförmige Steuer hochzog, um abzuheben, und es runterdrückte, um zu landen.

»*Scheiße*«, murmelte er und blieb möglichst in geduckter Haltung.

Wieder ertönten Schüsse. Offensichtlich feuerten John und Blay zurück, also setzte Qhuinn sich etwas weiter auf und betrachtete die Reihe von Armaturen. Das mit der kleinen Zapfsäule war vermutlich die Tankanzeige.

Zu einem Viertel voll. Die Hälfte war sicher Kondenswasser.

Das hier war wirklich keine gute Idee.

»Schafft ihn rein!«, schrie Qhuinn und musterte das flache, freie Feld zu seiner Linken.

Rhage war bereits dabei, Z mit dem Feingefühl eines Hafenarbeiters ins Flugzeug zu hieven. Der Bruder landete in einem Haufen auf dem Boden, ein Gewirr aus Armen und Beinen, aber zumindest fluchte er – was bedeutete, dass er noch bei Bewusstsein war und Schmerz empfinden konnte.

Qhuinn wartete nicht darauf, dass die Tür geschlossen wurde und der ganze Quatsch. Er löste die Fußbremse, gab Gas und betete, dass er auf dem Schnee nicht ins Schleudern …

Die Windschutzscheibe zerbarst, und eine Kugel sauste durchs Cockpit. Ein Zischen im Sitz neben ihm ließ vermuten, dass die Nackenstütze sie geschluckt hatte.

Immer noch besser als sein Arm. Oder sein Schädel.

Das einzig Gute war, dass nun auch das Flugzeug bereit schien, sich verdammt noch mal vom Acker zu machen: Der rostige Motor drehte den Propeller in mörderischer Geschwindigkeit, als wüsste er, dass Abheben die einzige Chance war. Vor den Seitenfenstern begann die Landschaft zu verschwimmen, und Qhuinn hielt sich in der Mitte der »Startbahn«, indem er die Abstände zu den Waldrändern hin gleich hielt.

»Festhalten«, brüllte er über den Lärm hinweg.

Der Wind fegte ins Cockpit, als hätte ein riesiger Ventilator den Platz der Windschutzscheibe eingenommen, aber Qhuinn hatte ohnehin nicht vor, so hoch fliegen, dass ein Druckausgleich nötig war.

Im Moment wollte er einfach nur über den Wald hinwegkommen, der sich nun vor ihm aufbaute.

»Komm schon, Baby, du schaffst es … komm …«

Der Hebel war auf Anschlag, und er musste seinen Arm zwingen, etwas locker zu lassen – das Ding hatte nicht mehr Saft, und den verdammten Hebel abzubrechen würde ihre Lage nur verschlimmern.

Das Getöse wurde immer lauter.

Die Bäume flogen immer schneller vorüber.

Und auch das Holpern wurde immer stärker, bis seine Zähne aufeinanderschlugen und er überzeugt war, dass sich gleich eine oder beide Tragflächen lösen und abfallen würden.

So, wie er die Lage einschätzte, war keine Zeit zu verlieren, also zog er das Steuer so fest er konnte an sich heran und umklammerte es, als könnte sich sein Griff irgendwie auf das Flugzeug übertragen und es zusammenhalten …

Etwas fiel von der Decke und flatterte hinter zu Z.

Eine Landkarte? Das Benutzerhandbuch? Scheißegal.

Mann, diese Bäume am Ende der Wiese kamen immer näher.

Qhuinn zog das Steuer noch krampfhafter an sich, obwohl es nicht mehr weiter ging – was wirklich schade war, denn die Landebahn war bald zu Ende, und sie waren immer noch nicht abgehoben …

Ein Schaben zog sich am Bauch des Flugzeugs entlang, als würde sich das niedrige Gestrüpp nach oben strecken und nach dem Metall greifen.

Und die Bäume kamen immer näher.

Sein erster Gedanke im Angesicht des Todes war, dass er nun niemals seine Tochter treffen würde. Zumindest nicht auf dieser Seite des Schleiers.

Sein zweiter und letzter war die Fassungslosigkeit, dass er Blay nie seine Liebe gestanden hatte. In all den Minuten, Stunden und Nächten seines Lebens, bei all den Gesprächen während ihrer jahrelangen Bekanntschaft hatte er ihn immer nur von sich gestoßen.

Und jetzt war es zu spät. Idiot. Was war er doch nur für ein Idiot.

Denn es sah wirklich ganz so aus, als würde er hier und heute den Löffel abgeben.

Er richtete sich auf, sodass ihm der kalte Wind mit voller Wucht ins Gesicht klatschte, und blickte wütend in das Inferno. Er stellte sich die Kiefern vor, die er nicht sehen konnte, weil seine Augen zu stark tränten. Dann riss er den Mund auf und brüllte laut mit dem Mahlstrom.

Verdammt, er würde keinen Memmentod sterben. Er würde sich nicht ducken oder irgendwelche überirdischen Mächte um Hilfe anflehen. Scheiß drauf. Er würde sich seinem Ende stellen, mit gebleckten Fängen und angespannten Muskeln, und sein Herz würde nicht zittern, sondern schreien …

»Zeig, was du draufhast, Sensenmann!«

Während Qhuinn versuchte, den Vogel in die Luft zu ziehen, richtete Blay seine Waffe auf den Waldrand und feuerte einen Schuss nach dem anderen ab, als hätte er unerschöpfliche Bleireserven – was nicht der Fall war.

Was für eine beschissene Lage. Er, John und Rhage waren ohne Deckung, niemand konnte wissen, wie viele Jäger im Wald lauerten, und dieses verdammte Museumsstück von Flugzeug tat nichts anderes, als eine giftige Rauchwolke hinter sich herzuziehen und vor sich hinzutuckern wie auf einer sonntäglichen Spritztour.

Ach ja, und natürlich war die Maschine alles andere als kugelsicher, hatte aber offensichtlich Treibstoff im Tank.

Sie würden es nicht schaffen. Qhuinn und Z würden in den Wald am Ende der Startbahn rasen – wenn ihnen das Flugzeug nicht schon davor um die Ohren flog.

Als Blay die Erkenntnis traf, dass sie es gleich auf die eine oder andere Weise mit einem Feuerball zu tun bekämen, ging ein Riss durch seine Mitte. Rein äußerlich blieb er dabei, den Angriff abzuwehren. Er streckte die Arme vor, krümmte die Zeigefinger, feuerte Kugeln ab, lauschte auf Mündungsfeuer und suchte nach Bewegungen des Feindes.

Der andere Teil von ihm saß mit in diesem Flugzeug.

Es war, als würde er seinen eigenen Tod beobachten. Er konnte sich das wilde Rütteln des Flugzeugs nur allzu lebhaft vorstellen, das unkontrollierbare Holpern über den gefrorenen Boden und den Anblick der undurchdringlichen Bäume, die auf ihn zurasten – als würde er durch Qhuinns Augen sehen und nicht durch seine eigenen.

Dieser tollkühne Hurensohn.

Blay hatte schon so oft gedacht, dass er sich umbringen würde.

So viele Anlässe, im Einsatz und privat.

Aber dieses Mal gab es kein Entrinnen.

Eine Kugel traf ihn in den Oberschenkel, und als der Schmerz vom Bein zu seinem Herzen raste, wusste Blay, dass er sich wieder dem Kampfgeschehen zuwenden sollte: Wenn er überleben wollte, musste er sich voll und ganz darauf konzentrieren.

Doch noch während er dies erkannte, dachte er kurz: Warum lass ich es nicht einfach enden? Schluss mit dem ganzen Mist und der ewigen Strafe des Lebens, dem »Fast erreicht« und dem »Was wäre wenn?«, seiner permanenten Marter. Er war es einfach leid …

Er wusste nicht, was es war, aber etwas streckte ihn nieder.

Eben noch hatte er auf das Flugzeug gestarrt und auf die Explosion gewartet, und im nächsten Moment lag er bäuchlings im Schnee, und seine Ellbogen gruben sich in die harte, gefrorene Erde, während sein verletztes Bein pulsierte.

Peng! Peng! Peng!

Das Röhren, das die Schüsse übertönte, war so laut, dass er den Kopf einzog, als könnte er sich unter dem Feuerball hinwegducken.

Doch da waren kein Licht und keine Hitze. Das Geräusch kam von oben …

Er flog. Dieser zusammengenietete Blechkübel hatte sich doch tatsächlich in die Luft erhoben über ihnen.

Blay sah nach oben, nur für den Fall, dass er einen Kopfschuss abbekommen hatte und seine Sinneswahrnehmungen komplett hinüber waren. Aber es stimmte – das klapprige Agrarflugzeug war aufgestiegen, zog eine Schleife und flog wahrhaftig in Richtung Heimat, sollte es sich so lange in der Luft halten können.

Wenn sie Glück hatten.

Mann, diese Flugbahn sah nicht gut aus – es war nicht die eines Adlers, der geradlinig und sicher den Nachthimmel durchzog, es war die einer Schwalbe, frisch aus dem Nest – mit einem gebrochenen Flügel.

Hin und her. Das Ding schwankte von einer Seite zur anderen.

Fast sah es aus, als hätten sie das Unmögliche geschafft und den Sprung in die Luft bewältigt ... nur um kurz darauf über dem Wald abzustürzen und zu verbrennen ...

Vollkommen unvermittelt traf Blay ein Schlag seitlich im Gesicht, sodass er auf den Rücken fiel und um ein Haar die beiden Vierziger verloren hätte. Eine Hand – ja, eine Hand hatte seinen Kopf wie einen Basketball behandelt.

Und dann warf sich etwas Schweres auf seine Brust und drückte ihn flach in den Schnee, sodass alle Luft aus seiner Lunge entwich und er sich fragte, ob er seine Leber mit ausgespuckt hatte.

»Ziehst du jetzt endlich den Kopf ein?«, zischte ihm Rhage ins Ohr. »Sonst wirst du getroffen – zum zweiten Mal.«

Die Schusspause zog sich in die Länge, aus Sekunden wurde eine Minute, dann traten vier *Lesser* aus dem Wald und kamen mit ausgestreckten Waffen auf sie zu.

»Nicht bewegen«, flüsterte Rhage. »Das Spiel können auch zwei spielen.«

Blay gab sich alle Mühe, nicht so schwer zu atmen, wie es seine brennende Lunge verlangte. Außerdem unterdrückte er ein Niesen, als ihn mit jedem Atemzug Schneeflocken in der Nase kitzelten.

Warten.

Warten.

Warten.

John lag ungefähr einen Meter von ihm entfernt in unnatürlich gekrümmter Haltung. Blay blieb fast das Herz stehen.

Doch da drehte John unauffällig den Daumen nach oben, als würde er Blays Gedanken lesen.

Der Jungfrau der Schrift sei Dank.

Blay blickte um sich, ohne dabei die verdrehte Haltung seines Kopfes zu ändern, und tauschte dann unauffällig eine Schusswaffe gegen einen seiner Dolche ein.

In seinem Kopf begann es zu summen, während er die Bewegungen der *Lesser* abschätzte, ihre Schussbahnen, die Waffen. Er hatte kaum noch Kugeln, und ihm blieb keine Zeit, aus dem Munitionsgürtel nachzuladen. Bei John und Rhage sah es ganz ähnlich aus.

Die Dolche, die V für sie geschmiedet hatte, waren ihre einzige Rettung.

Näher ... immer näher ...

Als die vier Jäger schließlich in Reichweite kamen, war sein Timing perfekt. Genau wie das der anderen.

Blitzschnell sprang er auf und stach auf die ersten beiden *Lesser* ein. John und Rhage übernahmen die anderen beiden ...

Fast augenblicklich kamen weitere Jäger aus dem Wald gestürmt, doch aus irgendeinem Grund schossen sie nicht, vermutlich, weil die Gesellschaft der *Lesser* ihre Neuzugänge nicht gut genug ausstattete. Der zweite Ansturm trug Waffen wie verfeindete Gangs bei ihren Straßenkämpfen: Baseballschläger, Brecheisen, Montierhebel, Ketten.

Was ihm nur recht war.

Er stand völlig unter Strom und war derart angepisst, dass ihm ohnehin nach Handarbeit zumute war.

19

Layla saß in einem dünnen OP-Hemdchen auf einer Untersuchungsliege, und ihre nackten Füße baumelten vom Rand. Sie hatte das Gefühl, von Folterinstrumenten umgeben zu sein. Und vermutlich war sie das auch. Auf einer Arbeitsfläche neben dem Waschbecken lagen alle möglichen Stahlinstrumente in durchsichtigen Plastikumhüllungen aufgereiht, offensichtlich steril und bereit für den Einsatz.

Sie wartete nun schon seit einer Ewigkeit in Havers' Klinik. Zumindest kam es ihr so vor.

Nach der gehetzten Anreise über den Fluss begleitet von einem Butler, der zu wissen schien, dass jede Sekunde zählte, hatte es eine Verzögerung nach der anderen gegeben, seit sie hier angekommen war. Erst die Formulare, dann das Wartezimmer, dann das Warten auf die Schwester, das Warten auf Havers mit den Ergebnissen der Bluttests.

Es war zum Verrücktwerden.

Ihr gegenüber hing ein gerahmter Druck an der Wand, und sie hatte lange die Pinselstriche und Farben betrachtet und sich den Blumenstrauß in kräftigen Blau- und Gelbtönen eingeprägt. Darunter stand: van Gogh.

Mittlerweile war sie so weit, dass sie nie mehr Schwertlilien sehen wollte.

Sie verlagerte ihr Gewicht und verzog das Gesicht. Die Schwester hatte ihr eine richtige Binde für ihre Blutungen gegeben, und entsetzt stellte sie fest, dass sie schon bald eine neue brauchte ...

Die Tür öffnete sich mit einem Klopfen, und Laylas erster Impuls war Flucht. Was natürlich lächerlich war, denn es gab im Moment keinen besseren Ort für sie, hier war sie gut aufgehoben.

Doch es war nur die Schwester, die sie hierhergebracht hatte, ihr Blut abgenommen und den Blutdruck gemessen hatte, bevor sie ihre Daten in einen Computer eingab.

»Es tut mir wirklich leid – es ist schon wieder ein Notfall reingekommen. Ich wollte Ihnen nur versichern, dass Sie als Nächste dran sind.«

»Danke«, hörte sich Layla sagen.

Die Schwester kam zu ihr und legte ihr eine Hand auf die Schulter. »Wie geht es Ihnen?«

Angesichts von so viel Freundlichkeit musste Layla heftig blinzeln. »Ich fürchte, ich brauche noch eine ...« Sie deutete nach unten.

Die Schwester nickte und drückte sie leicht, bevor sie zu den Hängeschränken ging und ein rosafarbenes Päckchen herausholte. »Ich habe noch mehr. Soll ich Sie zur Toilette begleiten?«

»Ja, bitte ...«

»Warten Sie, stehen Sie noch nicht auf. Ich bringe Ihnen etwas zum Überziehen.«

Layla sah auf ihre Hände, ihre ineinander verschränkten Finger, die sie nicht stillhalten konnte. »Danke.«

»Hier.« Etwas Weiches legte sich um ihre Schultern. »Okay, können Sie aufstehen?«

Layla ließ sich vom Tisch gleiten, und als sie leicht schwankte, war die Schwester sofort zur Stelle, hielt sie bei den Ellbogen und gab ihr Halt.

»Wir gehen langsam.«

Und das taten sie. Draußen auf dem Flur eilten Schwestern von Zimmer zu Zimmer, Patienten kamen und gingen, anderes Personal lief durch die Gänge ... und Layla konnte nicht glauben, dass sie jemals auch so schnell gewesen war. Um der Hektik zu entgehen, hielten sie und die fürsorgliche Schwester sich an der Wand, damit man sie nicht umrannte, aber die anderen waren sehr rücksichtsvoll. Als hätten alle gewusst, dass sie litt.

»Ich komme mit rein«, sagte die Schwester, als sie vor den Toiletten standen. »Ihr Blutdruck ist sehr niedrig, und ich möchte nicht, dass Sie stürzen, okay?«

Layla nicke. Sie gingen rein und sperrten ab. Dann nahm ihr die Schwester die Decke von den Schultern, und Layla schob ungeschickt das Papierhemd aus dem Weg.

Als sie sich setzte ...

»Oh, Gütige Jungfrau der Schrift.«

»Nicht doch, alles in Ordnung.« Die Schwester bückte sich und gab ihr die frische Binde. »Sehen wir uns das mal an. Alles gut ... hier, nein, geben Sie das mir. Wir müssen es ins Labor schicken. Möglicherweise lässt sich so herausfinden, warum es passiert. Das ist vielleicht hilfreich, wenn Sie es noch einmal versuchen wollen.«

Noch einmal versuchen. Als wäre der Abgang bereits vollzogen.

Die Schwester zog Handschuhe über und rupfte eine

Plastiktüte aus einem Halter. Flink und diskret versorgte sie die gebrauchte Binde, und Layla sah zu, wie der Name, den sie angegeben hatte, mit schwarzem Markierstift auf der Tüte vermerkt wurde.

»Aber, aber, ist ja gut.«

Die Schwester streifte die Handschuhe ab, zog ein Papiertuch aus dem Halter an der Wand und kniete nieder. Mit sanfter Hand nahm sie Laylas Kinn und trocknete vorsichtig ihre Wangen, die jetzt nass waren vor Tränen.

»Ich weiß, was Sie durchmachen. Ich habe auch eines verloren.« Auf das Gesicht der Schwester trat zärtliches Mitgefühl. »Sind Sie sicher, dass wir Ihren *Hellren* nicht anrufen können?«

Layla schüttelte nur den Kopf.

»Nun gut, sagen Sie mir Bescheid, wenn Sie es sich anders überlegen. Ich weiß, es ist nicht leicht, sie traurig und voller Sorge zu sehen, aber meinen Sie nicht, dass er bei Ihnen sein möchte?«

Ach, wie sollte sie es Qhuinn nur sagen? Er hatte so sicher gewirkt, als hätte er in die Zukunft geblickt und ihrem Kind in die Augen gesehen. Es würde ein Schock für ihn sein.

»Werde ich erfahren, ob ich jemals schwanger war?«, fragte Layla kleinlaut.

Die Schwester zögerte. »Das sagt uns vielleicht der Bluttest, aber alles hängt davon ab, wie weit der Vorgang bereits fortgeschritten ist.«

Layla blickte erneut auf ihre Hände. Die Knöchel traten weiß hervor. »Ich muss erfahren, ob ich ein Kind verliere oder ob es sich lediglich um eine normale Blutung handelt, die auftritt, wenn man nicht empfängt. Das ist wichtig.«

»Ich fürchte, das kann ich Ihnen nicht sagen.«

»Aber Sie wissen es. Nicht wahr?« Layla hob den Blick und sah der Vampirin in die Augen. »Nicht wahr?«

»Nochmals, es steht mir nicht zu, aber ... bei so viel Blut ...«

»... war ich schwanger.«

Die Schwester machte eine hilflose Geste. »Verraten Sie Havers nicht, dass ich das gesagt habe ... aber es ist wahrscheinlich. Sie müssen wissen, dass sich dieser Prozess nicht aufhalten lässt. Sie sind nicht schuld, und Sie haben nichts falsch gemacht. Diese Dinge passieren einfach manchmal.«

Layla ließ den Kopf hängen. »Danke, dass Sie so ehrlich zu mir sind. Und offen gestanden glaube auch ich, dass genau das passiert.«

»Eine Frau weiß so etwas. In Ordnung, bringen wir Sie zurück.«

»Ja. Vielen Dank.«

Doch als sie aufstand, konnte Layla ihr Höschen nicht hochziehen. Als deutlich wurde, dass sie ihre Hände nicht mehr koordinieren konnte, griff die Schwester ein und half ihr mit beneidenswerter Geschicklichkeit. Es war alles so peinlich und furchteinflößend. So schwach zu sein und auf die Hilfe anderer angewiesen zu sein, bei einer so einfachen Sache.

»Sie haben einen wundervollen Akzent«, bemerkte die Schwester, als sie wieder in den Verkehrsstrom auf dem Flur einbogen und sich einmal mehr auf der langsamen Spur hielten. »Er klingt so nach Altem Land – das wäre etwas für meine *Granmahmen*. Ihr gefällt gar nicht, wie die Alte Sprache immer mehr verdrängt wird. Sie hält es für den Untergang der Spezies.«

Das belanglose Gespräch half Layla und lenkte sie von dem Gedanken ab, wie lange es wohl dauern würde, bis sie diesen Ausflug erneut antreten musste ... und ob der Abgang noch beschwerlicher würde ... und wie es wohl war, wenn sie Qhuinn in die Augen blicken musste, um ihm zu sagen, dass sie versagt hatte ...

Irgendwie schafften sie es zurück zum Untersuchungszimmer.

»Jetzt dauert es bestimmt nicht mehr lange. Ich verspreche es.«

»Danke.«

An der Tür blieb die Schwester noch einmal stehen, und als sie verharrte, huschten Schatten über ihr Gesicht, als würde sie ihre eigene Vergangenheit noch einmal durchleben. In diesem kurzen Moment des Schweigens spürte Layla eine Verbindung zu der Schwester – und obwohl es ungewöhnlich war, etwas mit einer Erdenvampirin gemeinsam zu haben, war es eine Erleichterung.

Sie hatte sich mit dieser ganzen Sache so schrecklich allein gefühlt.

»Wir haben Leute, mit denen Sie reden können«, sagte die Schwester. »Manchmal hilft es, danach darüber zu sprechen.«

»Danke.«

»Drücken Sie auf den Knopf, wenn Sie Hilfe brauchen oder Ihnen schwindlig wird, okay? Ich bin nicht weit.«

»Ja. Mach ich.«

Als sich die Tür schloss, stiegen Tränen in Laylas Augen, und ihre Sicht verschwamm. Und doch, trotz des Ziehens in ihrer Brust schien das überwältigende Verlustgefühl in keinem Verhältnis zur Wirklichkeit zu stehen. Die Schwangerschaft war in einem frühen Stadium gewesen – theoretisch gab es nicht viel zu verlieren.

Trotzdem war es für sie ihr Kind.

Es war der Tod ihres Kindes ...

Leise klopfte es an der Tür, und eine männliche Stimme fragte: »Darf ich reinkommen?«

Layla presste die Augen zu und schluckte. »Bitte.«

Havers war groß und sah vornehm aus, mit Schildpattbrille und Fliege. Das Stethoskop um den Hals und der lange weiße Kittel vermittelten den Eindruck des vollkommenen Heilers, ruhig und kompetent.

Er schloss die Tür und lächelte sie kurz an. »Wie fühlen Sie sich?«

»Gut, danke.«

Er musterte sie vom anderen Ende des Zimmers aus, als würde er sie bereits medizinisch einschätzen, obwohl er sie weder berührte noch irgendwelche Instrumente einsetzte. »Darf ich offen zu Ihnen sprechen?«

»Ja. Bitte.«

Er nickte und holte sich einen Stuhl mit Rollen. Dann setzte er sich, balancierte eine dünne Akte auf dem Schoß und sah ihr in die Augen. »Wie ich sehe, haben Sie den Namen Ihres *Hellren* nicht angegeben – genauso wenig wie den Ihres Vaters.«

»Muss ich das?«

Der Arzt zögerte. »Haben Sie keine nächsten Angehörigen, meine Liebe?« Als sie den Kopf schüttelte, zeichnete sich ehrliche Trauer in seinen Augen ab. »Es tut mir sehr leid, dass Sie solche Verluste hinnehmen mussten. Gibt es hier also niemanden für Sie? Nein?«

Als sie einfach nur dasaß und schwieg, holte er tief Luft. »In Ordnung …«

»Ich kann bezahlen«, platzte Layla plötzlich heraus. Sie war sich nicht sicher, wo sie das Geld herbekommen sollte, nur …

»Aber meine Liebe, darüber müssen Sie sich doch keine Gedanken machen.« Havers öffnete die Akte und schob ein Blatt beiseite. »Gut, verstehe ich richtig, dass Sie Ihre Triebigkeit hatten?«

Layla nickte und konnte sich nur mit größter Mühe zurückhalten, um nicht laut zu schreien: »*Was ist bei dem Test herausgekommen?!*«

»Nun, ich habe mir Ihre Bluttests angesehen. Sie haben mir einige Dinge gezeigt, die ich nicht erwartet hätte. Wenn es Ihnen recht ist, würde ich gerne eine zweite Probe nehmen und sie für ein paar weitere Tests in mein Labor schicken. Hoffentlich verstehe ich es dann. Außerdem würde ich gern einen Ultraschall machen, wenn es Ihnen nichts ausmacht. Es ist eine Standarduntersuchung, die mir einen Eindruck davon verschaffen wird, wie sich die Sache entwickelt.«

»Also um zu sehen, wie lange sich diese Fehlgeburt noch hinzieht, ehe es vorbei ist?«

Der Arzt nahm ihre Hand. »Lassen Sie uns einfach sehen, wie es steht, in Ordnung?«

Layla holte tief Luft und nickte erneut. »Ja.«

Havers ging zur Tür und rief nach der Schwester. Sie kam und rollte etwas herein, das wie ein Computer auf einem Wagen aussah: mit Keyboard, Monitor und ein paar Stäben, die seitlich befestigt waren.

»Die Blutabnahme überlasse ich der Schwester – sie ist darin viel geschickter als ich.« Er lächelte sanftmütig. »Und in der Zwischenzeit sehe ich nach einem anderen Patienten. Ich bin gleich zurück.«

Der zweite Nadelstich war lange nicht so unangenehm wie der erste, weil Layla bereits wusste, was sie erwartete. Dann ließ die Schwester sie kurz allein, um die Probe ins Labor zu bringen – wo oder was das auch sein mochte. Kurz darauf kamen beide zurück.

»Sind wir bereit?«, erkundigte sich Havers.

Als Layla nickte, unterhielten sich Arzt und Schwester und schoben das Gerät an sie heran. Dann rollte der Arzt auf seinem Stuhl zurück und zog zwei Verlängerungsarme seitlich aus der Untersuchungsliege heraus. Er klappte zwei steigbügelartige Stangen aus und nickte der Schwester zu, die das Licht dimmte und hinter Layla trat, um ihr die Hand auf die Schulter zu legen.

»Lehnen Sie sich bitte zurück«, bat Havers sie. »Und rutschen Sie nach vorne an den Rand der Liege. Dann ziehen Sie den Slip aus und stellen die Füße auf die zwei Stützen.«

Als er auf die beiden Fußstützen zeigte, weiteten sich Layla Augen. Sie hatte nicht geahnt, dass die Untersuchung ...

»Hatten Sie noch nie eine vaginale Sonografie?«, fragte Havers zögerlich. Als sie langsam den Kopf schüttelte, nickte er. »Nun, das ist nicht ungewöhnlich, zumal das Ihre erste Triebigkeit war.«

»Aber ich kann mein Höschen nicht ...« Sie verstummte. »Ich blute.«

»Darum kümmern wir uns.« Der Arzt schien sich seiner Sache sehr sicher. »Sollen wir anfangen?«

Layla schloss die Augen und lehnte sich zurück, bis sie flach auf dem Rücken lag. Das dünne Papier, das die gepolsterte Liege bedeckte, zerknitterte unter ihrem Gewicht.

Mit einem schnellen Heben der Hüften entledigte sie sich ihres Höschens.

»Ich nehme Ihnen das ab«, sagte die Schwester ruhig.

Mit zusammengepressten Knien tastete Layla mit den Füßen nach diesen schrecklichen Stützen.

»So ist es gut.« Der rollende Stuhl quietschte, als der Arzt näher kam. »Kommen Sie noch ein Stückchen weiter vor.«

Ich kann das nicht, schoss es ihr durch den Kopf.

Sie schlang die Arme um den Unterleib und drückte, als könnte sie auf diese Weise das Baby in ihrem Bauch behalten und gleichzeitig sich selbst davor bewahren, zu Bruch zu gehen. Aber es gab nichts, was sie tun konnte, sie fand keine besänftigenden Worte für ihren Körper, damit der sich beruhigte und bewahrte, was in ihm wohnte, keine liebevolle Ermunterung an ihr Kind, damit es weiter ums Überleben kämpfte, keinen Zuspruch gegen ihre absolute Panik.

Eine Sekunde lang sehnte sie sich nach dem klosterhaften Dasein zurück, das sie einst als so erdrückend empfunden hatte. Im Heiligtum auf der Anderen Seite hatte sie das friedliche Dahinplätschern ihrer Existenz als Selbstverständlichkeit gesehen. Doch seit sie auf die Erde gekommen war und versuchte, hier eine Bestimmung zu finden, machte sie eine traumatische Erfahrung nach der anderen.

Sie empfand ganz neuen Respekt für die Vampirinnen und Vampire, die angeblich unter ihr standen.

Auf dieser Seite schien alles von Kräften abzuhängen, auf die man keinen Einfluss hatte.

»Sind Sie bereit?«, fragte der Arzt.

Während Tränen aus ihren Augenwinkeln rannen, konzentrierte sie sich auf die Zimmerdecke und hielt sich seitlich an der Liege fest. »Ja. Tun Sie, was Sie zu tun haben.«

20

Verfluchte Scheiße, Qhuinn hatte keinerlei Kontrolle mehr.

Die Sicht war gleich null, das Flugzeug wackelte wie ein Alzheimerpatient, und der Motor setzte immer wieder aus.

Wie es Z ging, wusste er auch nicht. Über den lärmenden Wind konnte man sich nicht verständigen, und er musste nach vorne schauen, wo sie hinflogen beziehungsweise bruchlanden würden, obwohl er gar nichts sehen konnte …

Welcher Teufel hatte ihn geritten, dass er das hier für eine gute Idee hielt?

Das Einzige, was an dieser Schrottmühle zu funktionieren schien, war der Kompass, also konnte er sich zumindest orientieren, wo die Homebase lag: Das Anwesen der Bruderschaft musste nördlich und ein Stück Richtung Osten liegen, auf dem Gipfel eines Berges, umgeben von Vs unsichtbarem, schützendem *Mhis*. Von der Richtung her stimmte es also, vorausgesetzt, der Kompass funktionierte besser als – mal überlegen – alles andere an dem Ding.

Als er nach rechts blickte, klatschte ihm der erbarmungslose Wind, der durch die zerbrochene Frontscheibe brauste, gegen das Ohr. Vor dem Fenster sah er nichts als Dunkelheit. Was wohl bedeutete, dass sie die Vororte überflogen hatten und sich jetzt über ländlicher Gegend befanden.

Vielleicht hatten sie schon die sanften Hügel erreicht, die sich irgendwann zu einem Berg erhoben.

Ein lauter Knall wie eine Fehlzündung bei einem Auto erregte auf unangenehme Art seine Aufmerksamkeit, doch was viel schlimmer war: die plötzliche Stille, die darauf folgte.

Kein Motorrattern. Nur der Wind, der in das Cockpit pfiff.

Okay, jetzt steckten sie wirklich in der Scheiße.

Eine Sekunde lang dachte er daran, sich aus dem Flugzeug zu dematerialisieren. Er war kräftig genug, klar genug – aber er würde Z nicht im Stich lassen.

Eine mächtige Hand landete auf seiner Schulter und bescherte ihm beinahe einen Herzinfarkt.

Z hatte sich nach vorne gehangelt, und seinem Gesichtsausdruck nach zu urteilen hatte er Probleme, sich auf den Beinen zu halten – und das nicht nur wegen des Geschaukels.

Der Bruder durchschnitt mit seiner tiefen Stimme das Getöse. »Zeit für dich zu gehen.«

»Vergiss es«, schrie Qhuinn zurück. Er langte nach vorn und drehte den Zündschlüssel. Das konnte schließlich nicht schaden, oder?

»Bring mich nicht dazu, dich rauszuschmeißen.«

»Versuch's doch.«

»Qhuinn ...«

Der Motor sprang wieder an, und der Lärm verstärkte sich. Gute Neuigkeiten also. Das Problem war nur, wenn diese Mühle einmal abgestorben war, würde sie es wieder tun.

Qhuinn holte sein Handy aus der Jackentasche und dachte an all jene, die sie zurücklassen würden. Er reichte es dem Bruder.

Wenn es eine Hierarchie der Hinterbliebenen gab, dann führte Z die Liste an. Er hinterließ eine *Shellan* und eine Tochter – also stand ihm der letzte Anruf zu.

»Was soll ich damit?«, fragte Zsadist finster.

»Das kannst du dir doch denken.«

»Fick dich ...«

»Geht nicht – ich muss diese Rostlaube hier steuern, bis wir irgendwo reinkrachen.«

Sie stritten noch eine Weile, aber Qhuinn wich nicht vom Pilotensitz, und so stark Z in normalem Zustand war, gegenwärtig hätte er es nicht einmal mit einem Laib Brot aufnehmen können. Bald versiegte das Gespräch, und Z verschwand. Zweifelsohne duckte er sich in den hinteren Teil, um ein letztes Mal mit seinen Lieben zu telefonieren.

Ein kluger Zug.

Wieder auf sich selbst gestellt, schloss Qhuinn die Augen und schickte ein Gebet los, nur für den Fall, dass sich irgendjemand zuständig fühlte. Und dann dachte er an Blays Gesicht ...

»Hier.«

Er schlug die Augen auf und blickte auf sein Handy, das Z ihm mit festem Griff direkt vor die Nase hielt. Das Display zeigte eine GPS-Karte, und ein kleiner blinkender Pfeil verriet ihm, wo sie sich exakt befanden.

»Nur noch drei Meilen«, schrie der Bruder über den Lärm hinweg. »Dann haben wir es geschafft ...«

Es schepperte und zischte, dann folgte erneut diese schreckliche Stille. Fluchend konzentrierte Qhuinn sich auf das kleine Display und hoffte, dass die Maschine von allein wieder ansprang. Sie mussten weiter nach Norden, das war klar, aber auch mehr in östliche Richtung. Viel weiter. Seine Schätzung war gut gewesen, aber alles andere als genau.

Ohne das Handy hätten sie keine Chance gehabt.

Ohne Motor allerdings auch nicht.

Qhuinn überprüfte noch einmal die Position, stellte ein paar Berechnungen an und steuerte nach rechts, um den kleinen Pfeil auf der Karte direkt auf ihren Berg zu lenken. Dann war es Zeit, den Motor wieder auf Touren zu bringen.

Sie verloren an Höhe. Nicht wie im Film, wo man meist den Höhenmesser in Großaufnahme sah und der Zeiger sich so schnell im Kreis drehte, wie man es sich vom Propeller gewünscht hätte. Doch sie sanken langsam und unaufhaltsam ... und wenn diese unzuverlässige Nähmaschine unter der Motorhaube nicht die nötige Geschwindigkeit lieferte, würden sie bald wie ein Stein aus dem Himmel plumpsen.

Qhuinn drehte wieder und wieder den Zündschlüssel und flüsterte: »Komm schon, komm schon, jetzt *komm* ...«

Es war nicht leicht, die Nase des Vogels mit nur einer Hand oben zu halten – und gerade, als er sich mit letzter Kraft dem Steuer widmen musste, schoss Zs Arm vor, stieß seine Hand zur Seite und übernahm das Drehen des Zündschlüssels.

Eine Sekunde lang hatte Qhuinn einen absurd klaren Blick auf die Sklavenfessel, die unter dem Ärmel von Zs

Lederjacke hervorblitzte – dann ging es wieder ums Geschäftliche.

Verdammt, seine Schultern brannten höllisch von dem Gezerre am Steuerhebel.

Und irgendwie verrückt, wie man sich so nach dem Lärm eines Motors sehnen ko...

Mit einem Husten erwachte der Motor zu neuem Leben, der Höhenwechsel erfolgte sofort. Sobald die Kolben wieder hämmerten, gingen die Zahlen nach oben.

Qhuinn gab weiter Vollgas und blickte auf die Tankanzeige. Der Zeiger stand auf Rot. Vielleicht hatten sie einfach keinen Sprit mehr, und es war gar kein mechanisches Problem.

Haarspalterei.

»Nur noch ein bisschen, Baby – ein kleines bisschen, komm schon, Mädchen, du schaffst das ...«

Sein gutes Zureden wurde von dem einzigen Geräusch übertönt, das zählte – aber die Cessna hätte ihn wahrscheinlich ohnehin nicht verstanden.

Mann, dieses Hoffen und Bangen schien ewig zu dauern, während optimale und katastrophale Ausgangsszenarien durch seinen Kopf jagten und sich die Meilen quälend langsam dahinschleppten.

»Sag mir, dass du deine Familie angerufen hast«, rief Qhuinn.

»Sag mir, dass du uns heil runterbringst.«

»Dazu müsste ich lügen.«

»Zieh mehr nach Osten.«

»Was?«

»Osten! Wir müssen Richtung Osten!«

Z vergrößerte ihr Ziel auf der Karte und fuhr mit dem Finger darüber, von Westen nach Osten.

»Das ist der beste Landeplatz – hinter dem Haus!«

Wahrscheinlich sollte Qhuinn es positiv werten, dass sein Passagier Alternativen für eine Bruchlandung mit Explosion entwickelte. Der Vorschlag war sogar ganz brauchbar. Wenn sie sich an der Längsseite des Hauses orientieren konnten, hinter dem Pool, dann streiften sie vielleicht ein paar Obstbäume ... aber die Landefläche wäre ungefähr so lang wie das Feld, von dem aus sie gestartet waren.

Besser, als in die massive Schutzmauer zu krachen, die um das Anwesen herum verlief ...

Diesmal gab es keinen Knall. Der Motor verstummte einfach, als wäre er die Spielereien leid und würde sich nun endgültig verabschieden.

Zumindest waren sie in Landereichweite.

Einen Versuch. Mehr hatten sie nicht.

Einen einzigen Landeversuch, mit dem er den stolzen Vater, liebevollen *Hellren* und großartigen Kämpfer in die Arme seiner Familie zurückbringen konnte. Vorausgesetzt, es gelang ihm, sie nahe genug an das Anwesen zu bringen, das *Mhis* zu durchdringen und dabei weder Haus noch Höhle, Autos, Tore oder sonst etwas zu treffen.

Aber er dachte nicht nur an Z.

Der Primal würde sich um Laylas Gesundheit und Sicherheit kümmern. Blay hatte seine lieben Eltern und Sax. John hatte seine Xhex.

Für alle war gesorgt.

Qhuinn drehte sich um. »Setz dich! Geh nach hinten! Setz dich hin und schnall dich an ...«

Der Bruder öffnete den Mund, und Qhuinn tat das Undenkbare: Er klatschte Z die Hand über die Lippen. »Jetzt setz dich hin und schnall dich an! Wir haben es so weit geschafft – lass es uns nicht zum Schluss vermasseln!«

Damit nahm er Z das Handy ab. »Geh! Ich hab's im Griff!«

Z blickte ihn mit schwarzen Augen an, und einen kurzen Moment lang dachte Qhuinn, dass Z ihn aus dem Cockpit werfen würde. Doch dann geschah das Wunder: Plötzlich entstand eine Verbindung zwischen ihnen, und eine Kette mit Gliedern so dick wie Oberschenkel reichte vom einen zum anderen.

Z hob den Zeigefinger und deutete auf Qhuinns Gesicht. Dann nickte er einmal und verschwand nach hinten.

Qhuinn konzentrierte sich wieder auf den Anflug.

Ihr Schwung hielt sie in der Luft, und dieser kleine Schwenk nach rechts dank Zs Richtungsweisung hatte sie in eine gute Position gebracht. Laut GPS näherten sie sich der Stelle, an der die Straße sich am Fuß des Berges gabelte, Zentimeter für Zentimeter. Zentimeter für Zentimeter ...

Er war sich ziemlich sicher, dass sie sich gerade über dem Anwesen befanden.

Während das Flugzeug weiter sank, machte er sich auf alles gefasst und zerrte den Steuerhebel so dicht an sich heran, dass seine Schultern sich in den Pilotensitz gruben. Er musste kein Fahrgestell ausfahren – die Räder waren den ganzen Flug über ausgeklappt gewesen ...

Mit einem Mal pfiff es durchs Cockpit, und das Flugzeug neigte sich, ein Zeichen dafür, dass die Schwerkraft die Oberhand gewann und die Konstruktion aus Fiberglas und Metall vom Himmel holte, zusammen mit den beiden lebenden Insassen als kleines Extra.

Sie würden es nicht schaffen – es war zu früh ...

Dann folgte ein wildes Rütteln, und Qhuinn fragte sich, ob sie vielleicht schon am Boden waren und es nicht bemerkt hatten – oder waren das Baumwipfel? Nein. Etwas ...

Das *Mhis*?

Der plötzliche Widerstand schien nach oben zu verlaufen, und siehe da, die Nase des Flugzeugs glich sich aus, ohne dass Qhuinn oder der tote Motor dazu beigetragen hätten. Selbst das heftige Geschwanke hörte auf.

Anscheinend prallten nicht nur Menschen und *Lesser* an Vs unsichtbarem Schutzwall ab, er hielt sogar eine Cessna in der Luft.

Dafür hatten sie jetzt ein neues Problem: Der lebensrettende Auftrieb schien nicht nachzulassen.

So, wie das gerade lief, würden sie zu lange oben bleiben und über ihre einzige Landemöglichkeit hinwegschießen ...

Unvermittelt setzte das Rütteln wieder ein, und Qhuinn warf einen Blick auf den Höhenmesser. Sie waren auf acht Meter gesunken, und er fragte sich, ob sie den Wall durchbrochen hatten.

Lichter. Dem Himmel sei gedankt, *Lichter.*

Durch die Scheibe sah er unter sich das erleuchtete Haus und den Hof. Sie waren noch zu weit entfernt, um Einzelheiten zu erkennen, aber das da musste ... ja, der kleine Ableger musste die Höhle sein.

Sofort übersetzte sein Gehirn das Ganze ins Dreidimensionale, und er orientierte sich neu.

Scheiße. Sie näherten sich im falschen Winkel. Wenn er so weiterflog, würde er vor dem Haus und nicht an der Längsseite landen. Dummerweise hatte er nicht ausreichend Auftrieb, um eine hübsch große Kurve zu ziehen und die Maschine richtig auszurichten.

Wenn einem keine Möglichkeiten blieben, musste man sich eben welche schaffen.

Das Schlimmste wäre, wenn er den Rasen hinter dem Haus überflog. Es war die einzige Lichtung weit und breit. Der Rest des Berges war von Bäumen bewachsen, die die Kiste auseinanderreißen würden.

Er musste weiter runter, und zwar sofort.

»Achtung!«

Obwohl es ihm widerstrebte, da sein Gefühl ihm etwas anderes sagte, drückte er den Steuerhebel vor und richtete die Nase der Cessna gen Boden. Augenblicklich wurden sie schneller, und Qhuinn betete, dass sie den Schwung auffangen konnten, wenn sie in den Strafraum kamen. Scheiße, dieses Geruckel wurde immer schlimmer, bis ihm irgendwann ganz schwindelig war und seine Unterarme brannten, während er sich am Steuer festklammerte.

Schneller. Näher. Schneller. Lauter. Näher.

Und dann war es so weit. Das Haus und der Garten lagen vor ihnen und rauschten mit atemberaubender Geschwindigkeit auf sie zu.

Qhuinn riss das Steuer gewaltsam zurück, und der neu gewonnene Schwung verhalf ihnen zu einem leichten Auftrieb.

Über das Haus ...

»Festhalten!«, brüllte er, so laut er konnte.

Jetzt setzte die Zeitlupe ein, und alles wurde verstärkt: der Lärm, die Sekunden, das Brennen in den Augen, als er nach vorne blickte, die Kraft, die ihn in den Sitz drückte.

Scheiße. Er war nicht angegurtet.

Es war keine Zeit gewesen. Es hatte so viel anderes zu bedenken gegeben.

Was war er doch für ein Idiot!

In diesem Moment setzten sie auf. Ruckartig. Das Flugzeug machte einen Satz, prallte erneut gegen etwas, geriet in Schräglage, machte einen zweiten Satz. Und mit jedem Ruck krachte Qhuinn mit dem Kopf in die Decke und dem Hintern in den Sitz, und sein ...

Nun setzte das Schütteln ein.

Die nächste Phase der Höllenlandung war eine Holper-
fahrt, die ihn fast aus dem Cockpit schleuderte. Sie waren
auf dem Boden – mussten es sein –, und verdammt, sie
waren schnell. Die Lichter schossen an den Seitenfenstern vorbei, so grell, dass er fast geblendet war. Und der
Richtung nach zu urteilen, aus der dieses stroboskopparti-
ge Licht kam, waren sie wohl wirklich im Garten – blöderweise ging ihnen nur langsam der Platz aus.

Qhuinn riss den Steuerknüppel herum und brachte
das Flugzeug ins Schlingern, in der Hoffnung, dass die
physikalischen Kräfte, die auf schleudernde Autos wirkten, auch hier griffen: Auf kurzen Strecken blieben einem
ohne Bremse nur Luftwiderstand und Reibung, um den
Schub abzubremsen.

Die Schleuderkraft drückte ihn gegen die Seitenwand
des Cockpits, und Schnee blies ihm ins Gesicht. Dann traf
ihn etwas Scharfes.

Scheiße, sie wurden kein bisschen langsamer.

Die sechs Meter hohe, fünfunddreißig Zentimeter starke Schutzmauer kam überdies rasend schnell auf sie zu.

Die Sache drohte ein jähes Ende zu nehmen …

21

Blay dematerialisierte sich zum Anwesen der Bruderschaft, sobald er den letzten Jäger auf dieser Lichtung zu Omega zurückgeschickt hatte. Da Qhuinn mit Z in der Luft war, gab es keinen Anlass mehr, auf die nächste Schwadron zu warten.

Obwohl den beiden ohnehin niemand helfen konnte.

Er nahm auf dem Hof vor dem Haus Gestalt an und …

Direkt über ihm war das gottvergessene Flugzeug. Es flog völlig geräuschlos und verdeckte soeben den Mond.

Heilige *Scheiße*, sie hatten es geschafft – und verdammt, sie waren so nah, dass es so wirkte, als könnte er nach oben greifen und den Bauch der Cessna berühren.

Aber diese Stille war kein gutes Zeichen.

Als Erstes rammten sie die Thujenhecke, die sich rund um den Garten zog. Das Flugzeug prallte von den spitzen Wipfeln ab, gewann etwas an Höhe und verschwand dann aus der Sicht.

Blay dematerialisierte sich zur hinteren Terrasse und

bekam gerade noch mit, wie die Cessna in den Schnee platschte: Das Ganze erinnerte an einen fetten Kerl, der einen Bauchklatscher hinlegte, große Wellen von Weiß stoben in alle Richtungen davon. Dann verwandelte das Flugzeug sich in die größte Harke aller Zeiten und fräste sich mit einem Affenzahn durch Obstbaumreihen und Blumenbeete, die im Winter abgedeckt waren, und Scheiße, selbst durch die aufgestellten Vogeltränken.

Egal. Wenn es nach Blay ging, konnte der ganze Garten draufgehen, solange dieses Flugzeug anhielt – und zwar bitte vor der Schutzmauer.

Kurz schoss ihm durch den Kopf, ob er sich vor die Cessna materialisieren und sie mit ausgestreckten Händen aufhalten sollte, aber das war natürlich Schwachsinn. Wenn sie sich nicht einmal von der Marmorstatue beeindrucken ließ, die sie gerade umpflügte, konnte sie auch kein Vampir …

Völlig unverhofft geriet dieses nicht aufzuhaltende Flugzeug ins Schlingern, und die Tragfläche, die in Blays Richtung ragte, schwenkte herum, als ob Qhuinn versuchen würde zu lenken. Schleudern war ein guter Trick – unnötig zu erwähnen, dass es keine Bremsen gab. Mit diesem Zickzackmanöver verlängerte sich allerdings die Strecke, sodass die Cessna an Schwung verlieren konnte.

Scheiße, jetzt kamen sie der Schutzmauer wirklich nahe.

Funken stoben in die Nacht, und Metall schleifte quietschend über Stein – jetzt waren sie der Schutzmauer also nicht mehr nur nahe, sondern direkt dran. Dank des Schwenks aber, den Qhuinn eingelegt hatte, schrammten sie nun seitlich an der Mauer entlang, statt frontal in sie hineinzukrachen.

Blay rannte auf den Funkenflug zu, und eine ganze Reihe Leute folgten ihm. Niemand konnte die Geschehnisse aufhalten, aber sie konnten verdammt noch mal da sein, wenn die Sache ...

Knirsch!

... endete.

Das Flugzeug rammte schließlich etwas, das ihm die Stirn bot: den Schuppen im hintersten Teil des Gartens, in dem allerhand Gartengerätschaften gelagert wurden.

Jäher Stillstand.

Doch es war viel zu still. Das einzige Geräusch, das Blay hörte, war das Knirschen seiner Treter im Schnee und sein Atem, der in die kalte Luft stieß, sowie das Stolpern der anderen hinter ihm.

Er erreichte das Flugzeug als Erster und stürzte auf die Tür zu, die wie durch ein Wunder in seine Richtung zeigte und nicht zur Betonmauer hin. Er riss sie auf und griff nach seiner Taschenlampe. Was würde ihn da drinnen erwarten? Rauch? Giftige Dämpfe? Blut und abgetrennte Körperteile?

Zsadist saß steif in einem rückwärtsgewandten Sitz und hielt die Armlehnen umklammert. Er war angeschnallt und starrte stur geradeaus, ohne zu blinzeln.

»Stehen wir?«, fragte er heiser.

Okay, offensichtlich konnte selbst ein Bruder unter Schock stehen.

»Ja.« Blay wollte nicht unhöflich sein, aber jetzt, da er wusste, dass einer von ihnen überlebt hatte, musste er herausfinden, ob ...

Qhuinn stolperte aus dem Cockpit. Im Strahl von Blays Taschenlampe sah er aus, als käme er gerade aus einer Hardcore-Achterbahn: Sein Haar stand nach hinten, die Stirn war vom Wind verbrannt, die Augen waren weit aufgerissen inmitten des blutverschmierten Gesichts, und er zitterte am ganzen Leib.

»Bist du okay?«, schrie er, als wäre er noch taub vom Lärm. »Z – sag was …«

»Ich bin hier«, antwortete der Bruder und zog eine Grimasse, als er den Klammergriff um die Armlehne löste und die Hand hob. »Alles okay, Sohn – mir geht es gut.«

Qhuinn packte die Hand, dann knickten seine Knie ein. Er brach einfach über ihrem Handschlag zusammen und konnte kaum sprechen.

»Ich wollte nur … dass dir nichts passiert … wegen … deiner Tochter … ich wollte nur, dass dir nichts passiert …«

Zsadist, der Bruder, der nie jemanden berührte, legte die Hand auf Qhuinns gebeugten Kopf. Dann sah er Blay an und sagte leise: »Lass niemanden rein. Gib ihm eine Minute, okay?«

Blay nickte, wandte sich ab und versperrte den Eingang mit seinem Körper. »Es geht ihnen gut – es geht ihnen gut.«

Ein gutes Dutzend Gesichter blickte zu ihm auf, während er diese Worte stammelte, aber Bella war nicht darunter. Wo steckte sie?

»Zsadist! *Zsaaaaaaadist!*«

Der Schrei gellte über den blau leuchtenden Rasen, als oben an der Terrasse eine einsame Gestalt erschien, hinaus in den Schnee stürzte und auf sie zugerannt kam.

Viele Leute riefen Bella etwas entgegen, aber Blay bezweifelte, dass sie es hörte.

»Zsaaaaadist!«

Als sie in Reichweite schlitterte, streckte Blay die Hand nach ihr aus, besorgt, dass sie seitlich in das Flugzeug krachen könnte. Gütiger Himmel, dieses Gesicht würde er

Zeit seines Lebens nicht vergessen – es war schlimmer als sämtliche Kriegsgräuel, die er je bezeugt hatte. Sie sah aus, als würde sie lebendig gehäutet, als wäre sie an Armen und Beinen gefesselt und Fetzen ihres Fleisches würden aus ihrem Leib gerissen.

Qhuinn sprang aus dem Flugzeug. »Er ist okay, es geht ihm gut, ich verspreche dir – es geht ihm gut.«

Bella erstarrte, als wäre es das Letzte, was sie erwartet hätte.

»Meine *Nalla*, komm rein«, sagte Z im gleichen sanften Ton, mit dem er Qhuinn beruhigt hatte. »Komm rein.«

Bella sah Blay an, als bräuchte sie eine Bestätigung, dass sie richtig hörte. Statt zu antworten, griff Blay sie am Ellbogen und half ihr durch die kleine Luke in das Flugzeug.

Dann drehte er sich um und versperrte einmal mehr den Eingang. Als man die Frau vor Erleichterung offen weinen hörte, sah er, wie sich Qhuinn über das Gesicht fuhr, als müsste er selbst Tränen fortwischen.

»Heilige Scheiße, ich wusste ja gar nicht, dass du fliegen kannst«, sagte jemand.

Als Qhuinn den Blick hob und sich umsah, tat Blay es ihm gleich. Wow, was für eine postapokalyptische Kulisse: Die Landeroute beschrieb eine Furche durch den Garten, als hätte der Finger Gottes eine Linie gezogen.

»Kann ich auch gar nicht«, murmelte Qhuinn.

V steckte sich eine selbst gedrehte Zigarette zwischen die Lippen und streckte Qhuinn die Hand entgegen. »Du hast meinen Bruder heil nach Hause gebracht. Scheiß auf den Rest.«

»Genau …«

»Ja, Gott sei Dank …«

»Scheiße, stimmt …«

»Halleluja …«

Einer nach dem anderen traten die Brüder vor ihn und streckten ihm die Dolchhand entgegen. Die Prozession zog sich in die Länge, aber niemand schien sich an der Kälte zu stören.

Blay zum Beispiel spürte sie gar nicht. Weshalb sich plötzlich eine Befürchtung in ihm regte ...

Er griff in seine warme Lederjacke, langte sich an die Brust und kniff zu, so fest er konnte.

Autsch!

Er schloss die Augen und schickte ein stilles Gebet in den Himmel, dass das alles hier real war ... und nicht der Albtraum, der um ein Haar Wirklichkeit geworden wäre.

Im Zentrum der Aufmerksamkeit zu stehen machte Qhuinn nervös.

Schließlich war dieser verrückte Flug auch keine Zen-Übung gewesen. Sein Gesicht brannte vom Wind, Schultern und Rücken schmerzten, seine Beine waren wackelig – er fühlte sich, als wäre er noch immer da oben, als würde er noch immer zu jemandem beten, an dessen Existenz er nicht glaubte, als stünde er noch immer am Abgrund.

Am Abgrund des Todes.

Außerdem war es ihm so verdammt peinlich, dass er vor Z zusammengebrochen war. Oh Mann, was war er doch für ein Waschlappen.

»Dürfte ich mal sehen?« Doc Jane kam auf die Menge zu.

Ja, ausgezeichnete Idee. Das war schließlich Zweck der Übung gewesen, weil Zs Verletzungen zu schwer gewesen waren, dass er sich nicht dematerialisieren konnte.

»Qhuinn?«, fragte sie.

»Ja, bitte?« Ach so, er stand im Weg. »Entschuldigung, ich lass dich durch ...«

»Nein, nicht Zsadist. Du.«

»Häh?«

»Du blutest.«

»Ach ja?«

Die Ärztin drehte seine Hände um. »Siehst du?« Tatsächlich, seine Handflächen waren blutverschmiert. »Du bist dir gerade übers Gesicht gefahren. Du hast einen tiefen Schnitt im Gesicht.«

»Ach so? Okay.« Vielleicht fühlte er sich deshalb so benommen. »Was ist mit Z?«

»Manny ist bereits bei ihm drin.«

Oh. Den Teil hatte er wohl verpasst. »Willst du mich hier untersuchen?«

Sie lachte kurz. »Wie wäre es, wenn wir dich ins Haus bringen – vorausgesetzt, du kannst gehen.«

»Ich helfe ihm …«

»Hier, lasst mich mal …«

»Darf ich …«

»Hab ihn schon …«

Der Chor der Freiwilligen überraschte ihn, genauso wie die Arme, die ihn von allen Seiten ergriffen und ihn nahezu davontrugen, wie jemanden, der bei einem Konzert auf der Menge surft.

Qhuinn blickte zurück, in der Hoffnung, Blay zu entdecken. Er wollte ihm so gerne in die Augen sehen, nur kurz, um eine Verbindung herzustellen, obwohl das verrückt war.

Aber Blay war da.

Diese wundervollen blauen Augen blickten ihm entgegen, so standhaft und treu, dass er fast noch einmal in Tränen ausgebrochen wäre. Er schöpfte Kraft aus diesen Augen, so, wie er es immer getan hatte, damals, als sie so viel Zeit miteinander verbracht hatten. Eigentlich wünschte er, Blay würde ihn ins Haus zurückbringen, aber die Brüder waren nicht aufzuhalten, wenn sie einmal so in Fahrt waren. Außerdem wäre es Blay sicherlich zu viel gewesen.

Qhuinn sah wieder nach vorne. Heilige Scheiße …

Im Garten herrschte das reinste Chaos, die drei Meter hohe Hecke neben dem Haus war auf halber Höhe abgesäbelt, alle möglichen Bäume waren geknickt, Büsche durchpflügt, und die Überreste der Bruchlandung lagen verstreut herum wie Granatsplitter.

Mann, da waren einige Trümmer, die wie Flugzeugteile aussahen.

Hey, wow, ein Stück Blech.

»Moment«, sagte er und riss sich los. Er bückte sich und hob das scharfkantige Teil auf, das sich in den Schnee geschmolzen hatte. Er hätte schwören können, dass es noch warm war.

»Es tut mir wirklich leid«, murmelte er vor sich hin.

Die Stimme des Königs dröhnte ihm entgegen. »Dass du meinem Bruder das Leben gerettet hast?«

Qhuinn blickte auf. Wrath war aus der Bibliothek getreten, George stand an seiner Seite und seine Königin auf der anderen. Der Kerl wirkte so groß wie das Haus hinter ihm – und genauso stark: Selbst blind sah er aus wie ein Superheld mit dieser Panoramasonnenbrille.

»Ich habe deinen Garten umgepflügt«, murmelte Qhuinn, als er auf den König zuging. »Ich meine … landschaftlich umgestaltet, aber nicht auf gute Art.«

»Dann hat Fritz im Frühling etwas zu tun. Du weißt, wie gern er Unkraut jätet.«

»Damit ist die Sache nicht getan. Ich fürchte, hier muss man mit dem Bagger anrücken.«

Wrath kam auf ihn zu und begegnete ihm auf halbem Weg auf der Terrasse. »Das ist jetzt das zweite Mal, Sohn.«

»Dass ich in den letzten vierundzwanzig Stunden etwas zu Schrott gemacht habe? Ich weiß, als Nächstes jage ich noch ein Schlachtschiff in die Luft.«

Die tiefschwarzen Brauen senkten sich tief. »Davon rede ich nicht.«

Okay, das musste auf der Stelle aufhören. Qhuinn hasste es *wirklich*, wenn sich die Aufmerksamkeit auf ihn richtete.

Also überging er den Kommentar und sagte: »Naja, fürs Erste bin ich nicht auf eine Fortsetzung aus, mein König. Wir müssten also sicher sein.«

Um ihn herum setzte zustimmendes Gebrumme ein.

»Kann ich ihn jetzt in die Klinik bringen?«, meldete sich Doc Jane zu Wort.

Wrath lächelte, und seine Fänge blitzten im Mondlicht. »Tu das.«

Gott sei Dank ... er war echt bedient für heute.

»Wo ist Layla?«, fragte die Ärztin, als sie in die warme Bibliothek traten. »Ich glaube, du solltest dich nähren.«

Scheiße.

Als die Glucken in schwarzem Leder hinter ihr anfingen, zustimmend zu gackern, wurde Qhuinn ganz schwarz vor Augen. Eine Katastrophe war mehr als genug für heute Nacht. Er hatte absolut keine Lust, jetzt auch noch erklären zu müssen, warum ihn die Auserwählte nicht nähren konnte.

»Ist dir nicht gut?«, bemerkte jemand.

»Ich glaube, er verliert das Bewusstsein ...«

Das war das Letzte, was er für eine Weile hörte.

22

Auf der anderen Seite des Flusses in Havers' Klinik musste Layla schließlich von der Untersuchungsliege aufstehen und ein wenig in dem kleinen Raum umhergehen.
Mittlerweile hatte sie jegliches Zeitgefühl verloren. Ihr
war, als hätte sie schon immer auf diese vier Wände gestarrt – und würde es auch für den Rest ihres Erdenda-
seins tun.

Das Einzige an ihr, was frisch und munter blieb, war ihr
Kopf. Unglücklicherweise brütete er über den Worten der
Schwester … dass es eine Fehlgeburt gewesen war. Dass sie
mit großer Wahrscheinlichkeit empfangen hatte …

Als das lang ersehnte Klopfen schließlich erklang, kam
es dennoch unerwartet, und sie zuckte zusammen.

»Herein«, forderte sie die Person draußen auf.

Die Schwester, die so freundlich gewesen war, trat ein,
doch sie wirkte verändert. Sie mied Laylas Blick, und ihr
Gesicht war eine starre Maske. Über dem Arm hatte sie
ein weißes Tuch hängen, das sie Layla hinhielt, wobei

sie den Blick abwandte. Dann vollführte sie einen tiefen Knicks.

»Euer Gnaden«, sagte sie mit bebender Stimme. »Ich … wir … Havers … wir wussten ja nicht.«

Layla runzelte die Stirn. »Was wollen Sie …«

Die Schwester schüttelte die Robe, als versuchte sie Layla dazu zu bewegen, sie anzunehmen. »Bitte. Zieht das an.«

»Was ist hier los?«

»Durch Eure Adern fließt das Blut einer Auserwählten.« Die Stimme der Schwester klang rau. »Havers ist … außer sich.«

Layla hatte alle Mühe, die Worte zu verstehen. Dann ging es hier also nicht um ihre Schwangerschaft? »Was … ich verstehe nicht. Warum ist er … er ist außer sich, weil ich eine Auserwählte bin?«

Die Schwester erblasste. »Wir dachten, Ihr wärt eine Gefallene?«

Layla vergrub das Gesicht in Händen. »Das bin ich vielleicht bald – je nachdem, was geschieht.« Sie hatte *nicht* die Kraft für das hier. »Könnte mir jetzt bitte jemand sagen, was bei den Tests herausgekommen ist und wie ich mich verhalten muss?«

Die Schwester fummelte an dem Stoff herum, immer noch bemüht, ihn ihr zu reichen. »Er kann nicht mehr zu Euch kommen.«

»*Was?*«

»Nicht, wenn Ihr … er kann nicht mit Euch in einem Raum sein. Und er hätte niemals …«

Wut kochte in Layla hoch, und sie sprang auf. »Lassen Sie es mich ganz deutlich sagen – ich will mit dem Doktor sprechen.« Infolge ihrer harschen Worte sah die Schwester ihr endlich ins Gesicht »Ich habe ein Recht, zu erfahren, was er über meinen Zustand herausgefunden hat – sagen Sie ihm, dass er auf der Stelle zu mir kommen soll.«

Ihre Stimme war nicht schrill, nicht hysterisch – einfach nur bestimmend und kraftvoll, wie Layla sie noch nie aus ihrem Mund vernommen hatte.

»Gehen Sie. Holen Sie ihn rein«, befahl sie.

Die Schwester hob den weißen Stoff. »Bitte. Zieht das an. Er ist …«

Layla zwang sich, nicht zu schreien. »Ich bin eine Patientin wie jede andere …«

Die Schwester zog die Stirn kraus und straffte die Schultern. »Entschuldigt, aber das stimmt so nicht. Und was ihn betrifft, so hat er Euch bei der Untersuchung Gewalt angetan.«

»Was?«

Die Schwester sah sie nur an. »Er ist ein guter Mann. Ein feiner Kerl, mit einer sehr traditionellen Einstellung …«

»Aber das spielt doch überhaupt keine Rolle!«

»Der Primal kann ihn töten für das, was er mit Euch gemacht hat.«

»Bei der Untersuchung? Es geschah mit meiner Einwilligung – das war doch ein notwendiger medizinischer Vorgang!«

»Darum geht es nicht. Es war ungesetzmäßig.«

Layla schloss die Augen. Sie hätte in die Klinik der Bruderschaft gehen sollen.

»Ihr müsst seinen Standpunkt verstehen«, sagte die Schwester. »Ihr entstammt einer Hierarchie, mit der wir nicht in Kontakt kommen – und darüber hinaus: auch nicht kommen sollen.«

»Mein Herz schlägt wie jedes andere, und mein Körper braucht Hilfe. Das ist alles, was er – oder sonst irgendjemand – wissen muss. Das Fleisch ist dasselbe.«

»Das Blut ist es nicht.«

»Er muss mit mir sprechen …«

»Das wird er nicht.«

Layla sah die Schwester erneut an. Dann legte sie die Hand auf den Unterleib. Ihr ganzes Leben lang bis zu diesem Moment hatte sie auf der Seite der Rechtschaffenden gelebt, treulich gedient, ihre Pflichten erfüllt, ihr Leben innerhalb der Grenzen geführt, die andere gezogen hatten.

Das war vorbei.

Ihre Augen wurden schmal. »Richten Sie diesem Arzt aus, wenn er nicht reinkommt und mir persönlich sagt, was mit mir los ist – dann gehe ich zum Primal und berichte ihm haarklein, was sich hier zugetragen hat.«

Dabei ließ sie den Blick absichtlich über das Gerät streifen, das bei der vaginalen Untersuchung zum Einsatz gekommen war.

Als die Schwester erblasste, verspürte Layla keinen Triumph, dass sie ihr Druckmittel so erfolgreich eingesetzt hatte. Allerdings empfand sie auch keine Reue.

Die Schwester verbeugte sich tief, verließ rückwärts das Zimmer und ließ diesen lächerlichen Stoff auf dem schmalen Waschtisch neben dem Waschbecken liegen.

Layla hatte ihren Auserwähltenrang nie als Bürde oder Segen empfunden. Sie hatte schlichtweg nichts anderes gekannt. Es war ihr Los, das ihr zugedachte Schicksal, es manifestierte sich in ihrem Atem und Bewusstsein. Doch andere waren da offensichtlich nicht so gleichmütig – insbesondere nicht hier unten.

Und das war erst der Anfang.

Andererseits verlor sie das Kind, war es nicht so? Also war dies das Ende.

Sie langte nach dem weißen Stoff und hüllte sich darin

ein. Es ging ihr nicht um die empfindlichen Gefühle des Arztes, aber wenn sie sich bedeckte, so wie er es verlangte, würde er sich vielleicht auf ihre Person konzentrieren und nicht auf ihren Rang.

Im nächsten Augenblick klopfte es, und als Layla antwortete, trat Havers ein. Es machte den Eindruck, als würde man ihm eine Pistole an die Schläfe drücken. Er hielt den Blick gesenkt und ließ die Tür einen Spaltbreit offen, ehe er die Arme über dem Stethoskop verschränkte. »Wäre mir Euer Rang bewusst gewesen, hätte ich Euch niemals behandelt.«

»Ich bin freiwillig zu Ihnen gekommen, eine Patientin in Not.«

Er schüttelte den Kopf. »Ihr seid geweiht und nicht von dieser Welt. Wer bin ich, mich in einer solch heiligen Angelegenheit einzumischen?«

»Bitte. Setzen Sie meinem Leid ein Ende und sagen Sie mir, was los ist.«

Der Arzt nahm seine Brille ab und rieb sich die Nasenwurzel. »Diese Information kann ich Euch nicht preisgeben.«

Layla öffnete den Mund. Schloss ihn. »Wie bitte?«

»Ihr seid nicht meine Patientin. Euer Kind und der Primal sind es – mit ihm werde ich sprechen, wenn ich ihn erreiche ...«

»Nein! Sie dürfen ihn nicht anrufen!«

Aus Havers' Blick sprach eine Verachtung, wie er sie sonst vermutlich nur für Prostituierte aufbrachte. Dann sprach er in tiefem, leicht bedrohlichem Ton: »Ihr seid nicht in der Position, etwas zu verlangen.«

Layla wich zurück. »Ich bin aus freien Stücken hierhergekommen, als eine unabhängige Frau ...«

»Ihr seid eine Auserwählte. Es ist gegen das Gesetz, dass

ich Euch beherberge, aber nicht nur das, ich kann bestraft werden für diese Untersuchung von vorhin. Der Körper einer Auserwählten …«

»… ist ihr Eigen.«

»… gehört per Gesetz dem Primal, so wie es sein soll. Ihr seid unwichtig – nicht mehr als ein Gefäß für das, was Ihr empfangen habt. Wie *könnt* Ihr es wagen, hierherzukommen und Euch als einfache Frau auszugeben? Ihr bringt meine Praxis und mein Leben in Gefahr mit Eurem falschem Spiel.«

Ohnmächtige Wut erfasste Layla und breitete sich bis zur letzten Faser ihres Körpers aus. »Wessen Herz schlägt in dieser Brust?« Sie klopfte sich auf den Brustkorb. »Wessen Atem strömt durch diesen Körper?«

Havers schüttelte den Kopf. »Ich rede mit dem Primal und sonst niemandem …«

»Das kann nicht Ihr Ernst sein! Ich allein lebe in diesem Körper. Niemand sonst …«

Der Arzt verzog angewidert das Gesicht. »Wie ich schon sagte, Ihr seid lediglich ein Gefäß für das göttliche Wunder, das in Eurem Schoß vonstattengeht. Der Primal höchstselbst ist in Eurem Fleisch. Das ist das Entscheidende – und deshalb werde ich Euch festhalten, bis …«

»Gegen meinen Willen? Das glaube ich nicht.«

»Ihr werdet bleiben, bis der Primal kommt und Euch holt. Ich kann nicht verantworten, Euch auf diese Welt loszulassen.«

Sie starrten einander wütend an.

Mit einem Fluch riss Layla sich den weißen Stoff vom Leib. »Nun, das ist ein großartiger Plan, soweit es Sie betrifft. Aber ich werde mich jetzt entblößen – und wenn es sein muss, laufe ich nackt hier raus. Bleiben Sie und sehen Sie zu – oder versuchen Sie mich anzufassen. Damit aber verstoßen Sie sicher wieder gegen irgendeines Ihrer Verbote, habe ich recht?«

Der Arzt ging so schnell, dass er um ein Haar stolperte.

Layla zögerte keine Sekunde. Sie zog sich ihre Sachen über und eilte in den Flur. Obwohl es sicher noch andere Ausgänge gab als den im Empfangsbereich – es musste Fluchtwege für den Fall eines Angriffs geben –, hatte sie leider keine Ahnung vom Bauplan dieser Einrichtung.

Also blieb ihr nur der Weg nach vorne raus. Und zwar zu Fuß, denn sie war viel zu aufgebracht, um sich zu dematerialisieren.

Sie verfiel in einen Laufschritt und eilte in die Richtung, aus der sie gekommen war – fast augenblicklich, wie auf Anweisung, sprang ihr das weibliche Klinikpersonal in den Weg und verstellte den Flur, sodass sie nicht mehr weiterkam.

»*Wenn mich hier irgendwer anrührt*«, rief sie in der Alten Sprache, »*betrachte ich dies als Verletzung meiner heiligen Unantastbarkeit.*«

Alles erstarrte.

Sie sah jeder einzelnen Mitarbeiterin in die Augen, als sie weiterging, und zwang sie, ihr den Weg frei zu machen. Ein Pfad tat sich zwischen den reglosen Gestalten auf und schloss sich hinter ihr wieder. Draußen im Wartebereich blieb sie vor dem Empfangstresen stehen und starrte die Vampirin dahinter finster an. Die richtete sich erschrocken auf.

»Sie haben zwei Möglichkeiten.« Layla nickte in Richtung der gesicherten Ausgangstür. »Entweder Sie öffnen diese Tür freiwillig für mich, oder ich sprenge sie kraft meines Willens auf ... und setze Sie und Ihre Patienten der Sonne aus, die in« – sie blickte auf die große Uhr an der Wand – »weniger als sieben Stunden aufgeht. Ich bin

mir nicht sicher, ob Sie einen derartigen Schaden rechtzeitig beheben können, was meinen Sie?«

Das Klicken des Schlosses hallte laut durch die Stille.

»Danke«, murmelte Layla höflich und wandte sich dem
Ausgang zu. »Das ist überaus freundlich von Ihnen.«

Sie würde doch nicht ihre guten Manieren vergessen.

Wrath, Sohn des Wrath, angetan in lederner Hose, saß gemütlich hinter seinem Schreibtisch auf dem Thron, den
sein Vater vor vielen Jahrhunderten anfertigen hatte lassen, und fuhr mit dem Finger die glatte, silberne Klinge
eines dolchförmigen Brieföffners nach. Neben ihm lag
ein leise schnarchender George.

Der Hund gönnte sich nur selten ein Nickerchen.

Wenn jemand klopfte oder eintrat, oder wenn Wrath
sich bewegte, hob er den großen Kopf, und das schwere
Halsband klimperte. Er horchte auch auf, wenn jemand
auf dem Flur vorbeilief oder irgendwo ein Staubsauger
brummte oder im Erdgeschoss die Tür zur Vorhalle aufging. Oder ein Tisch gedeckt wurde. Oder wenn in der
Bibliothek jemand nieste.

Wenn der Kopf oben war, gab es verschiedene Reaktionen: keine (Tätigkeiten im Esszimmer, Staubsauger, Niesen), ein Schnauben (Öffnen der Tür zur Vorhalle, Schritte im Flur) oder Aufsitzen in Habachthaltung (Klopfen,
Eintreten). Der Hund reagierte also nie aggressiv, sondern diente als Bewegungsmelder, der seinem Herrchen
überließ, was zu tun war.

Er war ein echter Gentleman, dieser Wachhund.

Doch obwohl die zahme Art zu George gehörte wie sein
flauschiges, langes Fell und der große, langgliedrige Körper, hatte Wrath doch bisweilen die Bestie in ihm auf-
blitzen sehen. Wenn man es mit einer Horde aggressiver,

starrköpfiger Kämpfer wie der Bruderschaft zu tun hatte, erhitzten sich unweigerlich von Zeit zu Zeit die Gemüter – selbst gegenüber dem König. Wrath war das schnuppe – er teilte sein Leben schon zu lange mit diesen Hurensöhnen, um sich über ein wenig Säbelrasseln und Gerangel aufzuregen.

Aber George gefiel das überhaupt nicht. Wenn einer seinem König blöd kam, stellte sich sein Nackenfell auf. Dann knurrte er warnend und presste sich fest an Wraths Bein – als wäre er bereit, den Brüdern zu zeigen, was ein wirklicher Reißzahn war, sollte es zum tätlichen Übergriff kommen.

Das Einzige, was Wrath in seinem Leben noch mehr liebte, war seine Königin.

Er griff unter den Tisch und streichelte die Flanke des Hundes, dann konzentrierte er sich wieder auf den Brieföffner in seiner Hand.

Verflucht. Flugzeuge fielen vom Himmel, Brüder wurden verletzt, Qhuinn trat erneut als Retter auf ...

Zumindest hatte die Nacht nicht ausschließlich aus Katastrophen bestanden. Der Beweis gegen Xcor war ein guter Auftakt gewesen: V hatte die ballistischen Tests abgeschlossen, die Kugel, die Wrath in den Hals getroffen hatte, stammte tatsächlich aus einem Gewehr der Bande.

Wrath lächelte in sich hinein, und die Spitzen seiner Fänge prickelten.

Diese Verräter standen jetzt offiziell auf der Abschussliste, legitimiert durch das Gesetz – Zeit also für eine kleine Säuberungsaktion.

George schnaubte, und das Hämmern an der Tür klang, als hätte Wrath ein erstes Klopfen überhört. »Ja.«

Er wusste, wer es war, bevor die Mitglieder der Bruderschaft einzeln eintraten: V und der Bulle. Rhage. Tohr. Phury. Und zum Schluss Z. Der, dem Klopfen nach zu urteilen, am Stock ging.

Sie schlossen die Tür.

Als sich niemand setzte oder losplauderte, wusste Wrath, aus welchem Grund sie gekommen waren. »Wie lautet das Urteil, meine Damen?«, fragte er gedehnt und lehnte sich zurück.

»Wir haben über Qhuinn nachgedacht«, antwortete Tohr.

Das konnte Wrath sich lebhaft vorstellen. Er hatte ihnen zu Beginn des Abends von seiner Idee erzählt, sie aber nicht zu einer sofortigen Entscheidung gedrängt. Es gab jede Menge Mist, über den er als König gut und gern bestimmte. Wen die Brüder in ihren Club aufzunehmen gedachten, gehörte nicht dazu. »Und?«

Zsadist antwortete in der Alten Sprache: »*Ich, Zsadist, Sohn des Ahgony, initiiert im hundertzweiundvierzigsten Jahr der Regentschaft von Wrath, Sohn des Wrath, nominiere Qhuinn, einen Waisen in der Welt, für eine Mitgliedschaft in der Bruderschaft der Black Dagger.*«

Die formale Ansprache aus dem Mund des Bruders war ein echter Schocker. Z hatte noch weit weniger für das Brauchtum übrig als der Rest von ihnen. Aber offensichtlich nicht in dieser Angelegenheit.

Heilige Scheiße, dachte Wrath. Sie zogen mit. Und das so schnell. Er hatte erwartet, dass es länger dauern würde. Tagelanges Grübeln. Wochen. Vielleicht einen Monat – und dann womöglich ein Nein aus einer Vielzahl von Gründen.

Aber sie spielten mit – also war Wrath dabei.

»*Was ist die Grundlage für dieses Anliegen, das du in deinem Namen und dem deiner Familie vorbringst?*«, fragte Wrath.

Jetzt verzichtete Z auf Förmlichkeiten und redete Tacheles: »Er hat mich heute Nacht nach Hause gebracht, zu meiner *Shellan* und meiner kleinen Tochter. Unter Einsatz seines Lebens.«

»In Ordnung.«

Wrath musterte die Reihe der Männer, die um seinen Tisch standen, auch wenn er sie nicht mit den Augen sah. Doch das machte nichts. Er konnte auch so sagen, wo sie standen und wie sie über die Sache dachten. Der Geruch ihrer Gefühle sprach eine deutliche Sprache.

Die Gruppe bildete eine Einheit, gefestigt, entschlossen und stolz.

Aber er musste sich an die Formalitäten halten.

Also fing er ganz am Ende an. »V?«

»Ich war schon dafür, als er sich den Kampf mit Xcor geliefert hat.«

Ein zustimmendes Raunen war die Folge.

»Butch?«

Der Bostoner Akzent war unverkennbar. »Er ist ein knallharter Kämpfer. Und ich mag ihn. Er wird allmählich erwachsen, hört immer mehr mit dem Gehabe auf, konzentriert sich auf das Wesentliche.«

»Rhage?«

»Du hättest ihn heute sehen sollen. Er wollte mich nicht fliegen lassen – meinte, zwei Brüder wären ein zu großer Verlust.«

Wieder ertönte anerkennendes Gemurmel. »Tohr?«

»In der Nacht, als sie auf dich geschossen haben, sind wir dank ihm rausgekommen. Er hat's drauf.«

»Phury?«

»Ich mag ihn. Wirklich. Er stürzt sich als Erster in jeden Kampf. Er würde buchstäblich alles tun, für jeden von uns – ganz gleich, wie gefährlich es ist.«

Wrath klopfte auf den Tisch. »Dann ist es beschlossen. Ich beauftrage Saxton mit den Änderungen, und wir ziehen es durch.«

Tohr meldete sich zu Wort. »Bei allem Respekt, mein König, aber in diesem Fall kann er nicht *Ahstrux Nohtrum* bleiben. Seine Hauptaufgabe kann nicht mehr darin bestehen, auf John aufzupassen.«

»Du hast recht. Wir bitten John, ihn freizugeben – ich kann mir nicht vorstellen, dass er sich weigert. Dann lasse ich Saxton die Dokumente aufsetzen, und nach Qhuinns Initiation kümmerst du dich, V, um die Tätowierung in seinem Gesicht. So als wäre John eines natürlichen Todes gestorben oder etwas in der Art.«

Es raschelte. Vermutlich vollführten ein paar der Brüder das Zeichen zur Abwehr von Unglück vor der Brust.

»In Ordnung«, sagte V.

Wrath verschränkte die Arme. Es war ein historischer Moment, dessen war er sich bewusst. Die Initiation von Butch war rechtens gewesen, weil eine Blutsverwandtschaft zum König bestand. Mit Qhuinn war es eine andere Geschichte. Er hatte keine Blutsverbindung zum König. Auch nicht zu einer Auserwählten oder einem Bruder, obwohl er streng genommen von Adel war.

Keine Familie.

Andererseits hatte sich dieser Junge wieder und wieder im Einsatz bewiesen, indem er Aufgaben meisterte, denen laut gegenwärtigem Recht nur Angehörige bestimmter Blutlinien nachgehen durften – was Humbug war. Dabei wusste Wrath den Plan der Jungfrau der Schrift durchaus zu würdigen. Die Vereinigungen der stärksten Männer mit den schlausten Frauen hatten außergewöhnliche Ergebnisse erzielt, was die Krieger betraf.

Aber sie hatten auch zu Defekten wie seiner Blindheit

geführt. Und sie verhinderten, dass einer allein aufgrund seiner Leistungen aufstieg.

Letztlich war die Gesetzesänderung zum Beitritt zur Bruderschaft nicht nur im Sinne der Gesellschaft, die er kreieren wollte – sie war eine Frage des Überlebens. Je mehr Kämpfer, desto besser.

Außerdem hatte Qhuinn diese Ehre verdient.

»So sei es«, murmelte Wrath. »Acht ist eine gute Zahl. Eine Glückszahl.«

Wieder hob ein zustimmendes Raunen an, der Klang absoluter Solidarität.

Das war die Zukunft, dachte Wrath, lächelte und bleckte die Fänge. So musste es sein.

23

Sola Morte stand im Büro ihres »Chefs«, wachsam, zum Kampf bereit. Allerdings war das ihre übliche Haltung und hatte nichts mit ihrer Umgebung zu tun – oder dem Kurs, den diese Unterhaltung einschlug.

Auch wenn Letztere nicht gerade ihre Stimmung hob.

»Wie bitte, was?«, fragte sie.

Ricardo Benloise lächelte auf seine gelassene Art. »Ihr Auftrag ist abgeschlossen. Vielen Dank für Ihren Einsatz.«

»Aber ich habe Ihnen doch noch nicht einmal berichtet, was ich herausgefunden habe.«

Benloise lehnte sich zurück. »Sie können sich den Lohn bei meinem Bruder abholen.«

»Das verstehe ich nicht.« Als Benloise sie vor weniger als achtundvierzig Stunden angerufen hatte, war von hoher Dringlichkeit die Rede gewesen. »Sie sagten doch …«

»Wir benötigen Ihre Dienste nicht länger für diesen Auftrag. Danke.«

Arbeitete er mit jemand anderem zusammen? Gab es da denn überhaupt noch jemanden in Caldwell?

»Sie wollen also nicht einmal wissen, was ich herausgefunden habe?«

»Ihr Auftrag wurde storniert.« Das Lächeln ihres Gegenübers war so aalglatt, man hätte schwören können, dass er Anwalt oder Richter war. Kein Verbrecherkönig. »Ich freue mich schon auf unsere nächste Zusammenarbeit.«

Einer der Gorillas im Hintergrund kam ein paar Schritte in den Raum, bereit, sie rauszuwerfen.

»In diesem Haus geht etwas nicht ganz mit rechten Dingen zu«, erklärte Sola und drehte sich um. »Wer auch immer dort wohnt, versteckt ...«

»Ich möchte nicht, dass Sie dorthin zurückkehren.«

Sola blieb stehen und warf einen Blick über die Schulter. Die Stimme von Benloise war sanft wie immer, doch seine Augen sahen sie durchdringend an.

Hochinteressant.

Dafür gab es nur eine logische Erklärung: Der geheimnisvolle Mann in seinem Glaspalast hatte Benloise eine Warnung erteilt. Hatte man ihre kleine Stippvisite bemerkt? Oder war es das Ergebnis des üblichen harten Schlagabtausches in der Drogenszene?

»Sie sorgen sich doch nicht etwa um mich?«, fragte sie leise. Schließlich und endlich kannten sie einander schon geraume Zeit.

»Sie sind ein wertvolles Gut.« Sein Lächeln nahm den Worten die Schärfe. »Jetzt gehen Sie, und geben Sie auf sich acht, *Niña*.«

Ach, verflixt ... es gab keinen Grund, sich mit diesem Mann zu streiten. Sie wurde bezahlt – was kümmerte es sie?

Sie winkte ihm zum Abschied zu, lief zur Tür und die Treppe hinunter, dann durch die Galerie und in den hinteren Teil des Gebäudes, wo ganz legale Angestellte zu ganz legalen Arbeitszeiten tätig waren. Sie passierte Aktenschränke und Tische, die unter der nackten, fünfzehn Meter hohen Decke wie Puppenmöbel aussahen, und bog in einen schmalen Gang mit Überwachungskameras ab.

Anklopfen war zwecklos, trotzdem tat sie es. Die dicke, feuerfeste Tür schluckte hungrig das Geräusch. Um es dem Bruder von Benloise leicht zu machen – nicht dass das bei Eduardo nötig war –, hielt sie ihr Gesicht in die nächstbeste Linse.

Kurz darauf sprangen die Schlösser auf. Doch trotz ihrer Kraft musste Sola sich mit der Schulter gegen die Tür stemmen, um sie zu öffnen.

Es war wie in einer anderen Welt. Ricardos Büro stellte den Inbegriff des Minimalismus dar, während bei Eduardo selbst Donald Trump mit seinem Goldfetisch sich wie erschlagen gefühlt hätte.

Noch mehr Marmor oder Lamé, und man hätte das Ganze für ein Puff halten können.

Eduardo lächelte und entblößte falsche Zähne, die in Form und Farbe an Klaviertasten erinnerten. Sein Teint war so dunkel und ebenmäßig, als wäre er mit Filzstift bemalt. Und wie immer trug er seine Uniform, einen schwarzen Dreiteiler.

»Wie geht es Ihnen heute Abend?« Seine Augen wanderten an Sola herab. »Sie sehen *ausgezeichnet* aus.«

»Ricardo meinte, ich solle mir mein Geld bei Ihnen holen.«

Augenblicklich wurde Eduardos Gesicht hart und ernst – was Sola daran erinnerte, aus welchem Grund Ricardo ihn beschäftigte: Blutsbande und Kompetenz waren eine machtvolle Kombination.

»Ja, er sagte, Sie würden kommen.« Eduardo zog eine Schreibtischschublade auf und holte ein Kuvert heraus. »Hier ist es.«

Damit streckte er den Arm über den Tisch, woraufhin sie das Kuvert ergriff und es sofort öffnete.

»Das ist nur die Hälfte.« Sie sah auf. »Hier drin sind zweitausendfünfhundert.«

Eduardo lächelte auf die gleiche Art wie sein Bruder: nur mit dem Mund, nicht mit den Augen. »Der Auftrag wurde nicht zum Abschluss gebracht.«

»Ihr Bruder wollte abbrechen. Nicht ich.«

Eduardo hob abwehrend die Hände. »Das ist Ihr Lohn. Entweder Sie nehmen ihn, oder Sie lassen ihn hier.«

Sola kniff die Augen zusammen.

Langsam klappte sie den Umschlag zu und drehte ihn in der Hand. Dann legte sie ihn mit der Vorderseite nach oben auf den Tisch. Ihr Zeigefinger verharrte darauf, während sie einmal nickte. »Wie Sie wünschen.«

Damit machte sie kehrt und wartete ab, dass man ihr die Tür öffnete.

»*Niña*, nun seien Sie doch nicht so«, sagte Eduardo. Als sie nicht antwortete, entnahm sie dem Quietschen seines Stuhls, dass er aufstand und um den Tisch herumkam.

Tatsächlich wehte ihr kurz darauf sein Aftershave in die Nase, und seine Hände landeten auf ihren Schultern.

»Hören Sie«, sagte er. »Ricardo und ich schätzen Sie sehr. Wir betrachten Sie nicht als Selbstverständlichkeit – *mucho* Respekt, verstehen Sie?«

Sie blickte über die Schulter. »Lassen Sie mich raus.«

»*Niña*«

»Sofort.«

»Nehmen Sie das Geld.«

»Nein.«

Eduardo seufzte. »Sie müssen nicht so sein.«

Zufrieden registrierte Sola das Schuldgefühl, das in seiner Stimme mitschwang – genau die Reaktion, auf die sie abgezielt hatte. Wie viele Männer aus ihrem Kulturkreis waren Eduardo und Ricardo Benloise von einer konservativ eingestellten Mutter großgezogen worden – Schuldgefühle waren bei diesen Menschen ein vorprogrammierter Reflex.

Schuldgefühle waren bei ihnen wirkungsvoller, als sie anzuschreien oder ihnen das Knie in die Eier zu rammen.

»Öffnen«, sagte sie. »Jetzt.«

Eduardo seufzte erneut, tiefer und länger diesmal, eine Bestätigung, dass sie ins Schwarze getroffen hatte.

Doch er würde ihr das Geld nicht geben. Trotz des pompösen Büros und der Kindheitsprägung war er verschlossen wie ein Banktresor. Wenigstens hatte sie ihm den Abend vermiest, darin konnte sie eine gewisse Befriedigung finden … Das, was ihr Ricardo schuldete, würde sie sich schon noch holen.

Er konnte die Sache sauber abwickeln. Oder sie würde zu anderen Mitteln greifen müssen, wenn er dies nicht tat.

Das kostete natürlich ein bisschen mehr.

Ja, es wäre so viel billiger für ihn gewesen, ihr den vereinbarten Betrag zu bezahlen. Aber sie war nicht verantwortlich für die Entscheidungen anderer.

»Ricardo wird traurig sein«, klagte Eduardo. »Er hasst es, traurig zu sein. Bitte, nehmen Sie doch einfach das Geld – es ist nicht richtig.«

Bei dieser Gelegenheit hätte sie ihm erklären können, wie ungerecht es war, jemanden um den Lohn zu betrügen. Aber so, wie sie diese Brüder kannte, war Schweigen der bessere Weg.

Und so, wie in der Natur kein Vakuum Bestand haben konnte, war es auch mit dem Gewissen des wohlerzogenen Südamerikaners.

»Sola …«

Doch sie verschränkte nur die Arme und blickte starr geradeaus. Spanisch. Eduardo verfiel in seine Muttersprache, als hätte ihn das Unbehagen seiner Sprachkenntnisse beraubt.

Zehn Minuten später gab er auf und ließ sie gehen.

Um neun würde der Rosenkurier klingeln. Doch sie würde nicht zu Hause sein.

Sie hatte zu tun.

»*Wie meinst du das, sie waren nicht da?*«, fragte Assail in der Alten Sprache.

Er lehnte sich in seinem Range Rover zurück und presste das Handy ans Ohr. Eine rote Ampel hinderte ihn am Weiterfahren und drängte sich als kosmische Parallele nahezu auf.

Sein Cousin blieb sachlich wie immer. »*Die Leute, die das Zeug abholen sollten, kamen nicht zur vereinbarten Zeit.*«

»*Wie viele hätten es sein sollen?*«

»*Vier.*«

»*Was?*« Aber sein Cousin musste die Zahl nicht« wiederholen. »*Und keine Erklärung?*«

»*Nicht von den sieben anderen auf der Straße, wenn du das meinst.*«

»*Was hast du mit der überschüssigen Ware gemacht?*«

»*Mit heimgebracht, gerade eben.*«

Die Ampel schaltete auf Grün, und Assail stieg aufs Gas.

»*Ich erledige die Anzahlung bei Benloise und komme zu euch.*«

»*Wie du wünschst.*«

Assail bog nach rechts ab, weg vom Fluss. Zwei Blocks

weiter ging es links, auf die Galerie zu, dann noch mal links, bis er den Hintereingang erreicht hatte.

Ein anderer Wagen parkte bereits dort, ein schwarzer Audi, und Assail hielt hinter der Limousine. Dann zog er einen silbernen Metallaktenkoffer mit schwarzem Griff aus dem Fußraum vor dem Beifahrersitz und stieg aus.

In diesem Moment ging das Tor zur Galerie auf, und jemand kam heraus.

Eine Menschenfrau, dem Geruch nach zu schließen.

Sie war groß und hatte lange Beine. Ihr dunkles, volles Haar war zurückgebunden. Sie hatte das Kinn nach vorne geschoben, wie zum Kampf bereit – oder als hätte sie gerade einen hinter sich.

Doch all das interessierte ihn nicht. Im Gegensatz zu ihrem Parka – cremefarben und weiß, Tarnmuster.

»Guten Abend«, sagte er leise, als sie sich auf halbem Wege begegneten.

Verdutzt blieb sie stehen, und ihre Hand glitt unauffällig in den Parka. Blitzartig fragte er sich, wie wohl ihre Brüste aussahen.

»Sind wir uns schon mal begegnet?«, fragte sie.

»Wir begegnen uns jetzt in diesem Moment.« Er streckte ihr die Hand entgegen und sprach betont höflich: »Wie geht es Ihnen.«

Sie sah auf seine Hand, dann in sein Gesicht. »Hat Ihnen schon mal jemand gesagt, dass Sie wie Dracula klingen mit diesem Akzent?«

Er lächelte verkniffen, um seine Fänge zu verbergen. »Es gab Vergleiche von Zeit zu Zeit. Sie wollen mir die Hand nicht reichen?«

»Nein.« Sie nickte in Richtung Hintereingang. »Sind Sie ein Freund der Brüder Benloise?«

»Allerdings. Und Sie?«

»Nein. Ich kenne sie nicht. Hübscher Koffer.«

Damit machte sie kehrt und ging zu dem Audi. Die Rücklichter leuchteten auf, und als sie einstieg, wehte der Wind in ihr Haar und blies es über ihre Schulter. Dann verschwand sie hinter dem Steuer.

Assail trat einen Schritt zur Seite, als sie an ihm vorüberfuhr.

Er sah ihr nach – und bemerkte, dass er mit Verachtung an seinen Geschäftspartner Benloise dachte.

Was war das für ein Mann, der eine Frau für diese Art von Job losschickte?

Als ihre Bremslichter aufleuchteten und dann um die Ecke verschwanden, hoffte Assail inständig, dass man die Grenzen respektierte, die er zu Beginn des Abends gezogen hatte. Es wäre ein Jammer, wenn er sie umbringen müsste.

Nicht, dass er auch nur eine Sekunde lang zögern würde, sollte es nötig sein.

24

Als langjähriges Mitglied der Bande war Zypher bestens vertraut mit dem geringen Komfort, den er hier auf seinem harten Betonlager genoss: Sein Hintern war taub von der Kälte, und da war keine Matratze, die seinen schweren Leib bettete. Sein Kopfkissen bestand aus dem Rucksack, mit dem er seine wenigen Habseligkeiten in ihr neues Hauptquartier unter der Lagerhalle transportiert hatte. Die dünne, raue Decke war zu kurz, sodass seine Füße, die in Strümpfen steckten, der kalten, feuchten Luft ausgesetzt waren.

Dennoch schwebte er auf Wolke sieben.

Durch seine Adern strömte das Blut der Vampirin, das so wundervoll gehaltvoll war. Nach fast einem Jahr ohne anständige Nahrung hatte er sich an die Müdigkeit, die Muskelzuckungen und die Schmerzen gewöhnt. Doch das war nun vorbei.

Neue Kraft straffte seine Muskeln, sodass er die Haut an seinem Körper wieder ausfüllte und seine alte Größe erreichte. Sein Geist war gleichzeitig träge nach dem Nähren und schärfte sich doch von Moment zu Moment mehr.

Sicher wäre es nett gewesen, ein Bett zu haben. Weiche Kissen, duftige Laken ... Wärme im Winter, kühle Luft im Sommer ... ein Mahl gegen den leeren Bauch, Wasser für die trockene Kehle ... alles schön und gut, wenn man es bekommen konnte.

Doch war das alles nicht nötig.

Eine saubere Pistole, eine scharfe Klinge, ein Kamerad von gleichem Geschick zur Linken und zur Rechten. Darauf kam es an.

Und in den Pausen zwischen den Kämpfen war es natürlich schön, wenn eine willige Vampirin vor ihm auf dem Rücken lag. Oder auf dem Bauch. Oder auf der Seite, ein Knie an die Brust gezogen, um ihr Geschlecht darzubieten.

Er war nicht wählerisch.

Gütige Jungfrau der Schrift, es war einfach himmlisch.

Ein Wort, das er nicht oft gebrauchte – und er wollte nichts davon versäumen. Während die anderen wie Tote schliefen, eingelullt in die gleiche Trance der Erholung wie er, nahm er die herrliche Glut in seinem Inneren ganz bewusst wahr.

Nur eines nervte.

Das Getrappel.

Zypher schlug ein Augenlid auf.

Am Rande des Kerzenscheins wanderte Xcor auf und ab, immer zwischen zwei dicken Pfeilern hin und her, die das Stockwerk über ihnen stützten.

Ihr Anführer kam nie zur Ruhe, aber diese Rastlosigkeit war anders. Dem Handy in seiner Hand nach zu schließen, wartete er auf einen Anruf, was auch seine Wanderroute erklärte. Die einzigen Stellen, an denen man hier

unten Empfang hatte, befanden sich unter den zwei Falltüren: Sie waren aus Holz, und das von unten dranget-
tackerte Stahlgitter war die einzige Veränderung, die sie
bei ihrem Einzug vorgenommen hatten, als sie die obdachlosen Menschen verscheucht und die anderen Stockwerke versiegelt hatten.

Auf diese Weise konnten sich keine Vampire zu ihnen
herunter dematerialisieren.

Und Menschen waren viel zu schwach, um diese zwölf
Zentimeter dicken Holzklappen zu heben …

Der Klingelton des Anführers klang viel zu kultiviert für
diese Umgebung, die künstliche Glocke bimmelte unbe-
schwert wie ein Windspiel im Frühlingshauch.

Xcor blieb stehen, sah auf das Display und ließ es noch
einmal klingeln. Zweimal.

Offensichtlich wollte er nicht den Eindruck erwecken,
er hätte gewartet.

Als er schließlich dranging und sich das Handy ans Ohr
hielt, hob er das Kinn und wurde ruhig. Jetzt war er wieder Herr der Lage.

»Elan«, grüßte er geflissentlich. Pause. Dann legte sich
seine faltige Stirn noch tiefer in Falten. »An welchem Tag
und um wie viel Uhr?«

Zypher setzte sich auf.

»Einberufen durch den König?« Schweigen. »Nein,
ganz und gar nicht. Es wird ohnehin nur der Rat zugelassen sein. Wir halten uns in der Umgebung – und zu deiner Verfügung.«

Den letzten Teil unterlegte Xcor mit einem ironischen
Unterton, doch wahrscheinlich bemerkte es der Aristokrat am anderen Ende der Leitung gar nicht. Das bisschen, das Zypher von Elan, Sohn des Larex, mitbekommen hatte, war alles andere als beeindruckend gewesen.

Doch die Schwachen ließen sich nun einmal am besten manipulieren, das wusste Xcor nur zu gut.

»Es gibt da etwas, das du wissen solltest, Elan. Im Herbst gab es einen Anschlag auf den König – sei also nicht überrascht, wenn bei dem bevorstehenden Treffen von mir und meinen Soldaten die Rede ist … Was? Auf dem Grundstück von Assail – aber die Einzelheiten sind nicht von Bedeutung. Es ist also davon auszugehen, dass Wrath das Treffen einberuft, um mich und meine Männer an den Pranger zu stellen. Erinnere dich, dass ich dergleichen vorhergesagt habe. Aber du darfst nie vergessen, dass du vollkommen sicher bist. Die Brüder und der König ahnen nichts von unserer Beziehung – es sei denn, einer der Gentlemen aus deinem Kreis hätte etwas durchscheinen lassen. Unsere Lippen waren jedenfalls versiegelt. Lass dir außerdem gesagt sein, dass ich keine Furcht davor habe, als Verräter gebrandmarkt zu werden oder ins Visier der Bruderschaft zu geraten. Aber selbstverständlich ist mir bewusst, dass du von viel höherer, kultivierterer Sensibilität bist. Das respektiere ich. Und daher werde ich alles in meiner Macht Stehende tun, um sämtliche Rohheiten von dir fernzuhalten.«

Ganz bestimmt, dachte Zypher und verdrehte die Augen.

»Vergiss nie, Elan, dir kann nichts geschehen.«

Xcors Grinsen wurde noch breiter, und seine Fänge blitzten, als würde er dem anderen gleich an die Gurgel springen, um ihm die Luftröhre herauszureißen.

Es folgten die üblichen Abschiedsfloskeln, dann legte Xcor auf.

»Alles in Ordnung?«, erkundigte Zypher sich.

Sein Anführer drehte sich nach ihm um, und als sich ihre Blicke trafen, empfand Zypher plötzlich Mitleid für den Idioten am Handy … und für Wrath und die Bruderschaft.

Die Augen ihres Anführers funkelten vor Bosheit. »Oh, ja. Alles bestens.«

25

Das Freizeichen ertönte, aber niemand ging ran. Blay hielt sich den Hörer ans Ohr und setzte sich aufs Bett. Das war merkwürdig. Um diese Zeit sollten seine Eltern eigentlich zu Hause sein. Es war kurz vor Dämmerung …

»Hallo?«, meldete seine Mutter sich endlich.

Blay atmete erleichtert auf und lehnte sich an das Brett am Kopfende. Er schlug den Saum seines Morgenmantels über die Beine und räusperte sich. »Hallo. Ich bin's.«

Die Freude, die aus der Stimme am anderen Ende klang, erfüllte ihn mit Wärme. »Blay! Wie geht es dir? Warte kurz, ich hole deinen Vater, damit er an der anderen Leitung …«

»Nein, warte.« Er schloss die Augen. »Lass uns einfach reden. Nur uns beide.«

»Ist alles in Ordnung?« Er hörte, wie ein Stuhl über den nackten Boden geschleift wurde – und wusste genau, wo sie sich befand: am Eichentisch in ihrer geliebten Küche. »Was ist los. Du wurdest doch nicht verletzt, oder?«

Nicht äußerlich. »Mir … geht es gut.«

»Was ist los?«

Blay rieb sich das Gesicht. Er hatte immer ein enges Verhältnis zu seinen Eltern gehabt – normalerweise gab es nichts, worüber er nicht mit ihnen sprach, und das Ende seiner Beziehung mit Saxton war genau die Sorte Ereignis, die er eigentlich erzählt hätte: Er war traurig, verwirrt, enttäuscht, ein bisschen deprimiert … alles Gefühle, über die er sonst mit seiner Mom am Telefon redete.

Doch während sich sein Schweigen in die Länge zog, wurde ihm klar, dass da doch etwas war, worüber er nie mit seinen Eltern gesprochen hatte. Etwas ziemlich Wichtiges.

»Blay? Du machst mir Angst.«

»Es geht mir gut.«

»Nein, das tut es nicht.«

Sie hatte recht.

Vermutlich hatte er sich ihnen gegenüber noch nicht mit seiner sexuellen Orientierung geoutet, weil die wenigsten Leute ihr Liebesleben mit den Eltern diskutierten. Und vielleicht war da auch irgendwo die Sorge, auch wenn es noch so unlogisch war, dass sie ihn danach mit anderen Augen sehen könnten.

Vielleicht – von wegen.

Schließlich hatte die *Glymera* eine ganz klare Haltung zur Homosexualität: Solange man nicht offen darüber redete und sich mit einem Vertreter des anderen Geschlechts vereinigte, so wie es sich gehörte, wurde man nicht für diese Perversion geächtet.

Klar, denn sich an jemanden zu binden, den man nicht begehrte oder liebte und den man fortwährend hinterging, war ja so viel ehrvoller als die Wahrheit.

Aber wehe man war ein Kerl und wählte offiziell einen

männlichen Lebenspartner – so wie er in den letzten zwölf Monaten.

»Ich habe mich von jemandem getrennt.«

Jetzt fehlten seiner Mutter die Worte. »Ach, wirklich?« Die Antwort kam verzögert und klang, als sei sie schockiert, wollte es aber nicht zeigen.

Wenn dich das überrascht, dann warte erst mal ab, was als Nächstes kommt, Mom, dachte er.

Denn, heilige Scheiße, er würde …

Aber Moment, sollte er das wirklich tun, hier und jetzt am Telefon? Sollte er ihr das nicht von Angesicht zu Angesicht sagen?

Gab es in solchen Fällen eine feste Vorgehensweise?

»Ja, ich, äh …« Er schluckte. »Wir waren fast ein Jahr zusammen.«

»Ach … oh je.« Ihr verletzter Tonfall schmerzte ihn. »Ich … wir … dein Vater und ich wussten gar nichts davon.«

»Ich wusste nicht, wie ich es euch sagen sollte.«

»Kennen wir sie? Oder ihre Familie?«

Er schloss die Augen, und seine Brust krampfte sich zusammen. »Ihr … äh … kennt die Familie. Ja.«

»Nun, es tut mir leid, dass es nicht funktioniert hat. Geht es dir gut? Warum habt ihr euch getrennt?«

»Es hat sich einfach totgelaufen, um ehrlich zu sein.«

»Nun, Beziehungen sind wirklich schwierig. Ach, mein Liebster, ich höre dir an, wie traurig du bist. Möchtest du heimkommen und …«

»Es war Saxton. Qhuinns Cousin.«

Über die Leitung hörte er, wie seine Mutter scharf die Luft einsog.

»Ich … ich, äh …« Seine Mutter schlucke hörbar. »Ich wusste nicht … dass, äh, du …«

Er führte im Kopf zu Ende, was sie nicht aussprechen konnte: *Ich wusste nicht, dass du einer von* denen *bist.*

Als ob Schwule Aussätzige wären.

Scheiße. Er hätte es nicht sagen sollen. Nicht *eine* verdammte Silbe zu diesem Thema. Verflucht, warum musste er sein komplettes Leben in den Sand setzen, von einem Tag auf den anderen? Warum hatte er nach dem Scheitern seiner ersten richtigen Beziehung nicht ein paar Jahre warten können, vielleicht ein Jahrzehnt, bevor er sich vor seinen Eltern outete und sie nichts mehr mit ihm zu tun haben wollten? Aber nein, er musste ja ...

»Hast du uns deswegen nie gesagt, mit wem du zusammen bist?«, fragte sie. »Denn ...«

»Vielleicht. Ja.«

Er vernahm ein Schniefen. Und dann ein unterdrücktes Schluchzen.

Ihre Enttäuschung über das Telefon zu hören war einfach unerträglich. Ein erdrückendes Gewicht legte sich auf seine Brust, bis er keine Luft mehr bekam.

»Wie konntest du ...«

Eilig schnitt er ihr das Wort ab, denn er wollte nicht, dass die geliebte Stimme diesen Satz zu Ende führte. »*Mahmen*, es tut mir leid. Sieh mal, ich habe es nicht so gemeint, okay? Ich weiß nicht, was ich rede. Ich bin nur ...«

»Was haben wir falsch gemacht ...«

»*Mahmen*, stopp. Hör auf.« Als sie schwieg, überlegte er, ob er Lady Gaga zitieren und ein paar Phrasen wie »Es ist nicht deine Schuld, ihr habt als Eltern alles richtig gemacht« hinzufügen sollte. »*Mahmen*, ich bin nur einfach ...«

An diesem Punkt kamen ihm die Tränen, und er weinte, so leise er konnte. Dass er in den Augen seiner Mutter die Familie enttäuscht hatte, nur weil er er selbst war ... über diese Zurückweisung würde er wohl nie hinwegkommen. Er wollte einfach nur leben, offen und unverstellt, ohne sich dafür entschuldigen zu müssen. So wie alle anderen. Er wollte lieben, wen er liebte, er selbst sein … aber die Gesellschaft hatte ihre gefestigten Ansichten, und wie er immer gefürchtet hatte, teilten seine Eltern …

Nur am Rande bekam er mit, dass seine Mutter weiter-redete. Er musste sich zusammenreißen, um dieses Tele-fonat zu Ende zu führen.

»… dass du denkst, du könntest damit nicht zu uns kom-men? Dass wir deshalb anders für dich empfinden wür-den?«

Blay blinzelte und versuchte, das eben Gehörte in eine einigermaßen verständliche Sprache zu übersetzen. »Ent-schuldige? Was?«

»Warum hast du … was haben wir falsch gemacht, dass du glauben konntest, irgendeine Eigenart an dir könnte dich in unseren Augen schmälern?« Sie räusper-te sich, als müsste sie sich sammeln. »Ich liebe dich. Du bist mein Herzstück. Mir ist einerlei, mit wem du dich vereinigst, ob blond oder dunkel, blaue Augen oder grü-ne, männlich oder weiblich – solange du glücklich bist. Das ist das Einzige, was für mich zählt. Ich will, dass du bekommst, was du dir wünschst. Ich liebe dich, Blay-lock, ich liebe dich.«

»Was … sagst du …«

»Ich liebe dich.«

»*Mahmen* …«, krächzte er, und schon wieder kamen ihm die Tränen.

»Ich wünschte nur, du hättest es mir nicht am Telefon gesagt«, murmelte sie. »Ich würde dich jetzt gern in den Arm nehmen.«

Er lachte stockend und unbeholfen. »Das wollte ich

nicht. Ich meine, ich habe es nicht geplant. Es kam einfach so raus.«

Witzige Wortwahl für ein Coming-out, schoss es ihm durch den Kopf.

»Tut mir leid«, sagte sie, »dass es mit Saxton nicht geklappt hat. Er ist ein sehr netter Gentleman. Bist du dir sicher, dass es vorbei ist?«

Blay rieb sich über das Gesicht, während sich seine Realität neu zusammensetzte. Die vertraute Zuwendung seiner Mutter war doch nicht verloren. Trotz der Wahrheit. Oder vielleicht sogar wegen ihr.

In solchen Momenten hatte er das Gefühl, der größte Glückspilz der Welt zu sein.

»Blay?«

»Entschuldige. Ja, entschuldige, Saxton …« Er dachte daran, was er in dem kleinen Büro im Trainingszentrum getan hatte, als er allein gewesen war. »Ja, *Mahmen*, es ist vorbei. Ich bin mir ganz sicher.«

»Okay, also, dann mach Folgendes: Nimm dir Zeit, um darüber hinwegzukommen. Du wirst merken, wenn du lange genug getrauert hast. Und dann musst du dich für etwas Neues öffnen. Du bist ein sehr guter Fang, das weißt du.«

Unglaublich, jetzt forderte sie ihn sogar noch auf, dass er sich einen neuen Kerl suchen sollte.

»Blay? Hast du mich gehört? Ich will nicht, dass du dein Leben allein verbringst.«

Er wischte sich erneut das Gesicht ab. »Du bist die beste Mutter der Welt, weißt du das?«

»Also, wann kommst du mal wieder heim? Ich würde gerne für dich kochen.«

Blay lehnte sich entspannt gegen die Kissen, obwohl sein Kopf anfing zu schmerzen – vermutlich, weil er, obwohl er allein war, krampfhaft bemüht war, einen Heulanfall zu unterdrücken. Und wahrscheinlich auch, weil er die Situation mit Qhuinn immer noch unerträglich fand. Auf gewisse Weise vermisste er auch Saxton – weil es schwer war, allein zu schlafen.

Aber das hier war gut. Diese ... Ehrlichkeit war ein großer Fortschritt ...

»Warte, warte.« Er setzte sich aufrecht hin. »Hör zu, ich will nicht, dass du irgendetwas zu Dad sagst.«

»Gütige Jungfrau der Schrift, aber warum denn nicht?«

»Ich weiß nicht. Ich hab kein gutes Gefühl.«

»Liebling, er wird nicht anders darüber denken als ich.«

Ja, aber als einziger Sohn und letztes Glied der Erbfolge ... und dann die ganze Vater-Sohn-Geschichte ...

»Bitte. Lass es mich ihm von Angesicht zu Angesicht sagen.« Als ob sich ihm bei dem Gedanken nicht der Magen umdrehte. »Das hätte ich auch bei dir tun sollen. Ich komme, sobald ich frei habe – ich will dich nicht in die Position bringen, dass du etwas vor ihm geheim halten musst.«

»Mach dir deshalb keine Sorgen. Es ist deine Sache – du hast das Recht, davon zu erzählen, wann und wie es dir beliebt. Aber ich wäre dir dankbar, wenn du es bald tätest. Normalerweise erzählen dein Vater und ich uns alles.«

»Ich verspreche es.«

Einen Moment lang schwiegen sie. »Also, erzähl mir von der Arbeit – wie läuft es?«

Blay schüttelte den Kopf. »*Mahmen*, du willst es nicht wissen.«

»Natürlich will ich das.«

»Ich möchte nicht, dass du denkst, meine Arbeit wäre gefährlich.«

»Blaylock, Sohn meines geliebten *Hellren*, für wie blöd hältst du mich eigentlich?«

Blay lachte, dann wurde er wieder ernst. »Qhuinn ist heute ein Flugzeug geflogen.«

»Im Ernst? Ich wusste gar nicht, dass er fliegen kann.«

Das war wohl der Satz des Abends. »Kann er auch nicht.« Blay lehnte sich zurück und verschränkte die Füße an den Knöcheln. »Zsadist wurde verletzt, und wir waren am Ende der Welt und mussten ihn heimbringen. Da hat Qhuinn ... ich meine, du kennst ihn ja, er würde alles versuchen.«

»Abenteuerlustig, ein bisschen wild. Aber ein reizender Kerl. Wirklich eine Schande, was seine Familie ihm angetan hat.«

Blay spielte am Gürtel seines Morgenmantels herum. »Du hast ihn immer gemocht, nicht wahr? Ich glaube, viele Eltern hätten ihn abgelehnt – aus diversen Gründen.«

»Das liegt daran, dass die meisten ihm sein hartes Getue abgekauft haben. Für mich zählt das Innere.« Blaylocks Mutter gluckste, und er konnte sich ausmalen, wie sie traurig den Kopf schüttelte. »Weißt du, ich werde nie vergessen, wie du ihn zum ersten Mal mitgebracht hast. Diesen hageren Prätrans mit dem auffälligen Makel, wegen dem man ihm bestimmt das Leben schwer gemacht hat. Aber er kam schnurstracks auf mich zu, streckte mir die Hand entgegen und stellte sich vor. Er hat mir fest in die Augen geblickt, nicht, als wäre er auf Ärger aus, sondern als wollte er, dass ich ihn mir gut ansehe und ihn, wenn nötig, auf der Stelle rausschmeiße.« Seine Mutter fluchte verhalten. »Ich hätte ihn auf der Stelle aufgenommen, weißt du, noch in dieser Nacht. Zur Hölle mit der *Glymera*.«

»Du bist wirklich die absolut großartigste Mutter der Welt.«

Jetzt lachte sie. »Und das, obwohl ich dir gar nichts zu essen hinstelle.«

»Na ja, eine Lasagne würde dich zur besten Mutter des Universums machen.«

»Dann heize ich sofort den Ofen vor.«

Blay schloss die Augen. Die Rückkehr zu ihrem gewohnten ungezwungenen Umgang war für ihn von großer Bedeutung.

»Also, erzähl mir mehr von Qhuinns Heldentaten. Ich höre dich gern von ihm erzählen, du bist immer so lebhaft dabei.«

Blay weigerte sich, darüber nachzudenken, warum das wohl so war. Er erzählte einfach drauflos, natürlich mit den gebotenen Auslassungen, um keine Geheimnisse der Bruderschaft auszuplaudern – nicht, dass seine Mutter sie jemals weitererzählt hätte.

»Na ja, wir waren in einem Wald und suchten die Gegend ab, als …«

»Kann ich Euch sonst noch etwas bringen, Sire?«

Qhuinn schüttelte den Kopf und kaute, so schnell er konnte, um den Mund freizubekommen. »Nein, danke, Fritz.«

»Vielleicht noch etwas Roast Beef?«

»Nein, danke – obwohl, okay.« Er beugte sich leicht zur Seite, als ein weiteres Stück von dem köstlichen Fleisch auf seinen Teller gepackt wurde. »Aber ich brauche keine …«

Okay, mehr Kartoffeln, mehr Kürbis.

»Ich bringe Euch auch noch ein Glas Milch«, erklärte der Butler mit einem Lächeln.

Als sich der *Doggen* abwandte, holte Qhuinn tief Luft und machte sich dann über die zweite Portion her. Er hatte so das Gefühl, dass dieses Essen Fritz' Art war, Danke zu sagen, und es war merkwürdig – je mehr er aß, desto hungriger wurde er.

Aber wenn er darüber nachdachte … wann hatte er eigentlich das letzte Mal anständig gegessen?

Der Butler brachte noch einmal Milch, und Qhuinn gab den braven Jungen und trank aus.

Verdammt, er wollte eigentlich keine Zeit in der Küche verplempern. Er war aus der Klinik gekommen und hatte vorgehabt, auf direktem Weg zu Layla zu gehen. Doch Fritz war ihm in die Quere gekommen und hatte keine Widerrede geduldet – was darauf schließen ließ, dass er auf Befehl von oben handelte. Von Tohr vielleicht, dem Kopf der Bruderschaft. Oder vom König höchstpersönlich.

Also hatte sich Qhuinn geschlagen gegeben … und nun saß er hier an diesem Tresen aus Granit und wurde gemästet wie eine Weihnachtsgans.

Wenigstens galt seine Niederlage den besten Leckereien, dachte er ein wenig später, als er die Gabel zur Seite legte und sich den Mund abwischte.

»Hier, Sire, ein kleiner Nachtisch.«

»Oh, danke, aber …« Obwohl, was war denn das: Kaffee-Eis mit üppig heißer Karamellsoße – ohne Schlagsahne und Nüsse. Genau, wie er es mochte. »Das wäre doch wirklich nicht nötig gewesen.«

»Eure Lieblingssorte, nein?«

»Doch, doch, das ist sie.« Und sieh einer an, da war auch ein silbernes Löffelchen.

Es wäre wirklich unhöflich gewesen, diese Köstlichkeit schmelzen zu lassen.

Während sich Qhuinn über das Dessert hermachte, fingen die Stiche, die Doc Jane über seiner Augenbraue gesetzt hatte, unter dem Verband an zu pochen – und der Schmerz erinnerte ihn daran, was für eine verrückte Nacht er hinter sich hatte.

Es schien unvorstellbar, dass er noch vor einer Stunde

am Rande des Todes gestanden hatte, dass er durch den Nachthimmel getrudelt war in einem windigen Haufen Blech, von dessen Bedienung er keinen Schimmer hatte. Und jetzt? Jetzt saß er hier bei Kaffee-Eis. Mit heißer Karamellsoße.

Wie absurd war die Erleichterung, dass da keine Nüsse und keine Sahne waren, die seinen Gaumen beleidigten. Denn das wäre ja ein echtes Problem gewesen.

Seine Adrenalindrüsen stießen einen Rülpser aus, und ein kaltes Schaudern überzog ihn bis in die letzte Pore. An diesem Schock würde er wohl noch eine Weile zu knabbern haben. Es war wie ein Schleudertrauma für sein Nervenkostüm.

Aber von eisigen Schauern überzogen zu werden war ganz bestimmt besser, als in einem Feuerball in die Luft zu fliegen. Oder auf die Erde, was wohl eher der Fall gewesen wäre.

Nach dem Nachtisch wollte er beim Aufräumen helfen, ehe er nach Layla sah, doch Fritz bekam fast einen Herzinfarkt, als er sich daranmachen wollte, Schale und Löffel in Richtung Spüle zu tragen. Und so gab er sich erneut geschlagen und ging durch das Esszimmer hinaus. Vor der Tafel blieb er kurz stehen, um sich auszumalen, wie alle an ihren üblichen Plätzen saßen.

Die Hauptsache war, dass Z sicher in die Arme seiner *Shellan* zurückgekehrt war – und niemand sonst verletzt wurde …

»Entschuldigt, Sire«, sagte Fritz im Vorbeieilen. »Die Tür.«

Damit lief der Butler durch die Eingangshalle zum Überwachungsmonitor. Eine Sekunde später entriegelte er das Schloss zur Vorhalle.

Saxton kam hereinspaziert.

Qhuinn hielt sich im Hintergrund. Diesem Kerl wollte er im Moment wirklich nicht begegnen. Er wollte nur noch nach Layla sehen und sich dann aufs Ohr hauen …

An dem Geruch, der zu ihm herüberwehte, stimmte etwas nicht.

Mit gerunzelter Stirn ging er zum Bogendurchgang. Sein Cousin stand an der Tür und plauderte kurz mit Fritz, dann schritt er auf die große Freitreppe zu.

Qhuinn atmete tief ein, und seine Nasenlöcher weiteten sich. Okay, er roch Saxtons teures Aftershave, aber da mischte sich noch ein anderer Geruch hinein. Ein fremdes Aftershave.

Es war nicht Blays. Das war nicht sein Geschmack.

Und dann war da noch der unverkennbare Geruch von Sex …

Ohne sich bewusst dazu zu entschließen, trat Qhuinn in die Eingangshalle und blaffte Saxton an: »Wo warst du?«

Sein Cousin blieb stehen. Blickte über die Schulter. »Verzeihung?«

»Du hast mich schon verstanden.« Bei genauerem Hinsehen bestand kein Zweifel mehr, wo Saxton herkam. Seine Lippen waren rot, genauso wie die Wangen, und das hatte ganz bestimmt nichts mit dem kalten Wetter draußen zu tun. »Wo hast du dich herumgetrieben?«

»Ich glaube nicht, dass dich das etwas angeht, Qhuinn.«

Qhuinn marschierte über das Mosaik und blieb erst stehen, als die Stahlkappen seiner Springerstiefel an die Spitzen von Saxtons Halbschuhen stießen. »Du miese *Schlampe!*«

Saxton hatte doch glatt den Nerv, gelangweilt auszusehen. »Nimm's mir nicht übel, geschätzter Verwandter, aber dafür habe ich keine Zeit.«

Saxton wandte sich ab.

Qhuinn packte ihn am Arm und riss ihn mit einem Ruck zurück, sodass sich ihre Nasen fast berührten. Scheiße, ihm wurde ganz schlecht bei dem Gestank, den sein Cousin verströmte.

»Blay riskiert da draußen sein Leben – und du vögelst hinter seinem Rücken mit einem anderen rum? Wirklich stilvoll, du Schwanzlutscher!«

»Qhuinn, das geht dich nichts an …«

Saxton versuchte, Qhuinn von sich zu stoßen. Keine gute Idee. Bevor er wusste, was er tat, schloss Qhuinn die Hände um Saxtons Hals.

»Wie kannst du es wagen«, zischte er mit gebleckten Fängen.

Saxton umfasste Qhuinns Handgelenke und versuchte, sich zu befreien, riss, zerrte, konnte aber absolut nichts ausrichten. »Du … erstickst … mich …«

»Ich sollte dich auf der Stelle töten«, knurrte Qhuinn. »Wie kannst du ihm das antun? Er liebt dich …«

»Qhuinn …« Die erstickte Stimme wurde immer dünner. »Q…«

Wenn er daran dachte, was für ein Glück sein Cousin hatte und wie schändlich er es vernachlässigte, packte ihn eine Riesenwut. Die leitete er nun direkt in seine Hände. »Was willst du denn noch, Arschloch? Glaubst du, irgendein Fremder könnte besser sein als dein Bettgenosse?«

Mit seinem Angriff schob er Saxton zurück, sodass dessen Schuhe auf dem glatten Boden quietschten. Die Reise fand ein abruptes Ende, als Saxtons Schultern in das Treppengeländer krachten.

»Du verdammte Schlampe …«

Eine Stimme rief etwas dazwischen. Eine weitere übertönte sie.

Und dann näherten sich Schritte aus mehreren Richtungen, und Hände zerrten an seinen Armen.

Es war ihm egal. Qhuinns Blick war starr auf seinen Cousin gerichtet, während seine Hände dessen Hals umklammert hielten. Die Wut in seinem Bauch verwandelte ihn in eine Bulldogge, die …

… nicht …

… loslassen …

… würde …

26

»Denkst du, ihr kommt irgendwann zurück nach Caldwell?«, fragte Blay seine Mutter.

»Ich weiß es nicht. Dein Vater kommt problemlos zur Arbeit, und uns gefällt die Ruhe und Abgeschiedenheit auf dem Land. Glaubst du, es ist jetzt schon wieder sicherer in der Stadt …«

Plötzlich drangen Schreie durch die geschlossene Zimmertür. Ein Gewirr von Stimmen.

Blay runzelte die Stirn. »Hey, *Mahmen*, entschuldige, wenn ich dich unterbreche, aber bei uns im Haus stimmt was nicht …«

Sie senkte die Stimme und erkundigte sich ängstlich: »Ihr werdet aber nicht angegriffen, oder?«

Einen Moment lang stürzten die Bilder jener schrecklichen Nacht vor anderthalb Jahren in Caldwell auf ihn ein, und sein Magen zog sich zusammen: Wie seine Mutter panisch floh, sein Vater zur Waffe griff, das Haus in Trümmern lag.

Obwohl die Schreie draußen lauter wurden, konnte er nicht auflegen, ohne seine Mutter zu beruhigen. »Nein, nein, *Mahmen* – dieses Haus ist absolut sicher. Hier findet uns niemand, und selbst wenn, kämen sie nicht rein. Nur manchmal geraten die Brüder in Streit. Ehrlich, alles ist in Ordnung.«

Zumindest hoffte er das. Der Tumult verstärkte sich.

»Was für eine Erleichterung. Ich würde es nicht ertragen, wenn dir etwas zustößt. Also, sieh nach, was los ist, und ruf mich an, sobald du weißt, wann du uns besuchst. Dann bereite ich dein Zimmer vor und koche dir Lasagne.«

Wie auf Befehl lief ihm die Spucke im Mund zusammen. Und seine Augen tränten leicht. »Ich liebe dich, *Mahmen* – und danke. Du weißt schon, für …«

»Ich danke *dir* für dein Vertrauen. Jetzt geh und finde raus, was los ist, und pass auf. Ich liebe dich.«

Blay legte auf, sprang vom Bett und lief zur Tür. Als er in den Flur mit den Statuen trat, war sofort klar, dass ein heftiger Streit im Gange war: Aus der Eingangshalle drangen Männerstimmen, und die Lautstärke wies eindeutig auf einen Notfall hin.

Blay joggte los, direkt auf die Balustrade im ersten Stock zu …

Als er einen Blick über die Brüstung warf, verstand er nicht gleich, was er da unten in der Eingangshalle sah. Ein ganzes Knäuel von Leuten drängte sich am Fuß der Treppe, und alle streckten die Arme aus, als würden sie versuchen, zwei Kämpfende zu trennen.

Aber es war kein Kampf zwischen zwei Brüdern.

Was zum Henker? Versuchten sie wirklich, Qhuinn von Saxton wegzuzerren …?

Himmel, dieser Berserker hatte die Hände um den Hals

von Saxton geschlossen, und Saxton wurde schon ganz grau im Gesicht. Er würde ihn umbringen.

»Scheiße, was machst du da!«, schrie Blay und rannte die Treppe hinunter.

Er stieß auf das Gewirr, aber die Brüder standen ihm im Weg – und die ließen sich bekanntlich nicht mal eben so mit dem Ellbogen zur Seite stupsen. Leider war Blay der Einzige, der eine Chance hatte, zu Qhuinn durchzudringen. Aber wie konnte er diesen Idioten auf sich aufmerksam machen?

Da hatte er eine Idee.

Er sprintete durch die Eingangshalle, zerschlug mit der Faust das Glas eines altmodischen Feuermelders, langte hinein und riss den Hebel nach unten.

Ein Höllenlärm hob an und wurde durch die Akustik der gewölbten Decke noch verstärkt.

Es war, als hätte man ein Rudel Kampfhunde mit einem Eimer Wasser übergossen. Das Gerangel hörte augenblicklich auf, und vereinzelte Köpfe tauchten aus dem Gemenge auf und blickten sich um.

Der Einzige, der sich nicht beirren ließ, war Qhuinn. Er hatte die Hände immer noch um Saxtons Hals geschlossen und drückte zu.

Blay nutzte die Verwirrung und arbeitete sich zu ihm durch. Dann schob er ihm die Nase ins Gesicht. »Lass ihn los, *sofort.*«

Als Qhuinn seine Stimme hörte, trat auf sein kalt entschlossenes Gesicht ein erschrockener Ausdruck – als wäre er völlig überrascht von Blays Erscheinen. Mehr war nicht nötig. Ein Befehl von Blay, und Qhuinn ließ los, so schnell, dass Saxton zu Boden plumpste wie ein Sack Kartoffeln.

»Doc Jane! Manny!«, rief jemand. »Holt einen Arzt!«

Blay wollte Qhuinn anschreien, hier und auf der Stelle,

aber er war so entsetzt über Saxtons Zustand, dass er keine Zeit mit Beschimpfungen verschwenden wollte: Saxton rührte sich nicht. Blay packte ihn an seinem schicken Anzug und drehte ihn auf den Rücken, dann tastete er nach der Halsschlagader und betete um einen Pulsschlag. Als er nichts fühlte, legte er Saxtons Kopf in den Nacken und beugte sich hinab, um ihn von Mund zu Mund zu beatmen.

Doch da hustete Saxton und tat einen gewaltigen Atemzug.

»Manny ist auf dem Weg«, sagte Blay rau, obwohl er nicht wusste, ob das stimmte. Aber *irgendwer* musste doch kommen. »Bleib bei mir ...«

Noch ein Husten. Noch ein Atemzug. Und langsam kam wieder etwas Farbe in das hübsche Gesicht.

Mit zitternder Hand strich Blay das weiche, volle Haar aus der Stirn, das er so oft berührt hatte. Dann sah er in die Augen, die benommen zu ihm aufblickten, und wartete auf eine Regung aus tiefstem Seelengrund, etwas, das sein Leben für immer verändern würde ...

Er betete für diese Regung.

Verdammt, in diesem Moment hätte er Vergangenheit und Zukunft dafür gegeben.

Doch sie kam einfach nicht. Er spürte Reue, Wut, dass so etwas geschehen musste, Trauer, Erleichterung ... all das. Aber mehr nicht.

»Darf ich mal sehen?« Doc Jane stellte ihre schwarze Arzttasche ab und kniete sich auf den Mosaikboden.

Blay rutschte zur Seite, hielt sich aber in der Nähe, obwohl er nichts ausrichten konnte. Verdammt, er hatte immer Medizin studieren wollen – allerdings nicht, um Exfreunde wiederzubeleben, nachdem sie einem wild gewordenen Würger zum Opfer gefallen waren.

Wütend blickte er zu Qhuinn. Rhage hielt ihn noch immer fest, als wäre er sich nicht ganz sicher, ob diese Episode tatsächlich überstanden war.

»Komm, wir stellen dich auf die Beine«, sagte Doc Jane.

Sofort war Blay zur Stelle und half Saxton auf, stützte ihn, führte ihn auf die Treppe zu. Schweigend stiegen sie die Stufen hinauf, und als sie im ersten Stock ankamen, brachte Blay ihn aus Gewohnheit in sein Zimmer.

Wie bescheuert.

»Schon in Ordnung«, murmelte Saxton. »Lass mich einfach eine Minute lang hier sitzen, okay?«

Blay dachte zuerst an das Bett, aber Sax versteifte sich, als er ihn in diese Richtung lenkte. Also entschied Blay sich für die Chaiselongue. Er setzte Saxton ab, dann trat er unbeholfen einen Schritt zurück.

Während sie schwiegen, packte ihn plötzlich eine Riesenwut.

»Also«, krächzte Saxton heiser. »Wie war deine Nacht?«

»Was war da unten los?«

Saxton löste seine Krawatte. Löste den obersten Hemdknopf. Atmete noch einmal tief durch. »Familienzwist.«

»Blödsinn.«

Saxton wandte ihm erschöpft den Blick zu. »Müssen wir das jetzt bereden?«

»Was ist passiert …«

»Ich glaube, ihr beiden solltet euch unterhalten. Dann müsste ich nicht mehr fürchten, wie ein Verbrecher angefallen zu werden.«

Blay zog die Stirn kraus. »Er und ich haben uns nichts zu sagen …«

»Mit Verlaub, die Würgemale an meinem Hals beweisen das Gegenteil.«

»Wie sieht's aus, mein Freund?«

Qhuinn entging, dass Rhage herausfinden wollte, ob das Drama wirklich überstanden war. Doch seine Sorge war unbegründet. Als Blay ihm befohlen hatte, loszulassen, hatte Qhuinns Körper gehorcht, als hätte Blay einen Knopf an einer Fernbedienung betätigt.

Auch andere hielten sich in der Nähe und musterten ihn kritisch, ob er Anstalten machen würde, Saxton nachzurennen und erneut in die Mangel zu nehmen.

»Alles klar?«, fragte Rhage.

»Ja. Alles gut.«

Der eiserne Griff um seine Brust löste sich langsam. Dann klopfte ihm eine große Hand auf die Schulter und drückte kurz zu. »Fritz hasst Leichen in der Eingangshalle.«

»Obwohl eine Strangulation kaum Blut hinterlässt«, bemerkte jemand. »Das hat man schnell wieder sauber.«

»Einmal wischen genügt«, meldete sich jemand anderes.

Es folgte betretenes Schweigen.

»Ich gehe jetzt hoch.« Als ihn erneut argwöhnische Blicke trafen, schüttelte Qhuinn den Kopf. »Ich tu's nicht noch mal. Ich schwöre bei …«

Tja, er hatte keine Mutter, keinen Vater, keine Geschwister … und kein Kind – obwohl sich Letzteres hoffentlich bald ändern würde.

»Ich tu's einfach nicht, okay?«

Er wartete nicht auf weitere Kommentare. Nichts für ungut, aber ein Flugzeugabsturz und ein Mordversuch an einem seiner letzten verbliebenen Verwandten waren genug für diese Nacht.

Mit einem Fluch stapfte er in den ersten Stock – und erinnerte sich, dass er noch bei Layla vorbeischauen musste.

Also bog er oben nach rechts ab zum Gästezimmer der Auserwählten und klopfte leise an die Tür. »Layla?«

Obwohl sie zusammen ein Kind bekamen, wollte er nicht bei ihr reinplatzen, ohne anzuklopfen.

Beim zweiten Mal klopfte er ein bisschen lauter. Und hob die Stimme. »Layla?«

Sie schien zu schlafen.

Also ging er zu seinem Zimmer, vorbei an der geschlossenen Tür zu Wraths Arbeitszimmer und dann den Gang mit den Statuen hinunter. Als er an Blays Tür vorüberkam, blieb er stehen und starrte sie an.

Lieber Himmel, beinahe hätte er Saxton erdrosselt.

Und auch jetzt war ihm noch danach zumute.

Er hatte immer gewusst, dass sein Cousin ein Hurenbock war – wie traurig, dass er recht behalten hatte. Wie konnte Sax so etwas nur tun? Er teilte das Bett mit dem besten Kerl, den man sich wünschen konnte, jeden verdammten Tag. Und da zog er einen Aufriss aus der Bar oder einem Club oder der verdammten Stadtbibliothek vor? Oder glaubte er, das nötig zu haben?

Treuloses Stück Dreck.

Als sich seine Hände zu Fäusten ballten und er mit dem Gedanken spielte, die Tür einzutreten, um Saxton die Fresse zu polieren, ließ sich der Impuls nur mit Mühe unterdrücken.

Lass ihn los, sofort.

Plötzlich hatte er wieder Blays Stimme im Ohr, und seine Wut war wie weggewischt. Von einem Moment zum nächsten, als hätte jemand den Schalter von schnaubender Stier auf Leerlauf gestellt.

Verrückt.

Er schüttelte den Kopf, ging in sein Zimmer und schloss die Tür.

Dann ließ er die Lichter aufleuchten und stand einfach nur bewegungslos da, während seine Arme wie zwei Taue an ihm herabhingen und der Kopf am Hals baumelte. Er hatte überhaupt keinen Plan.

Unvermittelt hatte er einen der geliebten Staubsauger von Fritz vor Augen, den man nach Gebrauch in den Putzschrank schob, wo er im Dunkeln stand, bis ihn wieder jemand hervorholte.

Toll. Er war auf das Niveau eines Haushaltsgeräts gesunken.

Fluchend gab er sich einen Ruck und machte sich daran, sich auszuziehen und ins Bett zu gehen. Die Nacht war vom ersten Moment an ein Killer gewesen, aber das Gute war, dass sie jetzt vorbei war. Die Rollläden waren hinuntergefahren, um die Sonne abzuhalten. Im Haus wurde es still.

Zeit für eine Mütze Schlaf.

Vorsichtig zog er sich das ärmellose Shirt über den Kopf und grunzte, als es überall zog und zwickte. Ihm fiel auf, dass er seine Lederjacke und seine Waffen unten in der Klinik vergessen hatte. Egal. Er hatte Ersatz hier oben, sollte er tagsüber etwas brauchen, und er konnte sich seine Sachen noch vor dem Ersten Mahl hochbringen lassen.

Er langte nach den Knöpfen an seiner Hose ...

Hinter ihm flog die Tür mit solcher Wucht auf, dass sie von der Wand abprallte – und im nächsten Moment vom harten Griff eines echt angefressenen Kerls aufgefangen wurde.

Blay stand in der Tür und zitterte vor Wut. Er war so in Rage, dass selbst Qhuinn zusammenzuckte, der sich in seinem Leben schon vielem gestellt hatte.

»Was ist los mit dir«, bellte Blay.

Soll das ein Witz sein?, dachte Qhuinn. Hatte er denn nicht bemerkt, wonach sein Freund gerochen hatte?

»Das fragst du besser meinen Cousin.«

Als Blay einen Schritt ins Zimmer kam, ging Qhuinn um ihn herum, um …

Blay packte ihn und bleckte fauchend die Fänge. »Willst du etwa weglaufen?«

In ruhigem Ton sagte Qhuinn: »Nein, ich schließe die verdammte Tür, damit uns niemand hören muss.«

»Ist mir scheißegal, wer das hört.«

Qhuinn dachte an Layla, die am anderen Ende des Gangs zu schlafen versuchte. »Mir aber nicht.«

Damit riss er sich los und schlug die Tür zu. Doch bevor er sich umdrehte, musste er die Augen schließen und kurz innehalten.

»Du ekelst mich an«, sagte Blay.

Qhuinn ließ den Kopf hängen.

»Verschwinde endlich aus meinem Leben.« Die Bitterkeit in der vertrauten Stimme traf ihn mitten ins Herz. »Misch dich verdammt noch mal nicht in meine Angelegenheiten!«

Qhuinn sah über die Schulter. »Dann ist es dir also egal, dass er dich betrügt?«

Blay öffnete den Mund. Schloss ihn wieder. Dann senkten sich seine Brauen. »Was?«

Na super.

In dem ganzen Tumult hatte Blay offensichtlich gar nicht mitbekommen, worum es gegangen war.

»Was hast du gesagt?«, wiederholte Blay.

»Du hast mich schon verstanden.«

Als Blay nicht antwortete, nicht fluchte, nichts zerschlug oder an die Wand warf, drehte Qhuinn sich um.

Nach einem kurzen Moment verschränkte Blay die

Arme, aber nicht vor der Brust, sondern vor der Körpermitte, als wäre ihm leicht übel.

Qhuinn rubbelte sich übers Gesicht und sagte gebrochen: »Es tut mir leid. Es tut mir so verdammt leid ... das hast du nicht verdient.«

Blay schüttelte den Kopf, als müsste er sich einen klaren Kopf verschaffen. »Was ...« Er sah ihn mit seinen blauen Augen an. »Deshalb bist du auf ihn losgegangen?«

Qhuinn machte einen Schritt auf ihn zu. »Es tut mir leid ... ich ... als er reinkam, habe ich es gerochen, und da ist es mit mir durchgegangen. Es war ein Reflex.«

Blay blinzelte, als hätte er es mit einer Sache zu tun, die ihm gänzlich neu war.

»Und deshalb ... aber warum tust du so etwas?«

Qhuinn kam noch einen Schritt auf ihn zu und zwang sich dann, stehen zu bleiben – trotz des fast überwältigenden Drangs, sich seinem Freund zu nähern. Doch als Blay den Kopf schüttelte, als verstünde er das alles nicht, wollte Qhuinn eigentlich keinen Ton mehr sagen.

Dennoch sprach er nun. »Erinnerst du dich, vor einem guten Jahr in der Klinik?« Er deutete nach unten in Richtung Boden, für den Fall, dass Blay vergessen hatte, wo das Trainingszentrum lag. »Es war, bevor du und Saxton das erste Mal ...« Okay. Diesen Satz würde er nicht zu Ende bringen, nicht, wenn er seinen Mageninhalt bei sich behalten wollte. »Weißt du noch, was ich zu dir gesagt habe?«

Als Blay ein verwirrtes Gesicht machte, half er nach. »Ich sagte, dass ich jeden jage und der Sonne ausliefere, der dich verletzt.« Selbst ihm entging nicht, wie seine Stimme zu einem bedrohlichen Knurren wurde. »Saxton hat dir heute wehgetan, also habe ich getan, was ich versprochen hatte.«

Blay rieb sich das Gesicht. »Gütiger Himmel ...«

»Ich habe dir gesagt, was passieren würde. Und wenn er das noch einmal tut, kann ich nicht dafür garantieren, dass ich die Sache nicht zu Ende bringe.«

»Sieh mal, Qhuinn, das ... das kannst du einfach nicht bringen. Das geht einfach nicht.«

»Ist es dir denn egal? Er hat dich betrogen! Das ist nicht in Ordnung.«

Blay ließ langsam die Luft entweichen, als wäre er es leid, eine schwere Last zu schleppen. »Tu es bitte ... einfach nicht wieder.«

Diesmal schüttelte Qhuinn den Kopf. Er kapierte es einfach nicht. Wenn er mit Blay zusammen wäre und Blay würde ihn betrügen, würde er nie darüber hinwegkommen.

Himmel, warum hatte er nicht zugegriffen, als sich ihm die Gelegenheit geboten hatte? Er hätte nicht davonlaufen sollen. Er hätte bleiben sollen.

Ohne sein Zutun traten seine Füße noch einen Schritt auf Blay zu. »Es tut mir leid ...«

Und dann wiederholte er diese Worte wieder und wieder, jedes Mal mit einem weiteren Schritt verbunden, der ihn näher zu Blay trug.

»Es tut mir leid ... es tut mir leid ... es ... tut mir leid ...« Er wusste nicht, was er da eigentlich sagte oder tat: Er verspürte nur den Drang, all seine Sünden zu bereuen.

Und es waren viele, die er an diesem grundanständigen Kerl begangen hatte, der da stocksteif vor ihm stand.

Schließlich trennte ihn nur noch ein Schritt davon, mit der nackten Brust gegen Blay zu stoßen.

Qhuinns Stimme senkte sich zu einem Flüstern. »Es tut mir leid.«

Als sich bleierne Stille über sie senkte, teilten sich Blays

Lippen ... aber nicht, weil er überrascht war. Es sah vielmehr so aus, als könnte er nicht mehr atmen.

Qhuinn ermahnte sich, nicht wieder das Arschloch zu sein, das immer nur an sich dachte, und kam auf die Sache zwischen Blay und Saxton zurück.

»Das hast du nicht verdient«, sagte er, und seine Augen erforschten Blays Gesicht. »Du hast genug gelitten, und ich weiß, dass du ihn liebst. Es tut mir leid ... es tut mir so leid ...«

Blay stand mit versteinerter Miene vor ihm, sein Blick huschte umher, als fände er nichts, woran er sich festhalten könnte. Aber er zog sich nicht zurück, wich nicht aus, stürmte nicht aus dem Zimmer. Er blieb ... einfach stehen.

»Es tut mir leid.«

Qhuinn sah wie aus weiter Ferne zu, wie seine Hand sich ausstreckte und Blays Gesicht berührte, seine Fingerspitzen über den leichten Stoppelbart strichen. »Es tut mir leid.«

Verdammte Scheiße, ihn zu berühren. Die Wärme seiner Haut zu fühlen, seinen reinen, maskulinen Duft einzuatmen.

»Es tut mir leid.«

Was tat er hier nur? Mann, es war zu spät, um das zu beantworten. Er streckte die andere Hand aus und legte sie Blay auf die kräftige Schulter.

»Es tut mir leid.«

Gütiger Himmel, er zog Blay an sich, bis ihre Körper sich berührten. »Es tut mir leid.«

Er schob eine Hand um Blays Nacken und stieß sie tief in das volle Haar, das sich dort kräuselte. »Es tut mir leid.«

Blay war so steif, als hätte er einen Stock verschluckt, seine Arme hielt er fest um den Bauch geschlungen. Doch nach einer Weile, beugte er sich langsam nach vorne, fast als wäre er selbst überrascht von dieser Reaktion, erst unmerklich, dann immer weiter.

Mit einer schnellen Bewegung schlang Qhuinn die Arme um diesen Kerl, der die wichtigste Person in seinem Leben war. Denn das war nicht Layla, obwohl ihm diese Erkenntnis einen Stich versetzte. Nicht John oder sein König. Nicht die Brüder.

Blay war für Qhuinn sein Ein und Alles.

Und auch wenn es ihm das Herz brach, dass er einen anderen liebte, würde er verdammt noch mal nehmen, was er bekommen konnte. Er hatte ihn viel zu lange nicht berührt … und noch nie auf diese Weise.

»Es tut mir leid.«

Er umfasste Blays Hinterkopf und zog ihn an sich, schmiegte Blays Gesicht an seinen Hals. »Es tut mir leid.«

Als Blay es geschehen ließ, erzitterte Qhuinn und drehte auch sein Gesicht nach innen, atmete tief ein, saugte all die Sinneseindrücke auf, damit er sich auf ewig daran erinnern würde. Und während seine Hand auf und ab strich und den muskulösen Rücken streichelte, versuchte er so viel mehr wiedergutzumachen als die Untreue seines Cousins. »Es tut mir leid …«

Mit einem Ruck schüttelte Blay den Kopf. Befreite sich aus der Umarmung. Stieß ihn zurück.

Qhuinn ließ die Schultern hängen. »Es tut mir leid.«

»Warum sagst du das die ganze Zeit?«

»Weil …«

Als sich ihre Blicke trafen, wusste Qhuinn, dass es Zeit war. Er hatte so vieles verpatzt bei Blay. All die Fehltritte und absichtlichen Missverständnisse, all die Jahre, all die Zurückweisungen – das alles war von ihm ausgegangen. Er hatte sich so lange gedrückt, doch das war nun vorbei.

Als er den Mund öffnete, um die drei Worte auszusprechen, die ihm auf der Zunge langen, wurde Blays Blick
hart. »Ich brauche deine Hilfe nicht, okay? Ich kann selbst
auf mich aufpassen.«

Poch. Poch. Poch.

Qhuinns Herz schlug so laut, dass er sich fragte, ob es
wohl gleich explodieren würde.

»Du wirst mit ihm zusammenbleiben«, sagte Qhuinn
wie betäubt. »Du wirst ...«

»Du lässt die Finger von Saxton, hast du gehört? Ein für
alle Mal. Schwör es mir.«

Obwohl es ihn umbrachte, konnte Qhuinn dem Kerl
einfach nichts ausschlagen. »Okay.« Er hob die Hände.
»Ich lass die Finger von ihm.«

Blay nickte, und damit war die Sache besiegelt.

»Ich will dir nur helfen«, sagte Qhuinn. »Das ist alles.«

»Das kannst du nicht«, erwiderte Blay.

Scheiße, obwohl sie mal wieder stritten, sehnte er sich
nach einer weiteren Berührung – und auf einmal sah er
eine Möglichkeit. Es war ein gewagtes Angebot, aber zumindest entbehrte es nicht einer gewissen Logik.

Er hob die Arme, suchte, fand, umfasste Blays Schultern. Blays Nacken.

Sex benebelte seine Sinne, versteifte seinen Schwanz,
machte ihm das Atmen schwer. »Doch, ich kann dir helfen.«

»Wie?«

Qhuinn rückte näher, bewegte den Mund ganz nah an
Blays Ohr. Dann drückte er sich absichtlich mit der nackten Brust an Blay. »Benutz mich.«

»*Was?*«

»Erteil ihm eine Lektion.« Qhuinn packte fester zu und
legte Blays Kopf in den Nacken. »Zahl es ihm heim. Mit mir.«

Um seinen Vorschlag zu verdeutlichen, ließ Qhuinn die Zunge hervorschnellen und fuhr damit seitlich an Blays Hals entlang nach oben.

Blays Fauchen klang wie ein Fluch.

Dann stieß er ihn zurück. »Hast du den *Verstand* verloren?«

Qhuinn umfasste sein schweres, hartes Geschlecht. »Ich will dich. Mir ist egal, aus welchem Grund du mich nimmst, solange ich dich nur haben kann – selbst wenn es nur dazu dient, meinem Cousin eines auszuwischen.«

Blays Gesichtsausdruck erinnerte an ein Tischtennisspiel, ständig wechselte er zwischen absoluter Fassungslosigkeit und mörderischer Wut.

»Du blödes Arschloch! Du weist mich jahrelang zurück und legst dann aus heiterem Himmel eine Kehrtwende um hundertachtzig Grad hin? Was ist denn nur los mit dir?«

Mit der freien Hand spielte Qhuinn mit einem seiner Brustwarzenringe – und konzentrierte sich darauf, was es mit Blays Hüftgegend anstellte: Unter dem Morgenmantel richtete sich sein Schwanz zu voller Größe auf, der Frotteestoff war dieser Sorte Ständer nicht gewachsen.

»Hast du völlig den Verstand verloren? Was soll der Scheiß!?«

Es war eher untypisch für Blay, zu fluchen oder die Stimme zu erheben. Ziemlich scharf, wie er so außer sich geriet.

Qhuinn sah seinem Freund fest in die Augen und ließ sich langsam auf die Knie sinken. »Lass mich das machen ...«

»*Was?*«

Er beugte sich vor und zerrte am Saum des Morgenmantels, um ihn an sich heranzuziehen. »Komm her, ich zeige dir, wie ich es mache.«

Blay griff nach dem Gürtel, der den Mantel zusammenhielt, und zurrte ihn enger. »Was zum *Henker* machst du da?«

Scheiße, dass er hier niederkniete und bettelte, schien ihm nur angemessen. »Ich will dich. Es ist mir egal, warum du es tust – lass es einfach nur zu ...«

»Nach all der Zeit? Was soll jetzt anders sein?«

»Alles.«

»Du bist mit Layla zusammen ...«

»*Nein.* Ich wiederhole es gern so oft, bis du es verstehst – ich bin *nicht* mit ihr zusammen.«

»Sie ist schwanger.«

»Ein Mal. Ich habe ein Mal mit ihr geschlafen, und das, wie gesagt, einzig aus dem Grund, weil ich eine Familie will. Genau wie sie. Ein Mal, Blay, und dabei wird es bleiben.«

Blay ließ den Kopf in den Nacken fallen, und er kniff die Augen zu, als würde ihm jemand Nägel unter die Fingernägel treiben. »Tu mir das nicht an, um Himmels willen, das kannst du mir nicht ...« Als ihm die Stimme versagte, veranschaulichte dies auf traurige Weise, wie sehr Qhuinn ihn all die Zeit gequält hatte. »Warum jetzt? Vielleicht bist *du* es ja, der Saxton etwas heimzahlen will ...«

»Scheiß auf meinen Cousin, um ihn geht es mir nicht. Ich würde genauso hier auf diesem Teppich knien, wenn du Single wärst. Oder mit einer Vampirin vereinigt, oder lose mit jemandem liiert, oder was auch immer ... ich würde dich anflehen, mir etwas zu geben, egal, was – und sei es nur ein einziges Mal, wenn du nicht mehr entbehren kannst.«

Qhuinn langte erneut unter den Morgenmantel, streichelte über ein starkes, muskulöses Bein – und als Blay wieder einen Schritt zurückwich, wusste er, dass er die Schlacht verlor.

Scheiße, seine Chance würde verstreichen, wenn er nicht …

»Hör zu, Blay, ich habe viel Scheiße gebaut in meinem Leben, aber ich bin mir selbst immer treu geblieben. Heute wäre ich um ein Haar gestorben – da wird einem so manches klar. Als ich aus dem Flugzeug in die dunkle Nacht geblickt habe, dachte ich keine Sekunde, dass ich überleben könnte. Da habe ich plötzlich alles ganz klar gesehen. Deswegen will ich dich.«

Eigentlich hatte er das schon viel früher bemerkt, laaaaange vor dem Cessna-Trip, doch er hoffte, dass Blay diese Erklärung zufriedenstellte.

Vielleicht tat sie das. Jedenfalls schwankte der Kerl auf seinen Füßen, als stünde er kurz davor nachzugeben – oder zu gehen. Es war nicht zu sagen.

Hastig redete Qhuinn weiter. »Es tut mir leid, dass ich so viel Zeit vergeudet habe – wenn du mich nicht mehr willst, verstehe ich das. Dann lasse ich dich in Frieden und lebe mit den Konsequenzen. Aber bitte, wenn es eine Chance gibt, egal, welche deine Gründe sind – Rache, Neugierde … Scheiße, selbst, wenn du mich nur einmal ranlässt und dann nie wieder, um mir damit einen Dolch ins Herz zu treiben. Ich nehme es. Ich nehme dich auf jede erdenkliche Art, wenn ich dich nur haben kann.«

Er streckte die Hand ein drittes Mal nach Blay aus, ließ sie um sein Bein gleiten. Streichelte. Bettelte. »Ganz gleich, was es mich kostet …«

27

Blay stand vor Qhuinn und nahm alles überdeutlich wahr: Qhuinns Hand auf der Rückseite seines Oberschenkels, den Saum des Morgenmantels, der seine Wade streifte, der Geruch von Sex, der schwer in der Luft hing.

Im Grunde hatte er sich das sein Leben lang gewünscht – oder zumindest seit er die Transition überstanden hatte und überhaupt sexuelle Regungen verspürte. Dieser Moment übertraf all seine Tagträume und Fantasien, er war die Erfüllung seines geheimen Verlangens.

Und das Angebot war aufrichtig: Kein Schatten trübte die zweifarbigen Augen, kein Zweifel. Qhuinn sprach ehrlich aus, was er in seinem Herzen fühlte, und war vollkommen damit im Reinen, sich Blay schutzlos auszuliefern.

Blay schloss kurz die Augen. Diese Unterwerfung war das krasse Gegenteil von allem, was Qhuinns Charakter bestimmte. Er gab nie auf – nicht seine Prinzipien, nicht seine Waffen, und ganz bestimmt niemals sich selbst. Andererseits war die Kehrtwende nachvollziehbar. Nach einer Konfrontation mit dem Tod hatte schon so mancher zum Glauben gefunden.

Blöderweise hatte er das Gefühl, dass dieser Stimmungswechsel nicht lange anhalten würde. Der Flug mochte Qhuinn die Augen geöffnet haben, aber so, wie Opfer eines Herzinfarkts bald darauf ihre fatalen Essgewohnheiten wieder aufnahmen, würde auch diese »Offenbarung« vermutlich nicht lange Bestand haben. Ja, Qhuinn war es ernst in diesem berauschten Moment – daran bestand kein Zweifel. Doch das war sicher nicht von Dauer.

Qhuinn würde sich nicht ändern. Und wenn der Schock erst überwunden war – in einer Nacht, einer Woche, einem Monat –, wäre er wieder der Alte: verschlossen, unnahbar und abweisend.

Nachdem die Entscheidung gefallen war, öffnete Blay die Augen und beugte sich nach unten. Als ihre Gesichter sich einander näherten, öffnete Qhuinn den Mund, und die volle Unterlippe schürzte sich, als würde er bereits kosten, wonach es ihn verlangte – und Gefallen daran finden.

Scheiße, Qhuinn war so schön. Seine kräftige, nackte Brust glänzte im Schein des Lichts, die Haut war von einem Schimmer der Erregung überzogen, die gepiercten Burstwarzen hoben und senkten sich im treibenden Rhythmus seines erhitzten Blutes.

Blay fuhr mit der Hand den muskulösen Arm entlang, der auf ihm ruhte, von der kräftigen Schulter über den gewölbten Bizeps und den Trizeps.

Er löste die Hand von seinem Schenkel.

Und trat zurück.

Qhuinn wurde kreidebleich.

Blay sagte kein Wort. Es ging nicht – seine Stimme war weg.

Auf wackligen Beinen stolperte er zur Tür und fummelte unbeholfen an der Klinke herum, bis er sie aufbekam. Als er draußen im Flur stand, hätte er nicht sagen können, ob er die Tür nun zugeknallt oder leise geschlossen hatte.

Er kam nicht weit. Nach einem Meter sank er gegen die glatte, kühle Wand.

Keuchend.

Aber es nützte nichts. Das Gefühl zu ersticken verstärkte sich, und mit einem Mal verschwamm seine Sicht und formte ein schwarz-weißes Schachbrettmuster.

Weil er einer Ohnmacht nahe schien, ließ er sich an der Wand herabsinken, bis er auf den Hacken saß, und steckte den Kopf zwischen die Knie. Irgendwo im Hinterkopf betete er noch, dass niemand vorbeiommen möge. Wie hätte er seine Situation erklären sollen: Kauerstellung vor Qhuinns Zimmer, Monsterlatte, Zitteranfall.

»Verdammt …«

Heute wäre ich um ein Haar gestorben – da wird einem so manches klar. Als ich aus dem Flugzeug in die dunkle Nacht geblickt habe, dachte ich keine Sekunde, dass ich überleben könnte. Da habe ich plötzlich alles ganz klar gesehen.

»Nein«, sagte Blay laut. »Nein … «

Er vergrub den Kopf in den Händen und versuchte, ruhig zu atmen, logisch zu denken, vernünftig zu handeln. Er durfte sich nicht tiefer in diesen Strudel hineinziehen lassen.

Diese heißen, glänzenden, verschiedenfarbigen Augen waren der Stoff für Legenden.

»*Nein*«, fauchte er.

Während seine Stimme in seinem Schädel widerhallte, beschloss er, auf sich selbst zu hören. Keinen Schritt weiter. Die Sache musste enden.

Er hatte schon vor Langem sein Herz an diesen Kerl verloren.

Es gab keinen Grund, auch noch seine Seele aufzugeben.

Eine Stunde später, vielleicht zwei oder sogar sechs, lag Qhuinn nackt zwischen kühlen Laken und blickte in der Dunkelheit zur Zimmerdecke auf, obwohl er sie nicht sehen konnte.

War dieser entsetzliche, quälende Schmerz das, was Blay gefühlt hatte? Zum Beispiel nach dem Schlagabtausch im Keller seiner Eltern – als Qhuinn bereit gewesen war, Caldwell zu verlassen, und ihm klipp und klar erklärt hatte, dass sie dann nichts mehr miteinander zu tun hätten? Oder vielleicht damals nach dem Kuss in der Klinik, als Qhuinn sich geweigert hatte, weiterzugehen? Oder nach diesem letzten Zusammenprall, als es beinahe passiert wäre, direkt vor Blays erstem Abend mit Saxton?

Er fühlte sich so verdammt leer.

Wie dieses Zimmer: kein Licht, lediglich vier Wände und eine Decke. Oder eine Hülle aus Haut und ein Skelett.

Er zog die Hand hoch und legte sie auf sein pochendes Herz, nur um sich zu vergewissern, dass es noch da war.

Mann, das Schicksal erteilte wirklich Lektionen, deren Nutzen sich erst viel später erschloss: Er hatte sich viel zu lange mit sich und seinem Makel beschäftigt, mit seinem Ausschluss aus Familie und Gesellschaft. Die ganze Zeit über war er einfach ein total verkorkster Kerl gewesen, und Blay hatte sich, anteilnehmend, wie er war, in den Abgrund hineinziehen lassen.

Aber wann hatte Qhuinn seinen besten Freund unterstützt? Was hatte er jemals wirklich für Blay getan?

Es war richtig von Blay gewesen zu gehen. Was Qhuinn ihm bot, war zu wenig und kam viel zu spät. Außerdem war Qhuinn nicht gerade ein Gewinnertyp. Hinter der Fassade war er nicht mehr stabil. Nicht mehr mit sich im Reinen.

Nein, er verdiente das …

Der Lichtschein war zitronengelb und durchschnitt die schwarze Finsternis vor ihm, wie ein scharfes Messer ein Stück Stoff teilte.

Eine Gestalt schlüpfte leise in sein Zimmer und schloss die Tür.

Am Geruch erkannte er, um wen es sich handelte.

Ruckartig setzte er sich auf, und sein Herz begann zu rasen. »Blay …?«

Mit einem leisen Rascheln fiel ein Morgenmantel von den Schultern eines großen Kerls. Nur ein paar Augenblicke später senkte sich die Matratze, als etwas Schweres, Lebendiges aufs Bett kroch.

Qhuinn streckte die Hände aus und ertastete zielsicher die Seiten von Blays Hals, als könnte er im Dunkeln sehen.

Keiner sagte etwas. Zu groß war die Angst, dass Worte das Wunder zerstören könnten.

Er hob den Kopf und zog Blay an sich, und als die samtenen Lippen in Reichweite waren, küsste er sie mit einer Verzweiflung, die prompt erwidert wurde. Mit einem Schlag entlud sich die ganze aufgestaute Vergangenheit, wild und ungestüm. Als er Blut schmeckte, wusste er nicht, wessen Fänge wen gebissen hatten.

Aber wen kümmerte das.

Mit einem Ruck drückte er Blay auf den Rücken und rollte sich auf ihn, spreizte seine Beine und schob sich dazwischen, bis sein harter Schwanz den von Blay berührte.

Sie stöhnten beide auf.

Berauscht von all der nackten Haut vollführte Qhuinn Hüftstöße, vor und zurück, und während sich ihre Schwänze und ihr heißes Fleisch aneinanderrieben, wurde die feuchte Hitze ihrer Münder immer intensiver. Raserei, überall, Hektik – heilige Scheiße, sein Hunger war immens. Er konnte nicht sagen, wo seine Hände waren oder woran er sich rieb, oder ... verdammt, da war zu viel Haut, die man berühren konnte, zu viel Haar, an dem man zerren konnte, zu viel ...

Qhuinn kam heftig, seine Eier zogen sich zusammen, seine Erektion geriet in Zuckungen und entlud sich spritzend in alle Richtungen.

Das bremste seine Raserei kein bisschen.

Ruckartig riss er sich von dem Mund los, den er die nächsten hundert Jahre bearbeiten hätte können, und schob sich an Blays Brust abwärts. Die Muskeln, an denen er entlangglitt, waren ganz anders als die des Menschen, den er gevögelt hatte – das hier war ein Vampir, ein Kämpfer, ein Soldat, der seinen Körper durch hartes Training in eine Form gebracht hatte, die nicht nur nützlich, sondern schlicht und ergreifend tödlich war. Mann, wie ihn das anmachte – aber wichtig war vor allem, dass es Blay war. Endlich, nach all den Jahren ...

Blay.

Qhuinn zog seine Fänge über Bauchmuskeln, die hart wie Fels waren, und sein eigener Geruch, den er auf Blays Haut hinterlassen hatte, war eine Kennzeichnung, die er ganz bewusst vorgenommen hatte.

Dieses dunkle Gewürz würde auch noch an andere Stellen geraten.

Er stöhnte, als seine Hände Blays Schwanz fanden, und als er das harte Geschlecht umkreiste, bog der Kerl den

Rücken durch und ein Fluch durchschnitt das Dunkel, ähnlich wie der Lichtstrahl vor wenigen Momenten.

Qhuinn leckte sich die Lippen, richtete Blays Erektion auf und ließ die stumpfe Spitze in seinen Mund gleiten. Er saugte den Schwanz tief in den Schlund, bis zum Ansatz, weitete seine Kehle, schluckte ihn voll und ganz. Blays Hüften schossen daraufhin nach oben, seine rauen Hände fuhren in Qhuinns Haar, drückten den Kopf noch tiefer, bis er keine Luft mehr bekam – aber wer brauchte schon Sauerstoff?

Er schob die Hände unter Blays Hintern, kippte sein Becken und begann, an ihm auf und ab zu gleiten. Sein Genick war angespannt von dem treibenden Rhythmus, seine Schultern zogen sich zusammen und entspannten sich, während er Blay genau das gab, was er ihm vorhin angeboten hatte.

Aber dabei würde es nicht bleiben.

Nein.

28

Als Blay in die Kissen auf Qhuinns Bett geworfen wurde, riss es ihm beinahe den Kopf vom Hals. Alles war außer Kontrolle, aber er hätte nicht gewollt, dass es aufhörte: Seine Hüften schossen auf und ab, sein Schwanz stieß in Qhuinns Mund und zog sich wieder daraus zurück …

Zum Glück brannte kein Licht.

Die Sinneseindrücke waren so schon überwältigend genug – wenn er das alles jetzt auch noch gesehen hätte …

Der Orgasmus schoss raketengleich aus ihm hervor, sein Atem stockte, sein ganzer Körper spannte sich an, sein Schwanz begann zu pulsieren. Und als er in wilden Zuckungen kam, bearbeitete ihn dieser Mund in pumpenden Bewegungen. Mann, Qhuinns Saugen sorgte dafür, dass sein Erguss kein Ende zu nehmen schien, ein wonniges Prickeln schwappte in mächtigen Wellen von seinem Hirn in seine Eier, und sein Körper trug ihn auf eine völlig neue Bewusstseinsebene.

Ohne Vorwarnung wurde er von grober Hand auf den

Bauch gedreht, als hätte er überhaupt kein Gewicht. Dann stieß ein Arm unter sein Becken und hob ihn auf die Knie. Es folgte eine kurze Pause, in der er nichts als das schwere Atmen hinter sich hörte. Das Keuchen wurde schneller und heftiger ...

Dann hörte er, wie Qhuinn kam, und er wusste genau, wofür das war.

Obwohl er schier ohnmächtig wurde vor ungeduldiger Erwartung, wusste er, dass er sich wappnen musste, als eine schwere Hand auf seiner Schulter landete und ...

Die Penetration fühlte sich an wie ein Brenneisen, brutal und heiß, es ging ihm bis ins Mark. Fluchend stieß er die Luft aus – nicht, weil es schmerzte, obwohl dies auf köstliche Weise durchaus der Fall war. Nicht einmal, weil er sich das schon immer gewünscht hatte, auch wenn es stimmte.

Nein, der wahre Grund war der, dass er das seltsame Gefühl hatte, gekennzeichnet zu werden – und aus irgendeinem Grund ließ ihn das ...

Ein Fauchen drang an sein Ohr, dann versenkten sich zwei Fänge in seiner Schulter. Qhuinns Hände packten ihn an den Hüften, und nun konnte er sich endgültig nicht mehr bewegen. Jetzt begann das erbarmungslose Hämmern. Blays Zähne schlugen aufeinander, mit den Armen stützte er ihrer beider Gewicht ab, mit Beinen und Torso trotzte er dem Ansturm.

Ihm war so, als würde das Kopfbrett des Bettes gegen die Wand schlagen – und einen Moment musste er an den schaukelnden Lüster in der Bibliothek denken, als Qhuinn über Layla hergefallen war.

Blay verfluchte dieses Bild. Er konnte es sich nicht erlauben, daran zu denken, nicht jetzt. Dazu hatte er später fürwahr noch Zeit genug.

Das hier war zu verdammt gut, um auch nur einen Gedanken an etwas anderes zu verschwenden.

Die Peitschenhiebe drängten ihn nach vorne, und er suchte neuen Halt auf dem feinen Baumwolllaken, presste die Hände in die weiche Matratze, um nicht abzurutschen. Scheiße, diese Laute, die Qhuinn hervorstieß, das zwischen den Fängen hervorgepresste Grunzen an seiner Schulter, dieses Hämmern … Ja, es war das Kopfbrett. Ganz eindeutig.

Als sich in seinen Eiern erneut Druck aufbaute, war er versucht, sich selbst zu umfassen – aber es war aussichtslos. Er brauchte beide Arme, um sich abzustützen …

Als hätte Qhuinn seine Gedanken erraten, griff er um ihn herum und packte ihn.

Er musste gar nicht erst pumpen. Blay kam so gewaltig, dass ihm Sternchen vor den Augen tanzten, und genau in diesem Moment erreichte auch Qhuinn den Höhepunkt. Er presste die Hüften an ihn und erstarrte einen Moment, dann zog er sich zwei Zentimeter zurück und stieß tief zu, um sich in einer weiteren zuckenden Explosion zu entladen. Und, wow, gleichzeitig mit ihm zu kommen war so erotisch, es übertraf einfach alles, und es hörte nicht auf: Es gab keine Atempause, kein Verharren. Qhuinn hämmerte einfach weiter – der Orgasmus schien seine Begierde nur noch verstärkt zu haben.

Während die Leidenschaft weiter wütete, wurde er allmählich vom Bett geschoben durch das heftige Gevögle, und das, obwohl er sich mit seinem starken Oberkörper dagegenstemmte. Er suchte Halt am Nachtkästchen, um nicht gegen die Wand zu knallen …

Krach.

»Scheiße«, stieß er rau hervor. »Die Lampe …«

Qhuinn kümmerte sich nicht um die Einrichtung. Er

riss Blays Kopf herum und küsste ihn, drängte sich mit seiner gepiercten Zunge in seinen Mund, leckte, saugte ... als könne er nicht genug bekommen.

Schwindel erfasste ihn. Blay wurde ganz anders. In seinen Fantasien hatte er sich Qhuinn immer als ungestümen Liebhaber ausgemalt, aber das hier war eine ganz andere Dimension.

Und so hörte er sich selbst wie aus weiter Ferne sagen: »Beiß mich ... noch einmal ...« Seine Stimme klang kehlig.

Ein lautes Knurren ertönte über ihm, dann fauchte es zischend durch die Dunkelheit, als Qhuinn ihre Position veränderte und sein massives Gewicht verlagerte, sodass er seine scharfen Fänge seitlich in Blays Hals versenken konnte.

Blay fluchte und fegte den verbliebenen Rest der Sachen vom Nachtkästchen – was auch dort gelegen hatte, seine Brust nahm den Platz dort ein, und seine schweißnasse Haut quietschte auf der Politur, während er halb auf der Seite lag. Er streckte eine Hand aus, stützte sich vom Boden ab und hielt sie beide in Position, während Qhuinn sich nährte und ihn nach allen Regeln der Kunst durchvögelte.

Zu viele Male, um es zu zählen, bis die Kissen auf dem Boden lagen, die Laken zerrissen waren, eine weitere Lampe zu Bruch gegangen war – und er war sich nicht sicher, aber ihm war so, als hätten sie beim Ficken sogar das Bild über dem Bett von der Wand befördert.

Als endlich Ruhe einkehrte, all das Stoßen und Schieben vorüber war, atmete Blay schwer und hatte dennoch das Gefühl zu ertrinken.

Qhuinn ging es nicht anders.

Der immer größer werdende feuchte Fleck an Blays Hals deutete darauf hin, dass Qhuinn im Eifer des Gefechts die Ader, an der er sich genährt hatte, vergessen hatte zu versiegeln. Egal. Blay kümmerte sich nicht darum, konnte nicht denken, würde sich keine Sorgen machen. Diese Glückseligkeit, dieses Gefühl zu schweben war zu großartig, um es zu verderben, sein Körper war gleichzeitig überempfindlich und taub, aufgeheizt und kühl, wund gerieben und gesättigt.

Mann, diese Laken würde man waschen müssen. Und Fritz musste definitiv den Sekundenkleber rauskramen, um diese Lampen zu kleben.

Wo genau war er eigentlich?

Blay streckte die Hand aus, tastete umher und stieß auf Teppich und Stoffbehang des Betts … eine Truhe. Oh, okay – er hing vom Fußende des Bettes. Was wohl auch das leichte Schwindelgefühl erklärte.

Als Qhuinn sich schließlich von ihm erhob, wollte auch Blay sich aufrichten, doch sein Körper spielte lieber das unbelebte Objekt. Oder vielleicht eine Stoffbahn …

Fürsorgliche Hände hoben ihn hoch und rollten ihn vorsichtig auf den Rücken. Es raschelte eine Weile, dann wurde er auf eines der Kissen gebettet, die an ihren angestammten Platz zurückgekehrt waren. Schließlich wurde er zur Hälfte mit einem federleichten Laken zugedeckt, als wüsste Qhuinn, dass alles andere noch zu heiß gewesen wäre, sein Schweiß jedoch schon zu trocknen begann und die erste Kühle einsetzte.

Das Haar wurde ihm aus der Stirn gestrichen, dann wurde sein Kopf zur Seite gedreht. Lippen wie Seide küssten sich an seinem Hals entlang, ehe lange, langsame Zungenstriche die Bisswunden versiegelten, die ihm auf sein Bitten hin beigebracht worden waren.

Als das geschehen war, ließ er zu, dass sein Kopf zurückgedreht wurde, hin zu Qhuinn. Trotz der Dunkelheit wusste er genau, wie das Gesicht aussah, das in das seine blickte – die Wangen gerötet, die Lider auf Halbmast, die Lippen rot …

Der Kuss, der ihm auf den Mund gedrückt wurde, war voller Ehrfurcht, eine Berührung, so leicht wie die warme, reglose Luft in dem Raum. Es war der Kuss der absoluten Hingabe, ein Kuss voller Liebe, etwas, das er sich weit mehr gewünscht hatte als den hemmungslosen Sex von gerade eben …

Panik packte seine Brust und verbreitete sich mit einem Herzschlag bis in die letzte Faser seines Körpers.

Reflexartig stieß er Qhuinn von sich. »Fass mich nicht an. Nicht so. Nie wieder.«

Er sprang aus dem Bett und landete irgendwo in diesem Zimmer, er tastete umher und stieß gegen Möbel, bevor er sich am dünnen Lichtstreifen vom Flur unter der Tür orientieren konnte.

Eilig sammelte er seinen Morgenmantel vom Boden auf und blickte sich nicht um, als er ging.

Das hinterlassene Chaos im Lichtschein zu sehen war ihm unerträglich.

Es machte das Ganze zu real.

Irgendwann musste Qhuinn das Licht angehen lassen. Er hielt die Dunkelheit nicht länger aus.

Als es hell wurde in seinem Schlafzimmer, blinzelte er heftig und beschirmte die Augen mit den Armen. Dann gewöhnten sie sich allmählich an die Helligkeit, und er sah sich um.

Chaos. Totales Chaos.

Wow, dann war es also wirklich passiert. Was für ein Hohn: Im Vergleich zum Chaos in seinem Kopf wirkte der Verhau um ihn herum nämlich fast militärisch ordentlich.

Fass mich nicht an. Nicht so.

Ach, zur Hölle, dachte er und strich sich über das Gesicht. Er konnte es Blay nicht verübeln.

Zum einen hatte er ungefähr die Finesse eines Bulldozers an den Tag gelegt. Abrissbirne. Schützenpanzer. Aber angesichts dieser Reizüberflutung hatte er einfach keine Geduld zeigen können: Er war seinem Instinkt erlegen, und der war eben pures Oktan und leicht entflammbar – also hatte er die Sau rausgelassen.

Verdammt, er hatte den Kerl gekennzeichnet.

Scheiße. Das war nicht gerade die feine Art, wenn man bedachte, dass Blay vergeben war und einen anderen liebte … zu dem er vermutlich gerade ins Bett stieg.

Aber das passierte eben, wenn ein Kerl mit dem Objekt seiner Begierde zusammenkam, insbesondere, wenn es das erste Mal war. Dann brach die Hölle los …

Unnötig zu erwähnen, dass es der beste Sex seines Lebens gewesen war, das erste Mal, dass alles gestimmt hatte, nach all den Jahren, da ihm bestenfalls mittelmäßiger Sex gegönnt war. Schade nur, dass er es Blay am Ende eigentlich sagen hatte wollen. Er hatte nach Worten gesucht und sich auf die Berührung verlassen, um den Weg für sein Geständnis zu ebnen.

Aber ganz offensichtlich wünschte Blay diese Nähe nicht.

Was ihn zum zweiten Problem brachte, eine Sache, die er noch mehr bereute.

Sex als Racheakt hatte nichts mit Zuneigung zu tun. Er war eine Zweckmäßigkeit. Und Blay hatte ihn benutzt, nachdem er ihn selbst dazu aufgefordert hatte.

Die Leere kehrte zurück, zehnfach verstärkt. Hundertfach.

Qhuinn hielt es nicht mehr aus und sprang aus dem

Bett. Fluchend bemerkte er, wie verspannt sein Kreuz war, was nichts mit dem abgestürzten Flugzeug zu tun hatte, sondern allein mit der sportlichen Betätigung der letzten Stunde – oder war es länger gewesen?

Scheiße.

Er ging ins Bad, ohne Licht anzumachen, denn vom Schlafzimmer her war es hell genug. Diesmal drehte er die Dusche auf und wartete auf das warme Wasser – sein Körper würde keinen weiteren Schock verkraften.

Es war wirklich bescheuert. Das Letzte, was er wollte, war, Blays Geruch abzuwaschen, aber er wurde ganz verrückt davon. Verflucht, so mussten sich die *Hellren* in diesem Haus fühlen, wenn sie sich so besitzergreifend gaben: Er stand kurz davor, den Flur hinunterzumarschieren, in Blays Zimmer zu platzen und Saxton aus dem Weg zu stoßen. Tatsächlich wäre es ihm ein Vergnügen gewesen, seinen Cousin zusehen zu lassen, nur, damit er wusste …

Um diesen echt kranken Gedankengang zu unterbrechen, trat er in die Duschkabine und griff nach der Seife.

Blay hatte einen festen Freund, rief er sich in Erinnerung – mal wieder.

Der Sex von eben hatte *nicht* dazu gedient, eine Gefühlsbindung aufzubauen.

Und so schlug in diesem Moment der Leere seine eigene Vergangenheit zurück.

Offensichtlich servierte ihm das Schicksal wieder einmal das, was er verdiente.

Er wusch sich, doch die Seife fühlte sich nicht halb so weich an wie Blays Haut und roch auch nicht annähernd so gut. Das Wasser war nicht so heiß wie das Blut des Kriegers, das Shampoo nicht so wohltuend. Nichts kam im Entferntesten an ihn heran.

Und so würde es bleiben.

Qhuinn drehte das Gesicht in den Strahl und öffnete den Mund. Vielleicht ging Saxton ja noch einmal fremd, dachte er hoffnungsvoll – obwohl es beschissen war, sich so etwas zu wünschen.

Leider fürchtete er, dass nur ein weiterer Seitensprung von Saxton ihm Blay noch einmal in die Arme treiben könnte.

Qhuinn schloss die Augen und dachte daran, wie er Blay zum Schluss geküsst hatte … wirklich, wahrhaftig geküsst. Zärtlich waren ihre Lippen aufeinandergetroffen, als sie nach dem Sturm zur Ruhe gekommen waren. Und in Gedanken schrieb er den letzten Absatz um, wurde er nicht abgewiesen und in die Grenzen verwiesen, die er selbst gezogen hatte. Nein, in seiner Vorstellung endete die Sache, wie sie enden hätte sollen: Er streichelte Blays Gesicht und ließ die Lichter angehen, damit sie einander ansehen konnten.

Dann küsste er seinen besten Freund erneut, löste sich und …

»Ich liebe dich«, sagte er in den Strahl der Dusche hinein. »Ich … liebe dich.«

Gequält schloss er die Augen, und es war schwer zu sagen, wie viel nun Wasser war von dem, was da über seine Wangen floss, und wie viel eine andere Flüssigkeit.

29

Am nächsten Tag bekam Assail erneut Besuch.

Als die Sonne unterging und die letzten dunstig roten Strahlen in den Wald fielen, beobachtete er auf dem Monitor eine einsame Gestalt auf Langlaufskiern, die zwischen den Bäumen stand, die Stöcke an die Hüften gelehnt, Fernglas vor dem Gesicht.

Vor *ihrem* Gesicht, um genau zu sein.

Das Gute war, dass seine Überwachungskameras nicht nur fantastisch zoomen konnten, sondern sich auch bestens mit dem Joystick schwenken und einstellen ließen.

Also ging er noch näher ran.

Als seine Besucherin das Fernglas sinken ließ, begutachtete er die einzelnen Wimpern um ihre dunklen, berechnenden Augen und die rötliche Färbung ihrer feinporigen Wangen und den gleichmäßigen Rhythmus, der in der Arterie in ihrem Hals schlug.

Benloise hatte seine Warnung erhalten. Und doch war sie zurückgekehrt.

Es war klar, dass sie auf irgendeine Weise mit dem Drogengroßhändler in Verbindung stand. In der vergangenen Nacht hatte sie allerdings verärgert über Benloise gewirkt, wie sie aus dem Hinterausgang der Galerie gekommen war, als hätte man sie soeben beleidigt.

Und doch hatte Assail sie vorher noch nie gesehen, was schon merkwürdig war. Im vergangenen Jahr hatte er sich mit den Einzelheiten rund um Benloises Geschäften vertraut gemacht, von der unüberschaubaren Anzahl seiner Bodyguards bis hin zum irrelevanten Personal der Galerie, von den gewitzten Importeuren bis hin zum leiblichen Bruder des Mannes, der die Finanzen verwaltete.

Also musste er davon ausgehen, dass sie eine unabhängige Auftragsnehmerin war, die Benloise für einen bestimmten Zweck engagiert hatte.

Was aber hatte sie dann noch auf seinem Grundstück verloren?

Er warf einen Blick auf die digitale Anzeige unten rechts auf dem Bildschirm. Sechzehn Uhr siebenunddreißig. Normalerweise zu früh für ihn, um auszugehen. Es würde noch ein wenig heiß sein da draußen, aber damit kam er klar.

Assail kleidete sich rasch an, in einen Gucci-Anzug mit weißem Seidenhemd, darüber den zweireihigen Kamelhaarmantel. Seine beiden Smith & Wesson-Vierziger bildeten das perfekte Accessoire.

Denn Stahlgrau war nun mal das neue Schwarz.

Er griff nach seinem iPhone und zog die Stirn kraus, als er das Display berührte. Ein Anruf von Rehvenge und eine Nachricht.

Er hörte die Mailbox ab und lauschte auf dem Weg von seinem Zimmer nach unten der Stimme des *Leahdyres*.

Rehvenge war anzuhören, dass er keine Lust auf Faxen hatte, und das musste man respektieren: »Assail, du weißt, wer es ist. Ich berufe ein Ratstreffen ein, und zwar kein Quorum, sondern eine Vollversammlung – der König wird da sein genauso wie die Bruderschaft. Als ältester Überlebender deiner Blutlinie stehst du auf der Ratsliste. Du warst als inaktiv vermerkt, solange du im Alten Land weiltest. Aber jetzt ist es Zeit für dich, an diesen fröhlichen Veranstaltungen teilzunehmen. Ruf mich an und sag mir, wann du Zeit hast, dann kann ich Ort und Termin für alle ausarbeiten.«

Assail war vor der Stahltür am Fuß der Treppe angekommen. Er steckte das Handy in eine Innentasche, sperrte auf und öffnete die Tür.

Die dunklen Rollläden ließen kein Licht herein, das Erdgeschoss war dunkel, sodass der große, offene Wohnbereich eher wie eine unterirdische Höhle wirkte als wie ein Glaskasten am Ufer eines Flusses.

Aus der Küche drang Brutzeln und der Geruch von Speck.

Assail ging in die entgegengesetzte Richtung durch das Büro mit der Walnussvertäfelung, das er seinen Cousins überlassen hatte, und in seinen zwei Quadratmeter großen, begehbaren Humidor. Die Temperatur betrug exakt einundzwanzig Grad, die Luftfeuchtigkeit lag genau bei neunundsechzig Prozent, und in der Luft hing der Tabakduft aus Dutzenden von Zigarrenkisten. Nach kurzer Überlegung entschied er sich für drei kubanische Zigarren.

Denn die kubanischen waren einfach die besten.

Denn auch damit versorgte ihn Benloise – zu einem gewissen Preis.

Er verschloss seine Schatzkammer und trat wieder ins Wohnzimmer. Das Brutzeln hatte aufgehört, stattdessen hörte man nun das leise Klimpern von Silber auf Porzellan.

In der Küche traf er seine zwei Cousins an. Sie saßen auf Barhockern am Tresen aus Granit und aßen im gleichen Rhythmus, als würden ihre Bewegungen von einem Trommelschlag bestimmt, den nur sie beide hörten.

Synchron blickten sie zu ihm auf.

»Ich bin für heute Abend weg. Ihr wisst, wie ihr mich erreicht«, sagte er.

Ehric wischte sich den Mund. »Ich habe drei der verschollenen Dealer ausfindig gemacht – sie sind wieder dabei, bereit für den Deal. Ich beliefere sie um Mitternacht.«

»Gut, gut.« Assail überprüfte schnell seine Waffen. »Versucht herauszubekommen, wo sie gesteckt haben, okay?«

»Wie du wünschst.«

Sie neigten die Köpfe in einer gemeinsamen Verbeugung und machten sich dann wieder an ihr Frühstück.

Assail würde nicht essen. Er hob einen bernsteinfarbenen Flakon auf, der bei der Kaffeekanne stand, und schraubte ihn auf. An seinem Deckel hing ein kleiner Silberlöffel, der leise klimperte, als er ihn mit Koks füllte. Einen für jedes Nasenloch.

Guten Morgen!

Den Rest steckte er in die Tasche zu seinen Zigarren. Es war eine Weile her, dass er sich genährt hatte, und das machte sich allmählich bemerkbar. Er verlor an Kraft und fühlte sich ab und an benommen, was untypisch für ihn war.

Das war der Nachteil am Leben in der Neuen Welt: Es war schwerer, Vampirinnen zu finden.

Glücklicherweise war unverschnittenes Kokain ein guter Ersatz, zumindest für den Augenblick.

Er setzte eine extra dunkle Sonnenbrille auf, ging

durch den Flur zum Hinterausgang und machte sich innerlich bereit.

Er warf die Tür auf …

Assail zuckte zurück und stöhnte, als ihn das Sonnenlicht traf: Obwohl neunundneunzig Prozent seiner Haut durch mehrere Schichten Kleidung bedeckt waren und er diese Sonnenbrille trug, reichte das schwindende Licht, um ihn ins Wanken zu bringen.

Aber er hatte keine Zeit, sich seiner Biologie zu beugen.

Mit etwas Überwindung dematerialisierte er sich in den Wald hinter seinem Haus und machte sich im Dämmerlicht an die Verfolgung der Frau. Sie war nicht schwer zu finden. Wie es schien, war sie auf dem Rückzug und wand sich flink auf ihren Langlaufskiern an buschigen Kiefern, skeletthaften Eichen und Ahornbäumen vorbei. Aus der Richtung, die sie einschlug, und den Beobachtungen vom letzten Vormittag schloss er auf ihre Route und war ihr bald ein Stück voraus, bis er …

Ja. Da stand der schwarze Audi, den er bereits vor der Galerie gesehen hatte. Er parkte seitlich an der geräumten Straße zwei Meilen von seinem Grundstück entfernt.

Assail lehnte an der Fahrertür und paffte eine kubanische Zigarre, als sie aus dem Wald kam.

Sie blieb wie angewurzelt in der Spur stehen, die sie selbst gemacht hatte, die Stecken weit auseinander.

Assail lächelte sie an und blies eine Rauchwolke in die Abenddämmerung. »Ein schöner Abend für einen Ausflug. Gefällt Ihnen die Aussicht – auf mein Haus?«

Sie atmete schnell von der Anstrengung, aber nicht aus Angst, soweit er das spüren konnte – was ihn irgendwie anmachte. »Ich weiß nicht, wovon Sie reden …«

Er fuhr dazwischen, da er wusste, dass sie log. »Aber ich kann Ihnen sagen, dass mir meine Aussicht gefällt.«

Als er den Blick lasziv an ihren langen, athletischen Beinen in der figurbetonten Skihose hinabstreifen ließ, funkelte sie ihn wütend an. »Ich glaube kaum, dass Sie mit dieser Sonnenbrille viel erkennen können.«

»Meine Augen sind äußerst lichtempfindlich.«

Sie blickte verwundert um sich. »Es gibt doch kaum noch Licht.«

»Genug, um Sie zu sehen.« Er zog erneut an seiner Zigarre. »Möchten Sie wissen, was ich gestern Nacht zu Benloise gesagt habe?«

»Zu wem?«

Jetzt ging sie ihm langsam auf die Nerven, und sein Ton wurde schärfer. »Ein Rat: Treiben Sie keine Spielchen mit mir – das kostet Sie schneller Ihr Leben als das Betreten fremder Grundstücke.

Sie sah aus kalten, schmalen Augen an. »Ich wusste nicht, dass das Betreten fremder Grundstücke so hart bestraft wird.«

»Bei mir haben eine ganze Reihe von Vergehen tödliche Folgen.«

Sie stieß das Kinn in die Höhe. »Wie furchteinflößend.«

Als wäre er ein Kätzchen, das einen Wollknäuel anfaucht.

Assail bewegte sich so schnell, dass sie ihm unmöglich mit dem Blick folgen konnte – eben noch war er Meter von ihr entfernt, im nächsten Moment stand er vorn auf ihren Skiern, sodass sie sich nicht mehr von der Stelle rühren konnte.

Sie stieß einen Schreckensschrei aus und wollte einen Satz nach hinten machen, doch ihre Füße steckten natürlich in den Bindungen fest. Er bewahrte sie vor dem Sturz, indem er sie mit der freien Hand am Arm packte.

Jetzt strömte Furcht durch ihre Blutbahnen, und als er

den Geruch einatmete, wurde er hart. Er riss sie nach vorn und sah zu ihr hinunter, ergründete ihr Gesicht.

»Nehmen Sie sich in acht«, sagte er leise. »Ich bin extrem reizbar und lasse mich nicht leicht beschwichtigen.«

Obwohl ihm mindestens eine Sache einfiel, mit der sie ihn besänftigen hätte können.

Er beugte sich auf sie zu und atmete tief ein. Verdammt, er liebte ihren Geruch.

Aber jetzt war nicht der Zeitpunkt, sich davon ablenken zu lassen. »Ich sagte Benloise, wenn er Leute zu mir nach Hause schickt, geschieht dies auf sein Risiko – und das seiner Leute. Ich bin überrascht, dass er Sie nicht über diese meines Erachtens sehr klare Anweisung informiert hat ...«

Aus dem Augenwinkel bemerkte er, wie sich ihre Schultern leicht zusammenzogen. Sie wollte mit der rechten Hand nach einer Waffe greifen.

Assail steckte sich die Zigarre zwischen die Zähne und fing ihr schmales Handgelenk auf. Dann drückte er zu, bis sie vor Schmerz tiefer atmete, und bog sie zurück, sodass sie sich seiner vollkommenen Macht bewusst war – über sich, über sie. Über alles.

Das war der Moment, in dem ihre Erregung aufflammte.

Es war so lange, vielleicht zu lange her, dass Sola einen Mann begehrt hatte.

Es lag nicht daran, dass sie generell nichts an ihnen fand oder es keine Avancen vom anderen Geschlecht gegeben hätte. Aber sie schienen den Ärger einfach nicht wert zu sein. Und vielleicht hatte sie sich nach dieser einen fehlgeschlagenen Beziehung auf ihre strenge brasilianische Erziehung zurückbesonnen – was ein Witz war, wenn man bedachte, womit sie ihren Lebensunterhalt verdiente.

Doch dieser Mann weckte ihr Interesse. Sehr sogar.

Es lag nichts Höfliches in dem Griff um ihren Arm und ihr Handgelenk und auch keine Schonung, weil sie eine Frau war. Er drückte so fest zu, dass sich der Schmerz in ihr Herz bohrte und es zum Klopfen brachte. Außerdem bog er sie so weit nach hinten, dass ihre Wirbelsäule an die Grenzen ihrer Biegsamkeit stieß und ihre Oberschenkel brannten.

Dadurch erregt zu sein stand im krassen Widerspruch zu ihrem Selbsterhaltungstrieb. Denn als sie in diese dunkle Sonnenbrille blickte, war sie sich sehr wohl bewusst, dass er sie auf der Stelle töten konnte. Indem er ihr das Genick brach. Oder die Arme, nur um sie schreien zu sehen, bevor er sie im Schnee erstickte. Oder indem er sie ohnmächtig prügelte und dann im Fluss versenkte.

Die Worte ihrer Großmutter klangen ihr im Ohr: *Warum du dir suchst nicht mal netten Burschen? Einen Katholiken aus einer Familie aus unserem Bekanntenkreis? Marisol, du mir brichst das Herz.*

»Ich kann nur annehmen«, flüsterte diese tiefe Stimme mit einem Akzent, den sie nicht einordnen konnte, »dass die Nachricht Sie nicht erreicht hat. Ist es nicht so? Hat Benloise es versäumt, Ihnen auszurichten, worum ich ihn gebeten habe? Ist das der Grund, warum Sie auf meinem Grundstück aufkreuzen, obwohl ich mich so unmissverständlich ausgedrückt hatte? Ich denke, so muss es gewesen sein – vielleicht eine Nachricht auf der Mailbox, die noch nicht abgehört wurde. Oder eine SMS – eine E-Mail. Ja, ich glaube, dass die Mitteilung von Benloise verloren ging, habe ich nicht recht?«

Der Druck auf sie verstärkte sich und ließ auf Kraftreserven schließen – was, gelinde gesagt, eine entmutigende Perspektive war.

»Habe ich nicht recht«, knurrte er.

»Ja«, presste sie hervor. »Ja, das stimmt.«

»Dann kann ich also erwarten, dass ich Sie in dieser Gegend nicht mehr auf Skiern antreffe. Ist das richtig?«

Er riss erneut an ihr, sodass ihre Lider flatterten. »Ja«, krächzte sie.

Der Mann ließ etwas locker, sodass sie ein paarmal Luft holen konnte. Dann sprach er weiter, und seine Stimme klang merkwürdig verführerisch. »Gut, dann wäre da noch eines, bevor ich Sie gehen lasse. Sie werden mir sagen, was Sie über mich wissen – alles.«

Sola runzelte die Stirn. Das war idiotisch, dachte sie. Ein Mann wie er musste doch wissen, welche Informationen eine dritte Partei zu seiner Person gewinnen konnte.

Also stellte er sie auf die Probe.

Nachdem sie ihre Großmutter gern wiedersehen wollte, sagte Sola: »Ich kenne Ihren Namen nicht, aber ich kann mir denken, was Sie tun und was Sie getan haben.«

»Und das wäre?«

»Ich glaube, dass Sie es sind, der all die kleinen Dealer in der Stadt erschossen hat, um die Kontrolle über das Gebiet zu gewinnen.«

»In den Zeitungen und Nachrichten war von Selbstmorden die Rede.«

Sie fuhr unbeirrt fort – schließlich gab es keinen Grund, zu streiten. »Ich weiß außerdem, dass Sie alleine leben, soweit ich das sehe – und dass Sie sehr merkwürdige Vorhänge vor den Fenstern haben. Eine Art Tarnung, die wie das Innere des Hauses erscheint, aber sie hat noch einen anderen Zweck. Ich weiß nur nicht, welchen.«

Das Gesicht über ihr blieb vollkommen teilnahmslos. Gelassen. Friedvoll. Als würde er sie nicht gewaltsam festhalten oder ihr körperlichen Schmerz androhen. Die

Kontrolle, die er über sie ausübte, war … erotischer Natur.

»Und?«, drängte er sie.

»Das ist alles.«

Er zog an seiner Zigarre, sodass sich das orangefarbene Glimmen am Ende verstärkte. »Ich lasse Sie nur ein Mal davonkommen. Haben wir uns verstanden?«

»Ja.«

Er war so schnell, dass sie mit den Armen rudern musste, um das Gleichgewicht zu halten, und ihre Stecken gruben sich in den Schnee. Moment, wo war er?

Er erschien direkt hinter ihr, die Füße rechts und links ihrer Skispuren in den Schnee gepflanzt, eine körperliche Barriere auf dem Weg, den sie von seinem Haus gekommen war. Ihr linker Bizeps und ihr rechtes Handgelenk brannten, als das Blut in die Körperregionen zurückkehrte, aus denen es verdrängt worden war. Ein kalter Schauder lief ihr über den Nacken.

Verschwinde von hier, Sola, sagte sie sich. *So schnell du kannst.*

Um nicht noch einmal festgehalten zu werden, schoss sie vorwärts auf die geräumte Straße und suchte mit den gewachsten, geriffelten Unterseiten ihrer Skier Halt auf dem vereisten Schnee.

Er folgte ihr mit langsamen Schritten, unaufhaltsam, wie eine Katze, die einer Beute nachlief, mit der sie nur spielen wollte – fürs Erste.

Ihre Hände zitterten, als sie mit den Spitzen ihrer Stöcke die Bindungen löste und ihre Skier mühsam auf dem Ständer auf ihrem Auto befestigte. Die ganze Zeit über stand er mitten auf der Straße und sah ihr zu, und der Rauch seiner Zigarre wurde mit dem kalten Wind über seine Schulter in Richtung Fluss geweht.

Sie stieg ein und verriegelte die Türen, ließ den Motor an und blickte in den Rückspiegel. Im Schein ihrer Bremslichter wirkte er durch und durch böse auf sie, ein großer, schwarzhaariger Mann mit einem Gesicht von der Schönheit eines Prinzen und der Grausamkeit einer Klinge.

Sie drückte aufs Gas und fuhr auf die Straße. Der Allradantrieb gab ihr die nötige Haftung, und sie schoss davon.

Wieder sah sie in den Rückspiegel. Er war noch immer da …

Solas Fuß wanderte zur Bremse, und um ein Haar wäre sie draufgestiegen.

Dann war er plötzlich fort.

Als hätte er sich in Luft aufgelöst. Gerade noch hatte sie ihn gesehen … und dann war er weg, spurlos verschwunden.

Sie schüttelte den Kopf, stieg erneut aufs Gas und bekreuzigte sich über dem klopfenden Herzen.

Voller Panik stellte sie sich eine Frage: Wer war er?

30

Als sich die Jalousien am Abend hoben, klopfte es an Laylas Tür – sie wusste, wer sie besuchte, noch bevor sein Geruch durch die Ritzen der Tür drang.

Unwillkürlich griff sie sich ins Haar – es war völlig durcheinander, platt gedrückt, weil sie sich den ganzen Tag von einer Seite auf die andere gewälzt hatte. Außerdem trug sie immer noch die Straßenkleidung, die sie für den Klinikbesuch angelegt hatte.

Doch sie konnte ihm den Zutritt nicht verweigern.

»Komm rein«, rief sie, setzte sich auf und strich die Laken glatt, die sie bis zum Hals hochgezogen hatte.

Qhuinn war für den Kampf gekleidet, was wohl bedeutete, dass er heute im Einsatz war – vielleicht aber auch nicht. Layla war nicht in den Dienstplan eingeweiht.

Als sich ihre Blicke trafen, runzelte sie die Stirn. »Was ist mit dir?«

Er berührte den Verband über seiner Braue. »Ach, das? Nur ein kleiner Kratzer.«

Aber es war nicht die Verletzung, die ihr aufgefallen war. Es waren der leere Blick und die finsteren Höhlungen unter seinen Wangenknochen.

Er blieb stehen. Schnupperte. Wurde kreidebleich.

Sofort sah sie hinab auf ihre Hände, die Finger, die wie so oft ineinander verschränkt waren. »Bitte schließ die Tür«, sagte sie.

»Was geht hier vor?«

Als er die Tür geschlossen hatte, holte sie tief Luft: »Ich war gestern Nacht bei Havers ...«

»*Was?*«

»Ich habe geblutet ...«

»Geblutet!« Er stürzte zum Bett und kam beinahe schlitternd zum Stehen. »Warum hast du mir nicht davon erzählt?«

Gütige Jungfrau der Schrift, es war ihr unmöglich, im Angesicht seines Zorns nicht zurückzuschrecken – sie hatte im Moment einfach keine Kraft und konnte sich nicht verteidigen.

Sofort bändigte Qhuinn seine Wut, nahm von ihr Abstand und marschierte nervös im Kreis. Dann sah er sie an und sagte mürrisch: »Tut mir leid. Ich wollte dich nicht anschreien – ich will nur ... ich mache mir Sorgen um dich.«

»Es tut mir leid. Ich hätte es dir sagen sollen, aber du warst im Einsatz, deshalb wollte ich dich nicht behelligen. Ich weiß auch nicht ... ehrlich, ich konnte vermutlich nicht klar denken. Ich war in Panik.«

Qhuinn setzte sich neben sie, und seine kräftigen Schultern wölbten sich nach vorne, als er die Finger verschränkte und sich mit den Ellbogen auf den Knien abstützte. »Also, was ist los?«

Sie konnte nur die Schultern zucken. »Nun ja, wie du selbst bemerkt hast, blute ich.«

»Wie stark?«

Sie dachte an die Worte der Schwester. »Stark genug.«

»Seit wann?«

»Es hat vor vierundzwanzig Stunden angefangen. Ich wollte mich nicht an Doc Jane wenden, weil ich mir nicht sicher war, ob es dann privat bleiben wird, und auch, weil sie kaum Erfahrungen mit Schwangerschaften in unserer Spezies hat.«

»Was hat Havers gesagt?«

Diesmal verzog Layla das Gesicht. »Er hat sich geweigert, mit mir zu reden.«

Qhuinn sah sie ungläubig an. »Wie bitte?«

»Weil ich eine Auserwählte bin, spricht er ausschließlich mit dem Primal.«

»Du verarschst mich.«

Sie schüttelte den Kopf. »Nein. Ich konnte es auch nicht glauben – und ich fürchte, mein Abgang aus der Klinik fand nicht unter optimalen Bedingungen statt. Er hat mich zu einem Objekt reduziert, als wäre ich überhaupt nicht von Bedeutung, sondern lediglich ein Gefäß …«

»Du weißt, dass das nicht stimmt.« Qhuinn ergriff ihre Hand, und seine verschiedenfarbigen Augen brannten. »Nicht für mich. Niemals.«

Sie streckte die Hand aus und berührte ihn an der Schulter. »Ich weiß, aber danke, dass du das sagst.« Sie erschauderte. »Es tut gut, das zu hören. Und was meinen … Zustand betrifft: Die Schwester sagte, so etwas ließe sich durch nichts aufhalten.«

Qhuinn starrte auf den Teppich und verharrte lange Zeit in dieser Haltung. »Ich verstehe das nicht. So war es nicht vorgesehen.«

Sie unterdrückte das entsetzliche Gefühl, versagt zu haben, richtete sich auf und strich über seinen Rücken. »Ich weiß, dass du es genauso sehr wolltest wie ich.«

»Du kannst das Kind nicht verlieren. Es ist unmöglich.«

»Soweit ich weiß, sieht die Statistik nicht gut aus. Nicht zu Beginn und nicht am Ende.«

»Nein, das stimmt nicht. Ich habe … sie gesehen.«

Layla räusperte sich. »Nicht alle Träume gehen in Erfüllung, Qhuinn.«

Eine scheinbar so einfache Aussage. Und so offensichtlich. Aber sie schmerzte bis ins Mark.

»Es war kein Traum«, sagte er barsch. Doch dann schüttelte er den Kopf und sah sie wieder an. »Wie geht es dir? Tut es weh?«

Als sie nicht gleich antwortete, weil sie ihn wegen der Krämpfe nicht belügen wollte, stand er auf. »Ich hole Doc Jane.«

Sie schnappte sich seine Hand und hielt ihn fest. »Warte. Denk darüber nach. Wenn ich das Kind verliere …« Sie musste sich sammeln, nachdem sie die Worte ausgesprochen hatte. »… besteht kein Grund, dass wir irgendwem davon erzählen. Niemand muss es erfahren. Wir können die Natur …« An diesem Punkt brach ihre Stimme, aber sie zwang sich weiterzusprechen. »… ihren Lauf nehmen lassen.«

»Zum Henker damit. Ich bringe dein Leben nicht in Gefahr, nur um einem Streit aus dem Weg zu gehen.«

»Es wird den Abgang nicht verhindern, Qhuinn.«

»Es ist nicht nur der Abgang, um den ich mich sorge.« Er drückte ihre Hand. »Es geht um dich. Deshalb hole ich jetzt auf der Stelle Doc Jane.«

Ja, scheiß auf die Heimlichtuerei, dachte Qhuinn und ging auf die Tür zu.

Er hatte von Vampirinnen gehört, die bei einer Fehlgeburt verblutet waren – und obwohl er es Layla nicht sagen wollte, würde er demgemäß handeln.

»Qhuinn. Stopp«, rief Layla. »Denk nach, was du tust.«

»Das tue ich. Und zwar ganz klar.« Er wartete nicht auf weitere Einwände. »Du bleibst hier.«

»Qhuinn …«

Er hörte sie noch, als er die Tür schloss und losrannte, den kurzen Gang entlang und die Treppe hinunter. Wenn er Glück hatte, saß Doc Jane noch mit ihrem *Hellren* beim Ersten Mahl – die beiden hatten am Tisch gesessen, als er hochgegangen war, um nach Layla zu sehen.

Seine Nikes quietschten auf dem Mosaikboden in der Eingangshalle, als er auf das Esszimmer zulief.

Zum Glück sah er die Ärztin noch an ihrem Platz, und sein erster Impuls war, nach ihr zu rufen. Doch dann bemerkte er, dass noch andere Brüder am Tisch saßen.

Scheiße. Für ihn war es ein Leichtes, zu sagen, dass er die Folgen tragen könnte, wenn publik wurde, was sie getan hatten. Aber Layla? Für die geweihte Auserwählte stand viel mehr auf dem Spiel als für ihn. Phury war ein ziemlich fairer Kerl, die Chancen standen gut, dass er cool damit umging. Aber wie sah es mit dem Rest der Gesellschaft aus?

Wie es einem als Ausgestoßenem erging, wusste er nur zu gut. Diese Erfahrung wollte er ihr ersparen.

Qhuinn eilte zu V und Jane, die sich auf ihren Stühlen entspannt zurückgelehnt hatten. Der Bruder rauchte eine selbst gedrehte Zigarette, und die Ärztin lächelte ihren *Hellren* an, als er einen Witz machte.

Sobald Jane ihn erblickte, setzte sie sich auf.

Qhuinn beugte sich zu ihr hinab und flüsterte ihr ins Ohr.

Keine Sekunde später war sie auf den Füßen. »Ich muss los, Vishous.«

Der Bruder hob die diamantfarbenen Augen. Anscheinend reichte ihm ein Blick in Qhuinns Gesicht: Er stellte keine Fragen, sondern nickte nur ein Mal.

Qhuinn und die Ärztin eilten zusammen raus.

Man musste Doc Jane hoch anrechnen, dass sie keine Zeit damit verschwendete, nach dem Zustandekommen dieser Schwangerschaft zu fragen. »Wie lange blutet sie schon?«

»Seit vierundzwanzig Stunden.«

»Wie schwer?«

»Ich weiß es nicht.«

»Irgendwelche anderen Symptome? Fieber? Übelkeit? Kopfschmerzen?«

»Ich weiß es nicht.«

Sie hielt ihn auf, als sie an der großen Freitreppe ankamen. »Lauf in die Höhle. Meine Tasche steht auf dem Tresen neben der Obstschale.«

»In Ordnung.«

Qhuinn war noch nie in seinem Leben so schnell gerannt. Raus aus der Vorhalle. Über den verschneiten Hof. Pin eingeben. Im Eiltempo rein in die Höhle von V und Butch.

Unter normalen Umständen wäre er nie eingetreten, ohne anzuklopfen. Scheiße, nicht einmal ohne Termin. Doch heute war ihm das egal.

Oh, gut, die schwarze Tasche stand tatsächlich neben der Schale mit den Äpfeln.

Er schnappte sie sich und rannte zurück, vorbei an den parkenden Fahrzeugen. Dann trat er auf der Stelle, während er ungeduldig darauf wartete, dass Fritz ihn wieder ins Haus ließ.

Er mähte den *Doggen* beinahe um.

Im ersten Stock raste er an der offenen Tür zu Wraths Arbeitszimmer vorbei und stürzte in Laylas Gästezimmer. Er schloss die Tür und schleppte sich keuchend zum Bett, auf dem die Ärztin nun seinen alten Platz eingenommen hatte.

Himmel, Layla war weiß wie ein Laken. Doch so war das eben, wenn eine Vampirin Angst hatte und Blut verlor.

Doc Jane war mitten im Satz, als sie ihre Tasche von ihm entgegennahm. »Ich denke, ich sollte damit beginnen, deinen Blutdruck zu messen ...«

Kawumm!

Als es schepperte, war Qhuinns erster Impuls, sich schützend über die beiden Frauen zu werfen.

Aber der Krach stammte nicht von einer Bombe. Es war Phury, der die Tür aufriss.

Die gelben Augen des Bruders leuchteten unheilvoll, als sie von Layla über Doc Jane zu Qhuinn wanderten ... und wieder zurück.

»Was ist hier los?«, fragte er, und seine Nasenlöcher blähten sich, als er offensichtlich den gleichen Geruch auffing wie Qhuinn. »Ich sehe die Ärztin die Treppe hochrennen. Dann kommt Qhuinn mit ihrer Tasche daher. Und jetzt ... Kann mir vielleicht jemand erklären, was hier los ist? Und zwar auf der Stelle!«

Aber er wusste längst Bescheid. Denn sein Blick war auf Qhuinn gerichtet.

Qhuinn begegnete dem Blick des Bruders. »Ich habe sie geschwän...«

Er hatte keine Gelegenheit, diesen Satz zu Ende zu führen. Der Bruder packte ihn und warf ihn gegen die Wand. Als Qhuinn die Wucht mit seinem Rücken auffing, explodierte der Schmerz in seinem Kiefer – ein Hinweis darauf, dass Phury ihm außerdem einen anständigen Kinnhaken verpasst hatte. Dann hielten ihn grobe Hände hoch, sodass seine Füße zehn Zentimeter über dem Orientteppich baumelten, während sich in der Tür die ersten Schaulustigen versammelten.

Großartig. Auch noch Publikum.

Phury kam mit dem Gesicht ganz nah an ihn heran und bleckte die Fänge. »Du hast *was* mit ihr gemacht?«

Qhuinn schluckte Blut. »Sie war in der Triebigkeit. Ich habe ihr gedient …«

»Du verdienst sie nicht …«

»Ich weiß.«

Phury stieß ihn erneut gegen die Wand. »Sie ist etwas Besseres …«

»Da bin ich ganz deiner Meinung …«

Rumms! Wieder die Wand. »Und warum zum Teufel hast du sie dann …«

Ein Knurren hob an, so laut, dass der Spiegel neben Qhuinns Kopf klapperte – ebenso wie die silbernen Pinsel im Becher auf der Kommode und die Kristalle der Wandleuchter rechts und links von der Tür. Erst war er sich sicher, dass es Phury war … doch dann warf auch der Bruder einen verwunderten Blick über die Schulter.

Layla war aus dem Bett gestiegen und kam auf sie zu – heilige Scheiße, ihr Blick reichte aus, um Lack von einer Autotür zu schmelzen: Obwohl es ihr nicht gut ging, fletschte sie die Fänge und krümmte die Finger zu Klauen … und ein eisiger Hauch wehte ihr voraus, bei dem sich Qhuinn die Nackenhaare aufstellten.

Dieses Knurren hätte man nicht einmal einem Kerl zugetraut – geschweige denn einer zierlichen Vampirin, noch dazu einer Auserwählten.

Doch ihr Tonfall war noch erstaunlicher: »Lasst. Ihn. Los.«

Sie sah zu Phury auf, als wäre sie imstande, ihm die Arme auszureißen und ihm damit eins überzubraten, wenn er nicht tat, was sie verlangte. Und zwar ein bisschen plötzlich.

Und siehe da – auf einmal konnte Qhuinn wieder richtig atmen, und seine Nikes standen wieder auf dem Boden. Wie durch Zauberei.

Phury hob beschwichtigend die Hände. »Layla, ich …«

»Ihr rührt ihn nicht an. Nicht wegen dieser Sache – haben wir uns verstanden?« Sie balancierte auf den Fußballen, als könnte sie Phury jede Sekunde an die Gurgel springen. »Er war der Vater meines Kindes, demgemäß werden ihm alle Rechte und Privilegien dieses Ranges zuteil.«

»Layla …«

»Haben wir uns verstanden?«

Phury nickte, wobei sein mehrfarbiger Haarschopf wippte. »Ja. Aber …«

Da fauchte sie in der Alten Sprache: *»Sollte ihm etwas zustoßen, verfolge ich Euch und finde Eure Schlafstätte. Mich kümmert nicht, wo Ihr Euch bettet oder bei wem, meine Rache wird über Euch kommen, bis zu Eurem Ruin.«*

Das letzte Wort zog sie in die Länge, bis es sich in ein weiteres Knurren verwandelte.

Totenstille.

Schließlich bemerkte Doc Jane trocken: »Tja, und deswegen heißt es immer, dass die weiblichen Vertreter einer Spezies gefährlicher sind als die männlichen.«

»Absolut«, murmelte jemand draußen auf dem Flur.

Phury riss frustriert die Hände in die Höhe. »Ich will doch nur das Beste für dich, und das nicht nur, weil ich mir als Freund Sorgen mache – es ist mein verdammter Job. Du durchwanderst deine Triebigkeit, ohne es jemandem zu sagen, liegst bei ihm« – das sagte er, als wäre

Qhuinn ein Haufen Dreck –, »und informierst niemanden, als du medizinische Hilfe brauchst. Da soll ich glücklich sein? Verdammt noch mal!«

Die beiden redeten weiter, aber Qhuinn hörte es längst nicht mehr: Sein Bewusstsein hatte sich vollständig in sein Gehirn zurückgezogen. Mann, der nette kleine Kommentar des Bruders hätte ihn eigentlich nicht so hart treffen dürfen – schließlich hatte er dergleichen schon öfter gehört. Zum Henker, er hatte sogar selbst so über sich gedacht. Aber aus irgendeinem Grund hatten die Worte ein Beben ausgelöst, das ihn bis ins Mark erschütterte.

Er rief sich ins Gedächtnis, dass es wohl kaum einer Tragödie gleichkam, wenn das Offensichtliche ausgesprochen wurde. Also schob er die Scham beiseite und blickte um sich. Ja, alle waren sie an der Tür erschienen – und einmal mehr wurden Dinge, die er gern für sich behalten hätte, vor einem Publikum ausgetragen.

Zumindest war es Layla egal. Scheiße, ihr schien es nicht einmal aufzufallen.

Irgendwie war es schon witzig, wie sich all diese erfahrenen Kämpfer von dieser Vampirin fernhielten. Andererseits: Wer im Einsatz überleben wollte, entwickelte schnell ein Gespür für riskante Situationen. Und selbst Qhuinn, den die Auserwählte hier verteidigte, hätte nicht gewagt, sie anzufassen.

»Hiermit entsage ich dem Rang der Auserwählten, zusammen mit allen Rechten und Privilegien. Von diesem Herzschlag an bin ich, Layla, eine Gefallene ...«

Phury versuchte, ihr das Wort abzuschneiden. »Hör zu, das musst du nicht tun ...«

»... für immerdar. Ich bin ruiniert, nach traditionellem Verständnis und praktisch, ich bin nicht mehr Jungfrau und trage ein Kind unter dem Herzen, auch wenn ich es jetzt verliere.«

Qhuinn rammte den Hinterkopf gegen die Wand. Verdammt.

Phury fuhr sich durch das volle Haar. »Scheiße.«

Als Layla ins Wanken geriet, stürzte man ihr zur Hilfe, doch sie schob alle von sich und schaffte es aus eigener Kraft zurück zum Bett. Dort setzte sie sich vorsichtig hin, als würde ihr alles wehtun, und senkte den Kopf.

»Mein Schicksal ist besiegelt, und ich bin bereit, die Konsequenzen zu tragen, was es auch heißen mag. Das ist alles.«

Einige Brauen hoben sich, als sie die Menge auf diese Weise entließ, aber niemand protestierte: Nach einem kurzen Augenblick zerstreuten sich die Zuschauer, nur Phury blieb zurück, zusammen mit Qhuinn und der Ärztin.

Die Tür schloss sich.

»Okay, nach diesen Geschehnissen muss ich nun erst recht deinen Blutdruck messen«, meinte Doc Jane, lehnte die Vampirin gegen die Kissen und half ihr, die vom Bett gerutschten Laken wieder hochzuziehen.

Qhuinn rührte sich nicht, als eine Manschette über einen schlanken Arm geschoben und aufgeblasen wurde.

Phury hingegen lief umher – bis er die Stirn runzelte und sein Handy aus der Tasche holte. »Hat mich Havers etwa deshalb gestern Nacht angerufen?«

Layla nickte. »Ich wollte bei ihm um Hilfe ersuchen.«

»Warum bist du nicht zu mir gekommen?«, murmelte der Bruder leise.

»Was hat Havers gesagt?«

»Ich weiß es nicht, ich habe die Mailbox nicht abgehört. Ich dachte, ich hätte keinen Grund dafür.«

»Er meinte, er würde nur mit Euch reden.«

Bei diesen Worten blickte Phury zu Qhuinn, und seine

gelben Augen wurden schmal. »Wirst du dich mit ihr vereinigen?«

»Nein.«

Phurys Blick wurde wieder eisig. »Was bist du nur für ein Kerl ...«

»Er liebt mich nicht«, unterbrach Layla ihn. »Und ich ihn auch nicht.«

Als der Primal den Kopf herumriss, fuhr Layla fort: »Wir wollten ein Kind.« Sie beugte sich nach vorn, als Doc Jane von hinten ihr Herz abhörte. »Das war der Anfang und zugleich auch das Ende.«

Jetzt fluchte der Bruder. »Das verstehe ich nicht.«

»Wir sind beide in vieler Hinsicht Waisen«, erklärte die Auserwählte. »Wir wollen ... wollten ... selbst eine Familie haben.«

Phury stieß die Luft aus und ließ sich auf den zierlichen Stuhl neben dem Tisch in der Ecke fallen. »Nun. Äh. Ich schätze, damit sieht diese Angelegenheit wohl ein wenig anders aus. Ich dachte ...«

»Es spielt keine Rolle«, fiel Layla ihm ins Wort. »Es ist, was es ist. Oder was es war, so wie es aussieht.«

Qhuinn stellte fest, dass er sich grundlos die Augen rieb. Nicht, dass sie brannten oder dergleichen. Nein, nein. Nicht doch.

Es war nur einfach so ... verdammt traurig. Alles an dieser beschissenen Situation. Laylas Zustand, Phurys hilflose Erschöpfung, der grässliche Schmerz in seiner eigenen Brust – all das war einfach nur verdammt traurig.

31

»Das hier ist genau, was ich suche.«

Während Trez sprach, lief er in der großen, leeren Lagerhalle umher, und seine Schritte hallten laut von den Wänden wider. Mühelos konnte er die Erleichterung spüren, die von der Immobilienmaklerin an der Tür zu ihm herüberwehte.

Mit Menschen zu verhandeln war vergleichbar mit einem Baby, dem man seine Bonbons wegnahm.

»Sie könnten etwas aus diesem Stadtteil machen«, sagte die Maklerin. »Es ist eine echte Gelegenheit.«

»Das stimmt.« Obwohl ihm sicher keine Edelschuppen folgen würden: eher Tattoo- und Piercing-Läden, billige Schnellrestaurants, Pornokinos.

Aber damit hatte er kein Problem. Selbst Zuhälter konnten stolz auf ihre Arbeit sein – und ehrlich gesagt tendierte er ohnehin dazu, Tätowierern mehr zu trauen als manch einem sogenannten »anständigen Bürger«.

Trez vollführte eine Drehung. Die Halle war riesig, fast

so hoch wie breit, mit vielen quadratischen Fenstern, von denen einige zerbrochen und mit Sperrholz vernagelt waren. Die Decke war in Ordnung – zumindest größtenteils, die Wellblechplatten hielten den Schnee ab, wenn auch nicht die Kälte. Der Boden war aus Beton, aber es lag offensichtlich noch ein Stockwerk darunter – es gab mehrere Falltüren, obwohl sich keine von ihnen einfach öffnen ließ. Die elektrischen Leitungen sahen in Ordnung aus, Heizung, Lüftung oder Klimaanlage gab es nicht, die sanitäre Ausstattung war ein Witz.

Doch in seinem Kopf sah er die Halle nicht in ihrem gegenwärtigen Zustand – nein, er konnte sie sich verwandelt vorstellen, in einen Club von den Dimensionen eines Limelight. Natürlich müsste man einen Haufen Geld in das Projekt pumpen, und es würde viele Monate dauern, bis die Arbeit bewältigt war. Doch am Ende könnte man mit einer neuen heißen Adresse in Caldwell aufwarten – und er hätte einen neuen Veranstaltungsort, mit dem er Geld verdienen konnte.

Ein Gewinn für alle.

»Also, wollen Sie ein Angebot machen?«

Trez sah die Maklerin an. Sie war ein Vollprofi in ihrem schwarzen Wollmantel und dem dunklen Kostüm mit Rock bis übers Knie – neunzig Prozent ihrer Haut waren bedeckt, und das nicht nur, weil Dezember war. Und doch, selbst zugeknöpft und mit dem praktischen Haarschnitt war sie in seinen Augen schön, auf die gleiche Weise, wie es alle Frauen waren: Sie hatte Brüste und weiche, glatte Haut und eine Stelle zwischen den Beinen, an der er herumspielen konnte.

Außerdem mochte sie ihn.

Das merkte er an der Art, wie sie seinem Blick auswich, und daran, dass sie nicht wusste wohin mit ihren Händen – sie steckten in den Manteltaschen, dann spielten sie mit ihrem Haar, anschließend zupften sie an der Seidenbluse herum …

Ihm wären auch ein paar schöne Beschäftigungen für diese Hände eingefallen.

Trez ging lächelnd auf sie zu – und blieb erst stehen, als er ihr ganz nah auf die Pelle gerückt war. »Ja. Ich will.«

Die Zweideutigkeit verfehlte ihre Wirkung nicht: Ihre Wangen röteten sich, und es war nicht die Kälte, sondern Erregung. »Oh. Gut.«

»Wo sollen wir es tun?«, fragte er gedehnt.

»Das Angebot verhandeln, meinen Sie?« Sie räusperte sich. »Sie müssen mir nur sagen, was Sie … wollen, und ich … sorge dafür, dass es passiert.«

Oh, sie war nicht an Gelegenheitssex gewöhnt. Wie süß.

»Hier.«

»Bitte, was?« Jetzt sah sie ihm in die Augen.

Seine Lippen verzogen sich zu einem verkniffenen Lächeln, sodass man seine Fänge nicht sah. »Dieses Angebot. Machen wir es gleich hier?«

Ihre Augen weiteten sich. »Wirklich?«

»Ja. Wirklich.« Er trat noch einen Schritt auf sie zu, aber nicht so nah, dass sie sich berührten. Er wollte sie verführen, aber er musste sich hundertprozentig sicher sein, dass sie auch wirklich dabei war. »Sind Sie bereit?«

»Für … das … Angebot?«

»Ja.«

»Es ist, äh, kalt hier«, sagte sie. »Vielleicht in meinem Büro? Dort werden die meisten … Angebote … verhandelt.«

Auf einmal sah Trez seinen Bruder vor sich, wie er zu Hause auf dem Sofa saß und ihn ansah, als läge das beschissene Problem bei ihm. Es war wie ein Schlag in die

Magengrube, und während er das Bild zu vertreiben versuchte, wurde ihm bewusst, dass er fast jede Frau flachgelegt hatte, die ihm in der letzten Zeit über den Weg gelaufen war. Scheiße, und wie lange ging das nun schon so?

Klar, wenn sie nicht im heiratsfähigen Alter waren, hatte er nichts mit ihnen gehabt.

Oder wenn sie nicht fruchtbar waren.

Was ungefähr ein bis zwei Dutzend ausnahm. Super. Was war er doch für ein Held.

Also, was sollte dieser Scheiß? Er wollte nicht in das Büro dieser Maklerin – dafür war nicht genug Zeit, wenn er rechtzeitig im Iron Mask sein wollte. Die einzige Möglichkeit wäre also hier, im Stehen, ihr Rock über die Hüfte geschoben, ihre Beine um seine Hüften geschlungen. Schnell, aufs Wesentliche reduziert, und danach ging man getrennter Wege.

Natürlich erst, nachdem er ihr gesagt hatte, wie viel er für dieses Lagerhaus ausgeben würde.

Aber was dann? Es war nicht so, dass er sie bei Vertragsabschluss vögeln würde. Bei ihm gab es selten ein zweites Mal, und das nur, wenn er jemanden wirklich anziehend fand oder er es besonders nötig hatte – was gerade nicht der Fall war.

Verdammt noch mal, was bezweckte er mit seinem Vorgehen? Er würde sie noch nicht einmal nackt sehen. Oder sonderlich viel Hautkontakt mit ihr haben.

Aber vielleicht ging es ja gerade darum.

Wann war er das letzte Mal wirklich mit einer Frau zusammen gewesen? Also so richtig? Mit einem netten Essen, ein bisschen Musik, kleinen Neckereien, die ihm den Weg in ein Schlafzimmer ebneten – und dann einem ausgiebigen Liebesspiel ohne jede Eile, mit mehreren Orgasmen.

Ohne Panikattacke, wenn es vorbei war.

»Sie wollten etwas sagen?«, fragte die Maklerin.

iAm hatte recht. Er musste diesen Quatsch nicht machen. Himmel, er fand die Frau noch nicht einmal ausnehmend attraktiv. Sie stand vor ihm. Sie war verfügbar. Und der Ehering an ihrem Finger bedeutete, dass sie vermutlich keinen Stress machen würde, wenn es vorüber war – weil sie etwas zu verlieren hatte.

Trez trat einen Schritt zurück. »Hören Sie zu, ich …« Sein Handy klingelte in der Manteltasche. Perfektes Timing, dachte er – und sah auf das Display. iAm. »Entschuldigen Sie, ich muss kurz rangehen. Hey, was treibst du, kleiner Bruder?«

iAm klang leise, als hätte er die Stimme gesenkt. »Wir haben Besuch.«

Trez versteifte sich. »Welcher Art und wo?«

»Ich bin zu Hause.«

Ach du Scheiße. »Wer ist es?«

»Nicht deine Verlobte, bleib cool. AnsLai ist hier.«

Der Hohepriester. Fantastisch. »Nun, ich habe zu tun.«

»Er ist nicht meinetwegen hier.«

»Dann soll er wieder gehen, ich bin beschäftigt.« Als ihm über das Handy nichts als Schweigen entgegenschlug, konnte er sich denken, dass sein Bruder ihn insgeheim verfluchte. Er wurde zappelig und lief umher. »Hör zu, was soll ich deiner Meinung nach tun?«

»Hör auf, davonzulaufen, und kümmere dich um diese Angelegenheit.«

»Da gibt es nichts zu kümmern. Wir sehen uns später, okay?«

Er wartete auf eine Antwort. Stattdessen wurde die Verbindung unterbrochen. Tja, wenn man es dem Bruder überließ, den eigenen Mist zu erledigen, brauchte man sich nicht wundern, dass ihm nicht nach langen Verabschiedungen zumute war.

Trez legte auf und schielte zur Maklerin hinüber. Mit einem breiten Lächeln ging er auf sie zu und sah runter zu ihr. Ihr korallenfarbener Lippenstift war ein wenig zu knallig für ihren Hauttyp, aber das war ihm egal.

Er würde sich ohnehin nicht lange mit ihrem Mund aufhalten.

»Ich zeige Ihnen, wie warm ich es hier drinnen werden lassen kann«, sagte er mit einem lasziven Lächeln.

In Laylas Zimmer im Haus der Bruderschaft waren die beteiligten Parteien zu einer Art Waffenruhe gekommen.

Phury hatte nicht mehr die Absicht, Qhuinn in einen Wandbehang zu verwandeln. Layla wurde untersucht. Und die Tür war geschlossen, sodass die weiteren Geschehnisse nicht mehr als vier Zeugen hatten.

Qhuinn wartete darauf, was Doc Jane sagen würde.

Als sie schließlich das Stethoskop von ihrem Hals nahm, lehnte sie sich zurück. Ihr Gesichtsausdruck gab ihm allerdings keinen Anlass zur Hoffnung.

Er kapierte es nicht. Er hatte seine Tochter an der Eingangstür zum Schleier gesehen: Als ihn die Ehrengarde zusammengeschlagen und am Straßenrand liegen gelassen hatte, war er irgendwo in einem Zwischenreich gelandet und auf eine weiße Tür zugegangen … und auf dieser Tür hatte er eine junge Frau gesehen, deren Augen erst einfarbig waren und dann blau und grün wurden, so wie seine.

Ohne diese Vision hätte er wahrscheinlich nicht bei Layla gelegen. Aber er war sich so sicher gewesen, dass es sein Schicksal war, er hätte nie gedacht …

Scheiße, vielleicht entsprang dieses Kind einer anderen Verbindung – irgendwann in ferner Zukunft.

Aber dazu müsste er wieder mit jemandem ins Bett gehen. Und das würde nie mehr geschehen.

Ausgeschlossen. Nicht jetzt, nachdem er Blay gehabt hatte.

Nein.

Selbst wenn sein ehemaliger Freund und er nie wieder miteinander im Bett landeten, würde er keinen anderen wollen. Denn wer sollte da mithalten? Ein Leben im Zölibat war immer noch besser als schlechte Ersatzbefriedigung – und etwas anderes gab es nicht auf diesem Planeten.

Doc Jane räusperte sich und nahm Laylas Hand. »Dein Blutdruck ist ein bisschen niedrig. Dein Puls etwas lahm. All das lässt sich meiner Meinung nach durch Nähren beheben ...«

Qhuinn sprang regelrecht mit ausgestrecktem Arm auf das Bett. »Geht in Ordnung – hier. Nimm meinen ...«

Doc Jane legte ihm die Hand auf den Arm und lächelte ihn an. »Aber das ist es nicht, was mir Sorgen bereitet.«

Er erstarrte – und aus dem Augenwinkel bemerkte er, dass Phury es ihm gleichtat.

»Wir haben ein Problem.« Die Ärztin sah Layla an und sprach sanft und deutlich. »Ich weiß nicht viel über Vampirschwangerschaften – so schwer es mir fällt, wir müssen noch einmal zu Havers.« Sie hob abwehrend die Hand, als würde sie Einwände von allen Seiten erwarten. »Hier geht es um Layla und ihr Kind – wir müssen sie zu jemandem bringen, der sie fachkundig behandeln kann, selbst wenn wir unter anderen Umständen niemals bei ihm anklopfen würden. Und, Phury« – sie sah den Bruder an –, »du musst mitgehen. Deine Anwesenheit wird es für alle leichter machen.«

Schmale Lippen, wohin man blickte.

»Sie hat recht«, sagte Qhuinn schließlich. Dann wandte er sich an den Primal. »Und du musst dich als Vater ausgeben, damit man sie mit Respekt behandelt. Wenn ich die Vaterschaft eingestehe, weigert er sich am Ende, sie zu behandeln – eine Gefallene, die sich von einem Makelbehafteten schwängern lässt, weist er vielleicht ab.«

Phury öffnete den Mund. Schloss ihn wieder.

Dem gab es einfach nichts hinzuzufügen.

Phury griff sich sein Handy und rief in der Klinik an, um das Personal über ihr Kommen zu informieren. Seiner Stimme war anzuhören, dass er bereit war, den Laden abzufackeln, sollten Havers und seine Crew Zicken machen.

Nachdem das geklärt war, ging Qhuinn zu Layla und sagte leise: »Diesmal wird es anders sein. Er wird sich um dich kümmern. Mach dir keine Sorgen – sie werden dich wie eine Königin behandeln.«

Laylas Augen waren groß, aber sie riss sich zusammen. »Ja. In Ordnung.«

Und tatsächlich war nicht nur Phury zum Äußersten bereit. Sollte Havers Layla gegenüber die überhebliche Haltung der *Glymera* einnehmen, würde Qhuinn die Arroganz aus ihm rausprügeln. Layla hatte eine derartige Behandlung nicht verdient – nicht einmal dafür, dass sie einen Ausgestoßenen für die Fortpflanzung gewählt hatte.

Scheiße. Vielleicht war es besser, dass diese Schwangerschaft abging. Wollte er wirklich ein Kind zu seinem Erbgut verdammen?

»Kommst du auch mit?«, fragte sie, als wäre sie nicht ganz bei der Sache.

»Ja, ich bin dabei.«

Phury steckte sein Handy weg und sah abwechselnd zu Qhuinn und zu Layla. Seine gelben Augen wurden schmal. »Okay, sie nehmen uns dran, sobald wir da sind.

Ich lasse Fritz den Mercedes warm laufen, aber ich fahre selbst.«

»Es tut mir leid«, sagte Layla und blickte zu dem großen Vampir auf. »Ich weiß, ich habe die Auserwählten und Euch enttäuscht – aber Ihr habt gesagt, wir sollen auf diese Seite kommen und ... leben.«

Phury stemmte die Hände in die Hüften und stieß die Luft aus. Als er den Kopf schüttelte, war klar, dass er ihr nichts von alledem gewünscht hätte. »Ja, das sagte ich. Da hast du recht.«

32

Oh, welch entfesselte Kraft, dachte Xcor, als er seine Truppe betrachtete, schwer bewaffnet und bereit für den nächtlichen Kampf. Nach dem gemeinsamen Nähren und vierundzwanzig Stunden Erholungszeit scharrten sie mit den Hufen und konnten es kaum erwarten, auf den Feind zu treffen. Gleich würde er sie aus dem Keller der Lagerhalle ins Freie entlassen.

Es gab nur ein Problem: Irgendwer lief da oben herum.

Wie auf ein Kommando überquerten Schritte die hölzerne Falltür über seinem Kopf.

Seit einer halben Stunde verfolgten sie nun schon das Treiben dieser ungebetenen Gäste. Eine Person war schwer und männlich, die andere leicht und weiblich. Doch man witterte keine Gerüche, die Aufschluss gaben. Der Keller war hermetisch abgeriegelt.

Aller Wahrscheinlichkeit nach waren es nur zwei Menschen – obwohl ihm nicht ganz klar war, was jemand anderer außer Obdachlose in einer so kalten Nacht in diesem verfallenen Bau zu suchen hätten. Doch wer es auch war und aus welchem Grund auch immer, Xcor hatte kein Problem damit, sein Revier zu verteidigen.

Allerdings schadete es auch nicht zu warten. Wenn es sich vermeiden ließ, ein paar nutzlose Menschen abzuschlachten, konnten er und seine Soldaten den Keller weiterhin ungestört nutzen.

Niemand sagte etwas, als sich die Schritte oben weiterbewegten.

Stimmen vermischten sich. Eine tief, die andere höher. Dann klingelte ein Handy.

Xcor verfolgte das Gespräch, indem er leise zu der Falltür trat, über der der Sprecher stehen geblieben war. Er verhielt sich vollkommen still und lauschte angestrengt der Hälfte einer völlig uninteressanten Unterhaltung, die keine Rückschlüsse auf den Sprecher zuließ.

Kurz darauf drangen die unverkennbaren Geräusche von Sex zu ihnen herunter.

Als Zypher gluckste, brachte ihn Xcor mit einem warnenden Blick zum Schweigen. Obwohl alle Luken von unten geschlossen worden waren, wusste man nie, was für Probleme einem diese schwanzlosen Ratten einhandeln konnten.

Er sah auf die Uhr. Wartete, dass das Stöhnen aufhörte. Bedeutete seinen Soldaten, sich still zu verhalten, als es so weit war.

Geräuschlos ging er zu der Falltür in der hinteren Ecke der Lagerhalle, die sich in ein ehemaliges Büro öffnete. Er löste den Riegel, umfasste eine seiner Pistolen, dematerialisierte sich hinaus und atmete tief ein.

Kein Mensch.

Obwohl einer hier gewesen war ... aber da war noch etwas anderes.

Am anderen Ende der Halle fiel die Tür nach draußen ins Schloss und wurde abgesperrt.

Xcor durchquerte die Halle, lehnte sich mit dem Rücken gegen die dicke Ziegelwand und spähte durch eine der trüben Scheiben.

Auf dem kleinen Parkplatz leuchteten die Rücklichter eines Wagens.

Er dematerialisierte sich durch eine zerbrochene Scheibe auf das Dach der Lagerhalle gegenüber.

Hochinteressant.

Dort unten saß ein Schatten hinter dem Steuer eines BMW. Er hatte das Fenster heruntergelassen, und eine Menschenfrau lehnte am Wagen.

Das war nun schon das zweite Mal, dass ihm in Caldwell einer von denen über den Weg lief.

Sie waren gefährlich.

Xcor nahm sein Handy und rief Throe an, indem er sein Foto im Adressbuch aufrief. Er befahl seinen Soldaten, ohne ihn loszuziehen und zu kämpfen. Um diesen Abschied würde er sich alleine kümmern.

Unten streckte der Schatten den Arm aus dem Fenster, zog die Frau mit der Hand im Nacken zu sich hin und küsste sie. Dann legte er den Rückwärtsgang ein und fuhr davon, ohne sich noch einmal umzusehen.

Xcor verfolgte ihn, indem er sich von Hausdach zu Hausdach dematerialisierte. Der Schatten fuhr ins Clubviertel der Innenstadt, entlang der Straßen, die parallel zum Fluss verliefen.

Erst dachte er, der Wind hätte gedreht, als die eisigen Böen plötzlich von hinten kamen, statt ihm ins Gesicht zu blasen. Doch dann bemerkte er, dass dieses Gefühl von innen kam. Die Schauer verliefen unter der Haut.

Seine Auserwählte war in der Nähe.

Seine Auserwählte.

Sofort gab er die Verfolgung des Schattens auf, demate-rialisierte sich und strebte auf den Hudson River zu. Was hatte sie hier in der Stadt zu schaffen?

In einem Auto. Sie saß in einem Auto.

Sie bewegte sich mit hoher Geschwindigkeit, ließ sich aber dennoch verfolgen. Das konnte nur heißen, dass sie auf dem Northway unterwegs war, mit neunzig bis hundert Stundenkilometern.

Xcor folgte ihrem Signal und bewegte sich zurück in Richtung der Lagerhallen. Es war Monate her, dass er sich von ihr genährt hatte, und voller Entsetzen bemerkte er, dass die Verbindung durch ihr Blut in seinen Adern ver-blasste – sodass es schwierig für ihn war, das richtige Fahr-zeug zu orten.

Doch dann stach ihm eine große Limousine ins Auge, die langsamer wurde und auf die Ausfahrt zur Brücke bog. Xcor nahm auf einem der Stahlträger Gestalt an und pflanzte die Springerstiefel auf die Spitze des Pfeilers. Dann wartete er darauf, dass sie unter ihm vorbeifuhr.

Kurz darauf passierte die Limousine die Stelle und be-wegte sich auf die andere Stadthälfte am gegenüberlie-genden Ufer zu.

Er folgte ihr mit Sicherheitsabstand, obwohl er sich fragte, wem er etwas vormachen wollte. Wenn er seine Auserwählte spüren konnte …

… dann erging es ihr sicherlich genauso.

Aber er würde nicht von ihrer Spur ablassen.

Qhuinn saß auf dem Beifahrersitz des Mercedes und hielt diskret eine Fünfundvierziger Heckler & Koch an den Oberschenkel gedrückt, während seine Augen unab-lässig vom Rückspiegel zum Seitenfenster und zur Windschutzscheibe huschten. Neben ihm umklammerte Phury das Lenkrad so energisch, als würde er jemanden erwürgen wollen.

Mann, im Moment wurde einfach alles zu viel.

Layla und das Kind. Der Vorfall mit der Cessna. Was er letzte Nacht seinem Cousin angetan hatte. Und dann ... tja, dann war da noch ... die Sache mit Blay.

Oh, gütige Jungfrau, die Sache mit Blay.

Als Phury zur Brücke abbog, wanderten Qhuinns Gedanken von Layla zu allen möglichen Bildern, Geräuschen und Geschmäckern der Tagstunden.

Sein Verstand sagte ihm, dass es kein Traum gewesen war, und sein Körper erinnerte sich an jedes Detail, als hätte sich der Sex in seine Haut eingebrannt und sein Aussehen für immer verändert. Doch als er sich nun dem neusten verdammten Drama zuwandte, erschien ihm das allzu kurze Glück beinahe prähistorisch und nicht wie ein Ereignis, das nicht einmal eine Nacht zurücklag.

Er fürchtete, dass es eine einmalige Sache bleiben würde.

Fass mich nicht an. Nicht so.

Stöhnend rieb er sich den Kopf.

»Es ist nicht wegen deiner Augen«, meinte Phury.

»Wie bitte?«

Phury warf einen Blick nach hinten. »Alles klar bei euch?«, fragte er die Frauen auf der Rückbank. Als Layla und Doc Jane dies bestätigten, nickte er. »Hört zu, ich schließe kurz die Trennwand, okay? Es ist alles in Ordnung.«

Der Bruder wartete nicht auf eine Antwort, und Qhuinn versteifte sich, als die undurchsichtige Scheibe hochfuhr und die Limousine in zwei Hälften teilte. Er würde sich der Konfrontation stellen, doch das hieß nicht, dass er sich auf die zweite Runde mit Phury freute – und wenn der Primal die beiden auf der Rückbank ausschloss, konnte das nur heißen, dass es unschön werden würde.

»Deine Augen sind nicht das Problem«, sagte der Bruder.

»Wie bitte?«

Phury sah ihn an. »Dass ich angepisst bin, hat nichts mit irgendeinem Makel zu tun. Layla liebt dich ...«

»Nein, das tut sie nicht.«

»Siehst du, jetzt nervst du mich wirklich.«

»Frag sie.«

»Während sie dein Kind verliert?«, blaffte Phury. »Ganz bestimmt.«

Als Qhuinn das Gesicht verzog, fuhr Phury fort. »Sieh mal, das Problem mit dir ist folgendes: Du lebst extrem, du magst es wild – und mal im Ernst, ich glaube, das hilft dir, den ganzen Scheiß mit deiner Familie zu verarbeiten. Solange du gegen alles rebellierst, kann dich nichts verletzen. Und ob du es nun glaubst oder nicht, das ist okay für mich. Du machst dein Ding und kommst auf deine Weise über die Runden. Aber sobald du das Herz einer Unschuldigen brichst, die auch noch unter meiner Obhut steht, haben wir beide ein ernsthaftes Problem.«

Qhuinn sah aus dem Seitenfenster. Erst mal: Hut ab vor dem Bruder. Es war eine willkommene Abwechslung, einmal nicht wegen einer genetischen Mutation verurteilt zu werden, für die er nichts konnte, sondern aufgrund einer Charakterschwäche. Und prinzipiell hätte er Phury recht gegeben – zumindest bis vor einem Jahr. Davor hatte er es wirklich krachen lassen. Aber das hatte sich geändert. Er selbst hatte sich geändert.

Dass Blay nicht mehr zur Verfügung stand, war offensichtlich der Tritt in die Eier gewesen, durch den er endlich erwachsen geworden war.

»So bin ich nicht mehr«, sagte er.

»Dann bist du also bereit, dich mit ihr zu vereinen?«
Als er nicht antwortete, zuckte Phury die Schultern. »Da
haben wir es. Schließlich ist es doch so: Ich bin verantwortlich für sie, rechtlich und moralisch. Ich mag mich in
manchen Punkten nicht wie der Primal benehmen, aber
den Rest der Stellenbeschreibung nehme ich verdammt
ernst. Dass du sie in diesen Schlamassel reingeritten hast,
macht mich krank, und ich kann kaum glauben, dass sie
sich nicht nur dir zuliebe darauf eingelassen hat. Du sagst,
ihr wolltet beide ein Kind? Bist du dir sicher, dass es nicht
nur dein Wunsch war und sie dich einfach glücklich machen wollte? Das ist nämlich so ihre Art.«

Das Ganze wurde ihm als rhetorische Frage präsentiert.
Und es entbehrte ja auch nicht einer gewissen Logik, dachte Qhuinn, auch wenn es nicht zutraf. Also fuhr er sich
durchs Haar und behielt für sich, dass Layla zu ihm gekommen war und nicht andersherum. Wenn Phury glauben
wollte, dass alles seine Schuld war, gut – das würde er auf
sich nehmen. Alles, was den Druck von der Auserwählten
nahm und die Aufmerksamkeit von ihr ablenkte.

Phury sah ihn an. »Das war nicht richtig, Qhuinn. Ein
echter Mann tut so etwas nicht. Und jetzt sieh dir an, in
welcher Lage sie steckt. Das ist dein Werk. Deinetwegen
sitzt sie jetzt auf der Rückbank, und das ist einfach nicht
richtig.«

Qhuinn presste die Augen zu. Tja, wenn ihm das mal
nicht die nächsten hundert Jahre durch den Kopf spuken
würde. Mehr oder weniger.

Als sie auf die Brücke fuhren und die blinkenden Lichter der Innenstadt hinter sich ließen, hielt er schön brav
seine Klappe, und auch Phury verfiel in Schweigen.

Schließlich war alles gesagt, oder nicht?

33

Letztlich setzte Assail die Verfolgung seiner Beute hinter dem Steuer seines Range Rover fort. Viel komfortabler – schließlich ließ sich die Position seiner Besucherin jetzt problemlos bestimmen: Als er an ihrem Audi darauf gewartet hatte, dass sie von seinem Grundstück zurückkam, hatte er einen Sender unten an ihrem Seitenspiegel befestigt.

Sein iPhone besorgte den Rest.

Nachdem sie sich überstürzt aus dem Staub gemacht hatte – angetrieben dadurch, dass er sich aus ihrem Sichtfeld dematerialisiert hatte, um sie noch mehr zu verunsichern –, hatte sie den Fluss überquert und näherte sich der Stadt nun von der anderen Seite. In dieser Gegend waren die Häuser klein, standen dicht beisammen und waren mit Aluminium verschalt.

Assail hielt immer gut zwei Block Abstand und bewunderte die bunten Lichter an den Häusern und die tausenden blinkenden Lichterketten, die in Büschen und von

Dachgiebeln hingen oder Fenster und Türen einrahmten. Und das war noch nicht alles. Krippenszenen standen exponiert in den kleinen Vorgärten und wurden angestrahlt, dicke weiße Schneemänner mit roten Schals und blauen Hosen leuchteten von innen heraus.

Assail vermutete, dass die Statuen der Jungfrau Maria im Gegensatz zum Weihnachtsschmuck dauerhaft aufgestellt waren.

Als ihr Wagen hielt und sich nicht mehr bewegte, fuhr er näher ran, parkte vier Häuser weiter und löschte die Lichter. Sie stieg nicht sofort aus, und als sie schließlich zum Vorschein kam, trug sie nicht mehr Parka und Skihose, wie bei ihrem Erkundungsgang auf seinem Grundstück. Stattdessen hatte sie einen dicken roten Pulli und eine Jeans angezogen. Und sie hatte ihr Haar gelöst.

Die schwere, dunkle Pracht fiel ihr bis über die Schultern und kringelte sich an den Spitzen.

Er knurrte in der Dunkelheit.

Leichtfüßig nahm sie die vier schmalen Betonstufen zum schlichten Eingang des Hauses. Sie öffnete die Fliegengittertür, hielt sie mit der Hüfte auf, sperrte die Tür auf, schlüpfte ins Haus und schloss hinter sich ab.

Dann ging im Erdgeschoss das Licht an, und er sah zu, wie sich ihr Umriss durch ein zur Straße hin gelegenes Zimmer bewegte, wobei die dünnen Vorhänge nur eine Ahnung und keine klare Sicht erlaubten.

Er dachte an seine eigenen Vorhänge. Es hatte lange gedauert, diese Erfindung zu perfektionieren, und das Haus am Hudson hatte sich für einen Pilotversuch regelrecht aufgedrängt. Der Sichtschutz funktionierte sogar besser als erwartet.

Aber sie war clever genug gewesen, die Anomalien zu bemerken, und er fragte sich, woran das lag.

Jetzt ging Licht im ersten Stock an, als hätte sie jemanden durch ihre Ankunft geweckt.

Seine Fänge pulsierten. Die Vorstellung, dass irgendein Menschenmann im Ehebett auf sie wartete, erweckte in ihm den Wunsch, seine Überlegenheit zu demonstrieren – obwohl das Unfug war. Schließlich verfolgte er diese Frau allein aus Gründen des Selbstschutzes, sonst nichts.

Absolut nichts.

Gerade als er die Hand nach dem Türgriff ausstreckte, klingelte sein Handy. Gutes Timing.

Er sah nach, wer es war, und runzelte die Stirn. »Zwei Anrufe in so kurzer Zeit. Was verschafft mir diese Ehre?«

Rehvenge war nicht zum Scherzen aufgelegt. »Du hast nicht zurückgerufen.«

»Hätte ich das tun sollen?«

»Gib acht, Junge.«

Assails Blick blieb auf das kleine Haus geheftet. Er wünschte sich fast verzweifelt zu erfahren, was da drinnen vor sich ging. Stieg sie gerade die Treppe hoch und zog sich auf dem Weg nach oben aus?

Und vor wem hielt sie ihre Tätigkeit verborgen? Denn das tat sie – warum hätte sie sich sonst im Auto umziehen sollen, ehe sie ins Haus ging?

»Hallo?«

»Ich danke für die freundliche Einladung«, hörte er sich sagen.

»Das ist keine Einladung. Du bist ein verdammtes Ratsmitglied, seit du in der Neuen Welt bist.«

»Nein.«

»Wie bitte?«

Assail dachte an das Treffen in Elans Haus zu Beginn des Winters. Rehvenge hatte nichts davon erfahren, dafür war Xcors Bande erschienen und hatte mit den Muskeln geprotzt. Er dachte auch an das Attentat auf Wrath, den Blinden König – auf seinem Grund und Boden, Himmel noch mal.

Zu viel Drama für seinen Geschmack.

Also leierte er dieselbe Ansprache herunter, die er schon Xcors Splittergruppe gehalten hatte. »Ich bin Geschäftsmann, das entspricht meiner Neigung und sichert meinen Lebensunterhalt. Und obgleich ich unseren Herrscher respektiere, genauso wie die Machtbefugnis des Rats, fehlt mir neben meinen Geschäften Zeit und Energie, um mich anderweitig zu engagieren. Sowohl jetzt als auch in Zukunft.«

Es folgte Schweigen. Dann hörte er die tiefe Stimme, die wie immer etwas Bedrohliches an sich hatte: »Ich habe von deinen Geschäften gehört.«

»Tatsächlich.«

»Ich war selbst viele Jahre in dieser Branche tätig.«

»Das ist mir bekannt.«

»Ich konnte beides bewältigen.«

Assail lächelte in die Dunkelheit hinein. »Dann bin ich vielleicht nicht so talentiert.«

»Ich muss wohl deutlicher werden: Wenn du nicht zu diesem Ratstreffen erscheinst, gehe ich davon aus, dass du im falschen Team spielst.«

»Damit gibst du allerdings zu, dass es ein zweites gibt, das gegen das erste antritt.«

»Deute es, wie du willst. Aber wenn du nicht zu mir und dem König stehst, bist du unser Feind.«

Das Gleiche hatte Xcor gesagt. Aber gab es überhaupt eine andere Position in diesem aufkeimenden Krieg?

»Der König wurde in deinem Haus angeschossen, Assail.«

»Ich erinnere mich«, murmelte er trocken.

»Ich finde, du solltest jeden Verdacht aus der Welt schaffen, du könntest daran beteiligt gewesen sein.«

»Das habe ich bereits. Ich sagte den Brüdern schon in jener Nacht, dass ich nichts damit zu tun habe. Ich stellte ihnen den Wagen zur Verfügung, mit dem sie den König in Sicherheit bringen konnten. Warum hätte ich das tun sollen, wenn ich ein Verräter wäre?«

»Um deinen Arsch zu retten.«

»Das kann ich ziemlich gut, auch ohne langes Gerede, das versichere ich dir.«

»Also, wie sieht dein Terminplan aus?«

Das Licht im ersten Stock erlosch, und Assail drängte sich die Frage auf, was die Frau im Dunklen jetzt wohl tat – und mit wem.

Unwillkürlich bleckte er die Fänge.

»Assail, du langweilst mich gewaltig, wenn du dich so bitten lässt.«

Assail legte den Gang ein. Er würde hier nicht an der Bordsteinkante warten, während da drinnen wer weiß was geschah. Für heute war sie heimgekehrt und würde sicher dort bleiben. Und wenn nicht, würde sein Handy Alarm schlagen.

Während er langsam auf die Straße rollte und dann beschleunigte, sagte er mit klarer Stimme: »Hiermit lege ich meine Ratsmitgliedschaft nieder. Und ich möchte, dass meine Neutralität im Kampf um die Krone von keiner Seite infrage gestellt wird …«

»Du kennst die Gegenspieler, nicht wahr?«

»Ich sage es ganz deutlich: Ich stehe hier auf keiner Seite, Rehvenge. Ich weiß nicht, wie ich es noch klarer ausdrücken kann – ich lasse mich nicht in diesen Krieg hineinziehen, weder von dir und deinem König noch von sonst irgendwem. Versuche nicht, mich zu drängen. Die gleiche Neutralität, die ich euch gegenüber wahre, wahre ich gegenüber allen anderen.«

Dabei fiel ihm ein, dass er vor Elan und Xcor geschworen hatte, ihre Identitäten geheim zu halten. Und das würde er auch tun – nicht, weil er glaubte, dass die Verschwörer ihm den Gefallen erwidern würden, sondern aus dem einfachen Grund, weil niemand wusste, wer diesen Krieg gewinnen würde. Und je nach Ausgang stand man danach entweder als Verräter oder als Held da und wurde ausradiert oder bejubelt. Ein solches Risiko wollte er nicht eingehen.

»Dann hat man also bei dir angeklopft.«

»Ich habe den Brief bekommen, den sie im Frühjahr verschickt haben, ja.«

»Und bei diesem Kontakt ist es geblieben?«

»Ja.«

»Du lügst mich an.«

Assail musste an einer Ampel halten. »Verehrter *Leahdyre*, was du auch sagst oder tust, es wird dir nicht gelingen, mich in diese Sache reinzuziehen.«

»Darauf würde ich mich nicht verlassen«, knurrte es aus dem Handy.

Und damit beendete Rehvenge das Gespräch.

Fluchend warf Assail sein Telefon auf den Beifahrersitz. Dann schlug er mit beiden Fäusten auf das Lenkrad.

Wenn er eines hasste, dann war es in die Streitigkeiten anderer hineingezogen zu werden. Es war ihm scheißegal, wer auf dem Thron saß oder die *Glymera* anführte. Er wollte einfach nur seine Ruhe haben, um Geld an den schwanzlosen Ratten da draußen zu verdienen.

War das denn so schwer zu verstehen?

Als die Ampel auf Grün umschaltete, trat er aufs Gas, obwohl er eigentlich gar kein bestimmtes Ziel hatte. Er fuhr einfach in irgendeine Richtung drauflos … und fand sich eine Viertelstunde später auf einer der Brücken über den Fluss wieder.

Aha, dann hatte sein Range Rover also beschlossen, ihn nach Hause zu fahren.

Als er am anderen Ufer ankam, meldete sich sein Handy. Beinahe hätte er es ignoriert, doch die Zwillinge waren unterwegs, um die neueste Ladung von Benloise unter die Leute zu bringen, und er wollte wissen, ob diese beschissenen Kleindealer nun doch noch aufgekreuzt waren, um sich ihr Kontingent zu holen.

Aber es war kein Anruf und auch keine SMS.

Der schwarze Audi hatte sich wieder in Bewegung gesetzt.

Assail trat aufs Gas, schnitt einen Sattelschlepper, der seiner Verärgerung mit einem lauten Hupen Luft machte, und pflügte über den schneebedeckten Mittelstreifen.

Er flog regelrecht zurück über die Brücke stadteinwärts.

Von seiner Warte aus brauchte Xcor das Fernglas, um seine Auserwählte richtig zu erkennen.

Der Wagen, in dem sie gefahren war, diese große schwarze Limousine, war nach der Brücke noch fünf, sechs Meilen weitergefahren, bevor er auf eine Landstraße Richtung Norden abzweigte. Ein paar Meilen weiter bog er dann ohne Vorwarnung in einen Feldweg ein, der beidseitig von winterfestem Gestrüpp eingefasst war. Schließlich blieb er vor einem Flachbau stehen, der nicht nur vollkommen schmucklos war, sondern nicht einmal Fenster oder eine Tür zu haben schien.

Er stellte scharf, als vorne zwei Vampire ausstiegen. Einen erkannte er sofort – sein Haar verriet ihn: Phury, Sohn des Ahgony, laut Gerüchten der neue Primal der Auserwählten.

Xcors schwarzes Herz begann zu klopfen.

Mehr noch, als er die zweite Gestalt erkannte: Es war der Krieger mit den verschiedenfarbigen Augen, mit dem er auf Assails Grund gerungen hatte, während der König entkam.

Beide nahmen Waffen zur Hand und blickten sich um.

Nachdem Xcor gegen den Wind stand und sonst niemand in der Nähe zu sein schien, konnte er davon ausgehen, dass die beiden ihr Vorhaben fortsetzen würden, solange die Auserwählte seinen Standort nicht preisgab.

Es hatte ganz den Anschein, als ob man sie in ein Gefängnis brachte.

Nur über seine Leiche.

Sie war eine Unschuldige in diesem Krieg, man hatte sie ruchlos benutzt ohne eigenes Verschulden – doch jetzt wurde sie offensichtlich dafür hingerichtet oder für den Rest ihres irdischen Daseins in eine Zelle gesperrt.

Oder auch nicht.

Er umfasste eine seiner Pistolen.

Die Nacht war perfekt, um sich dieser Sache anzunehmen. Und tatsächlich war es eine Gelegenheit, sie für sich zu gewinnen, indem er sie vor einer ungerechten Strafe bewahrte. Vielleicht stimmten sie die Umstände ihrer Verurteilung gegenüber ihrem Feind und Retter gewogen.

Er schloss kurz die Augen und stellte sie sich auf seinem Bettlager vor.

Als Xcor die Augen wieder aufschlug, öffnete Phury die Hintertür der Limousine, beugte sich hinein und zog die Auserwählte aus dem Wagen … die Kämpfer fassten sie links und rechts bei den Ellbogen und stützten sie auf dem Weg auf das Gebäude zu.

Xcor machte sich bereit zum Angriff. Nach so langer Zeit, einem ganzen Leben, war er ihr einmal mehr ganz nah, und er würde die Gelegenheit nicht verstreichen lassen, die ihm das Schicksal bot, nicht jetzt, da ihr Leben eindeutig am seidenen Faden hing. Und er würde siegen. Dass sie in Gefahr schwebte, verlieh seinem Körper unvorstellbare Kraft, und sein Geist war aufs Äußerste geschärft, sodass er in Windeseile verschiedene Angriffsmöglichkeiten ersann und gleichzeitig vollkommen ruhig blieb.

Tatsächlich wurde sie nur von diesen beiden Vampiren bewacht. Und dann war da noch eine Frau, die nicht nur unbewaffnet zu sein schien, sondern nicht einmal um sich blickte, als wäre sie völlig unerfahren im Kampf.

Er war mehr als stark genug, um es mit den Geiselnehmern seiner Auserwählten aufzunehmen.

Doch als er losstürzen wollte, wehte ihm der steife, kalte Wind den Duft seiner Auserwählten in die Nase. Das verlockende Parfüm, das nur sie allein verströmte, ließ ihn in den Springerstiefeln schwanken.

Sogleich bemerkte er die Veränderung.

Blut.

Sie blutete. Und da war noch etwas …

Ohne bewusstes Zutun strebte sein Körper auf sie zu, und er materialisierte sich keine drei Meter entfernt von ihr hinter einem kleinen Ableger etwas abseits vom Hauptgebäude.

Das hier war keine Gefangene, die man zu einer Zelle oder Hinrichtung führte, wie er jetzt erkannte.

Seine Auserwählte hielt sich nur mit Mühe auf den Beinen. Die Krieger stützten sie fürsorglich. Obwohl sie ihre Waffen gezogen hatten und nach Angreifern Ausschau hielten, gingen sie behutsam mit ihr um, als wäre sie eine hauchzarte Blüte.

Man hatte sie nicht misshandelt. Sie trug keine blauen Flecken oder Striemen. Auf ihrem Weg zu dem Gebäude blickte sie erst einen der Vampire an und dann den anderen, und sie sprach mit ihnen, als wollte sie ihre Begleiter beruhigen – denn es war nicht Angriffslust, die sich in den finsteren Gesichtern der Krieger spiegelte.

Es war die gleiche Angst, die Xcor gepackt hatte, als ihm der Blutgeruch in die Nase gestiegen war.

Xcors Herz schlug ihm bis in den Hals, während er versuchte, sich das Ganze zu erklären.

Und dann fiel ihm etwas aus seiner Kindheit ein.

Nachdem ihn seine *Mahmen* abgewiesen hatte, legte man ihn vor ein Waisenhaus im Alten Land und überließ ihn seinem Schicksal. Dort hatte er mit anderen ausgestoßenen Kindern gelebt, die meisten von ihnen körperlich entstellt wie er, fast ein Jahrzehnt lang – lange genug, um bei ihm eine bleibende Erinnerung zu hinterlassen, was an diesem traurigen, einsamen Ort geschah.

Lange genug, um sich zusammenzureimen, was es hieß, wenn eine einsame Vampirin am Tor erschien und eingelassen wurde, um dann stundenlang zu schreien, manchmal tagelang, bevor sie in den meisten Fällen ein totes Kind gebar. Oder eine Schwangerschaft verlor.

Es war ein sehr spezieller Blutgeruch gewesen, damals. Und der Geruch, den der kalte Wind jetzt zu ihm trug, war der gleiche.

Was er hier roch, war eine Schwangerschaft.

Zum ersten Mal in seinem Leben hörte er sich gepeinigt die folgenden Worte ausstoßen: »Gütige Jungfrau der Schrift …«

34

Bei dem Gedanken, dass Angehörige der s'Hisbe in Caldwell waren, wollte Trez am liebsten auf der Stelle die Koffer packen, sich seinen Bruder schnappen und schnellstens das Weite suchen.

Auf der Fahrt von der Lagerhalle zum Iron Mask platzte ihm fast der Schädel, und er musste sich ganz bewusst darauf konzentrieren, wo er abzubiegen hatte, welche Stoppschilder zu beachten waren, und wo er bei seiner Ankunft parken sollte. Nachdem er seinen X5 abgewürgt hatte, saß er einfach hinter dem Steuer und starrte auf die Backsteinmauer seines Clubs … ungefähr ein gefühltes Jahr lang.

Eine großartige Metapher, diese undurchdringliche Wand da vor ihm.

Ihm war durchaus bewusst, in welchem Ausmaß er seine Angehörigen enttäuschte. Leider ließ ihn das vollkommen kalt. Er würde *nicht* zur alten Lebensart zurückkehren. Mittlerweile führte er ein anderes, sein eigenes

Leben, und er ließ nicht zu, dass ihn die Verpflichtung, in die er hineingeboren worden war, als Erwachsener einengte.

Kam überhaupt nicht infrage.

Für Trez hatte sich alles geändert, seit Rehvenge diese heldenhafte Tat vollbracht und ihm und seinem Bruder den Arsch gerettet hatte. Damals hatte man ihn und iAm dazu verdonnert, sich mit dem *Symphathen* zu verbünden, außerhalb des Territoriums, um ihre Schuld zu verbüßen, und diese »erzwungene« Wiedergutmachung war sein Ticket in die Freiheit gewesen, der Ausweg, nach dem er immer gesucht hatte. Und obwohl es ihm leidtat, dass er seinen Bruder in diese Misere hineingezogen hatte, war die Folge, dass iAm mit ihm kommen musste. Besser hätte es im Grunde nicht laufen können. Die s'Hisbe zu verlassen und in die Außenwelt zu kommen war eine Offenbarung gewesen, eine erste, herrliche Kostprobe der Freiheit: Hier gab es kein Protokoll. Keine Regeln. Niemand saß einem im Nacken.

Dabei hatte es ein Klaps auf den Handrücken sein sollen, weil er es gewagt hatte, die Grenzen des Territoriums zu überschreiten und mit Unkennbaren zu verkehren. Eine Bestrafung, damit er nicht noch einmal aus der Reihe tanzte.

Ha!

Seither hatte er im Stillen gehofft, dass ihn die zehn Jahre Umtriebe mit den Unkennbaren in den Augen der s'Hisbe verdorben hatten, ihn untauglich machten für die »Ehre«, die ihm bei seiner Geburt zuteilgeworden war. Dass man ihn zu dauerhafter Freiheit verdammte.

Aber wenn sie den Hohepriester AnsLai schickten, hatte er dieses Ziel eindeutig verfehlt. Es sei denn, der Besuch diente dazu, ihm die Ehre abzuerkennen?

Das hätte er allerdings sicher von iAm erfahren.

Trez sah auf sein Handy. Keine Nachricht auf der Mailbox. Keine SMS. Er war schon wieder in Ungnade gefallen – es sei denn, iAm hatte entschieden, auf den ganzen Mist zu scheißen, und war zum Stamm zurückgekehrt.

Verdammt ...

Als jemand gegen die Scheibe polterte, riss er nicht nur den Kopf herum, sondern zückte gleich noch die Pistole.

Dann runzelte er die Stirn. Vor seinem Wagen stand ein Mensch so groß wie ein Einfamilienhaus. Er hatte zwar einen leichten Bierbauch, doch die kräftigen Schultern zeugten von regelmäßiger körperlicher Betätigung, und diese breite, unbewegliche Kieferpartie deutete auf die Sorte Arroganz hin, die vielen großen, dummen Tieren zu eigen war.

Mit lautem, bullenartigem Schnauben aus weit geöffneten Nasenlöchern beugte er sich zum Auto herab und hämmerte gegen das Fenster. Mit einer fußballgroßen Faust, versteht sich.

Nun, offensichtlich suchte er Aufmerksamkeit, und Trez war mehr als gewogen, sie ihm zu erteilen.

Ohne Warnung stieß er die Tür auf, dem Kerl voll in die Nüsse. Als dieser rückwärtstaumelte und sich in den Schritt griff, richtete Trez sich zu voller Größe auf und steckte die Pistole hinten in den Hosenbund, sodass sie nicht zu sehen, aber leicht zu erreichen war.

Als Mr Aggro sich genug erholt hatte, um aufzublicken, schien sein Enthusiasmus vorrübergehend verflogen zu sein. Trez hatte dem Kerl aber auch locker vierzig Zentimeter und mindestens vierzig, vielleicht fünfzig Kilo voraus. Trotz des Rettungsrings, den der Mensch um den Bauch hatte.

»Suchst du nach mir?«, fragte Trez, so nach dem Motto:

Möchtest du es dir vielleicht noch einmal anders überlegen?

»Ja. Genau dir such ich.«

Okay, dann hatte der Kerl also sowohl ein Problem mit der Grammatik als auch mit der Risikoeinschätzung. Vermutlich verhielt es sich mit dem Addieren und Subtrahieren einstelliger Zahlen ähnlich.

»Müsste es nicht ›dich‹ heißen?«

»Häh?«

»Ich glaube, es heißt ›dich such ich‹, nicht ›dir‹.«

»Du kannst mich mal. Wie klingt das?« Der Kerl kam näher. »Und halt dich von ihr fern.«

»Von ihr?« Das engte den Personenkreis ein auf zirka Hunderttausend.

»Meine Kleine. Sie will nix von dir und braucht dich nicht und fängt nix mehr mit dir an.«

»Über wen reden wir? Ich brauche einen Namen.« Doch vielleicht half nicht einmal das.

Statt zu antworten, schlug der Kerl zu. Vermutlich sollte es ein Überraschungsangriff sein, aber er holte so langsam und schwerfällig aus, dass man den Schlag untertiteln hätte können.

Trez fing die Faust mit seiner Hand auf und umfasste sie wie einen Basketball. Dann wirbelte er den Fleischklops mit einer schnellen Drehung herum und hielt ihn fest – ein Beweis dafür, dass der Trick mit den Druckpunkten funktionierte und das Handgelenk einer davon war.

Trez sprach dem Kerl ins Ohr, damit er die Grundregeln auch klar verstand: »Wenn du das noch einmal tust, breche ich dir sämtliche Knochen in der Hand. Auf einmal.« Er untermalte seine Worte mit einem Ruck, der dem Kerl ein Winseln entlockte. »Und dann mache ich mit deinem Arm weiter, gefolgt von deinem Hals – was du nicht überleben wirst. Also, wovon redest du?«

»Sie war gestern Nacht hier.«

»Da waren viele Frauen. Kannst du etwas genauer …«

»Er meint mich.«

Trez sah sich um. Na prima.

Es war seine kleine Stalkerin, die Tussi mit dem hysterischen Anfall.

»Ich hab gesagt, ich regle das!«, rief ihr Freund.

Ah, ja, der Kerl machte wirklich den Eindruck, als hätte er die Sache im Griff. Also erlagen hier offensichtlich beide einer Illusion – und vielleicht war das die Grundlage ihrer Beziehung: Er hielt sie für ein Supermodel, und sie ging davon aus, dass er Grips hatte.

»Gehört der zu dir?«, fragte Trez die Frau. »Denn wenn ja, nimm ihn doch bitte wieder mit nach Hause, bevor du einen Radlader brauchst, um die Sauerei zu beseitigen.«

»Ich hab doch gesagt, du sollst nicht kommen«, fauchte sie. »Was machst du hier?«

Und noch ein Beweis dafür, dass die beiden ein Traumpaar waren.

»Wie wäre es, wenn ihr die Sache unter euch regelt?«, schlug Trez vor.

»Ich liebe ihn!«

Erst verstand er ihre Antwort gar nicht. Doch dann, abgesehen von der undeutlichen Aussprache, dämmerte es ihm. Die Trulla redete von *ihm*.

Trez sah sie finster an und erkannte, dass dieser Gelegenheitsfick wirklich gründlich in die Hose gegangen war.

»Tust du nicht!«

Nun, zumindest verwandte ihr Freund diesmal die korrekte Verbform.

»Doch!«

Und dann ging erst so richtig der Punk ab. Der bullige Kerl riss sich los, wobei er sich das Handgelenk brach, und stürzte sich auf seine Freundin. Dann standen sich die beiden in gebeugter Haltung gegenüber, Nase an Nase, und warfen sich Obszönitäten an den Kopf.

Sie schienen Übung darin zu haben.

Trez sah sich um. Der Parkplatz war leer, und auch auf dem Gehweg war kein Mensch, aber er konnte kein Beziehungsdrama hinter seinem Club gebrauchen. Früher oder später würde jemand vorbeikommen und den Notruf wählen – oder schlimmer noch, dieses dürre Gestell würde ihren großen, tumben Freund ein Stück zu weit reizen und unter die Räder geraten.

Hätte er doch nur einen Eimer Wasser oder einen Gartenschlauch gehabt, um sie voneinander zu trennen.

»Hört zu, Leute, ihr müsst ...«

»Ich liebe dich!«, rief sie, drehte sich nach Trez um und griff sich vorne ans Bustier. »Kapierst du das nicht? Ich liebe dich!«

Der Schweißfilm auf ihrer Haut – bei null Grad Außentemperatur – war ein eindeutiger Hinweis, dass sie drauf war. Koks oder Crystal, wenn er raten müsste. Ecstasy führte normalerweise nicht zu dieser Form von Aggression.

Super. Noch ein Vorzug.

Trez schüttelte den Kopf. »Du kennst mich nicht, Babygirl.«

»Doch!«

»Nein, tust du nicht ...«

»Red nicht mit ihr!«

Der Kerl ging auf Trez los, aber seine Freundin stellte sich ihm in den Weg, bremste ihn wie einen herannahenden Zug.

Scheiße, jetzt musste Trez eingreifen: keine Gewalt gegen Frauen, nicht mit ihm. *Niemals* – auch keine Kollateralschäden.

Trez war so schnell, als hätte er die Zeit zurückgedreht. Er schob seine »Beschützerin« aus dem Weg und versetzte dem heranrasenden Bullen einen Schlag, der ihn am Kinn erwischte.

Der Treffer zeigte kaum Wirkung. Es war ein bisschen so, als würde man eine Kuh mit einem Papierknäuel bewerfen.

Trez bekam eine Faust ins Gesicht, sodass sich vor seinem einen Auge eine Lichtshow abspielte. Aber es war ein Glückstreffer gewesen und kein koordinierter Schlag. Ganz im Gegensatz zu seiner Vergeltung: Mit schnellen, gezielten Hieben rammte er seinem Gegner die Knöchel in den Bauch und verwandelte seine Schrumpfleber in einen Boxsack – bis der Freund sich vornüberkrümmte und in eine starke Schräglage nach Backbord geriet.

Trez beendete das Spektakel, indem er den ächzenden Jammerlappen zu Boden trat.

Daraufhin zog er die Pistole und presste sie dem Kerl an die Halsschlagader.

»Du bekommst genau eine Chance, dich zu verpissen«, erklärte Trez ruhig. »Und so wird's gemacht: Du stehst auf. Kein Blick in ihre Richtung. Kein Wort. Du gehst um diesen Club herum, steigst in ein verdammtes Taxi und fährst heim.«

Anders als Trez hatte der Kerl kein kräftiges, trainiertes Herz – er schnaubte wie ein Güterzug. Doch so angstvoll wie seine blutunterlaufenen, wässrigen Augen zu ihm aufblickten, hatte er trotz Atemnot verstanden.

»Und solltest du dich in irgendeiner Form an ihr vergreifen, solltest du ihr auch nur ein Haar krümmen, sollte irgendwer ihr Eigentum beschädigen«, Trez beugte sich zu ihm hinunter, »dann komme ich von hinten. Du wirst mich nicht bemerken, und du wirst nicht überleben, was ich dann mit dir anstelle. Das *verspreche* ich dir.«

Ja, Schatten hatten ihre ganz eigene Art, ihre Feinde zu beseitigten, und obwohl er weniger fettes Fleisch wie Hühnchen oder Fisch bevorzugte, war er bereit, eine Ausnahme zu machen.

Denn sowohl im Berufsleben als auch privat hatte er erlebt, wie häusliche Gewalt eskalierte. In vielen Fällen musste etwas Großes dazwischenkommen, damit die Spirale durchbrochen wurde – und zufällig passte diese Beschreibung auf ihn.

»Nicke, wenn du mich verstanden hast.« Das Nicken folgte prompt, und Trez stieß dem Kerl die Waffe noch fester in den fleischigen Hals. »Jetzt schau mir in die Augen, dann siehst du, dass ich die Wahrheit sage.«

Als Trez auf ihn niederblickte, pflanzte er ihm einen Gedanken direkt in die Hirnrinde, sodass er wie ein implantierter Mikrochip zwischen den Windungen saß. Auslöser wäre jede Schnapsidee bezüglich seiner Freundin. Wirkung wäre die tiefe Überzeugung, einen schnellen Tod zu finden, wenn er dem Gedanken folgte.

Kognitive Verhaltenstherapie, die beste Methode, die es gab.

Hundert Prozent Erfolgsquote.

Trez sprang von dem Dickwanst runter und gab ihm die Gelegenheit, ein braver Junge zu sein. Der Kerl rappelte sich auf und schüttelte sich wie ein Hund, mit weit auseinandergestellten Beinen und flatterndem Shirt.

Als er ging, hinkte er.

Da bemerkte Trez das Schniefen.

Er drehte sich um. Die Frau stand zitternd in der Kälte. Ihre aufreizende Kleidung war viel zu dünn für eine

Dezembernacht, ihre Haut wirkte fahl, ihr Rausch schien verflogen – als hätte die Vierziger am Hals ihres Freundes eine ernüchternde Wirkung gezeigt.

Mit verlaufener Wimperntusche sah sie ihrem Fettklops nach.

Trez blickte in den Himmel und rang mit sich.

Doch er konnte sie nicht allein auf dem Parkplatz stehen lassen – erst recht nicht, weil sie so wackelig auf den Beinen war.

»Wo wohnst du, Babygirl?« Selbst ihm entging die Erschöpfung in seiner Stimme nicht. »Babygirl?«

Sie sah ihn an, und ihr Gesicht hellte sich auf. »Noch nie hat sich jemand so für mich eingesetzt.«

Okay, jetzt hätte er ihr am liebsten den Kopf in eine Mauer gerammt. Zufällig stand da eine direkt vor ihm.

»Ich fahr dich heim. Wo wohnst du?«

Als sie auf ihn zukam, musste Trez seinen Füßen befehlen, nicht wegzulaufen – und natürlich schmiegte sie sich an ihn. »Ich liebe dich.«

Trez presste die Augen zu.

»Komm«, sagte er, schälte sie von sich ab und führte sie zu seinem Auto. »Das wird schon wieder.«

35

Mit klopfendem Herzen und wackligen Beinen näherte Layla sich der Klinik. Zum Glück wurde sie von Qhuinn und Phury gestützt.

Doch dieses Mal machte sie dort eine vollkommen andere Erfahrung – dank der Anwesenheit des Primals. Als die Eingangstür zur Seite glitt, wurden sie von einer Schwester empfangen und sofort nach hinten in einen anderen Teil der Klinik geleitet.

Im Untersuchungszimmer sah sich Layla um und stutzte. Was ... war das? Goldgerahmte Gemälde hingen in regelmäßigen Abständen an hellen, seidenbespannten Wänden. Hier gab es keine klinische Untersuchungsliege wie die, auf der sie in der vergangenen Nacht gesessen hatte. Stattdessen stand da ein Bett mit eleganter Steppdecke und haufenweise dicken Kissen. Statt stählernem Waschbecken und funktionellen weißen Schränken verdeckte hier ein kunstvoll bemalter Paravent eine Ecke des Raumes – in der, wie sie vermutete, die medizinischen Instrumente von Havers aufbewahrt wurden.

Oder hatte man sie in die Privatgemächer des Arztes geschickt?

»Er wird jeden Moment bei Euch sein«, erklärte die Schwester, lächelte Phury an und verbeugte sich. »Darf ich Euch etwas anbieten? Kaffee oder Tee?«

»Den Arzt, sonst nichts«, antwortete der Primal.

»Sofort, Eure Exzellenz.«

Sie verbeugte sich erneut und eilte von dannen.

»Komm, wir helfen dir aufs Bett«, sagte Phury.

Layla schüttelte den Kopf. »Seid Ihr sicher, dass wir hier richtig sind?«

»Ja.« Der Primal half ihr durch das Zimmer. »Wir sind hier in einer der VIP-Suiten.«

Layla warf einen Blick über die Schulter. Qhuinn stand in der Ecke gegenüber des Paravents, ein schwarz gekleideter, bedrohlicher Schatten, der keine Regung zeigte. Sein Blick war auf den Boden gerichtet, sein Atem ging gleichmäßig, die Hände hielt er hinter dem Rücken. Doch er war nicht entspannt. Nein, er schien bereit zu töten, und einen Moment lang regte sich Furcht in ihrem Herzen. Sie hatte noch nie vor ihm Angst gehabt, doch sie hatte ihn auch noch nie so angriffslustig erlebt.

Zumindest schien die unterdrückte Aggression nicht gegen sie gerichtet, auch nicht gegen den Primal. Und ganz bestimmt nicht gegen Doc Jane, die sich auf einen seidengepolsterten Stuhl setzte.

»Komm«, sagte Phury sanft. »Hoch mit dir.«

Layla versuchte, auf das Bett zu klettern, aber die Matratze war zu weit vom Boden entfernt, und im Oberkörper hatte sie nicht viel mehr Kraft als in den Beinen.

»Ich helfe dir.« Phury umfasste behutsam ihren Rücken,

schob eine Hand unter ihren Knien hindurch und hob sie hoch. »So.«

Sie machte es sich auf dem Bett bequem und stöhnte, als ihr Unterleib sich schmerzhaft verkrampfte. Sofort richteten sich alle Blicke auf sie, und sie bemühte sich, ihr gequältes Gesicht mit einem Lächeln zu überspielen. Leider erfolglos: Während sich die Blutung fortsetzte wie gehabt, wurden die Krampfanfälle immer stärker und hielten länger an, während sich der Abstand dazwischen verkürzte.

Bald würde der Schmerz pausenlos anhalten.

»Es geht mir gut ...«

Sie wurde unterbrochen durch ein Klopfen an der Tür. »Darf ich reinkommen?«

Allein schon die Stimme von Havers löste einen Fluchtreflex bei ihr aus. »Oh, gütige Jungfrau der Schrift«, stöhnte sie und machte sich bereit.

»Ja«, sagte Phury finster. »Komm rein ...«

Was dann geschah, kam so schnell und unerwartet, dass man es nur mit einer Wendung beschreiben konnte, die sie von Qhuinn gelernt hatte:

Die Hölle brach los.

Havers öffnete die Tür, trat ein – und Qhuinn fiel über ihn her. Er sprang aus seiner Ecke hervor, Dolch voraus.

Layla schrie erschrocken auf, aber Qhuinn hatte offenbar nicht vor, den Doktor zu töten.

Stattdessen benützte er seinen Körper, um die Tür zu schließen, vielleicht auch sein Gesicht, und es war schwer zu sagen, was so laut krachte: die Tür in den Angeln oder der Arzt, der gegen das Holz prallte. Vermutlich beides zusammen.

Die furchterregende Klinge wurde an Havers' blassen Hals gepresst. »Rate mal, was du zuerst tust, Arschloch?«, knurrte Qhuinn. »Du entschuldigst dich dafür, dass du sie wie einen beschissenen Inkubator behandelt hast.«

Qhuinn riss den Arzt herum. Seine Schildpattbrille war zersplittert, ein Glas war mit unzähligen Sprüngen wie ein Spinnennetz durchzogen, auf der anderen Seite stand der Bügel in schrägem Winkel ab.

Layla schielte zu Phury. Der Primal schien nicht weiter beunruhigt: Er verschränkte die Arme über der breiten Brust und lehnte sich neben dem Bett an die Wand, als würde er die jüngsten Entwicklungen völlig entspannt beobachten. Und auch Doc Jane sah seelenruhig dabei zu, wie sich das Drama entwickelte.

»Schau ihr in die Augen«, blaffte Qhuinn, »und entschuldige dich.«

Damit schüttelte er den Heiler wie eine Stoffpuppe, und einige unverständliche Worte purzelten über seine Lippen.

Verflixt. Vermutlich sollte Layla ganz Dame sein und keinen Gefallen an dieser Szene zeigen, aber es lag tatsächlich eine gewisse Befriedigung darin.

Vor allen Dingen jedoch war es traurig, denn es hätte nie dazu kommen sollen.

»Nimmst du seine Entschuldigung an?«, fragte Qhuinn finster. »Oder soll er vor dir kriechen? Ich habe absolut kein Problem damit, ihn in einen Bettvorleger zu verwandeln.«

»Das genügt. Danke.«

»Und jetzt wirst du ihr sagen« – Qhuinn schüttelte Havers erneut, sodass seine Arme durch die Luft flogen und sein weißer Kittel flatterte wie eine Fahne –, »und zwar *nur* ihr, was in ihrem Körper vorgeht.«

»Ich brauche … die Krankenakte …«

Qhuinn fletschte die Zähne und beugte sich ganz nah

an Havers' Ohr – als zöge er in Erwägung, es abzubeißen. »Blödsinn. Und wenn doch, dann kostet dich diese Gedächtnislücke das Leben. Also los.«

Havers war bereits ziemlich blass, doch jetzt verlor er vollends den letzten Rest Farbe.

»Rede, Doktor. Und wenn der Primal, den du ja ach so bewunderst, mir freundlicherweise mitteilen würde, ob du sie auch wirklich ansiehst, wäre das super.«

»Mit Vergnügen«, meinte Phury.

»Ich höre nichts, Doc. Und ich warte ungern.«

»Euer …« Havers sah Layla aus zerbrochenen Brillengläsern in die Augen. »Euer Kind …«

Fast wünschte Layla, Qhuinn hätte diesen Blickkontakt nicht erzwungen. Es war schon schwer genug, von ihrem Schicksal zu erfahren, ohne dabei diesen Arzt sehen zu müssen, der sie so schlecht behandelt hatte.

Andererseits, wer sagte denn, dass sie Havers' Blick erwidern musste?

Also sah sie stattdessen Qhuinn in die Augen, als Havers endlich sagte: »Ihr verliert Euer Kind.«

An diesem Punkt verschwamm ihre Sicht, was wohl hieß, dass sie weinte. Doch sie spürte es nicht. Es war, als wäre ihre Seele aus ihrem Körper gespült worden. Alles, was sie belebt und mit der Welt verbunden hatte, war fort, als wäre es nie da gewesen.

Qhuinn zeigte keinerlei Regung. Er blinzelte nicht. Er rührte sich nicht, auch nicht seine Dolchhand.

»Gibt es aus medizinischer Sicht irgendetwas, das getan werden kann?«, erkundigte Doc Jane sich.

Havers wollte den Kopf schütteln, erstarrte jedoch, als sich die scharfe Dolchspitze in seinen Hals bohrte. Blut rann aus der Wunde in den gestärkten Hemdskragen und harmonierte mit der roten Fliege.

»Soweit mir bekannt ist, nein«, sagte der Arzt heiser. »Jedenfalls nicht auf der Erde.«

»Sag ihr, dass sie keine Schuld trägt«, forderte Qhuinn ihn auf. »Sag ihr, dass sie nichts falsch gemacht hat.«

Layla schloss die Augen. »Wenn es denn stimmt …«

»Bei Menschen ist das normalerweise der Fall, vorausgesetzt, es liegt kein Trauma vor«, bemerkte Doc Jane.

»Sag es ihr«, schnauzte Qhuinn, und sein Arm begann leicht zu zittern, als stünde er kurz davor, diesem Gewaltakt ein Ende zu setzen.

»Es stimmt«, krächzte Havers.

Layla sah den Arzt an und suchte hinter den kaputten Gläsern seine Augen. »Nichts?«

Havers redete hastig: »Der spontane Schwangerschaftsabbruch tritt bei schätzungsweise jeder dritten Schwangerschaft auf. Ich denke, dass er wie beim Menschen durch ein Selbstregulierungssystem ausgelöst wird, um Defekte unterschiedlichster Art zu vermeiden.«

»Aber ich bin definitiv schwanger«, erklärte sie matt.

»Ja. Das belegen Eure Bluttests.«

»Besteht Gefahr für ihre Gesundheit, wenn das hier weitergeht?«, erkundigte Qhuinn sich.

»Seid Ihr der *Whard*?«, platzte es aus Havers heraus.

Phury meldete sich zu Wort: »Er ist der Vater des Kindes. Also behandle ihn mit dem gleichen Respekt, den du mir entgegengebracht hättest.«

Dem Arzt fielen beinahe die Augen aus dem Kopf, und seine Brauen hoben sich über die zerbrochene Brille. Merkwürdigerweise zeigte Qhuinn in diesem Moment zum ersten Mal eine leichte Reaktion – es war nur ein Zucken, ehe erneut dieser aggressive Ausdruck auf sein Gesicht trat.

»Antworte mir«, bellte Qhuinn. »Besteht Gefahr für sie?«

»I-ich …« Havers schluckte. »In der Medizin ist nichts garantiert. Aber im Allgemeinen würde ich sagen, nein – sie ist in jeder anderen Hinsicht gesund, und der Abgang scheint den gewöhnlichen Verlauf zu nehmen. Außerdem …«

Während der Doktor weitersprach und dabei lange nicht mehr so geschliffen klang wie in der Nacht zuvor, klinkte Layla sich aus.

Alles trat in den Hintergrund, ihr Gehör verabschiedete sich, zusammen mit jeglichem Temperaturempfinden, dem Bett unter ihr, den anderen Leuten im Raum. Das Einzige, was sie wahrnahm, waren die verschiedenfarbigen Augen von Qhuinn.

Und während er dem Arzt den Dolch an die Gurgel hielt, hatte sie nur einen Gedanken.

Obwohl sie einander nicht liebten, war er genau der Typ, den sie sich als Vater für ihr Kind gewünscht hätte. Seit sie sich für die wirkliche Welt entschieden hatte, musste sie lernen, wie rau das Leben sein konnte, wie sich andere gegen einen verschwören konnten – und dass man bisweilen viel Durchsetzungsvermögen brauchte, um nicht unterzugehen.

Letzteres hatte Qhuinn im Überfluss.

Er war ein großer, furchteinflößender Beschützer, und genau das brauchte eine Frau, wenn sie schwanger war oder einen Säugling zu umsorgen hatte.

Das und seine Großherzigkeit verliehen ihm in ihren Augen etwas Edles.

Unabhängig von seiner Augenfarbe.

Fast fünfzig Meilen südlich der Klinik, wo sich Havers vor Angst fast in die Hose machte, saß Assail hinter dem Steuer seines Range Rover und schüttelte ungläubig den Kopf.

Mit dieser Frau wurde es immer interessanter.

Dank GPS hatte er ihren Audi aus der Ferne geortet, als sie zielstrebig ihre Wohngegend verlassen hatte und auf den Northway gefahren war. Bei jeder Ausfahrt zu den Vororten erwartete er, dass sie abbiegen würde, doch mittlerweile hatten sie Caldwell weit hinter sich gelassen, und allmählich begann er zu fürchten, dass sie bis nach Manhattan durchfahren würde.

Doch dem war nicht so.

West Point, Heimat der ehrwürdigen Militärakademie der Menschen, lag ungefähr auf halbem Weg zwischen New York und Caldwell, und erleichtert nahm er zur Kenntnis, dass sie dort den Blinker setzte. In Manhattan ging es hoch her, außerdem wollte er nicht zu weit weg von zu Hause, und das aus zwei Gründen: Erstens hatte er noch immer keine Nachricht von den Zwillingen, ob diese Drogendealer aufgetaucht waren, und zweitens würde es irgendwann dämmern, und er hatte keine Lust, den Range Rover mit seiner kostspieligen Sonderausstattung irgendwo am Straßenrand stehen zu lassen, weil er sich in Sicherheit dematerialisieren musste.

Nachdem sie den Highway hinter sich gelassen hatten, fuhr der Audi mit exakt fünfundvierzig Meilen pro Stunde durch einen Vorort, in dem sich Tankstellen, Ferienhotels und Fast-Food-Restaurants abwechselten. Danach wurde die Gegend teuer. Riesige Villen, weit nach hinten versetzt, saßen inmitten schneebedeckter Rasenflächen, und die niedrigen, losen Steinmauern bröckelten anheimelnd rechts und links der Straße vor sich hin. Doch sie fuhr an allen Grundstücken vorbei und bog schließlich ab auf den Parkplatz einer kleinen Parkanlage mit Blick auf den Fluss.

In dem Moment, als sie ausstieg, fuhr er an ihr vorbei und wandte den Kopf, um sie abzuschätzen.

Hundert Meter weiter parkte er am Straßenrand, wo sie ihn nicht sehen konnte. Als er ausstieg, blies ihm der beißende Wind entgegen, und er knöpfte seinen Zweireiher zu. Die Halbschuhe waren nicht eben ideal für eine Schneewanderung, aber das war ihm egal. Seine Füße würden mit der Kälte und Nässe schon zurechtkommen, und zu Hause wartete noch ein Dutzend Schuhe von dieser Sorte im Schrank.

Da der Peilsender an ihrem Auto und nicht an ihrem Körper befestigt war, behielt er sie nun im Auge. Und natürlich legte sie die Langlaufskier an und zog die weiße Skimaske über. In der hellen Tarnkleidung verschwand ihre zierliche Gestalt nahezu in der bläulichen Winterlandschaft.

Er begleitete sie.

In Abständen von fünfzehn bis zwanzig Metern dematerialisierte er sich vor ihr her und versteckte sich hinter Kiefern, während sie sich in raschem Gleitschritt zurück auf die Villen zubewegte.

Sie war unterwegs zu einem der großen Häuser, dachte er, während er sich stets in ihrer Nähe hielt, ihre Richtung vorwegnahm und meistens richtig lag.

Jedes Mal, wenn sie ihn ohne es zu bemerken passierte, drängte es ihn, sie anzuspringen. Sie zu Boden zu reißen. Und dann zuzubeißen.

Aus irgendeinem Grund weckte diese Menschenfrau seinen Appetit.

Katz-und-Maus-Spiele konnten äußerst erotisch sein, vor allem, wenn nur die Katze davon wusste.

Das Grundstück, das sie schließlich betrat, lag fast eine Meile entfernt, aber trotz der Distanz wurde sie kein einziges Mal langsamer. Sie stieg an der Ecke rechts vorn über die niedrige Mauer und nahm wieder Kurs auf.

Aber was sollte das? Wenn sie erwischt wurde, war sie auf diese Weise noch weiter von ihrem Auto entfernt. Wäre es nicht klüger gewesen, an der ihr zugewandten Flanke einzudringen? Denn jetzt bot sich ihr ohnehin keine Deckung, es gab keine Schutz bietenden Bäume und keine Ausrede, sollte man sie entdecken.

Es sei denn, sie kannte den Besitzer. Aber warum sollte sie sich dann verstecken und sich nachts anschleichen?

Das knapp drei Hektar große Grundstück stieg nach und nach zu einem großen Steinhaus von ungefähr zweitausend Quadratmetern an, die Auffahrt säumten moderne Skulpturen wie blinde, glänzende Wächter, nach hinten erstreckte sich der Garten. Die ganze Zeit über hielt sie sich an der Mauer, und als er ihr aus zwanzig Metern Abstand entgegenblickte, war er beeindruckt. Sie bewegte sich wie ein Lufthauch durch den Schnee, unsichtbar und schnell, und ihr Schatten fiel auf die graue Steinmauer, sodass er zu verschwinden schien …

Ach so.

Das war der Grund für die gewählte Route.

Denn tatsächlich warf das einfallende Mondlicht ihren Schatten genau auf die Mauer, was sie zusätzlich tarnte.

Ein merkwürdiges Kribbeln überzog ihn.

Clever.

Assail dematerialisierte sich voraus und entdeckte ein Versteck inmitten der Begrünung seitlich vom Haus. Aus der Nähe erkannte er, dass die Villa nicht neu war, wenn auch nicht wirklich alt – schließlich stieß man in der Neuen Welt selten auf ein Gemäuer, das vor dem achtzehnten Jahrhundert errichtet worden war. Bleigefasste Fenster. Veranden. Terrassen.

Alles in allem zeugte das Haus von Rang und Reichtum.

Daher war es zweifelsohne alarmgesichert.

Es schien unwahrscheinlich, dass sie das Haus lediglich ausspionierte wie das seine. Zum einen gab es jenseits der Mauer, die sie überquert hatte, ein Waldstück. Sie hätte die Skier abschnallen und sich in das hohe Gestrüpp schlagen können. Von dort hätte sie eine ausgezeichnete Sicht auf das Haus gehabt. Und zum zweiten hätte sie in diesem Fall nicht gebraucht, was sie in ihrem Rucksack mit sich trug.

Das Ding war fast groß genug für eine Leiche, und es war voll.

Wie auf ein Kommando blieb sie stehen, zückte ihr Fernglas und betrachtete das Haus, wobei sie vollkommen reglos dastand und nur den Kopf bewegte. Dann ging es quer über den Rasen, schneller noch als zuvor, bis sie regelrecht auf das Haus zuschoss.

Genau auf ihn zu.

Sie fuhr wirklich direkt auf Assail zu, auf den Punkt, an dem die Büsche vor der Villa mit der großen Hecke zusammenstießen, die um den Garten hinter dem Haus verlief.

Offensichtlich kannte sie das Grundstück.

Offensichtlich hatte er den perfekten Platz ausgewählt.

Und als sie näher kam, trat er nur ein kleines Stück zurück ... denn es hätte ihn nicht gestört, hätte sie ihn beim Spionieren erwischt.

Sie fuhr keine anderthalb Meter vor ihm vorbei, so nahe, dass er ihren Geruch nicht nur mit der Nase, sondern auch hinten in der Kehle auffing.

Er musste sich zurückhalten, um nicht loszuschnurren.

Nach dem Sprint über das Rasenstück atmete sie schwer, doch sie erholte sich rasch – ein Zeichen bester Gesundheit und Vitalität. Die Geschwindigkeit, mit der sie sich bewegte, war ebenfalls erotisch. Skier ab. Rucksack runter. Rucksack öffnen. Trara ...

Sie will aufs Dach steigen, dachte er, als sie etwas Harpunenartiges zusammensteckte, nach oben zielte und einen Enterhaken abschoss. Einen Moment später hörte man ein metallisches Klirren von oben.

Als er aufblickte, sah er, dass sie einen der wenigen Mauerabschnitte ohne Fenster gewählt hatte … der noch dazu von den hohen Büschen verdeckt wurde, hinter denen auch er sich verbarg.

Sie würde reingehen.

An diesem Punkt runzelte Assail die Stirn und verschwand aus seinem Versteck.

Hinter dem Haus nahm er wieder Gestalt an und spähte durch eine Reihe von Fenstern, indem er die Hände an die kalten Scheiben legte und sich nach vorne beugte. Drinnen war es dunkel, aber nicht überall: Ein paar Lampen brannten und tauchten eine Einrichtung in Licht, die aus Antiquitäten und moderner Kunst bestand. Sehr schick: In seinem friedlichen Schlummer wirkte das Haus wie ein Museum oder ein Wohnobjekt in einem Magazin. Alles war mit solcher Präzision arrangiert, dass man sich fast fragte, ob die Möbel und Kunstobjekte mit dem Lineal ausgerichtet worden waren.

Kein Gerümpel, nirgends eine achtlos abgelegte Zeitung, Rechnungen, Briefe, Quittungen. Keine Mäntel über Stuhllehnen, keine Schuhe, die man am Sofa abgestreift hatte.

Alle Aschenbecher blank poliert.

Da fiel ihm wirklich nur einer ein, dem das Haus gehören konnte.

»Benloise«, flüsterte er leise.

36

Das gleichmäßige Vibrieren in seiner Brusttasche sagte Xcor, dass seine Kämpfer nach ihm verlangten.

Er ging nicht ran.

Er stand vor dem Gebäude, in dem seine Auserwählte verschwunden war, und konnte sich nicht von der Stelle bewegen, nicht einmal als ein stetiger Strom von Artgenossen in Fahrzeugen vorfuhr oder sich vor der Tür materialisierte, durch die man sie geführt hatte. An diesem Kommen und Gehen erkannte man, dass es sich um eine Klinik handelte.

Wenigstens schien ihn niemand zu bemerken, so beschäftigt waren alle mit ihren Leiden – und dabei stand er fast völlig ohne Deckung da.

Wahrhaftig, allein der Gedanke daran, was seine Auserwählte hierhergeführt hatte, verursachte ihm eine derartige Übelkeit, dass er sich räuspern musste.

Eisige Luft in seine Lungen zu saugen minderte den Würgereflex.

Wann war sie in die Triebigkeit gekommen? Es konnte nicht lange her sein. Das letzte Mal hatte er sie gesehen, als …

Wer war der Vater?, dachte er zum hundertsten Mal. Wer hatte genommen, was sein war …

»Nicht dein«, ermahnte er sich. »*Nicht* dein.«

Doch das sagte ihm lediglich sein Verstand, nicht sein Gefühl. Tief drinnen, im innersten Kern seiner Männlichkeit, gehörte sie *ihm.*

Und paradoxerweise hielt ihn gerade das davon ab, das Gebäude zu stürmen – mit all seinen Mannen, wenn es nötig war. Während sie medizinische Hilfe erhielt, wollte er auf keinen Fall stören.

Die Zeit verstrich, und all die Ungewissheiten trieben ihn in den Wahnsinn. Er stellte fest, dass er diese Klinik nicht kannte. Wäre sie die Seine gewesen, hätte er nicht gewusst, wo er Hilfe finden konnte – sicherlich hätte er Throe geschickt, um einen Ort ausfindig zu machen, aber bei einem medizinischen Notfall konnten eine Stunde oder zwei auf der Suche nach einem Heiler über Leben und Tod entscheiden.

Die Bruderschaft hingegen hatte genau gewusst, wohin sie sich wenden musste. Sobald man sie aus der Klinik entließ, würde man sie zweifelsohne in ein warmes, sicheres Zuhause bringen, wo reichlich Essen und ein weiches Bett auf sie warteten und eine stramme Mannschaft von mindestens sechs vollblütigen Kriegern über sie wachte, während sie schlief.

Es war schon bizarr, dass ihn der Gedanke beruhigte. Doch die Gesellschaft der *Lesser* war ein ernst zu nehmender Gegner – und man konnte über die Bruderschaft sagen, was man wollte, ihre Verteidigungskraft hatten sie im Laufe der Jahrhunderte bestens unter Beweis gestellt.

Plötzlich dachte er an die Lagerhalle, in der er und seine Soldaten hausten. Dabei war diese kalte, feuchte, unwirtliche Bleibe schon ein Fortschritt gegenüber anderen Stätten, an denen sie ihr Lager aufgeschlagen hatten. Wo sollte sie bleiben, wenn sie mit ihm zusammen wäre? Kein Mann durfte sie je in seiner Gegenwart sehen, insbesondere nicht, wenn sie sich umkleidete oder badete.

Ein Knurren entrang sich seiner Kehle.

Nein. Kein Mann durfte ihr Fleisch erblicken, sonst würde er ihn bei lebendigem Leibe häuten.

Verflucht, sie hatte sich mit einem anderen vereint. Sie hatte ihren geweihten Leib geöffnet und einen anderen Mann darin empfangen.

Xcor legte das Gesicht in die Hände. Das Ziehen in seiner Brust war so schmerzhaft, dass er in den Springerstiefeln schwankte.

Es musste der Primal gewesen sein. Ja, natürlich, sie war bei Phury, Sohn des Ahgony, gelegen. Auf diese Weise pflanzten sich die Auserwählten fort, wenn er sich recht entsann und die Gerüchte stimmten.

Sofort war sein Verstand umwölkt von dem Bild ihres perfekten Gesichts und ihrer schlanken Gestalt. Sich vorzustellen, dass ein anderer sie entblößt und mit seinem Körper bedeckt ...

Aufhören, ermahnte er sich. *Sofort aufhören.*

Er riss seine Gedanken los von diesem Wahnsinn und überlegte, ob ihm irgendeine angemessene Wohnstatt einfiel, die er ihr bieten konnte.

Seine einzige Idee war es, die Vampirin zu töten, von der seine Soldaten sich genährt hatten. Ihr Cottage war heimelig und hübsch gewesen.

Aber wo sollte seine Auserwählte den Tag verbringen?

Außerdem würde er ihr niemals die Schande aufbürden, auch nur mit dem Fuß das Fell zu berühren, auf dem das Kopulieren seiner Krieger stattgefunden hatte.

»Entschuldigung.«

Xcor griff nach der Waffe in seinem Mantel und drehte sich um. Doch es gab keinen Anlass, Gewalt anzuwenden – vor ihm stand lediglich eine zierliche Vampirin mit ihrem Kind. Anscheinend waren sie aus einem Kombi gestiegen, der nur drei Meter von ihm entfernt geparkt hatte.

Während das Kind sich hinter seiner Mutter versteckte, verrieten auch ihre Augen Angst.

Doch wer unverhofft über ein Monster stolperte, reagierte selten mit Überschwang.

Xcor verbeugte sich tief, denn der Anblick seines Gesichtes war in dieser Situation sicher keine Hilfe. »Aber selbstverständlich.«

Damit trat er zurück, drehte sich um und kehrte an seinen ursprünglichen Wachposten zurück. Tatsächlich war ihm gar nicht aufgefallen, wie ungeschützt er mittlerweile dagestanden hatte.

Er wollte nicht kämpfen. Nicht mit der Bruderschaft. Nicht, solange seine Auserwählte in diesem Zustand war. Nicht … hier.

Er schloss die Augen und wünschte, er könnte zu jener Nacht zurückkehren, als Zypher ihn zu der Wiese gebracht hatte und Throe ihn unter dem Vorwand, ihn zu retten, zu einer Art lebendigem Tod verdammt hatte.

Denn was war ein gebundener Vampir ohne seine Gefährtin?

Ein wandelnder Leichnam.

Ohne Vorwarnung ging die Tür auf, und seine Auserwählte erschien. Augenblicklich drängte es Xcor zu handeln, trotz der vielen Gründe, die dafür sprachen, sie in Ruhe zu lassen.

Schnapp sie dir! Jetzt!

Aber er hielt sich zurück: Die besorgten Gesichter ihrer Begleiter bannten ihn an seinen Platz – sie hatten schlechte Neuigkeiten empfangen in der Klinik.

Wie schon zuvor wurde sie mehr zum Wagen getragen als geführt.

Und noch immer lag der Geruch ihres Blutes in der Luft.

Seine Auserwählte wurde erneut auf die Rückbank der Limousine gesetzt, die andere Frau nahm neben ihr Platz, dann stiegen Phury, Sohn des Ahgony, und der Krieger mit den verschiedenfarbigen Augen vorne ein. Das Fahrzeug wendete langsam, als wollte man die kostbare Fracht im Fond schonen.

Xcor folgte ihnen und materialisierte sich im gleichen stetigen Tempo, das sie am Ende des Feldwegs auf der Landstraße erreichten und auf dem Highway beibehielten. Als der Wagen auf die Hängebrücke zufuhr, sah er einmal mehr von der Spitze des höchsten Pfeilers aus zu, und als seine Auserwählte unter ihm hindurchgefahren war, materialisierte er sich von Hausdach zu Hausdach, während die Limousine die Innenstadt umfuhr.

Er verfolgte sie in nördliche Richtung, bis sie vom Highway abbog und durch ländliches Gebiet fuhr.

Er blieb die ganze Zeit über bei ihr.

Und auf diese Weise entdeckte er den Sitz der Bruderschaft.

37

Blay drehte am Siegelring seiner Familie, den er am Zeigefinger trug. In der anderen Hand glomm sanft eine Zigarette, und sein Hintern wurde allmählich taub ... doch niemand kam durch die Tür der Vorhalle zurück.

Er saß auf der untersten Stufe der Freitreppe, und ihm war klar, dass er das Versprechen, das er seiner Mutter gegeben hatte, nicht halten würde. Er würde seine Eltern nicht besuchen. Zumindest nicht heute. Nach der verrückten Nacht gestern mit der Bruchlandung und dem anschließenden Drama hatte Wrath der Bruderschaft und den Kämpfern vierundzwanzig Stunden Ruhe verordnet. Also hätte Blay eigentlich seine Eltern anrufen sollen, damit seine *Mahmen* schon mal den Mozzarella und die Fleischsoße für die Lasagne rausholte.

Aber er konnte das Haus nicht verlassen. Nicht, nachdem er das Geschrei aus Laylas Zimmer gehört hatte und dann mit ansehen musste, wie man sie die große Freitreppe hinuntertrug.

Qhuinn war natürlich bei ihr gewesen.

John Matthew nicht.

Was es also war, es stach die *Ahstrux-Nohtrum*-Karte, und das konnte nur bedeuten … dass sie das Kind verlor. Nur etwas derart Ernstes würde dies entschuldigen. Und während Blay auf seinem Allerwertesten saß, allein mit seinen Gedanken und Sorgen, entschied sein Hirn, die Situation noch zu verschärfen: Scheiße, hatte er wirklich mit Qhuinn geschlafen?

Er zog an seiner Dunhill und stieß den Rauch mit einem Fluch wieder aus.

War das wirklich passiert?

Verflucht, diese Frage spukte schon in seinem Kopf herum, seit er am Abend aus einem superheißen Traum erwacht war, mit einer Monsterlatte, die den anderen noch neben sich zu wähnen schien.

Wie er sich die Szenen zum hundertsten Mal durch den Kopf gehen ließ, konnte er eines mit Gewissheit sagen: Dieser Schuss war nach hinten losgegangen. Nachdem Qhuinn ihn auf Knien angefleht und er ihn abgewiesen hatte, war er zurück in sein Zimmer gegangen. Dort war er umhergelaufen und musste hilflos miterleben, wie sein Hirn, das er sich mit seinen Gedanken zermarterte, in Foie gras verwandelte.

Aber es war die richtige Entscheidung gewesen, zu gehen. Wirklich. Absolut richtig.

Doch leider hielt sie nicht vor. Und während sich die Tagesstunden dahinschleppten, musste er immer wieder daran denken, wie ihn sein Vater einmal dabei erwischt hatte, als er einem *Doggen* der Familie eine Schachtel Kippen gestohlen hatte. Er war noch ein junger Prätrans gewesen, und zur Strafe hatte ihn sein Vater gezwungen, sich rauszusetzen und all die filterlosen Camels zu rauchen.

Danach war ihm so schlecht gewesen, dass es ein, zwei Jahre gedauert hatte, bis er auch nur Passivrauch ertrug.

Das also war der neue Plan gewesen.

Er wollte Qhuinn so sehr und schon so lange, doch sein Verlangen war rein hypothetisch und verpackt in handliche Tagträume, die er gut verdauen konnte. Nicht das ganze Programm, Breitseite, volles Rohr, Abrissbirne – und ihm war klar gewesen, dass sich Qhuinn im wirklichen Leben nicht zurückhalten oder locker an die Sache herangehen würde.

Der »Plan« war also gewesen, sich die wirkliche Erfahrung zu holen und zu erkennen, dass es einfach nur hemmungsloser Sex war. Scheiße, vielleicht noch nicht einmal *guter* Sex.

Der Plan war nicht gewesen, die ganze Schachtel auf einmal zu rauchen ... und dann mehr zu wollen.

Verflucht, es war das erste Mal gewesen, dass die Realität eine Fantasie übertroffen hatte, die absolut beste sexuelle Erfahrung seines Lebens.

Doch die Fürsorglichkeit, die Qhuinn danach an den Tag gelegt hatte, war nicht zu ertragen gewesen.

Auch jetzt, als Blay sich an die Zärtlichkeit erinnerte, sprang er von seinem Platz auf und wanderte um das Apfelbaum-Bodenmosaik herum – als hätte er ein bestimmtes Ziel. In diesem Moment ging eine Tür auf. Doch nicht die zur Vorhalle.

Jemand kam aus der Bibliothek.

Er sah sich um. Saxton trat soeben in die Eingangshalle. Er sah beschissen aus, und das nicht nur, weil sein Kinn nach Qhuinns Attacke noch nicht ganz abgeschwollen war, obwohl er schnell heilte.

Echt prima, dachte Blay. Geniale Art, seiner Enttäuschung über ein Verhalten Ausdruck zu verleihen: Lass dich von dem Kerl um den Verstand vögeln, der deinen Ex erdrosseln wollte.

Sehr stilvoll.

»Wie geht es dir?« Blays Frage war nicht einfach nur eine Floskel.

Zu seiner Erleichterung kam Saxton auf ihn zu. Blickte ihm in die Augen. Lächelte ein wenig, als wollte er sich ernsthaft bemühen.

»Ich bin erschöpft. Hungrig. Rastlos.«

»Sollen wir zusammen essen?«, platzte Blay heraus. »Mir geht es genauso, und der Hunger ist das Einzige, wogegen ich etwas tun kann.«

Saxton nickte und steckte die Hände in die Taschen seiner Slacks. »Das ist eine großartige Idee.«

Sie nahmen am alten Eichentisch in der Küche Platz, wo sie Seite an Seite saßen, mit Blick in den Raum. Freudig lächelnd schaltete Fritz auf Versorgermodus und servierte keine zehn Minuten später zwei Schalen dampfenden Rindereintopf, dazu ein knuspriges Baguette, eine Flasche Rotwein und ein Stück süße Butter auf einem Tellerchen.

»Ich bin bald zurück, meine Herren.« Der Butler verbeugte sich. Dann verscheuchte er alle anderen *Doggen*, die Gemüse schnippelten, Silber polierten und die Fenster im Erker putzten.

Als sich die Schwingtür hinter dem letzten Bediensteten schloss, bemerkte Saxton: »Jetzt fehlt uns nur noch die Kerze zum Date.« Er beugte sich vor und aß mit tadellosen Manieren. »Nun, ich nehme an, es fehlen noch ein paar andere Dinge, nicht wahr.«

Blay schielte zu ihm hinüber und drückte seine Zigarette aus. Selbst mit den dicken Tränensäcken und dem verblassten blauen Fleck am Hals war der Anwalt ein Hingucker.

Warum zum Donner konnte er nicht …

»Sag nicht schon wieder, dass es dir leidtut.« Saxton wischte sich den Mund ab und lächelte. »Das ist wirklich nicht nötig und auch nicht dienlich.«

Als er so neben Saxton saß, erschien ihm die Trennung von ihm genauso unwirklich wie der Sex mit Qhuinn. War das wirklich alles in den vergangenen zwei Nächten passiert?

Aber hey, das mit Qhuinn wäre niemals geschehen, wären er und Saxton noch zusammen. Das stand für ihn außer Frage – es war das eine, sich heimlich einen runterzuholen, und das war schlimm genug. Aber das volle Programm? Nie im Leben.

Scheiße, trotz der Trennung hatte er noch immer das Gefühl, dass er Saxton sein Vergehen beichten sollte. Obwohl, wenn es stimmte, was Qhuinn sagte, hatte auch Saxton die Fühler wieder ausgestreckt.

Sie aßen schweigend, und Blay schüttelte den Kopf, obwohl ihm niemand eine Frage stellte oder sich mit ihm unterhielt. Es ging nicht anders. Manchmal kamen die Umwälzungen im Leben so schnell und gewaltsam, dass man nicht mehr hinterherkam. Dann schwappte die Hirnmasse eine Weile lang zwischen den Schädelwänden hin und her, bis man die Ereignisse verarbeitet hatte und zu einem neuen Gleichgewicht fand.

Er befand sich eindeutig noch in dieser Schwapp-Phase.

»Hattest du jemals das Gefühl, dass man Stunden in Jahren messen sollte?«, fragte Saxton.

»Oder in Jahrzehnten. Ja, absolut.« Blay sah Saxton von der Seite an. »Das Gleiche dachte ich gerade auch.«

»Was sind wir doch für ein morbides Paar.«

»Wahrscheinlich sollten wir Schwarz tragen.«

»Armbinden?«, schlug Saxton vor.

»Ganzkörperarmbinden, von Kopf bis Fuß.«

»Aber was mache ich dann mit meinem Farbfimmel?« Saxton tippte auf sein orangefarbenes Hèrmes-Einstecktuch. »Zum Glück kann man alles mit Accessoires aufwerten.«

»Ja, wie man an diamantbesetzten Zahnaufsätzen sieht.«

»Oder an rosa Plastikflamingos.«

»Oder dem Hello-Kitty-Merchandising.«

Auf einmal brachen sie beide in Gelächter aus. Das Ganze war noch nicht einmal so witzig, aber darum ging es hier auch gar nicht. Das Eis zu brechen, darauf kam es an. Zurück zu einer neuen Normalität zu finden. Lernen, auf andere Art miteinander umzugehen.

Als sie sich langsam wieder beruhigten, legte Blay den Arm um Saxtons Schulter und umarmte ihn kurz. Wie schön war es doch, dass Saxton sich einen Moment lang an ihn schmiegte und es geschehen ließ. Blay glaubte zwar nicht, dass fortan alles einfacher wäre, nur weil sie miteinander gegessen und gelacht hatten. Ganz und gar nicht. Es war keine schöne Vorstellung, dass Saxton mit einem anderem Kerl geschlafen hatte, und absolut unglaublich, dass er, Blay, es ihm gleichgetan hatte – vor allem wenn man bedachte, mit wem.

Nach einer einjährigen Beziehung schaffte man den Übergang zum Kumpel nicht mal eben so in ein, zwei Tagen.

Doch man konnte zumindest versuchen, einen neuen Weg einzuschlagen.

Und dann einen Fuß vor den anderen zu setzen.

Saxton würde immer einen Platz in seinem Herzen haben. Es war seine erste feste Beziehung gewesen – nicht nur mit einem Mann, sondern überhaupt. Sie teilten viele schöne Erinnerungen, die ihm bleiben würden und es wert waren.

»Hast du den Garten hinter dem Haus gesehen?«, fragte Saxton und hielt ihm das Baguette hin.

Blay brach sich ein Stück ab und reichte den Butterteller weiter, während Saxton sich selbst ein Stück abriss.

»Sieht schlimm aus, nicht wahr?«

»Erinnere mich dran, dass ich nie versuche, mit einer Cessna Unkraut zu jäten.«

»Du gärtnerst doch gar nicht.«

»Aber wenn ich je damit anfange.« Saxton schenkte ihm etwas Wein ein. »*Vino?*«

»Gerne.«

Und so ging es weiter. Von der Suppe bis zum Aprikosensorbet, das auf magische Weise vor ihnen erschien, dank Fritz' perfektem Timing. Nach dem letzten Bissen und einem finalen Serviettenwisch lehnte Blay sich gegen die Kissen der eingebauten Sitzbank und atmete tief durch.

Und das nicht nur, weil sein Magen so voll war.

»Nun«, sagte Saxton und legte seine Serviette neben dem Dessertteller ab. »Ich glaube, ich werde jetzt endlich dieses Bad nehmen, von dem ich schon vor Nächten geredet habe.«

Blay lag schon auf der Zunge, dass Saxtons Badezusätze noch bei ihm im Bad standen. Er hatte sie bemerkt, als er bei Anbruch der Nacht eine frische Rasiercreme aus dem Schrank genommen hatte.

Doch vielleicht war das unklug. Was, wenn es Saxton als Aufforderung deutete, bei ihm zu baden? Würde es zu stark daran erinnern, was sich zwischen ihnen verändert hatte – und warum? Was, wenn …

»Ich habe ein neues Öl, das ich unbedingt testen möchte«, erklärte Saxton und schlängelte sich seitlich aus der Bank. »Es kommt von Übersee und war heute endlich in der Post. Ich habe ewig darauf gewartet.«

»Klingt toll.«

»Ich freu mich drauf.« Saxton zog sein Jackett zurecht, zupfte die Manschetten heraus und hob die Hand zum Gruß. Dann spazierte er davon, vollkommen gelöst und entspannt.

Was eine echte Erleichterung war.

Blay faltete seine eigene Serviette, legte sie neben den Teller und rutschte aus der Bank. Dann streckte er die Arme über den Kopf und beugte sich zurück, sodass seine Wirbel aufs Angenehmste knackten.

Die Anspannung kehrte zurück, sobald er in die Eingangshalle zurückkam.

Was war nur los mit Layla?

Blöderweise konnte er Qhuinn nicht anrufen. Dieses Drama betraf ihn nicht: Im Hinblick auf die Schwangerschaft unterschied er sich nicht von den anderen Bewohnern des Hauses. Alle hatten den Eklat mitbekommen und sorgten sich sicher genauso wie er – durften aber nicht erwarten, auf dem Laufenden gehalten zu werden.

Zu dumm, dass ihm das sein voller Bauch nicht abkaufte. Als ihm der Gedanke kam, Qhuinn könnte sein Kind verlieren, musste er sich schnellstmöglich die Lage der nächstgelegenen Toiletten ins Gedächtnis rufen. Nur für den Fall, dass sein Magen den Evakuierungsbefehl erteilte.

Letztlich fand er sich im Salon im ersten Stock wieder, wo er seine einsamen Runden drehte. Von hier aus hörte man die Tür zur Vorhalle gut, wartete aber nicht ganz so exponiert …

Die Flügeltür zu Wraths Arbeitszimmer wurde aufgestoßen, und John Matthew kam heraus – aus dem Heiligtum des Königs.

Eilig schritt Blay durch den Salon, um John zu fragen,

ob es vielleicht Neuigkeiten gab – aber er blieb stehen, als er sein Gesicht sah.

John war tief in Gedanken versunken. Als hätte er persönliche Nachrichten erhalten, die ihn verstörten.

Also hielt Blay sich im Hintergrund, als sein Kumpel in die entgegengesetzte Richtung ging, den Flur mit den Statuen hinunter, zweifellos zu seinem Zimmer.

Offensichtlich fanden auch im Leben anderer gerade erhebliche Umwälzungen statt.

Super.

Leise fluchend ließ Blay seinen Freund in Ruhe und nahm seine sinnlose Wanderung wieder auf … und wartete.

Viele Meilen weiter südlich, in West Point, machte Sola sich bereit, in den ersten Stock der Villa von Ricardo Benloise einzusteigen, und zwar durch das Fenster am Ende des großen Gangs. Ihr letzter Besuch in diesem Haus lag Monate zurück, aber sie baute darauf, dass der Sensor, den sie behutsam manipuliert hatte, ihr noch immer gewogen war.

Zwei Dinge waren entscheidend für einen erfolgreichen Einbruch, ob in ein Haus, Gebäude, Hotel oder Institut: Planung und schnelles Handeln.

Beides beherrschte sie in Vollendung.

Sie hing an dem Draht, den sie am Dach verankert hatte, zog ein kleines Gerät aus der Innentasche ihres Parkas und hielt es rechts an das zweigeteilte Schiebefenster. Dann schickte sie ihr Signal los und blickte gespannt auf das kleine rote Licht auf dem Display. Wenn es aus irgendeinem Grund nicht umschlug, musste sie durch eines der seitlich gelegenen Dachfenster einsteigen, was wirklich nervig gewesen wäre …

Das Licht schaltete geräuschlos auf Grün. Mit einem Lächeln holte sie weiteres Werkzeug hervor.

Sie nahm einen Saugnapf und drückte ihn in die Mitte der Scheibe, direkt unter dem Fensterriegel, dann fuhr sie mit einem Glasschneider um den Rand herum. Ein kurzes Drücken, schon war ein Loch für ihren Arm entstanden.

Sie ließ das kreisrunde Stück Glas auf den Orientteppich unter dem Fenster fallen, ertastete den Messingriegel, löste ihn und schob den oberen Fensterrahmen hoch.

Warme Luft strömte ihr einladend entgegen, so als freute sich das Haus über ihre Rückkehr.

Ehe sie sich hineingleiten ließ, sah sie noch einmal nach unten. Zur Auffahrt. Lehnte sich zurück, um in den Garten hinter dem Haus zu spähen.

Denn sie fühlte sich beobachtet. Nicht so sehr auf der Fahrt in die Stadt, eigentlich erst, seit sie ihr Auto geparkt und die Skier angeschnallt hatte. Doch da war niemand – zumindest war niemand zu sehen –, und obwohl Achtsamkeit für diesen Teilbereich ihrer Arbeit unerlässlich war, kostete eine Paranoia nur wertvolle Zeit.

Sie musste sich zusammenreißen.

Also wandte sich sich wieder dem Fenster zu, hielt sich mit behandschuhten Händen fest und schob ihren Hintern ins Haus. Gleichzeitig lockerte sie den Zug am Draht, um Spiel zu haben. Sie landete geräuschlos, nicht nur dank des Läufers, der durch den langen Flur verlief, sondern auch wegen ihrer weich besohlten Schuhe.

Lautlosigkeit war ein weiteres wichtiges Kriterium für das Gelingen ihrer Arbeit.

Einen Moment lang blieb sie stehen und lauschte. Im Haus war es still – doch das musste nichts heißen. Sola war sich ziemlich sicher, dass die Alarmanlage von Benloise geräuschlos anschlug, und das Signal ging ganz bestimmt nicht an die Polizei: Benloise kümmerte sich um Probleme lieber privat. Und dazu standen ihm genügend Gorillas zur Verfügung.

Glücklicherweise war sie ein Profi, und Benloise und sein Schlägertrupp kamen erst kurz vor Sonnenaufgang nach Hause – schließlich führte er das Leben eines Vampirs.

Aus irgendeinem Grund musste sie bei diesem Wort an den Typen denken, der sie an ihrem Wagen erwartet hatte und dann wie von Geisterhand verschwunden war.

Verrückt. Das erste Mal seit Urzeiten, dass jemand ihr Interesse weckte. Nach diesem Zusammenstoß überlegte sie ernsthaft, ob sie weitere Besuche bei diesem Glaskasten am Fluss unterlassen sollte – auch wenn der Grund für diese Überlegung eher merkwürdig war: Denn es lag nicht daran, dass sie fürchtete, körperlichen Schaden zu nehmen, schließlich konnte sie sich bestens verteidigen.

Nein, sie fühlte sich auf seltsame Weise zu ihm hingezogen.

Und das war gefährlicher als jede Schusswaffe, jedes Messer und jede Faust, wenn es nach ihr ging.

Mit kleinen, federnden Schritten joggte Sola über den Läufer auf das Schlafzimmer von Benloise zu, das nach hinten rausging. Das Haus roch wie in ihrer Erinnerung, nach altem Holz und Möbelpolitur, und sie wusste auch, dass sie sich links halten musste. Hier knarzte es nicht.

Die schwere Holztür zum Schlafzimmer war geschlossen. Sola probierte es erst gar nicht mit der Klinke, sondern holte gleich den Dietrich raus. Benloise hatte zwei Ticks: Sauberkeit und Sicherheit. Wobei sie den Eindruck hatte, dass Letztere in Bezug auf die Galerie entscheidender war als in seinem Privathaus. Denn unter diesem Dach gab es nur Kunst, die bis auf den letzten Penny versichert war. Und ihn selbst natürlich, tagsüber – umgeben von einer Horde bewaffneter Bodyguards.

Vermutlich verbrachte er deshalb seine Nächte in der Stadt. Auf diese Weise blieb die Galerie nie unbewacht – nach Feierabend war er da, tagsüber das Personal, das seinen legalen Geschäften nachging.

Als Fassadenkletterer zog Sola es jedenfalls vor, in leere Häuser einzudringen.

Deshalb tüftelte sie jetzt am Türschloss herum, bis es aufsprang, und schlüpfte ins Schlafzimmer. Als sie einmal tief durchatmete, roch sie, dass die Luft geschwängert war vom Tabak und dem herben Eau de Cologne von Benloise.

Bei diesem Gemisch musste sie unwillkürlich an Schwarz-Weiß-Filme mit Clark Gable denken.

Die Vorhänge waren geschlossen, die Lampen aus, es war stockdunkel in dem Raum. Doch sie hatte ihn bei der Party fotografiert, und Benloise war nicht der Typ, der seine Möbel verrückte. Ganz im Gegenteil: Jedes Mal, wenn ein neues Stück in der Galerie aufgestellt wurde, spürte sie förmlich, wie er sich innerlich wand.

Angst vor Veränderung ist eine Schwäche, pflegte ihre Großmutter zu sagen.

Ihr erleichterte es jedenfalls die Arbeit.

Jetzt bewegte sie sich langsamer, zehn Schritte geradeaus in die Mitte des Raumes. Das Bett würde nun links von ihr an der Längswand stehen und ebenfalls zur Linken wären der bogenförmige Durchgang zum Bad und die Türen des begehbaren Schranks. Vor ihr lagen die breiten Fenster zum Garten. Rechts von ihr müssten sich eine Kommode, ein Schreibtisch und ein paar Sessel befinden, außerdem der Kamin, der nie benutzt wurde, weil Benloise den Geruch von Holzrauch verabscheute.

Die Alarmanlage hing zwischen dem Eingang zum Bad und dem prunkvollen Kopfbrett des Bettes, neben einer Lampe, einen Meter entfernt von einem Beistelltischchen.

Sola wandte sich nach links. Vier Schritte. Tastete nach dem Fußende des Bettes, fand es.

Seitenschritt, eins, zwei, drei. Entlang der Längsseite des Bettes. Ausfallschritt, vorbei an Tisch und Lampe.

Sie streckte die linke Hand aus ...

Und da war sie, die Alarmanlage, genau an dem Fleck, an dem sie sie erwartet hatte.

Sola klappte die Abdeckung hoch und steckte sich eine Stiftlampe zwischen die Zähne, um die Schaltkreise zu beleuchten. Dann holte sie weitere Gerätschaften aus ihrem Rucksack: Sie verband Drähte und unterbrach das Signal, dann installierte sie mithilfe eines kleinen Laptops und eines Programms, das ein Freund von ihr entwickelt hatte, eine Dauerschleife innerhalb des Alarmsystems. Solange der Router angeschlossen war, würden die von ihr aktivierten Bewegungsmelder nicht anschlagen.

Die Alarmanlage würde keine Unregelmäßigkeiten registrieren.

Sie ließ den Laptop stehen und ging aus dem Zimmer, raus in den Flur und die Treppe runter ins Erdgeschoss.

Das Haus war von oben bis unten durchgestylt, allzeit bereit, für ein Einrichtungsmagazin fotografiert zu werden – obwohl Benloise natürlich niemals zugelassen hätte, dass Bilder seiner Privaträume an die Öffentlichkeit kamen. Auf leisen Sohlen durchquerte sie das Foyer und den Salon zur Linken und ging in sein Arbeitszimmer.

Während sie durch das Halbdunkel tappte, hätte sie gern den weißen Parka und die Skihose ausgezogen – die Sache in ihrem schwarzen Bodysuit abzuziehen, hätte nicht nur das Klischee erfüllt, es wäre auch praktischer gewesen. Doch dazu fehlte ihr die Zeit, und ihre Sorge war eher, sie könnte draußen in der Winterlandschaft auffallen als hier in diesem menschenleeren Haus.

Das Arbeitszimmer von Benloise war wie alles andere unter diesem Dach mehr hübsche Kulisse denn funktionell. Aber er benutzte diesen großen Schreibtisch ja auch nicht oder saß auf dem thronartigen Sessel oder las einen der ledergebundenen Bände aus dem Regal.

Allerdings schritt er das Zimmer ab. Ein Mal am Tag.

In einem vertraulichen Moment hatte er ihr erzählt, dass er jeden Abend, bevor er das Haus verließ, einmal durch die Räume schlenderte und all seine Besitztümer betrachtete, um sich die Schönheit seiner Sammlung und seines Hauses bewusst zu machen.

Daraus – und wegen ein paar anderer Dinge – hatte Sola schon vor Langem geschlossen, dass Benloise aus ärmlichen Verhältnissen stammte. Zum einen hörte man seine Zugehörigkeit zur Unterschicht dezent heraus, wenn sie Spanisch oder Portugiesisch miteinander sprachen. Zum anderen wussten reiche Leute ihren Besitz in der Regel nicht so zu schätzen wie er.

Für die Reichen war nichts kostbar, sie betrachteten alles als Selbstverständlichkeit.

Der Safe war im Bücherregal hinter dem Schreibtisch versteckt, hinter einem Abschnitt, der sich durch einen Hebel in der unteren rechten Schublade öffnen ließ.

Das wusste sie dank einer versteckten Minikamera, die sie bei der Party in einer abgelegenen Ecke installiert hatte.

Sie betätigte den Hebel. Ein Bereich von einem mal eineinhalb Metern schob sich nach vorne und glitt zur Seite. Und da war er: Ein robuster Stahlkasten, dessen Hersteller sie kannte.

Hatte man erst einmal über hundert der verdammten Dinger geknackt, dann kannte man die einzelnen Fabrikate schon bald recht gut. Seine Wahl gefiel ihr im Übrigen außerordentlich. Würde sie selbst in die Verlegenheit geraten, einen Safe zu benötigen, würde sie genau dieses Modell wählen – und er hatte ihn vorschriftsmäßig im Boden verankert.

Der Schneidbrenner, den sie aus ihrem Rucksack holte, war klein, aber kraftvoll, und als sie ihn entzündete, trat mit kontinuierlichem Zischen eine weiß-blaue Flamme hervor.

Die Sache würde einige Zeit in Anspruch nehmen.

Der Rauch des brennenden Metalls biss in Augen, Nase und Hals, aber sie ließ sich nicht beirren und brannte ein Viereck von dreißig mal sechzig Zentimeter in die Vorderseite. Bei manchen Safes ließen sich die Türen sprengen, aber bei diesem Modell half nur die altmodische Methode.

Es dauerte eine halbe Ewigkeit.

Doch sie schaffte es.

Sie legte das schwere Teil aus der Tür zur Seite, steckte sich erneut die Stiftlampe zwischen die Zähne und beugte sich hinein. In den Fächern lagen Schmuck, Aktien und ein paar funkelnde Golduhren, die er griffbereit hielt. Außerdem eine Handfeuerwaffe, die hundertprozentig geladen war. Kein Geld.

Andererseits stand Benloise immer und überall so viel Bargeld zur Verfügung, da war es nur logisch, dass er dafür keinen Platz im Safe verschwenden wollte.

Verdammt. Da drinnen lag nichts, was nur fünftausend Dollar wert gewesen wäre.

Dabei wollte sie sich durch diesen Einbruch lediglich das holen, was ihr zustand.

Fluchend setzte sie sich auf die Hacken. Tatsächlich gab es keinen einzigen Gegenstand in diesem Safe, der unter fünfundzwanzigtausend wert war. Und sie konnte ja wohl schlecht ein halbes Uhrarmband mitnehmen – denn wie hätte sie das in Geld umwandeln sollen?

Eine Minute verstrich.

Eine zweite.

Mist, dachte sie, lehnte das ausgeschnittene Viereck seitlich an den Safe und schloss das Bücherregal. Dann erhob sie sich und leuchtete mit ihrer Stiftlampe im Raum umher. Die Bücher waren allesamt Sammlerstücke, Erstausgaben alter Werke. Die Kunstwerke an den Wänden und auf dem Schreibtisch waren nicht nur superteuer, sie ließen sich auch schwer zu Geld machen, ohne dass man dazu in den Untergrund ging – zu Leuten, mit denen Benloise eng vertraut war.

Aber sie würde nicht ohne ihr Geld gehen, verdammt noch mal …

Plötzlich stand ihr die Lösung deutlich vor Augen, und sie lächelte.

Lange Zeit hatte die Menschheit ihren Handel erfolgreich über Tauschgeschäfte betrieben. Dabei wurden Waren und Dienstleistungen gegen andere Waren und Dienstleistungen von gleichem Wert eingetauscht.

Bislang hatte sie nie die anfallenden Kosten in Betracht gezogen, die ihren Opfern infolge der Einbrüche entstanden: neue Safes, neue Alarmanlagen, weitere Sicherheitsvorkehrungen. Das war sicher kostspielig – wenngleich nichts im Vergleich zu dem, was sie für gewöhnlich entwendete. Bei ihrem Eindringen war sie selbstverständlich davon ausgegangen, dass Benloise diese Zusatzkosten tragen würde – ein materieller Schaden, den sie ihm zufügte, weil er sie betrogen hatte.

Jetzt aber war dieser Schaden das Ziel.

Auf dem Weg zurück zur Treppe sah sie sich nach einer geeigneten Möglichkeit um … und entschied sich für eine Degas-Skulptur, eine junge Tänzerin, die in einer Mauernische platziert war. Die bronzene Ballerina hätte ihrer Großmutter gefallen, und vielleicht fiel Solas Wahl deshalb auf sie.

Das Licht über der Statue war aus, dennoch ging von dem Meisterwerk ein Strahlen aus. Besonders gut gefiel Sola das gerüschte Tutu, dieser zarte und doch steife Tüll aus Metallgewebe, das die Geschmeidigkeit vollendet nachempfand.

Sola bückte sich zum Sockel der Statue, schlang die Arme darum und riss mit aller Kraft, sodass sie sich um ein paar Zentimeter drehte.

Dann eilte sie die Treppe hoch, nahm ihren Laptop von der Alarmanlage im Schlafzimmer, verschloss die Tür und kletterte aus dem Fenster, durch das sie eingedrungen war.

Keine vier Minuten später war sie wieder auf den Skiern und glitt über den Schnee.

Und obwohl sie nichts in ihren Taschen hatte, verließ sie das Grundstück mit einem Lächeln.

38

Als der Mercedes schließlich vor dem Anwesen der Bruderschaft hielt, stieg Qhuinn zuerst aus und öffnete Layla die Tür. Als sie den Kopf hob, begegneten sich ihre Blicke.

Er wusste, dass er dieses Gesicht niemals vergessen würde. Ihre Haut war aschfahl und schien dünn wie Papier, der elegante Schwung ihrer Wangenknochen trat scharf hervor. Ihre Augen waren tief eingesunken. Die Lippen flach und dünn.

In diesem Moment hatte er eine Vorstellung davon, wie sie aussehen würde, wenn sie starb, wie viele Jahrzehnte und Jahrhunderte das auch noch in der Zukunft liegen mochte.

»Ich trage dich«, sagte er, beugte sich ins Wageninnere und hob sie hoch.

Dass sie sich mit keinem Wort dagegen wehrte, zeigte ihm, wie erledigt sie war.

Als Fritz die Türen der Vorhalle öffnete, als hätte er

die ganze Zeit auf ihre Ankunft gewartet, bereute Qhuinn alles: den Traum, dem er sich vorübergehend während ihrer Triebigkeit hingegeben hatte. Seine verschwendete Hoffnung. Ihre Schmerzen. Ihr beider Kummer.

Das ist dein Werk.

Als er ihr gedient hatte, war er ganz und gar auf einen positiven Ausgang fixiert gewesen, dessen er sich vollkommen gewiss gewesen war.

Doch jetzt, da er wieder auf dem morastigen Boden der Tatsachen gelandet war, schien es ihm die Sache nicht mehr wert. Nicht einmal die Aussicht auf ein gesundes Kind rechtfertigte so etwas.

Das Schlimmste war, sie leiden zu sehen.

Er brachte sie ins Haus und betete, dass sie kein Publikum hatten. Er wollte ihr etwas ersparen, egal, was, selbst wenn es nur eine Reihe trauriger, besorgter Gesichter war, an denen sie vorbeimussten.

Niemand war da.

Qhuinn nahm mit jedem Schritt zwei Stufen auf der Freitreppe und fluchte beim Anblick der offenen Tür zu Wraths Arbeitszimmer.

Aber schließlich war der König blind.

Und so ging Qhuinn einfach weiter, als George zur Begrüßung schnaubte, und steuerte auf Laylas Schlafzimmer zu. Er trat die Tür mit dem Fuß auf und sah, dass die *Doggen* in der Zwischenzeit aufgeräumt hatten. Das Bett war gemacht, die Laken gewechselt, ein frischer Blumenstrauß stand auf der Kommode.

Es sah ganz so aus, als wäre er nicht der Einzige, der auf jede erdenkliche Weise helfen wollte.

»Möchtest du dich umziehen?«, fragte er und schloss die Tür mit einem Tritt.

»Ich würde gern duschen …«

»Ich lass das Wasser laufen.«

»… aber ich traue mich nicht. Ich will … es nicht sehen, wenn du verstehst, was ich meine.«

Er legte sie aufs Bett und setzte sich neben sie. Dann legte er die Hand auf ihr Bein und strich mit dem Daumen über ihr Knie, vor und zurück.

»Es tut mir so leid«, sagte sie brüchig.

»Scheiße … nein, sag das nicht. Das darfst du nicht einmal denken, okay? Du bist nicht schuld.«

»Aber wer ist es dann?«

»Darum geht es nicht.«

Verflucht, er konnte nicht fassen, dass sich dieser Schwangerschaftsabgang noch über eine Woche hinziehen würde. Wie war das möglich?

Layla schnitt eine Grimasse, als der nächste Krampf sie heimsuchte. Qhuinn blickte um sich und erwartete, Doc Jane zu sehen, doch sie waren allein.

Was ihm deutlicher als alles andere vor Augen führte, dass man nichts tun konnte.

Qhuinn ließ den Kopf hängen und hielt ihre Hand.

Mit ihnen beiden hatte es angefangen.

Und genauso würde es enden.

»Ich glaube, ich würde jetzt gerne schlafen«, sagte Layla und drückte seine Hand. »Und du siehst auch aus, als könntest du etwas Schlaf vertragen.«

Sein Blick wanderte zur Chaiselongue. »Du musst nicht bei mir bleiben«, sagte Layla leise.

»Aber wo sollte ich denn sonst sein wollen?«

Einen Moment lang hatte er Blay mit weit ausgebreiteten Armen vor Augen. Wie lächerlich.

Fass mich nicht an. Nicht so. Nie wieder.

Qhuinn verscheuchte den Gedanken. »Ich schlafe da drüben.«

»Du kannst aber doch nicht sieben Tage und Nächte lang hierbleiben.«

»Ich sage es noch einmal: Wo sollte ich sonst sein wollen …«

»Qhuinn.« Ihr Ton wurde scharf. »Da draußen wartet deine Arbeit. Und du hast gehört, was Havers gesagt hat. Es wird eben eine Weile dauern, und das kann sich ziemlich in die Länge ziehen. Es besteht keine Gefahr, dass ich verblute, und ehrlich gestanden habe ich vor dir das Gefühl, stark sein zu müssen. Dazu fehlt mir die Kraft. Bitte komm und sieh zwischendurch nach mir, ja? Aber ich werde verrückt, wenn du hier dein Lager aufschlägst, bis die Sache überstanden ist.«

Sprachlose Verzweiflung.

Das empfand Qhuinn, als er auf der Bettkante saß und Laylas Hand hielt.

Kurz danach stand er auf, um zu gehen. Sie hatte recht. Sie brauchte möglichst viel Ruhe, und abgesehen davon, sie anzustarren und ihr das Gefühl zu geben, ein Freak zu sein, konnte er nichts tun.

»Ich bin immer in deiner Nähe.«

»Das weiß ich.« Sie hob seine Faust an die Lippen, und er erschrak, wie kalt sie waren. »Du hast … mehr getan, als ich erbitten hätte können.«

»Nicht doch, ich habe doch nichts …«

»Du warst hochanständig. Zu jeder Zeit.«

Das war Ansichtssache. »Hör zu, ich habe mein Handy bei mir. Ich komme in ein paar Stunden wieder und sehe nach dir. Wenn du schläfst, werde ich dich nicht stören.«

»Danke.«

Qhuinn nickte und begab sich seitwärts zur Tür. Er hatte mal gehört, dass man einer Auserwählten nicht den Rücken zuwandte, und etwas Benimm konnte ja wohl nicht schaden, fand er.

Er schloss die Tür und lehnte sich mit dem Rücken dagegen. Der Einzige, den er jetzt sehen wollte, hatte kein Interesse daran …

»Was ist los?«

Die Stimme erschreckte ihn derart, dass er dachte, er hätte sie sich eingebildet. Doch dann trat Blay aus der Tür des Salons im ersten Stock. Als hätte er die ganze Zeit dort gewartet.

Qhuinn rieb sich die Augen und lief los, angezogen von dem einen, den er sich so sehr an seine Seite gewünscht hatte.

»Sie verliert es«, hörte Qhuinn sich tonlos sagen.

Blay murmelte eine Antwort, aber Qhuinn hörte sie nicht.

Merkwürdig, der Schwangerschaftsabgang hatte bisher nicht real gewirkt. Nicht, bis er Blay davon erzählt hatte.

»Wie bitte?«, fragte Qhuinn, als ihm auffiel, das Blay auf eine Antwort wartete.

»Kann ich irgendetwas tun?«

Schon komisch. Qhuinn hatte immer das Gefühl gehabt, als wäre er erwachsen auf die Welt gekommen. Aber er war eben nie verhätschelt oder verwöhnt worden, niemand hatte ihn getröstet, wenn er sich wehgetan hatte, oder bei Furcht in den Arm genommen. Infolgedessen fiel er nie auf kindliche Verhaltensweisen zurück. Denn solche kannte er nicht.

Und doch klang er wie ein Kind, als er jetzt sagte: »Mach, dass es aufhört?«

Als hätte allein Blay die Macht, ein Wunder zu bewirken.

Und dann … wurde ihm sein Wunsch erfüllt.

Blay breitete die Arme aus und bot Qhuinn den einzigen Zufluchtsort, den es je für ihn gegeben hatte.

»Mach, dass es aufhört?«

Blay begann am ganzen Leib zu zittern, als Qhuinn diese Worte aussprach: Er kannte den Kerl nun schon so viele Jahre und hatte ihn in vielen Stimmungen und Situationen erlebt. Aber nie so. Nie so vollkommen am Boden zerstört.

Wie ein verängstigtes Kind.

Und obwohl er sich ernsthaft vor allen gefühlsmäßigen Verquickungen hüten musste, breiteten sich von ganz allein seine Arme aus.

Als Qhuinn zu ihm kam, erschien er viel kleiner und zerbrechlicher, als er es in Wirklichkeit war. Und die Arme, die sich um Blays Hüften schlangen, schienen keine Kraft in den Muskeln zu haben.

Blay stützte sie beide.

Er erwartete, dass Qhuinn sich bald von ihm lösen würde. Normalerweise ertrug der Kerl Körperkontakt nicht länger als eine Sekunde, sofern es nicht um Sex ging.

Aber Qhuinn rührte sich nicht. Er schien bereit, für alle Zeiten hier im Eingang zum Flur zu stehen.

»Komm«, sagte Blay, zog Qhuinn in den Salon und schloss die Tür. »Zum Sofa.«

Qhuinn schlurfte hinter ihm her.

Sie setzten sich einander zugewandt hin, sodass sich ihre Knie berührten. Als Blay ihn ansah, bewegte ihn die Traurigkeit des Freundes so tief, dass er unwillkürlich die Hand ausstreckte und über das schwarze Haar strich.

Unvermittelt klappte Qhuinn in der Mitte zusammen und schmiegte sich an Blay, floss regelrecht in seinen Schoß.

Insgeheim erkannte Blay, dass sie sich auf gefährlichem Terrain bewegten. Sex war das eine – und schon das war nicht leicht zu verdauen. Aber dieser stille Moment hatte das Potenzial, ihn zu zerstören.

Aus diesem Grund war er auch am Tag zuvor aus dem Schlafzimmer geflohen.

Doch jetzt war alles anders, jetzt hatte er die Sache in der Hand. Qhuinn war der Trostsuchende, und Blay konnte ihm nachgeben oder sich verwehren, je nach Gefühl: Halt zu bieten war nicht das Gleiche wie gehalten zu werden – oder Halt zu brauchen.

Für Blay war es okay, anderen eine Stütze zu sein. Das war sicher, denn in dem Fall hatte er die Kontrolle. Es war etwas ganz anderes, als in den Abgrund zu stürzen. Niemand wusste das so gut wie er: Er war jahrelang da unten gewesen.

»Ich würde alles tun, um es zu ändern«, sagte Blay und streichelte Qhuinn über den Rücken. »Es tut mir so leid, dass du das durchmachen musst.«

Ach, Worte waren einfach nutzlos.

Sie verharrten eine Ewigkeit in dieser Haltung, und die Stille umschloss sie wie ein Kokon. In regelmäßigen Abständen schlug die alte Uhr auf dem Kaminsims, und dann, nach einer Weile, fuhren die Rollläden vor den Fenstern herunter.

»Ich wünschte, ich könnte etwas tun«, sagte Blay, als sich die Läden mit einem metallischen Scheppern schlossen.

»Du musst wahrscheinlich weg.«

Blay ließ diesen Kommentar im Raum stehen. Denn die Wahrheit wollte er nicht zugeben. Keine zehn Pferde, keine Feuerwaffen, Brechstangen, Löschschläuche, Elefantenherden … nicht einmal ein Befehl vom König persönlich hätte ihn von hier wegbewegen können.

Und ein Teil von ihm ärgerte sich. Nicht über Qhuinn, sondern über sein eigenes Herz. Doch gegen die eigene Natur kam man nicht an – das wurde ihm nun nach und nach klar. Die Trennung von Saxton, das Coming-out vor seiner Mutter, dieser Moment hier, all das trug zu dieser Erkenntnis bei.

Qhuinn stöhnte und richtete sich auf, dann rieb er sich das Gesicht. Als er die Hände sinken ließ, waren seine Wangen gerötet, wie auch seine Augen, aber nicht, weil er weinte.

Sein Kontingent an Tränen hatte er für die nächsten zehn Jahre offensichtlich in der vergangenen Nacht verbraucht, als er vor Erleichterung geweint hatte, weil er einem Familienvater das Leben gerettet hatte.

Hatte er zu diesem Zeitpunkt schon gewusst, dass es Layla nicht gut ging?

»Weißt du, was das Schlimmste ist?«, fragte Qhuinn und klang schon wieder mehr wie er selbst.

»Was?« Es stand so viel zur Auswahl.

»Ich habe das Kind gesehen.«

Die feinen Haare in Blays Nacken kitzelten. »Wovon redest du?«

»Weißt du noch, wie mich die Ehrengarde erwischt hat und ich fast gestorben wäre?«

Blay hüstelte. Die Erinnerung stand ihm so klar vor Augen, als wäre es erst eine Stunde her. Und doch klang Qhuinn vollkommen ruhig und gefasst, als würde er von einem Abend im Club erzählen oder dergleichen. »Äh, ja, ich entsinne mich.«

Ich habe dich wiederbelebt dort am Straßenrand, verdammt noch mal, dachte er.

»Ich bin zum Schleier aufgestiegen …« Qhuinn stutzte. »Alles in Ordnung?«

Ach, nicht doch, alles bestens. »Entschuldige. Erzähl weiter.«

»Ich war dort. Ich meine, es war ... genau so, wie alle immer sagen. Alles war weiß.« Qhuinn rieb sich erneut das Gesicht. »Weiß, weiß. Überall. Da war eine Tür, und ich ging darauf zu ... Ich wusste, wenn ich den Knauf drehe, dann gehe ich rein und es gibt kein Zurück mehr. Ich streckte die Hand danach aus ... und da sah ich sie. In der Tür.«

»Layla«, unterbrach Blay ihn, und er hatte das Gefühl, als hätte ihm jemand ein Messer in die Brust gestoßen.

»Meine Tochter.«

Blay stockte der Atem. »Deine ...«

Qhuinn sah ihn an. »Sie war ... blond. Wie Layla. Aber ihre Augen ...« Er deutete auf sein eigenes Gesicht. »... das waren meine. Ich zog meine Hand zurück, als ich sie sah, und dann lag ich auf einmal wieder am Straßenrand. Ich hatte zunächst keine Ahnung, was das zu bedeuten hatte. Aber dann, lange Zeit später, kommt Layla in die Triebigkeit und wendet sich an mich, und alles fügte sich zusammen. Es fühlte sich an ... als wäre das alles vorherbestimmt gewesen. Es war Schicksal, verstehst du? Sonst wäre ich nie bei Layla gelegen. Ich habe es nur getan, weil ich *wusste*, dass wir ein kleines Mädchen bekommen.«

»Heilige Jungfrau.«

»Aber ich habe mich getäuscht.« Er rieb sich zum dritten Mal über das Gesicht. »Vollkommen getäuscht – und ich wünschte wirklich, ich hätte die Finger davon gelassen. Nichts bereue ich in meinem Leben mehr – na ja, bis auf eine Sache, um genau zu sein.«

Blay musste sich fragen, was noch schlimmer sein konnte als die Situation, in der Qhuinn gegenwärtig steckte.

Wie kann ich helfen?, überlegte Blay.

Qhuinn sah ihn forschend an. »Willst du wirklich, dass ich dir das beantworte?

Anscheinend hatte er seinen Gedanken laut ausgesprochen. »Ja, das will ich.«

Qhuinn umfasste Blays Kinn mit der Dolchhand. »Bist du sicher?«

Augenblicklich schlug die Stimmung um. Die Traurigkeit lastete noch immer schwer auf ihnen, aber die erotische Grundstimmung war mit einem Schlag zurück.

Qhuinns Augen begannen zu brennen, seine Lider senkten sich. »Ich brauche ... im Moment einen Anker. Ich weiß nicht, wie ich es anders erklären soll.«

Blays Körper sprang sofort darauf an, sein Blut erreichte auf der Stelle den Siedepunkt, und sein Schwanz schwoll an und gewann an Länge.

»Lass mich dich küssen«, stöhnte Qhuinn und beugte sich zu ihm. »Ich weiß, dass ich es nicht verdiene, aber bitte ... damit kannst du mir helfen. Lass mich dich fühlen ...«

Qhuinn strich mit dem Mund über Blays Lippen. Ein zweites Mal. Verharrte dort.

»Ich werde darum betteln.« Wieder berührten ihn diese tödlichen Lippen. »Wenn es hilft ... Mir scheißegal. Ich flehe dich an ...«

Doch das war gar nicht nötig.

Qhuinns Hand lag auf seinem Gesicht, sanft und fordernd zugleich, und Blay ließ zu, dass er seinen Kopf zur Seite neigte, sodass er mehr Bewegungsfreiheit hatte. Dann drückten sich diese Lippen erneut auf seinen Mund, langsam, betörend, unaufhaltsam.

»Nimm mich noch einmal in dir auf, Blay ...«

39

Eine halbe Stunde vor Dämmerung kehrte Assail nach Hause zurück. Er parkte den Range Rover in der Garage und wartete, bis sich das Tor schloss, ehe er ausstieg.

Er hatte sich immer für einen Intellektuellen gehalten – nicht in dem Sinne, wie die *Glymera* den Begriff verstand, wo man mit großem Gehabe über Literatur, Philosophie oder Spirituelles dozierte. Es gab schlichtweg wenig im Leben, das er nicht mit seinem Verstand erfassen und durchdringen konnte.

Was zur Hölle hatte diese Frau bei Benloise angestellt?

Sie war ein Profi, so viel stand fest. Sie hatte die richtige Ausrüstung, das nötige Know-how und Übung im Einbrechen. Er vermutete außerdem, dass sie entweder Pläne vom Haus besaß oder schon einmal drin gewesen war. So effektiv. So zielstrebig. Und er wusste, wovon er sprach: Er war ihr auf Schritt und Tritt durchs Haus gefolgt, hatte sich durch das Fenster gestohlen, das sie geöffnet hatte, und sich in den Schatten gehalten.

Hatte sie hinter ihrem Rücken beobachtet.

Aber er verstand es trotzdem nicht: Welcher Dieb machte sich die Mühe, in ein alarmgesichertes Haus einzudringen, den Safe ausfindig zu machen, ihn aufzuschweißen, jede Menge transportabler Wertgegenstände vorzufinden ... bloß, um dann alles liegen zu lassen? Denn er hatte ganz genau gesehen, was zur Auswahl gestanden hatte. Er war geblieben, nachdem sie aus dem Arbeitszimmer gegangen war, und hatte das Fach im Regal auf die gleiche Weise geöffnet wie sie. Dann hatte er mit seiner eigenen Stiftlampe in den Safe geleuchtet.

Nur um zu sehen, was sie alles nicht mitgenommen hatte.

Als er aus dem Arbeitszimmer gekommen war, wobei er sich vorsorglich in der Dunkelheit hielt, konnte er sehen, wie sie einen Moment lang im Foyer stand, die Hände in den Hüften, und langsam um sich blickte, als würde sie ihre Möglichkeiten abwägen.

Dann war sie zu einer Statue gegangen, die von Degas stammen musste ... und hatte sie um zwei Zentimeter nach links verrückt.

Wer sollte das verstehen?

Gut, es *war* natürlich möglich, dass sie etwas Bestimmtes in diesem Safe gesucht hatte, das sich nicht darin befand. Einen Ring, irgendwelchen Flitter, eine Kette. Einen Computerchip oder USB-Stick, ein Testament oder eine Versicherungspolice. Aber das Zögern im Foyer passte so gar nicht zu dem zielgerichteten Handeln davor ... und dann verrückte sie die Statue?

Es musste ihr um die vorsätzliche Beschädigung von Benloises Besitz gegangen sein, anders ließ es sich nicht erklären.

Aber wenn sie sich an einem leblosen Objekt vergehen

wollte, war ihr Handeln kaum nachzuvollziehen. Hätte sie die Statue umgestoßen, okay. Hätte sie sie mitgenommen. Mit Obszönitäten besprüht. Sie mit einer Brechstange bearbeitet und zerstört. Aber eine winzige Drehung, die kaum ins Auge stach?

Er konnte nur schließen, dass es eine Art Botschaft war. Und das gefiel ihm gar nicht.

Es deutete nämlich darauf hin, dass sie Benloise vielleicht persönlich kannte.

Assail öffnete die Tür auf der Fahrerseite ...

»Himmel«, zischte er und rümpfte die Nase.

»Wir haben uns schon gefragt, wie lange du da drin noch sitzen bleibst.«

Als die trockene Stimme an sein Ohr drang, stieg Assail aus und sah sich angewidert in der Fünffachgarage um. Der Gestank war irgendwo zwischen einem drei Tage alten Tierkadaver, ranziger Mayonnaise und vergorenem Billigparfüm einzuordnen.

»Ist es das, wofür ich es halte?«, fragte er die Cousins, die im Durchgang zum hinteren Hausflur standen.

Der Jungfrau der Schrift sei gedankt, kamen sie in die Garage und schlossen die Tür hinter ihnen – sonst wäre dieser entsetzliche Gestank ins Haus gezogen.

»Das sind deine Drogendealer. Na ja, zumindest Teile davon.«

Was zum Kuckuck?

Assail ging mit langen Schritten in die Richtung, in die Ehric deutete – hinten in der Ecke lagen drei achtlos aufeinandergeworfene Müllsäcke. Assail ging in die Hocke und löste das gelbe Plastikband von einem, zog ihn auf und ...

... blickte in die starren Augen eines jungen Menschen, den er wiedererkannte.

Der sehr lebendig wirkende Kopf war säuberlich fünf Zentimeter unter dem Kinn von der Wirbelsäule abgetrennt worden und hatte sich so verlagert, dass er aus seinem sackartigen Sarg herausschauen konnte. Das dunkle Haar und die gerötete Haut waren mit schwarz glänzendem Blut verschmiert, und wenn der Geruch schon beim Aussteigen schlimm gewesen war, brachte er aus dieser Entfernung die Augen zum Tränen, während die Kehle sich unter Protest zusammenschnürte.

Nicht, dass es Assail gekümmert hätte.

Er öffnete die anderen beiden Tüten und rollte die darin befindlichen Köpfe in die gleiche Position, wobei er seine Hände mit dem Plastik schützte.

Dann rückte er ein Stück von ihnen ab und betrachtete sie, mit ihren drei hilflos nach Luft schnappenden Mündern.

»Was ist passiert?«, fragte er finster.

»Wir sind zum vereinbarten Treffpunkt gefahren.«

»Eislaufbahn, dem Park am Fluss oder unter der Brücke?«

»Brücke. Wir kamen rechtzeitig an« – Ehric deutete auf seinen Zwillingsbruder, der schweigend und wachsam neben ihm stand –, »zusammen mit der Ware. Ungefähr fünf Minuten später tauchten die drei auf.«

»Als *Lesser.*«

»Sie hatten das Geld. Sie waren bereit für die Transaktion.«

Assail sah sie ungläubig an. »Sie wollten euch nicht angreifen?«

»Nein, aber das haben wir erst gemerkt, als es zu spät war.« Ehric zuckte die Schultern. »Sie sind als Jäger aus dem Nichts erschienen. Wir wussten nicht, wie viele ihnen noch folgen würden, und wollten kein Risiko eingehen.

Erst, als wir die Leichen untersuchten und den exakten Geldbetrag fanden, haben wir kapiert, dass sie einfach nur den Deal abwickeln wollten.«

Lesser im Drogenhandel. Das war neu. »Habt ihr sie nicht erstochen?«

»Wir haben die Köpfe genommen und den Rest versteckt. Der links hatte das Geld in einem Rucksack, das haben wir natürlich mitgenommen.«

»Handys?«

»Haben wir.«

Assail zog langsam eine Zigarre aus der Tasche, doch dann wollte er sie nicht verschwenden. Er band die Tüten wieder zu und richtete sich auf. »Und ihr seid sicher, dass sie euch nicht anfallen wollten?«

»Sie hatten nicht die Ausstattung, um sich zu verteidigen.«

»Schlecht bewaffnet heißt noch lange nicht, dass sie euch nicht töten wollten.«

»Warum hatten sie dann das Geld dabei?«

»Sie könnten woanders gedealt haben.«

»Wie gesagt, es war der exakte Betrag und kein Penny mehr.«

Abrupt bedeutete Assail den Zwillingen, ins Haus zu gehen. Die saubere Luft war eine Erlösung. Während die Sichtblenden sich langsam vor den Scheiben senkten und die nahende Dämmerung aussperrten, trat er zur Weinbar, nahm eine Flasche Bouchard Père et Fils, Montrachet 2006 und entkorkte sie.

»Leistet ihr mir Gesellschaft?«

»Aber natürlich.«

Er setzte sich mit drei Gläsern und der Flasche an den runden Tisch in der Küche, goss ein und trank den Chardonnay mit seinen beiden Mitarbeitern.

Seine kubanischen Zigarren allerdings bot er den Cousins nicht an. Viel zu wertvoll.

Glücklicherweise zückten sie Zigaretten, und dann saßen sie beisammen, rauchten und genossen den köstlichen Wein aus Baccarat-Kristallgläsern.

»Jäger, die nicht angreifen«, murmelte Assail, legte den Kopf in den Nacken und paffte nach oben, sodass der blaue Dunst über seinem Kopf aufstieg.

»Und der abgezählte Betrag.«

Nach einer Weile richtete er den Blick wieder auf Tischhöhe. »Ist es möglich, dass die Gesellschaft der *Lesser* in mein Geschäft einsteigen möchte?«

Xcor saß im Kerzenlicht, allein.

Im Lagerhaus war alles ruhig, seine Soldaten waren noch nicht zurück, und auch über ihm liefen keine Menschen oder Schatten oder sonst etwas herum. Die Luft war kalt, das Gleiche galt für den Betonboden unter ihm. Alles war dunkel, außer diesem kleinen, goldenen Lichtsee, an dessen Rand er saß.

Eine leise Stimme in seinem Hinterkopf meldete, dass die Dämmerung bedenklich nah bevorstand. Und da war noch was anderes, etwas, woran er sich erinnern sollte.

Aber keiner dieser Gedanken hatte eine Chance, durch den Nebel zu ihm durchzudringen.

Er hatte den Blick auf die Kerzenflamme geheftet und ging die Nacht wieder und wieder in Gedanken durch.

Dass er den Sitz der Bruderschaft gefunden hatte, war womöglich etwas zu viel gesagt – aber auch nicht ganz falsch. Er war dem Mercedes aufs Land gefolgt, Meile für Meile, ohne einen wirklichen Plan, was zu tun sei, wenn er anhielt ... als ihr Signal völlig unvermittelt verlorenging oder vielmehr radikal abgelenkt wurde – wie ein Ball, der

gegen eine Wand prallte und in die Gegenrichtung weiterflog.

Verwundert war er umhergeirrt und hatte sich hierhin
und dorthin materialisiert, vor und zurück – und dabei
hatte ihn ein merkwürdiges Grauen beschlichen, als wäre
seine Haut eine Antenne und warnte ihn vor unmittelba-
rer Gefahr. Er hatte sich ein Stück zurückgezogen und
war am Fuße eines Berges gestanden, dessen Konturen
selbst im hellen Mondlicht verschwommen und undeut-
lich erschienen.

Das musste ihr Standort sein. Vielleicht oben auf dem
Gipfel. Oder an der rückseitigen Flanke.

Eine andere Erklärung gab es nicht, schließlich wohnte die Bruderschaft beim König, um ihn zu beschützen …
also würden sie alle möglichen Schutzvorkehrungen treffen, und vielleicht brachten sie Technologien und geheimnisvolle Maßnahmen zum Einsatz, die niemandem
sonst zur Verfügung standen.

Hektisch hatte er die Umgebung abgesucht und den
Berg mehrfach umkreist, spürte aber nichts als die Bre-
chung ihres Signals und dieses merkwürdige Grauen. Letztlich schloss er, dass sie irgendwo in diesem weitläufigen, undurchdringlichen Areal stecken musste. Er hätte es gespürt,
hätte sie es verlassen, egal, in welche Richtung, und wäre
sie in ihren heiligen Tempel zurückgekehrt oder auf eine
andere Existenzebene oder – der Himmel verbiete es – gestorben, hätte er sie doch sicher gar nicht mehr gespürt.

Seine Auserwählte war irgendwo auf diesem Berg.

Xcor kehrte zur Lagerhalle zurück, in die Gegenwart,
an den Ort, an dem er jetzt saß, und rieb langsam die Hände aneinander, vor und zurück, während seine Schwielen
in der Stille ein schabendes Geräusch machten. Links von
ihm, am Rande des Kerzenscheins, hatte er seine Waffen

aufgereiht, die Dolche, die Schusswaffen und seine geliebte Sense, sorgfältig angeordnet neben der unachtsam hingeworfenen Überkleidung, die er abgelegt hatte, sobald er sich diesen Flecken auf dem Boden ausgesucht hatte.

Er blickte seine Sense an und wartete darauf, dass sie zu ihm sprach: Das tat sie oft, ihre blutrünstige Art passte zu der Aggression, die in seinen Adern floss, die sein Denken bestimmte und sein Handeln antrieb.

Er wartete darauf, dass sie ihn aufforderte, die Brüder dort anzugreifen, wo sie ihre Schlafstätte hatten. Wo ihre Frauen waren. Wo ihre Kinder schliefen.

Das Schweigen war besorgniserregend.

Dabei war es der Wunsch nach Macht, der ihn in die Neue Welt geführt hatte, und die kühnste Ausdrucksform dieses Wunsches war es, den König zu stürzen – also hatte er ganz selbstverständlich diesen Kurs eingeschlagen. Und er machte Fortschritte. Das Attentat vom Herbst, das zweifellos das Todesurteil für ihn und seine Soldaten bedeutete, war ein strategischer Schachzug gewesen, der den Krieg beinahe beendet hatte, ehe er überhaupt begann. Die Zusammenarbeit mit Elan und der *Glymera* trieben seine Pläne darüber hinaus voran und festigten seinen Stand in den Kreisen der Aristokratie.

Aber was er heute Nacht erfahren hatte …

Fürwahr, fast ein Jahr Arbeit und Entbehrung und Planung und Kampf verblasste im Vergleich zu dem, was er heute Nacht entdeckt hatte.

Wenn seine Vermutung stimmte – und anders konnte es nicht sein –, musste er nur seine Soldaten zusammentrommeln und zu Anbruch der Nacht eine Belagerung beginnen. Es würde eine epische Schlacht werden, und das Anwesen der Bruderschaft und der Ersten Familie wäre für alle Zeiten unbrauchbar, ganz gleich, wie es ausging.

Es wäre ein Kampf für die Geschichtsbücher – schließlich war das königliche Heim das letzte Mal getroffen worden, als Wraths Vater und *Mahmen* vor seiner Transition abgeschlachtet wurden.

Die Geschichte würde sich wiederholen.

Doch er und seine Soldaten hatten einen großen Vorteil gegenüber den *Lessern* von damals: In der Bruderschaft gab es mittlerweile mehrere gebundene Mitglieder. Tatsächlich glaubte er, dass sie alle gebunden waren – und nichts konnte die Aufmerksamkeit und Loyalität eines Kerls stärker beeinträchtigen. Obwohl ihre Hauptaufgabe als königliche Leibgarde darin bestand, Wrath zu beschützen, wären sie innerlich zerrissen, und selbst der stärkste Kämpfer mit den besten Waffen war geschwächt, wenn er sich um mehr als eine Sache sorgen musste.

Mehr noch, gelang es Xcor oder einem seiner Männer, auch nur einer dieser *Shellans* habhaft zu werden, wäre die Bruderschaft erledigt – denn ein weiteres Phänomen war, dass der Schmerz eines Bruders sie alle traf.

Eine *Shellan* von einem Bruder war alles, was es brauchte, die ultimative Waffe.

Das wusste er im Tiefsten seiner Seele.

Er saß im Kerzenschein und rieb die Dolchhand an seiner anderen, vor und zurück, vor und zurück.

Eine Frau.

Das war alles, was er brauchte.

Und damit konnte er nicht nur seine eigene Gefährtin einfordern, sondern auch den Thron.

40

Qhuinn wusste, dass er Blay in eine absolut unfaire Position gebracht hatte.

Mitleid war außerdem nicht die beste Basis für einen Fick. Aber, verflucht ... wenn er in diese blauen Augen sah, diese verdammten, bodenlosen blauen Augen, die wieder offen für ihn waren wie früher, konnte er an nichts anderes denken. Zugegeben, rein theoretisch war es der Sex, den sein Körper wollte – nun, vor allem ein bestimmtes Teil. Doch es ging darüber hinaus.

Er konnte es nicht in Worte fassen, er war einfach nicht redegewandt genug. Aber er hatte Blay geküsst, weil er sich nach einer Verbindung sehnte. Er hatte ihm zeigen wollen, was er meinte, was er brauchte, warum es ihm wichtig war: Seine ganze Welt fühlte sich an, als würde sie zerfallen und in Flammen aufgehen, und die Tragödie, die sich nur eine Tür weiter abspielte, würde lange Zeit schmerzen.

Und doch: Mit Blay zusammen zu sein, die Hitze zu

spüren, den Kontakt herzustellen, das alles war wie ein Versprechen auf Heilung. Und auch wenn es nur so lange anhielt, wie sie in diesem Zimmer waren, würde er es nehmen und in seinem Herzen verwahren … und sich in Erinnerung rufen, sobald er es brauchte.

»Bitte«, flüsterte er.

Doch er gab Blay keine Gelegenheit zu antworten. Seine Zunge schlängelte sich hervor und leckte über Blays Lippen, schlüpfte in seinen Mund, übernahm das Ruder.

Und Blays Antwort wurde deutlich in der Art, wie er sich in die Sofakissen drücken ließ.

Qhuinn drängten sich zwei vage Gedanken auf: Erstens, dass die Tür zwar zu war, aber nicht verschlossen – das änderte er, indem er den Messingriegel kraft seines Willens zuschnappen ließ. Und zweitens dachte er, hoppla, Achtung, diesen Salon sollten sie wohl lieber nicht verwüsten. In seinem Schlafzimmer ein Chaos anzurichten war das eine, aber dieser Raum gehörte der Allgemeinheit und war obendrein hübsch eingerichtet, mit Seidenkissen und Zierdeckchen und einer Menge Zeug, das aussah, als könnte man es leicht zerreißen, zerquetschen oder, nicht auszudenken, beflecken.

Außerdem hatte er bereits seinen Hummer zerstört, den Garten umgepflügt und sein Schlafzimmer durch den Fleischwolf gedreht. Für dieses Kalenderjahr hatte er sein Zerstörungspensum mehr als erfüllt.

Natürlich wäre es am vernünftigsten gewesen, Fritz weiteren Kummer zu ersparen, indem sie in Qhuinns Zimmer gingen. Aber als Blays kundige Hände sich an der Knopfleiste seiner Hose zu schaffen machten, verwarf er diesen Gedanken ganz schnell wieder.

»Oh, heilige Scheiße, berühr mich«, stöhnte er und stieß das Becken vor.

Er musste eben aufpassen, dass er nichts vollsaute.

Falls das möglich war.

Als Blay die Hand in seine Lederhose stieß, bog Qhuinns Oberkörper sich nach hinten. Der Winkel, in dem er bearbeitet wurde, war irgendwie nicht ganz richtig. Blay hatte kaum Bewegungsfreiheit, und seine Eier wurden schmerzhaft eingequetscht, aber das war ihm scheißegal. Die Tatsache, dass es Blay war, reichte ihm aus.

Mann, wie oft hatte man ihm einen geblasen oder runtergeholt, wie oft hatte er sich selbst befriedigt. Das hier fühlte sich trotzdem an, als würde ihn zum ersten Mal jemand berühren.

Er musste sich revanchieren.

Also warf er die Brust nach vorne und ging mit dem Gesicht ganz nah an das von Blay. Scheiße, er liebte den Blick aus diesen blauen Augen, wie Blay ihn ansah, heiß, wild, glühend.

Willig.

Qhuinn stürzte sich auf ihn, brachte ihre Münder zusammen, rieb sich an Blays Lippen, ehe seine Zunge hervorschoss und von ihm kostete, als …

»Warte, warte.« Blay riss den Kopf zurück. »Das Sofa bricht.«

»Wa…?« Der Typ schien seine Sprache zu sprechen, aber er verstand kein Wort. »Sofa?«

Dann erst fiel ihm auf, dass er Blay so fest gegen die Armlehne presste, dass sie sich bereits nach außen bog. Was zweihundertfünfzig Kilo Körper beim Sex eben so mit einem Möbelstück anstellten …

»Oh, Scheiße, tut mir leid.«

Er wollte sich gerade zurückziehen, als Blay das Ruder übernahm – von einer Sekunde zur nächsten lag Qhuinn neben dem Sofa auf dem Rücken, seine Beine wurden zusammengeschoben und seine Hose bis zu den Knöcheln heruntergerissen.

Hervorragende Idee.

Da er keine Unterwäsche trug, freute sein Schwanz sich an der frischen Luft. Dick und pulsierend sprang er hervor und ruhte dann bis zur Schmerzgrenze geschwollen auf seinem Bauch. Qhuinn führte die Hand nach unten und strich ein paarmal an sich auf und ab, während Blay ihm die Schuhe von den Füßen riss, die im Weg waren, und sie zur Seite warf. Als Nächstes verabschiedete sich die Hose, und Qhuinn war noch nie in seinem Leben so froh gewesen, wie jetzt, als sie ihm über die Schulter flog.

Dann machte Blay sich ans Werk.

Qhuinn musste die Augen schließen, als er spürte, wie seine Schenkel auseinandergeschoben wurden und zwei Kriegerhände an den Innenseiten emporwanderten. Augenblicklich ließ er seinen Schwanz los – er wollte schließlich nicht im Weg sein, wenn Blays Hände den Platz einnahm…

Es waren allerdings keine Hände, die seine Erektion umschlossen.

Es war der warme, feuchte Mund, den Qhuinn gerade niedergeküsst hatte.

Einen Sekundenbruchteil lang, als Blay zu saugen begann, musste er an Saxton denken, und seine Hoden zogen sich zusammen. Saxton hatte Blay das alles beigebracht, sein verdammter Cousin hatte es mit Blay getrieben und es sich von ihm besorgen lassen …

Aufhören, rief er sich zur Ordnung. Ganz gleich, mit wem Blay es gelernt hatte, jetzt und hier galt seine Aufmerksamkeit Qhuinns Erektion. Also Schluss mit dem Scheiß.

Um das ein für alle Mal klarzustellen, öffnete er mühsam die Augen. Ach du … Scheiße …

Blays Kopf hob und senkte sich über seinen Hüften, mit der Faust hielt er Qhuinns Schwanz unten umklammert, die andere Hand knetete seine Eier. Doch dann, als hätte er auf Blickkontakt gewartet, entließ er Qhuinns Glied aus seinem Mund und leckte sich die Lippen.

»Wir wollen doch keine Sauerei hinterlassen in diesem hübschen Salon«, sagte er gedehnt.

Dann streckte er die Zunge heraus, um an dem Piercing in Qhuinns Eichel zu lecken, und die rote Spitze neckte den stahlgrauen Ring mit der Kugel …

»Scheiße, ich komme, jetzt«, bellte Qhuinn, als sich ein gewaltiger Orgasmus aufbaute. »Ich …«

Er war machtlos. Er konnte nicht zurück, genauso wenig, wie jemand, der von einer Klippe gesprungen war, nach zehn Metern Fall einen Rückzieher machen konnte.

Aber er wollte sich auch gar nicht bremsen.

Tat es nicht.

Mit einem gewaltigen Brüllen – das mit ziemlicher Sicherheit auch andernorts gehört wurde – schoss Qhuinns Hüfte nach oben, sein Arsch kniff sich zusammen, seine Eier entluden sich explosionsartig, und seine Erektion verfiel in wilde Zuckungen in Blays Mund. Aber nicht nur sein Geschlecht war davon betroffen. Der Orgasmus erfasste seinen gesamten Körper, schimmernde Energie durchströmte ihn, während er die Finger im Teppich vergrub, die Zähne zusammenbiss … und sich wie ein wildes Tier ergoss.

Glücklicherweise nahm Blay es mit dem Saubermachen sehr ernst – was Qhuinns Erguss nur noch mehr befeuerte. Was war das bloß für ein Spektakel: Bis ans Ende seiner Tage würde Qhuinn sich erinnern, wie Blays Mund ihn umschloss, seine Wangen sich nach innen wölbten und er alles aufsog, was Qhuinn zu geben hatte. Wieder und wieder und wieder.

Normalerweise konnte Qhuinn im Anschluss gleich weitermachen, aber als die Wellen schließlich nicht mehr über ihm zusammenschlugen, war er völlig erledigt: Seine Arme sanken schlaff zu Boden, die Knie wurden ihm weich, sein Kopf saß lose auf der Wirbelsäule.

Alles in allem war das wahrscheinlich der beste Orgasmus seines Lebens gewesen. Übertroffen allenfalls von denen, die ihm Blay einige Stunden zuvor beschert hatte.

»Ich kann mich nicht mehr bewegen«, murmelte er.

Blays Lachen klang tief und sexy. »Du machst einen etwas erschöpften Eindruck.«

»Kann ich mich revanchieren?«

»Kannst du denn den Kopf heben?«

»Ist er noch dran?«

»Soweit ich sehe, ja.«

Als Blay erneut gluckste, wusste Qhuinn plötzlich, was er sich am meisten wünschte – und war überrascht von sich selbst. Bei all seinen erotischen Streifzügen hatte er sich niemals ficken lassen. So lief das einfach nicht bei ihm. Er war der Eroberer, er nahm sich, was er wollte, er hatte die Kontrolle und gab das Heft nicht aus der Hand.

Der passive Part hatte ihn noch nie gereizt.

Jetzt aber wollte er es.

Nur leider konnte er sich buchstäblich nicht rühren. Und dann war da noch etwas: Wie sollte er Blay gestehen, dass er noch Jungfrau war?

Denn das wollte er. Sollte es je dazu kommen, wollte er, dass Blay es wusste. Aus irgendeinem Grund war ihm das wichtig.

Auf einmal schob sich Blays Gesicht in sein Blickfeld.

Verflucht, der Kämpfer war so schön. Seine Wangen waren gerötet, die Augen leuchteten, die breiten Schultern verdeckten alles andere.

Oh, ja, das Lächeln war höllisch sexy, so selbstzufrieden und selbstbewusst – als würde es ihm genügen, dass er jemandem zu einem derartigen Höhenflug verholfen hatte, sodass er nicht einmal selbst einen Orgasmus brauchte.

Aber das wäre einfach nicht fair gewesen.

»Ich glaube nicht, dass du dich in nächster Zeit bewegen kannst«, meinte Blay.

»Vielleicht. Aber den Mund kann ich noch öffnen«, antwortete Qhuinn dunkel. »Fast so weit wie du.«

Okay, in Ordnung, dass er Qhuinn einen derartigen Orgasmus beschert hatte, war eine solch schmeichelhafte Bestätigung, dass Blay seinen eigenen Körper ganz vergessen hatte.

Aber nach all den Jahren der Zurückweisung kam es einem Rausch gleich, sich so mächtig gegenüber diesem Typen zu fühlen, einmal den Takt anzugeben … und Qhuinn in diesen erotisierten, verletzlichen Zustand zu versetzen, der all seine bisherigen Erfahrungen übertraf. Denn eben das war geschehen. Blay wusste genau, wie Qhuinn aussah und wie er sich anhörte, wenn er kam, und Blay konnte ohne Übertreibung sagen, dass er seinen Freund noch nie so weggetreten wie gerade eben erlebt hatte, rücklings auf einem Teppich, mit hervortretenden Halssehnen, angespannten Bauchmuskeln und zuckenden Hüften.

Qhuinns Orgasmus hatte volle zwanzig Minuten lang gedauert.

Und jetzt, im Nachhinein, offenbarte sich ihm etwas Merkwürdiges: Bis gerade eben hatte Blay den zynischen

Ausdruck gar nicht bemerkt, den Qhuinn permanent im Gesicht trug … die gefurchte Stirn, der abfällige Zug um die Mundwinkel, die ständig angespannte Kieferpartie.

Es war, als hätten die Gemeinheiten, die seine Familie ihm angetan hatten, Qhuinns Züge dauerhaft geprägt.

Aber das stimmte gar nicht. Während ihn dieser Orgasmus geschüttelt hatte, und jetzt, als sich die Lage beruhigte, war nichts von dieser Anspannung zu sehen. Mit einem Mal erschien Qhuinn viel jünger, sodass Blay sich fragen musste, warum ihm das nie zuvor aufgefallen war.

»Also, gibst du mir jetzt etwas, woran ich saugen kann, damit ich wieder zu Kräften komme?«, fragte Qhuinn.

»Wa…?«

»Ich sagte, ich bin durstig. Und ich brauche etwas zum dran Saugen.« Damit biss Qhuinn sich auf die Unterlippe, sodass sich seine blendend weißen Fänge in die Haut drückten. »Kannst du mir helfen?«

Blays Lider flatterten. »Ja … da lässt sich was machen.«

»Dann lass mal sehen, wie du die Hose ausziehst.«

Blays Beine richteten ihn so schnell auf, dass er gänzlich neue Einsichten in die Gesetze der Physik gewann. Dann streifte er die Halbschuhe ab und machte sich mit zittrigen Händen daran, die Hose zu öffnen.

Von da an ging alles sehr schnell. Und während er sich auszog, nahm er seine Umgebung überdeutlich wahr – insbesondere Qhuinn. Der Kerl wurde schon wieder hart, sein Geschlecht schwoll an, trotz allem, was es gerade durchgemacht hatte … die stämmigen Oberschenkel pressten sich aneinander, die Hüften wiegten sich … und der untere Bauchbereich war so schlank, dass sich jede noch so kleine Bewegung des Torsos unter der straffen, gebräunten Haut abzeichnete.

»Oh, ja …«, fauchte Qhuinn, und seine Fänge wurden länger, seine Hand griff nach seinem Geschlecht und strich gemächlich daran auf und ab. »Da haben wir ihn ja.«

Blays Atem ging stoßweise, sein Herz schlug wie verrückt, als Qhuinns verschiedenfarbige Augen sich auf seine Erektion hefteten.

»Genau das wollte ich«, knurrte Qhuinn, ließ seinen Schwanz los und streckte die Hände nach ihm aus.

Eine Sekunde lang war Blay sich nicht so ganz sicher, wie sie sich vor dem Sofa arrangieren sollten. Qhuinn lag parallel dazu, es war also nicht viel Platz …

Ein leises, pulsierendes Knurren ertönte, und Qhuinn krümmte die Finger – als könnte er es nicht erwarten, ihn endlich zu berühren.

Scheiß drauf, was will man da lange herumüberlegen.

Blays Knie gehorchten dem Ruf und knickten ein, sodass er neben Qhuinns Kopf landete.

Und ab da übernahm Qhuinn. Seine Hände schlängelten sich hervor und packten zu, brachten Blay in Position, und ehe er es sich versah, kauerte er mit einem Knie hinter Qhuinns Kopf, während das andere Bein seitlich ausgestreckt bis zu Qhuinns Hüfte reichte.

»Oh … Scheiße …«, stöhnte Blay, als er spürte, wie sein Schwanz zwischen Qhuinns Lippen glitt.

Er klappte zusammen, sodass er mit dem Oberkörper auf dem Sofapolster landete – wo er völlig unvermutet festen Halt fand. Er stützte die Arme auf das Sofa, verteilte sein Gewicht auf Knie, Füße und Hände … und fickte Qhuinn wie ein Geistesgestörter in den Mund.

Der Kerl nahm alles auf, selbst als Blay mit den Hüften ausholte und mit aller Gewalt zustieß.

Und während Qhuinns Finger sich in seinen Hintern gruben, der Mund an ihm saugte und … Himmel, die Kugel dieses Zungenpiercings mit jedem Stoß an seinem

Schaft rieb … baute sich in Blay genau die Sorte Orgasmus auf, die Qhuinn gerade hinter sich hatte.

Doch irgendwo im Hinterkopf fragte er sich, ob er seinem Freund nicht wehtat. So wie es jetzt lief, würde er direkt in seinen Magen abspritzen, Himmel noch mal …

Zu spät, sich darüber Gedanken zu machen.

Sein Körper übernahm das Kommando, versteifte sich in einer Serie zuckender Krämpfe, die von der Spitze seiner Wirbelsäule bis hinunter in die Beine gingen.

Und gerade, als dieses Gefühl des kompletten Kontrollverlusts allmählich verebbte, geriet die Welt ins Wanken, als hätte er seinen Gleichgewichtssinn eingebüßt, während er …

Nein, mit der Welt war alles in bester Ordnung. Qhuinn hatte ihn nur vom Boden hochgehoben und auf die Knie gestellt, war unter ihm hervorgekrochen und positionierte sich nun hinter …

Als Qhuinn mit einem blitzschnellen Stoß in ihn drang, entfuhr Blay ein Seufzen, das man vermutlich bis nach Kanada hörte …

Trotz des herrlichen Druckgefühls geriet er ins Stocken, als urplötzlich ein Kreischen die Luft durchschnitt.

Ach so. Sie waren dabei, das Sofa zu verrücken.

Egal. Er würde ein neues kaufen, sollte dieses Ding hier hopsgehen, aber auf *keinen* Fall würde er das Geschehen hier stoppen.

Der peitschende Rhythmus war genauso erbarmungslos, wie seiner es gewesen war – und in diesem Fall verdiente er den Vergeltungsakt nicht nur, er hieß ihn mit offenen Armen willkommen. Mit jedem Stoß wurde sein Gesicht in das weiche Polster gedrückt, bei jedem Rückzieher schöpfte er Atem, dann kam der nächste Stoß, und es ging von vorne los.

Er rückte die Beine zurecht, sodass Qhuinn noch tiefer eindringen konnte, und dachte benommen, dass sie das Sofa definitiv in eine neue Position gevögelt hatten. Aber wen kümmerte das, solange es nicht draußen auf dem Flur landete?

Im letzten Moment, kurz bevor er erneut kam, griff er geistesgegenwärtig nach seinen Boxershorts. Er schüttelte sie aus und ...

Qhuinns Hand griff von hinten um ihn herum, nahm ihm die Calvins ab und sorgte dafür, dass etwas da war, um seinen Erguss aufzufangen. Einen Augenblick später wurde Blays Oberkörper hochgerissen, sodass er aufrecht auf den Knien saß. Qhuinn kümmerte sich um alles, umfasste Blays Schwanz, bedeckte die Eichel – während er die ganze Zeit über weiter pumpte und pumpte und pumpte ...

Sie kamen gleichzeitig, und ihre Schreie hallten von den Wänden wider.

Inmitten der Zuckungen blickte Blay zufällig auf. In dem großen, altmodischen Spiegel, der zwischen den beiden Fenstern gegenüber hing, sah er sie so vereint, wusste, dass sie verbunden waren ... und kam gleich noch einmal.

Schließlich wurde das Pulsieren langsamer. Der Herzschlag normalisierte sich. Das Atmen fiel wieder leichter.

Über den Spiegel beobachtete er nun auch, wie Qhuinn die Augen schloss und den Kopf nach vorne beugte. Seitlich an seinem Hals spürte Blay eine federleichte Berührung.

Qhuinns Lippen.

Dann wanderte Qhuinns Hand empor, hielt inne, um über Blays Brustmuskeln zu streichen ... Qhuinn erstarrte. Zuckte zusammen. Löste seine Lippen und nahm seine Hand weg. »Entschuldige. Entschuldige, ich ... weiß, du stehst nicht drauf, wenn ich das tue.«

Die Veränderung in seinem Gesicht mitanzusehen, die Rückkehr zur zynischen Normalität, war fast so, als würde er beraubt.

Und doch konnte Blay ihn nicht bitten, ihn wieder in den Arm zu nehmen. Qhuinn hatte recht. Sobald er zärtlich wurde, kam bei Blay Panik auf.

Der Rückzug ging schnell, zu schnell, und Blay vermisste das Gefühl, ausgefüllt zu sein und besessen zu werden. Aber es war wirklich Zeit, die Sache zu beenden.

Qhuinn räusperte sich. »Äh ... möchtest du ...«

»Ich mach das«, murmelte Blay und übernahm die Position von Qhuinns Hand über den zerknautschten Boxershorts an seiner Hüfte.

Während der Vereinigung war die Stille im Raum intim gewesen. Jetzt verstärkte sie nur die Geräusche, als Qhuinn seine Lederhose hochzog.

Scheiße.

Sie waren einmal mehr im Strudel versunken. Und während es passierte, waren die Empfindungen so intensiv und überwältigend gewesen, dass er an nichts anderes als den Sex hatte denken können. Im Nachhinein aber fröstelte Blay bei zwanzig Grad Raumtemperatur, diverse beanspruchte Körperpartien pulsierten, seine Beine waren schlackerig und wie aus Gummi, sein Kopf voller Watte ...

Nichts schien sicher oder gewiss. Nicht im Entferntesten.

Er zwang sich, seine Kleidung anzulegen, und schlüpfte so schnell er konnte in die Hose und stieg in die Halbschuhe. In der Zwischenzeit schob Qhuinn das Sofa zurück an seinen alten Platz. Er drapierte auch die Kissen neu. Zog den Teppich glatt.

Es war, als wäre nie etwas gewesen. Abgesehen von den

zusammengeknüllten Boxershorts, die Blay in der Hand hielt.

»Danke«, sagte Qhuinn leise. »Ich, äh …«

»Ja.«

»Tja, nun … ich schätze, ich geh dann mal.«

Und das war es.

Wieder allein, beschloss Blay, dass er duschen musste. Noch etwas essen. Schlafen.

Stattdessen blieb er im Salon, betrachtete den Spiegel und erinnerte sich, was er darin gesehen hatte. Irgendwo im Hinterkopf wusste er, dass sie nicht so weitermachen konnten. Es brachte seine Gefühlswelt gefährlich durcheinander. Was sie hier machten, war vergleichbar damit, die Hand wieder und wieder über eine Gasflamme zu halten – nur jedes Mal ein Stückchen tiefer. Früher oder später waren Verbrennungen dritten Grades das kleinere Übel, weil der ganze verdammte Arm in Flammen stand.

Doch nach einer Weile kümmerte er sich nicht weiter um das Problem der Selbsterhaltung.

Vielmehr interessierte ihn der Auslöser dieser ganzen Sache.

Mach, dass es aufhört.

Blay fuhr sich durchs Haar. Dann betrachtete er die geschlossene Tür und legte die Stirn in Falten. In seinem Kopf rasten die Gedanken, hierhin und dorthin und …

Er verließ den Salon und ging schnellen Schrittes los.

Dann joggte er.

Bevor er losrannte.

41

Gegen zehn Uhr morgens war Trez auf den Weg zum Sal's. Von der Wohnung im Commodore bis zu dem gehobenen Restaurant seines Bruders war es nicht weit, gerade mal zehn Minuten, und auf dem Parkplatz gab es jede Menge freier Plätze.

Aber schließlich war das Sal's noch bis um dreizehn Uhr selbst für das Küchenpersonal geschlossen.

Trez lief über den knirschenden Schnee auf den Eingang zu, in der Erwartung, den Zugangscode an der Tür geändert vorzufinden: iAm war am Morgen nicht heimgekehrt, und wenn ihn die Wichser von der s'Hisbe nicht als Geisel genommen hatten, gab es eigentlich nur einen Ort, an dem er stecken konnte: Nach zwei Kannen Kaffee und unzähligen Blicken auf die Uhr wusste Trez, dass er durch die Stadt fahren musste, wenn er Frieden schließen wollte.

Cool. Die Kombination war noch die gleiche.

Noch.

Das Interieur des Restaurants war ganz alte Schule wie

zu Zeiten von Peter Lawford und Frank Sinatra, eine moderne Interpretation der Rat-Pack-Ära: Durch einen Gang mit schwarz-rot gemusterter Vliestapete gelangte man in einen Eingangsbereich mit Garderobe, Retro-Empfangstresen und Kasse. Rechts und links befanden sich zwei Speisesäle, ganz in schwarzem und rotem Samt und Leder gehalten, doch das Herzstück lag geradeaus: In der holzgetäfelten Bar mit roten Ledergarnituren entlang der Wände trafen sich zu Zeiten, da geöffnet war, Lokalmatadore, Politiker und Reiche, während ein Barkeeper im Smoking hinter einer zehn Meter langen Theke aus edlem Holz ausschließlich vom Feinsten servierte.

Trez durchschritt den halbdunklen Raum, ging um das fünfstöckige Flaschenregal der Bar herum und durch die Schwingtür in die Küche. Am Geruch von Basilikum und Zwiebel, Oregano und Rotwein konnte er ablesen, wie gestresst sein Bruder war.

iAm stand vor dem Sechzehn-Flammen-Herd an der rückwärtigen Wand, vor ihm fünf große Töpfe, in denen es köchelte – und ganz gewiss garte es auch schon in den Öfen. Auf den stählernen Arbeitsflächen reihten sich Schneidebretter mit den abgetrennten Strünken diverser Paprikaschoten aneinander, daneben lagen ein paar sehr scharfe Messer.

Es war nicht schwer zu erraten, an wen iAm beim Schneiden und Hacken gedacht hatte.

»Redest du noch mit mir?«, fragte Trez an den Rücken seines Bruders gewandt.

Ohne ein Wort trat iAm auf einen Topf zu, hob den Deckel mit einem weißen Geschirrtuch an, versenkte einen langen Kochlöffel darin und rührte gemächlich.

Trez zog einen stählernen Hocker heran, setzte sich und strich an seinen Schenkeln auf und ab.

»Hallo?«

iAm wandte sich dem nächsten Topf zu. Und dann einem weiteren. Für jeden gab es einen eigenen Rührlöffel, denn iAm achtete peinlich genau darauf, dass sich der Inhalt der einzelnen Töpfe nicht vermengte.

»Hör zu, es tut mir leid, dass ich heute nicht da war, als du zum Club gekommen bist.« iAm kam jede Nacht ins Iron Mask und sah nach dem Rechten, wenn er im Sal's Schluss gemacht hatte. »Ich musste mich da um etwas kümmern.«

Scheiße, ja, das musste er. Sein Babygirl mit dem Fleischklops-Lover hatte ewig gebraucht, um bei ihr zu Hause aus seinem Wagen zu steigen – schließlich hatte er sie zur Tür gebracht, für sie aufgesperrt und sie durch den Spalt geschoben wie eine Scheibe Weißbrot in den Toaster. Dann war er in seinen BMW gesprungen und aufs Gas gestiegen, als hätte er eine Bombe auf dem Gehsteig deponiert. Und während er zum Iron Mask zurückgeheizt war, hallten ihm iAms Worte durch den Kopf.

So kann es nicht weitergehen.

In diesem Moment drehte iAm sich um, verschränkte die Arme vor der Brust und lehnte sich gegen den Herd. Seine Oberarme waren ohnehin recht kräftig, aber so eingezwängt, wie sie jetzt waren, sprengten sie fast die Bündchen seines schwarzen T-Shirts.

Unter gesenkten Lidern blickte er Trez mit seinen mandelförmigen Augen an. »Glaubst du allen Ernstes, ich wäre sauer, weil du heute nicht im Club warst? Und das nicht zufällig deshalb, weil du mir die Sache mit AnsLai allein überlassen hast?«

Hurra, schon ging es also los.

»Aber ich kann ihnen nicht persönlich gegenübertreten, das weißt du doch.« Trez hob bedauernd die Hände, ganz nach dem Motto: *Was soll ich tun?* »Sie würden versuchen, mich zurückzuholen, und was bliebe mir dann übrig? Kämpfen? Ich würde diesen Mistkerl umbringen, aber was dann?«

iAm rieb sich die Augen, als hätte er Kopfschmerzen. »Im Moment sieht es aus, als würden sie es diplomatisch angehen. Zumindest mir gegenüber.«

»Wann kommen sie wieder?«

»Ich weiß es nicht – und das macht mich nervös.«

Trez wurde es ganz anders. Dass sein supersouveräner Bruder nervös war, fühlte sich an, als würde ihm jemand ein Messer an die Gurgel halten.

Dabei war ihm durchaus bewusst, wie gefährlich seine Angehörigen werden konnten. Grundsätzlich waren die s'Hisbe ein friedliebendes Volk, das sich aus dem Kampf mit der Gesellschaft der *Lesser* heraushielt und nichts mit den lästigen Menschen zu schaffen haben wollte. Sie waren gebildet, intelligent und spirituell ausgerichtet, im Großen und Ganzen also angenehme Zeitgenossen. Vorausgesetzt, man befand sich nicht auf ihrer schwarzen Liste.

Trez musterte die Töpfe und fragte sich, was für eine Sorte Fleisch da eigentlich in diesen Soßen schmorte. »Ich verbüße noch immer meine Schuld bei Rehv«, bemerkte er. »Diese Verpflichtung hat Vorrang.«

»Das sieht man in der s'Hisbe mittlerweile anders. Ans-Lai sagte wortwörtlich: ›Es ist an der Zeit.‹«

»Ich gehe nicht zurück.« Trez sah seinem Bruder in die Augen. »Kommt nicht infrage.«

iAm wandte sich wieder seinen Töpfen zu und rührte nacheinander mit den dazugehörigen Löffeln darin. »Ich weiß. Deswegen stehe ich ja hier und koche. Ich versuche, einen Ausweg zu finden.«

Wow, sein Bruder war einfach der Größte, dachte Trez.

Obwohl er sauer war, versuchte er zu helfen. »Es tut mir leid, dass ich nicht da war und die Sache dir überlassen habe. Ehrlich. Das war nicht fair – ich wollte nur nicht … ich hielt es für zu riskant, mit diesem Kerl in einem Raum zu sein. Es tut mir *wirklich* leid.«

iAms breite Brust hob und senkte sich. »Das weiß ich doch.«

»Ich könnte abhauen. Damit wäre das Problem aus der Welt.«

Obwohl es ihm das Herz brechen würde, ohne iAm zu gehen. Doch wenn er vor der s'Hisbe davonlief, musste er den Kontakt zu ihm abbrechen. Für immer.

»Aber wohin denn?«, wollte iAm wissen.

»Keine Ahnung.«

Das Gute war, das die s'Hisbe nur ungern mit Unkennbaren verkehrte. Sicher war es für den Hohepriester schon traumatisch genug gewesen, bei ihm und iAm zu Hause zu erscheinen, obwohl er sich dazu nur auf die Terrasse dematerialisieren musste. Aber in direkten Kontakt mit Menschen zu treten? Sich in ihre Mitte zu begeben? AnsLai würde der Kopf explodieren.

»Also, was hat dich aufgehalten?«, erkundigte iAm sich.

Na prima. Gleich das nächste tolle Thema.

»Ich habe mir die Lagerhalle angesehen«, wich er aus. Er würde ganz bestimmt nicht freiwillig von dieser Schnepfe und ihrem Lover anfangen.

»Um ein Uhr morgens?«

»Ich habe ein Angebot gemacht.«

»Wie viel?«

»Eins vier. Der ausgeschriebene Preis war zweieinhalb Millionen, aber das bekommen die nie. Die Halle steht seit Jahren leer, und das macht sich bemerkbar.« Obwohl … noch als er das sagte, fiel ihm ein, dass er dort die

Anwesenheit von anderen gespürt hatte. Aber vielleicht lag das nur daran, dass er so gestresst war. »Ich schätze mal, sie versuchen es als Nächstes mit zwei, dann biete ich eins sechs und wir treffen uns bei eins sieben.«

»Bist du sicher, dass du dir dieses Projekt ausgerechnet jetzt aufhalsen willst? Wenn du nicht bald im Territorium erscheinst, bereit zum Paarungseinsatz, wird das Problem mit der s'Hisbe eskalieren.«

»Sollte sich die Lage wirklich zuspitzen, werde ich mich darum kümmern.«

»Das wird sie«, sagte iAm. »Die Frage ist nur, wann. Und ich weiß genau, was auf dem Parkplatz los war, Trez. Mit dem Kerl und dieser Frau.«

Aber klar, natürlich wusste er das. »Hast du dir etwa die Bänder angeschaut?«

Verdammte Überwachungskameras.

»Ja.«

»Ich habe die Sache geregelt.«

»Genauso, wie du die Sache mit der s'Hisbe regelst? Na prima.«

Jetzt packte Trez die Wut, und er beugte sich auf iAm zu. »Willst du vielleicht mit mir tauschen, Bruderherz? Ich würde nur zu gern sehen, wie du mit diesem Scheiß zurechtkommst.«

»Jedenfalls würde ich nicht jede dahergelaufene Nutte vögeln, so viel kann ich dir sagen. Da fällt mir ein … war dieser Immobilienmakler nicht auch eine Frau?«

»Fick dich, iAm. Echt wahr.«

Trez sprang von seinem Hocker hoch und stapfte zur Küche hinaus. Er hatte genug Probleme, verflucht noch mal – da brauchte er nicht auch noch einen neunmalklugen Starkoch, der spöttisch seinen Senf dazu abgab …

»Du kannst es nicht ewig aufschieben«, rief iAm ihm

nach. »Oder versuchen, es zwischen den Beinen fremder Frauen zu begraben.«

Trez blieb stehen, doch sein Blick war weiterhin auf den Ausgang geheftet.

»Das kannst du einfach nicht«, sagte sein Bruder lapidar.

Trez wirbelte herum. iAm stand an der Bar, neben ihm pendelte die Schwingtür vor und zurück und schaffte einen Stroboskopeffekt, hell, dunkel, hell, dunkel. Mit jedem Lichteinfall wurde sein Bruder von einem Strahlenkranz umgeben.

Trez fluchte. »Ich will einfach nur, dass sie mich in Ruhe lassen.«

»Ich weiß.« iAm rieb sich den Kopf. »Leider habe ich keine Ahnung, was man tun könnte. Ich kann mir ein Leben ohne dich nicht vorstellen, und zurück will ich auch nicht. Aber etwas anderes fällt mir nicht ein.«

»Diese Frauen … du weißt schon, die, mit denen ich …« Trez zögerte. »Meinst du nicht, sie könnten mir helfen?«

»Bei deinem Samenstau?«, fragte iAm trocken. »Nun, ich wüsste nicht, warum du dich sonst mit ihnen abgeben solltest.«

Trez musste wider Willen lächeln. »Nein, ich meine in Bezug auf die s'Hisbe. Ich bin nahezu das Gegenteil von einer Jungfrau. Und das Schlimmste daran? Allesamt Unkennbare – zum größten Teil sogar Menschen. Damit muss ich sie doch einfach vergraulen. Schließlich geht es um die Tochter der Königin.«

Ein Hoffnungsschimmer regte sich bei Trez, als iAm nachdenklich die Stirn in Falten legte, um es unter diesem Aspekt zu betrachten.

»Ich weiß nicht«, sagte er dann. »Es könnte sogar funktionieren, aber damit hättest du Ihre Majestät noch immer um ein begehrtes Gut betrogen. Solltest du in ihren Augen verdorben sein, entscheiden sie am Ende, dich zur Strafe zu töten.«

Und wenn schon. Dazu mussten sie ihn erst einmal erwischen.

In einem Anflug von Zorn senkte Trez das Kinn und funkelte unter finsteren Brauen hervor. »Wenn es dazu kommt, müssen sie gegen mich kämpfen. Und ich garantiere dir, das wird ihnen nicht bekommen.«

Im Haus der Bruderschaft bemerkte Wrath die Traurigkeit seiner Königin, sobald sie durch die Tür in sein Arbeitszimmer trat. Ihr köstlicher Duft war mit einer scharfen, ätzenden Note durchsetzt: Kummer.

»Was ist los, meine *Lielan*?«, fragte er und breitete die Arme aus.

Obwohl er sie nicht sehen konnte, erschuf seine Erinnerung ein Bild davon, wie sie über den Aubusson-Teppich auf ihn zukam, groß und athletisch mit geschmeidigem Gang, das dunkle, lange Haar lose über die Schultern fallend, das hübsche Gesicht angespannt.

Natürlich wollte der gebundene Vampir in ihm die Ursache für ihre Sorgen auf der Stelle jagen und zur Strecke bringen.

»Hallo, George«, begrüßte sie seinen Hund. Dem Klopfen in Bodenhöhe nach zu schließen, bekam der Retriever als Erster seine Portion Liebe ab.

Und dann erst war das Herrchen dran.

Beth krabbelte auf seinen Schoß, so leicht, als wöge sie fast nichts. Sie war warm und lebendig, als er die Arme um sie schloss und sie erst rechts auf die Wange küsste, dann links und schließlich auf den Mund.

»Scheiße«, knurrte er, als er fühlte, wie angespannt sie war. »Du bist wirklich verstört. Was ist denn nur los?«

Verdammt, sie zitterte. Seine Königin bebte!

»Sag was, *Lielan*«, drängte er und streichelte ihren Rücken. Er machte sich bereit, auf der Stelle seine Waffen zu packen und am helllichten Tag loszumarschieren, wenn es verdammt noch mal nötig war.

»Na ja, du weißt doch von der Sache mit Layla«, sagte sie mit belegter Stimme.

Ach, das. »Ja. Phury hat mir davon erzählt.«

Als sie den Kopf an seine Schulter legte, verlagerte er sie auf seinem Schoß und schmiegte sie an seine Brust – und das war gut. Es gab Zeiten – nicht oft, aber immer mal wieder –, da fühlte er sich aufgrund seiner Blindheit in seiner Männlichkeit beeinträchtigt: Einst war er ein Krieger gewesen, jetzt saß er hinter seinem Schreibtisch fest. Früher konnte er gehen, wohin er wollte, jetzt war er auf einen Hund angewiesen. Er hatte seine Unabhängigkeit verloren und war nun hilfsbedürftig.

Nicht gerade zuträglich für das Ego eines Vampirs.

Aber in Momenten wie diesem, wenn diese sagenhafte Frau mit ihrem Kummer zu ihm kam – und zwar nur zu ihm –, um Trost und Beistand zu finden, fühlte er sich stark wie ein ganzer Berg. Gebundene Vampire verteidigten ihre *Shellans* bis aufs Blut, und trotz seines königlichen Erbes und diesem Thron, auf dem er hocken musste, war er im Kern doch immer noch der *Hellren* seiner Beth.

Sie stand für ihn an erster Stelle, noch vor dem ganzen Königsscheiß. Beth war das Herz in seiner Brust, das Mark in seinen Knochen, seine Seele.

»Es ist einfach nur traurig«, sagte sie. »So verdammt traurig.«

»Warst du bei ihr?«

»Gerade eben. Sie ruht sich aus. Ich meine … irgendwie kann ich kaum glauben, dass man nichts dagegen unternehmen kann.«

»Hast du mit Doc Jane gesprochen?«

»Sobald sie aus der Klinik zurück waren.«

Als seine *Shellan* leise weinte, fuhr der frische Regengeruch ihrer Tränen wie ein Messer in seine Brust. Und ihre Reaktion überraschte ihn nicht. Er hatte schon gehört, dass Vampirinnen zutiefst betroffen reagierten, wenn eine Artgenossin ein Kind verlor – und wie sollte es auch anders sein? Er selbst konnte sich schließlich auch nur zu gut in Qhuinns Lage versetzen.

Verfluchte Scheiße … sich vorzustellen, Beth könnte so leiden müssen? Oder schlimmer noch, wenn sie ein Kind austrüge und …

Na toll. Jetzt zitterte er auch noch.

Wrath vergrub das Gesicht in Beths Haar, atmete tief ein, beruhigte sich. Das Gute war, dass sie niemals ein Kind bekommen würden, also brauchte er sich darum nicht zu sorgen.

»Es tut mir leid«, flüsterte er.

»Mir auch. Es ist schrecklich, was die beiden durchmachen müssen.«

Nun ja, eigentlich entschuldigte er sich für etwas ganz anderes.

Es war ja nicht so, dass er Qhuinn oder Layla oder ihrem Kind etwas Böses wünschte. Aber vielleicht führte diese Misere Beth vor Augen, mit wie vielen Risiken eine Schwangerschaft verbunden war, von Beginn an bis zum Ende.

Scheiße. Das klang wirklich mies. Es *war* mies. Er wünschte Qhuinn keinen Kummer und wollte auch nicht, dass seine *Shellan* traurig war. Doch leider hatte er nun einmal absolut kein Interesse daran, sie mit seinem Samen zu befruchten – *niemals.*

Und diese verzweifelte Entschlossenheit ließ ihn unverzeihliche Gedanken denken.

In einem Anflug von Panik überschlug er die Jahre seit ihrer Transition – etwas über zwei. Nach seinem Kenntnisstand setzte die erste Triebigkeit rund fünf Jahre nach dem Wandel einer Vampirin ein und kehrte dann im ungefähren Abstand von zehn Jahren wieder. Also müssten sie eigentlich noch eine Weile davon verschont bleiben …

Andererseits konnte man sich bei einem Halbblut wie Beth nie sicher sein. Wenn sich Vampir und Mensch vermengten, war alles möglich, und Wrath hatte durchaus Grund zur Sorge. Schließlich hatte Beth schon ein- oder zweimal das Thema Kinder zur Sprache gebracht.

Aber das hatte sie sicher rein hypothetisch gemeint.

»Dann wirst du Qhuinns Initiation verschieben?«, fragte sie.

»Ja. Saxton hat die Gesetze auf den neuesten Stand gebracht, aber angesichts der Sache mit Layla ist jetzt nicht der richtige Zeitpunkt, um ihn in die Bruderschaft aufzunehmen.«

»Das finde ich auch.«

Sie verstummten, und als Wrath jetzt in sein Herz blickte, konnte er sich unmöglich ein Leben ohne sie vorstellen.

»Weißt du was?«, fragte er.

»Nein, was?« Aus ihrer Stimme klang ein Lächeln, als ahnte sie schon, was er sagen würde.

»Ich liebe dich über alles.«

Seine Königin lachte und streichelte ihm über die Wangen. »Das hätte ich nie erraten.«

Zur Hölle, selbst er bemerkte, wie sein Bindungsgeruch aufwallte.

Als Antwort umfasste er ihr Gesicht, beugte sich auf sie zu, suchte ihre Lippen und küsste sie erst sanft – und bald schon drängender. Mann, so war es immer mit ihr. Eine Berührung genügte, schon wurde er hart und war bereit.

Scheiße, er wusste nicht, wie die Menschenmänner es ertrugen. Soweit er informiert war, mussten sie sich jedes verdammte Mal beim Sex fragen, ob ihre Frauen fruchtbar waren. Offensichtlich nahmen sie die leichten Geruchsveränderungen an ihren Partnerinnen nicht wahr.

Das würde ihn in den Wahnsinn treiben. War eine Vampirin in der Triebigkeit, wussten wenigstens alle Bescheid.

Beth verlagerte ihr Gewicht auf seinem Schoß und drückte dabei auf seinen Ständer, sodass er aufstöhnte. Normalerweise nahm er dies als Zeichen dafür, George zur Flügeltür zu geleiten und für eine Weile nach draußen zu verbannen. Doch nicht so heute. Sosehr Wrath sie begehrte, die Trauerstimmung im Haus dämpfte seine Libido.

Und dann war da noch die Triebigkeit von Autumn. Und jetzt die von Layla.

Er würde sich nichts vorlügen, die Sache machte ihn nervös. Es war kein Geheimnis, dass herumschwirrende Hormone in einem Haus voller Vampirinnen ansteckend wirken und eine Triebigkeit nach der anderen auslösen konnten, vorausgesetzt, die Betroffenen waren ihrer Zeit einigermaßen nahe.

Wrath strich über Beths Haar und drückte ihren Kopf zurück an seine Schulter.

»Du willst nicht …«

Als sie verstummte, ergriff er ihre Hand und fühlte den

schweren Rubin der Nacht, den die Königin der Vampire immer schon getragen hatte.

»Ich möchte dich einfach nur im Arm halten«, sagte er. »Das genügt mir im Moment.«

Sie schmiegte sich noch enger an ihn. »Das ist auch schön.«

Ja, das war es.

Doch irgendwie beängstigend.

»Wrath?«

»Ja?«

»Alles klar bei dir?«

Es dauerte einen kleinen Moment, ehe er antworten konnte, bis er darauf vertrauen konnte, dass seine Stimme ruhig und gelassen klang und nicht aufgebracht. »Oh, ja, alles bestens. Alles gut.«

Er streichelte ihren Arm, fuhr mit der Hand ihren Bizeps auf und ab und betete, dass sie ihm glaubte … und schwor sich, dass sie niemals ein solches Drama ereilen würde, wie es sich gerade eine Tür weiter den Gang hinunter abspielte.

Nein. Dieses Schicksal würden sie beide nicht teilen.

Der Jungfrau der Schrift sei Dank.

J. R. Wards
BLACK DAGGER
wird fortgesetzt in:

SOHN DER DUNKELHEIT

Leseprobe

Qhuinn erwachte mit einem Ständer.

Er lag auf dem Rücken, und seine Hüften wiegten sich ohne sein Zutun, sodass sich seine Erektion an der Daunendecke rieb. Einen Moment verharrte er in diesem halbwachen Dämmerzustand und stellte sich vor, es wäre Blay, der ihn da streichelte… als Vorspiel zu Aktivitäten, die den Mund einschlossen.

Erst als er die Finger in dem roten Haarschopf vergraben wollte, wurde ihm bewusst, dass er alleine war: Seine Hände griffen lediglich in das Laken.

Da er die Hoffnung nicht aufgab, streckte er den Arm aus und tastete neben sich im Bett herum, in der Erwartung, auf den warmen Körper des Freundes zu stoßen.

Doch er fand nichts als Laken. Kalte Laken.

»Scheiße«, keuchte er.

Als er die Augen aufschlug, traf ihn die Realität wie ein Fausthieb. Schlagartig sank seine Erektion in sich zusammen. Obwohl sie sich zweimal aufeinander eingelassen hatten und wild und heiß übereinander hergefallen waren, wachte Blay in diesem Moment neben Saxton auf.

Hatte vermutlich Sex mit ihm.

Verflucht, ihm wurde schlecht.

Die Vorstellung, dass Blay einen anderen berührte, einen anderen ritt, einen anderen mit Händen und Zunge befriedigte – Qhuinns verdammten Cousin, um genau zu sein –, war beinahe so unerträglich wie die Sache mit Layla. Denn dank der jüngsten Ereignisse übte Blay nun eine noch viel größere Anziehung auf Qhuinn aus, statt uninteressant geworden zu sein.

Super. Noch so eine freudige Entwicklung.

Völlig antriebslos schleppte Qhuinn sich vom Bett ins Bad. Eigentlich wollte er kein Licht anmachen, wollte nicht sehen, wie beschissen er aussah, aber rasieren rein nach Gefühl wäre auch nicht gerade clever gewesen.

Also betätigte er den Schalter und blinzelte ins Licht, während hinter seinen Augäpfeln ein pochender Schmerz einsetzte. Zweifellos sollte er wieder einmal etwas zu sich nehmen, aber Scheiße, die permanenten Forderungen seines Körpers gingen ihm allmählich auf den Zeiger.

Er ließ das Waschbecken volllaufen, gab einen Klacks Rasiergel in die hohle Hand und verrieb ihn zu Schaum. Dabei dachte er an seinen Cousin. Obwohl er es nicht wusste, hatte er den Verdacht, dass Saxton einen altmodischen Rasierpinsel benutzte, um sich Kinn und Wangen einzuseifen. Und keinen Einwegrasierer. Sicher verwendete er ein Barbiermesser mit Perlmuttgriff.

Qhuinns Vater hatte so eines besessen. Und sein Bruder bekam zur Transition ein eigenes geschenkt, mit seinen Initialen darauf.

Zusammen mit dem Siegelring.

Tja, schön für die beiden. Doch da sie nun tot waren, rasierten sie sich ohnehin nicht mehr.

Er betupfte sich mit Schaum, bis sein Gesicht aussah wie die verschneite Landschaft draußen, und griff nach dem gewöhnlichen Mach 3 mit Wegwerfkopf …

Unvermittelt überlegte er, dass er diesen vielleicht mal wieder wechseln sollte.

Ja, gegen einen frischen, superscharfen, sauberen.

Qhuinn verdrehte die Augen. Es ging doch nichts darüber, sein Selbstwertgefühl durch drei kleine Klingen und einen Gelstreifen zum Ausdruck zu bringen. Eine verdammt bestechende Logik.

Dennoch fing er an, in den Schubladen unter dem Waschtisch herumzukramen, und stieß dabei auf alle möglichen Badezusätze und Kosmetikprodukte, die er nie benutzte oder auch nur ansah.

Als er die letzte Schublade rauszog, die ganz unten, hielt er inne. Stutzte. Bückte sich.

Da war ein kleines schwarzes Samtkästchen, ähnlich einem Behältnis für Schmuck. Doch er besaß keinen Schmuck, und schon gar nicht von Reinhardt, diesem stinkteuren Laden in der Stadt. Da aber sonst niemand in diesem Zimmer wohnte, fragte er sich, ob das Kästchen vielleicht bereits vor seinem Einzug hier gelegen und er er es nur nie wahrgenommen hatte.

Er holte das Schächtelchen raus, klappte den Deckel auf und …

»Ach, sieh mal einer an.«

Darin lagen seine stahlgrauen Ohrringe und der Hufeisenstecker, den er früher immer in der Unterlippe getragen hatte, als handelte es sich um kostbare Stücke.

Fritz musste sie bei einer nächtlichen Putzaktion aufgesammelt und in dieses Kästchen gelegt haben. Anders konnte Qhuinn es sich nicht erklären – denn er hatte sich ganz gewiss nicht mehr darum gekümmert, seit er sie nach und nach rausgenommen hatte. Er hatte sie einfach ganz hinten in das Badezimmerschränkchen geworfen.

Qhuinn betastete die stählernen Stecker und erinnerte sich, wie er sie gekauft und angelegt hatte. Sein Vater war entsetzt gewesen, seine Mutter auch – sie war vom Letzten Mahl aufgestanden und hatte sich für vierundzwanzig Stunden in ihre Privatgemächer zurückgezogen, nachdem er mit den Dingern im Esszimmer eingelaufen war.

Im Piercingstudio hatte man ihm gesagt, dass er warten solle und die frisch gestochenen Löcher erst heilen müssten, ehe er die medizinischen Stecker gegen die anderen austauschte. Doch dieser Rat mochte für Menschen gelten. Bei ihm war nach ein paar Stunden alles verheilt, und er hatte seine eigenen Stecker eingesetzt.

Bei Blay auf dem Klo, um genau zu sein.

Qhuinn zog die Stirn in Falten und erinnerte sich an den Moment, als er aus der Toilette ins Schlafzimmer des Freundes getreten war. Blay hatte mit einem Corona auf dem Bett gesessen und ferngesehen. Er hatte sich nach ihm umgeschaut, und sein Ausdruck war offen und gelöst gewesen – bis er Qhuinn sah.

Da hatte seine Miene sich unmerklich verhärtet. So dezent, dass es nur jemandem auffallen konnte, der ihn sehr gut kannte. Qhuinn war es nicht entgangen.

Damals war er davon ausgegangen, dass dieser Goth-Look vielleicht eine Spur zu krass war für seinen konservativen Freund. Doch als er jetzt an diese Szene zurückdachte, erinnerte er sich an ein weiteres Detail: Blay hatte sich wieder dem Fernseher zugewandt ... und sich beiläufig ein Kissen in den Schoß gestopft.

Er musste hart geworden sein.

Als Qhuinn sich dies vergegenwärtigte, schwoll auch sein Schwanz aufs Neue an.

Doch das war reine Zeitverschwendung.

Er starrte die verdammten Ohrringe an und entsann sich seiner Rebellion und der Wut und der verkorksten Vorstellung, was ihm zu einem glücklichen Leben fehlte.

Eine Vampirin. Wenn er eine fand, die ihn akzeptierte.

Er hatte sich etwas vorgemacht.

Schon komisch. Feigheit gab es in allen erdenklichen Ausformungen. Man musste nicht bibbernd in der Ecke kauern wie ein Jammerlappen. Oh nein. Man konnte ein vorlauter Muskelprotz sein, der einen auf harten Kerl machte, das Gesicht voller Piercings, und der Welt mit einem abfälligen Lächeln entgegentreten ... und trotzdem nichts als ein erbärmlicher Feigling sein. Denn Saxton mochte zwar Dreiteiler mit Krawatten und Loafers tragen, doch er stand zu dem, was er war, und hatte keine Angst, sich zu nehmen, was er wollte.

Prompt wachte er zusammen mit Blay im Bett auf.

Qhuinn schloss das Kästchen und steckte es zurück in die Schublade. Dann sah er in den Spiegel. Was wollte er gleich wieder hier?, fragte er sich und betrachtete sein Gesicht.

Ach ja. Rasieren.

Das war's.

Lesen Sie weiter in:
J. R. Ward: SOHN DER DUNKELHEIT

ENTDECKEN SIE DIE
MAGISCHE WELT VON ...

BLACK DAGGER

Sie sind eine der geheimnisvollsten Bruderschaften, die je gegründet wurde: die Gemeinschaft der BLACK DAGGER. Und sie schweben in tödlicher Gefahr: Denn die BLACK DAGGER sind die letzten Vampire auf Erden, und nach jahrhundertelanger Jagd sind ihnen ihre Feinde gefährlich nahe gekommen. Doch Wrath, der ruhelose, attraktive Anführer der BLACK DAGGER, weiß sich mit allen Mitteln zu wehren …

Erster Band: **Nachtjagd**
Wrath, der Anführer der BLACK DAGGER, verliebt sich in die Halbvampirin Elisabeth und begreift erst durch sie seine Verantwortung als König der Vampire.

Zweiter Band: **Blutopfer**
Bei seinem Rachefeldzug gegen die finsteren Vampirjäger der *Lesser* muss Wrath sich seinem Zorn und seiner Leidenschaft für Elisabeth stellen – die nicht nur für ihn zur Gefahr werden könnte.

Dritter Band: **Ewige Liebe**
Der Vampirkrieger Rhage ist unter den
BLACK DAGGER für seinen ungezügelten
Hunger bekannt: Er ist der wildeste Kämp-
fer – und der leidenschaftlichste Liebhaber.
In beidem wird er herausgefordert ...

Vierter Band: **Bruderkrieg**
Als Rhage Mary kennenlernt, weiß er sofort,
dass sie die eine Frau für ihn ist. Nichts kann
ihn aufhalten – doch Mary ist ein Mensch.
Und sie ist todkrank ...

Fünfter Band: **Mondspur**
Zsadist, der wohl mysteriöseste und gefähr-
lichste Krieger der BLACK DAGGER, muss
die schöne Vampirin Bella retten, die in die
Hände der *Lesser* geraten ist.

Sechster Band: **Dunkles Erwachen**
Zsadists Rachedurst kennt keine Grenzen
mehr. In seinem Zorn verfällt er zusehends
dem Wahnsinn. Bella, die schöne Aristokra-
tin, ist nun seine einzige Rettung.

Siebter Band: **Menschenkind**
Der Mensch und Ex-Cop Butch hat ausgerechnet an die Vampiraristokratin Marissa
sein Herz verloren. Für sie – und aufgrund
einer dunklen Prophezeiung – setzt er alles
daran, selbst zum Vampir zu werden.

Achter Band: **Vampirherz**

Als Butch, der Mensch, sich im Kampf für einen Vampir opfert, bleibt er zunächst tot liegen. Die Bruderschaft der BLACK DAGGER bittet Marissa um Hilfe. Doch ist ihre Liebe stark genug, um Butch zurückzuholen?

Neunter Band: **Seelenjäger**

In diesem Band wird die Geschichte des Vampirkriegers Vishous erzählt. Seine Vergangenheit hat ihn zu der atemberaubend schönen Ärztin Jane geführt. Nur ist sie ein Mensch, und ihre gemeinsame Zukunft birgt ungeahnte Gefahren …

Zehnter Band: **Todesfluch**

Vishous musste Jane gehen lassen und ihr Gedächtnis löschen. Doch bevor er seine Hochzeit mit der Auserwählten Cormia vollziehen kann, wird Jane von den *Lessern* ins Visier genommen und Vishous vor eine schwere Entscheidung gestellt …

Elfter Band: **Blutlinien**

Vampirkrieger Phury hat es nach Jahrhunderten des Zölibats auf sich genommen, der Primal der Vampire zu werden. Hin- und hergerissen zwischen Pflicht und der Leidenschaft zu Bella, der Frau seines Zwillingsbruders, bringt er sich in immer größere Gefahr …

Zwölfter Band: **Vampirträume**
Während Phury noch zögert, seine Rolle als Primal zu erfüllen, lebt sich Cormia im Anwesen der Bruderschaft immer besser ein. Doch die Beziehung der beiden ist von Zweifeln und Missverständnissen geprägt, und Phury glaubt kaum daran, seiner Aufgabe gewachsen zu sein.

Sonderband: **Die Bruderschaft der BLACK DAGGER**
In zahllosen Interviews, Diskussionsbeiträgen und Hintergrundinformationen gewährt J. R. Ward ihren Lesern einen einzigartigen Blick hinter die Kulissen ihrer Mystery-Erfolgsserie. Eine exklusive BLACK DAGGER-Kurzgeschichte rundet diesen einzigartigen Materialienband ab.

Dreizehnter Band: **Racheengel**
Der *Symphath* Rehvenge lernt in Havers' Klinik die Krankenschwester und Vampirin Ehlena kennen und fühlt sich sofort zu ihr hingezogen. Doch er verheimlicht ihr seine Vergangenheit und seine Geschäfte, und Ehlena gerät dadurch in große Gefahr ...

Vierzehnter Band: **Blinder König**
Die Beziehung zwischen Rehvenge und Ehlena wird jäh zerstört, denn Rehvs Geheimnis steht kurz vor der Enthüllung, was seine Todfeinde auf den Plan ruft – und die Tapferkeit Ehlenas auf die Probe stellt, da von ihr verlangt wird, ihn und seinesgleichen auszuliefern …

Fünfzehnter Band: **Vampirseele**
Der junge Vampir John Matthew ist in Leidenschaft zu der mysteriösen Xhex entbrannt, doch diese verbirgt ein Geheimnis, das die Bruderschaft der BLACK DAGGER in tödliche Gefahr bringt …

Sechzehnter Band: **Mondschwur**
Xhex wendet sich von John ab, um ihn zu schützen. Doch als der Kampf gegen das Böse ihr alles abfordert, erkennt sie, dass man dem Schicksal der Liebe nicht entkommen kann …

Siebzehnter Band: **Vampirschwur**
Jahrhundertelang war die ebenso schöne wie unerschrockene Vampirin Payne auf der Anderen Seite gefangen. Als sie mit ihrer Bestimmung bricht und ins Diesseits kommt, verliebt sie sich in den Arzt Dr. Manuel Manello – doch der ist ein Mensch …

Achtzehnter Band: **Nachtseele**
Schweren Herzens hat sich Payne von
Manuel getrennt, um ihn zu schützen. Doch
dann gerät Payne im Kampf gegen die Vam-
pirjäger in tödliche Gefahr. Manuel ist der
Einzige, der ihr jetzt noch helfen kann …

Neunzehnter Band: **Liebesmond**
Seit dem Tod seiner geliebten *Shellan* Wellsie ist der mächtige Krieger Tohr nur noch
ein Schatten seiner selbst – und ausgerechnet jetzt braucht ihn die Bruderschaft am
dringendsten, denn ein gefährlicher Feind
hat es auf den Thron ihres Königs abgesehen. Doch als die schöne No'One auftaucht,
schöpft Tohr neue Hoffnung …

Zwanzigster Band: **Schattentraum**
Die Beziehung zu No'One hat Tohr neue
Lebensfreude geschenkt, und doch kann er
Wellsie nicht vergessen. Und während die
Bruderschaft in den Straßen Caldwells ihre
härteste Schlacht schlägt, ist Tohrs Herz ent-
zweigerissen: Wem gehört seine Liebe – Well-
sie oder No'One?

Einundzwanzigster Band: **Seelenprinz**
Der mächtige Vampirkrieger Blay ist seit einem Jahr mit dem attraktiven Saxton zusammen. Doch eigentlich liebt Blay seinen besten Freund Qhuinn, der gerade dabei ist,
mit der Auserwählten Layla eine Familie zu
gründen …

Zweiundzwanzigster Band: **Sohn der Dunkelheit**
Die beiden Vampirkrieger Blay und Qhuinn sind füreinander bestimmt, doch sie können ihre Gefühle nicht zulassen. Erst als die BLACK DAGGER in Gefahr geraten, begreifen Blay und Qhuinn, was wahrer Mut bedeutet: sich auf die Liebe einzulassen …

Dreiundzwanzigster Band: **Nachtherz**
Die schöne Vampirin Beth wusste schon immer, dass es schwierig sein würde, mit Wrath, dem König aller Vampire, verbunden zu sein. Aber ihre Liebe zu ihm war stärker, doch nun droht Beths größter Wunsch genau diese Liebe zu zerstören …

Vierundzwanzigster Band: **Königsblut**
Die Herrschaft und das Leben des mächtigen Vampirkönigs Wrath sind in Gefahr. Und ausgerechnet seine große Liebe Beth wird im Kampf gegen seine Widersacher zu seiner Achillesferse …

Fünfundzwanzigster Band: **Gefangenes Herz**
Trez Latimers Schicksal ist seit seiner Geburt vorherbestimmt: Der künftigen Königin der Schatten als Liebessklave zu dienen. Um frei zu sein, floh er einst aus dem Reich der Schatten und lebt seither in Caldwell – immer auf der Flucht vor den Häschern der Königin. Erst als er der schönen Auserwählten Selena begegnet, schöpft Trez neue Hoffnung …

Sechsundzwanzigster Band: **Entfesseltes Herz**
Für seinen Bruder Trez würde iAm Latimer alles tun. Um ihn vor der Königin zu schützen hat iAm seine Heimat und ein Leben in Sicherheit aufgegeben – und die Liebe: mit mehr als dreihundert Jahren ist er immer noch Jungfrau. Doch dann begegnet er einer geheimnisvollen Frau, die sein Schicksal und das seines Bruders für immer verändern könnte …

Siebenundzwanzigster Band: **Krieger im Schatten**
Alte Allianzen wurden gelöst und neue geschlossen, und doch sind die Feinde der BLACK DAGGER mächtiger als jemals zuvor. Während die Brüder sich zum Kampf rüsten, ahnen sie nicht, dass einer aus ihrer Mitte mit seinen eigenen Dämonen ringt: Rhage. Denn plötzlich ist seine tiefe und leidenschaftliche Liebe zu Mary in Gefahr …

BLACK DAGGER
—LEGACY—

Kuss der Dämmerung
Die junge, hübsche Aristokratentochter Paradise will sich von der Bruderschaft der BLACK DAGGER zur Kämpferin ausbilden lassen – ein Skandal in der Vampirgesellschaft. Und dann begegnet Paradise bei den BLACK DAGGER auch noch dem attraktiven Craeg und verliebt sich in ihn. Doch Craeg gehört nicht dem Vampiradel an, und seine Liebe zu Paradise ist verboten …

J. R. Ward

BLACK DAGGER
—LEGACY—

Die große neue Serie aus der Welt von
BLACK DAGGER

Noch schöner, noch heißer, noch gefährlicher – die
Bruderschaft der BLACK DAGGER bekommt frisches Blut

978-3-453-31777-2